# Até que conheci você

# O Arqueiro

GERALDO JORDÃO PEREIRA (1938-2008) começou sua carreira aos 17 anos, quando foi trabalhar com seu pai, o célebre editor José Olympio, publicando obras marcantes como *O menino do dedo verde*, de Maurice Druon, e *Minha vida*, de Charles Chaplin.

Em 1976, fundou a Editora Salamandra com o propósito de formar uma nova geração de leitores e acabou criando um dos catálogos infantis mais premiados do Brasil. Em 1992, fugindo de sua linha editorial, lançou *Muitas vidas, muitos mestres*, de Brian Weiss, livro que deu origem à Editora Sextante.

Fã de histórias de suspense, Geraldo descobriu *O Código Da Vinci* antes mesmo de ele ser lançado nos Estados Unidos. A aposta em ficção, que não era o foco da Sextante, foi certeira: o título se transformou em um dos maiores fenômenos editoriais de todos os tempos.

Mas não foi só aos livros que se dedicou. Com seu desejo de ajudar o próximo, Geraldo desenvolveu diversos projetos sociais que se tornaram sua grande paixão.

Com a missão de publicar histórias empolgantes, tornar os livros cada vez mais acessíveis e despertar o amor pela leitura, a Editora Arqueiro é uma homenagem a esta figura extraordinária, capaz de enxergar mais além, mirar nas coisas verdadeiramente importantes e não perder o idealismo e a esperança diante dos desafios e contratempos da vida.

# LISA KLEYPAS
# ATÉ QUE CONHECI VOCÊ

CLUBE DE APOSTAS CRAVEN'S

LIVRO 1

Título original: *Then Came You*

Copyright © 1993 por Lisa Kleypas
Copyright da tradução © 2023 por Editora Arqueiro Ltda.
Trecho de *Dreaming of You* © 1994 por Lisa Kleypas

Todos os direitos reservados. Nenhuma parte deste livro pode ser utilizada ou reproduzida sob quaisquer meios existentes sem autorização por escrito dos editores.

*tradução:* Ana Rodrigues
*preparo de originais:* Marina Góes
*revisão:* Mariana Bard e Priscila Cerqueira
*diagramação:* Ana Paula Daudt Brandão
*capa:* Renata Vidal
*imagens de capa:* © Ilina Simeonova / Trevillion Images; Nguyen Linh / iStock (baile ao fundo)
*impressão e acabamento:* Lis Gráfica e Editora Ltda.

CIP-BRASIL. CATALOGAÇÃO NA PUBLICAÇÃO
SINDICATO NACIONAL DOS EDITORES DE LIVROS, RJ

K72a
   Kleypas, Lisa
      Até que conheci você / Lisa Kleypas ; tradução Ana Rodrigues. - 1. ed. - São Paulo : Arqueiro, 2023.
      336 p. ; 23 cm. (Clube de Apostas Craven's ; 1)

   Tradução de: Then came you
   Continua com: Sonhando com você
   ISBN 978-65-5565-531-5

   1. Ficção americana. I. Rodrigues, Ana. II. Título. III. Série.

23-84071                    CDD: 813
                              CDU: 82-3(73)

Gabriela Faray Ferreira Lopes - Bibliotecária - CRB-7/6643

Todos os direitos reservados, no Brasil, por
Editora Arqueiro Ltda.
Rua Funchal, 538 – conjuntos 52 e 54 – Vila Olímpia
04551-060 – São Paulo – SP
Tel.: (11) 3868-4492 – Fax: (11) 3862-5818
E-mail: atendimento@editoraarqueiro.com.br
www.editoraarqueiro.com.br

# CAPÍTULO 1

*Londres, 1820*

– **M**aldição, maldição… Lá se vai essa porcaria!

Uma torrente de impropérios flutuou ao vento, deixando os convidados da festa no barco totalmente chocados. A embarcação estava ancorada no meio do Tâmisa, todos reunidos ali em homenagem ao rei George. Até aquele momento, a festa tinha sido monótona mas digna, e todos elogiavam respeitosamente o barco a vela tão bem equipado de Sua Majestade. Com a mobília de mogno elegante forrada em brocado, candelabros com gotas de cristal, esfinges douradas e leões esculpidos em cada canto, o barco era um palácio flutuante de deleite. Todos os convidados haviam bebido muito para alcançar a euforia branda que substituía o prazer verdadeiro.

Talvez a reunião estivesse sendo mais divertida se a saúde do rei não se encontrasse tão mal. A morte recente do pai e o tormento debilitante de uma gota haviam cobrado o preço, deixando-o acabrunhado, o que não lhe era característico. Agora, ele procurava a companhia de pessoas que lhe proporcionassem risadas e diversão, para aliviar a sensação de isolamento. Por isso, havia solicitado especificamente a presença da Srta. Lily Lawson na festa a bordo. Era apenas questão de tempo, ouviram um jovem e lânguido visconde comentar, até que a Srta. Lawson começasse a animar a festa. Como sempre, ela não decepcionou.

– Alguém pegue aquela porcaria! – gritou Lily em meio a sonoras gargalhadas. – As ondas estão levando para longe do barco!

Gratos pelo alívio do tédio, os cavalheiros correram para descobrir o motivo da comoção. As mulheres protestaram, irritadas, quando seus acompanhantes desapareceram na proa do navio, onde Lily havia se pendurado na amurada, os olhos fixos em algo que flutuava na superfície da água.

– Meu chapéu favorito – disse ela, em resposta ao coro de perguntas, ao mesmo tempo que indicava o acessório com a pequena mão. – O vento o arrancou da minha cabeça!

Lily se virou para a multidão de admiradores, todos prontos a oferecer consolo. Mas ela não queria empatia, e sim o chapéu de volta. Sorrindo com malícia, a jovem olhou de um rosto para outro.

– Quem terá a atitude cavalheiresca de recuperá-lo para mim?

Ela própria havia jogado o chapéu no mar, de propósito, e sabia que alguns dos cavalheiros ao redor desconfiavam disso – o que, ainda assim, não impediu a profusão de ofertas galantes.

– Permita-me! – gritou um homem enquanto já tirava o chapéu e o paletó com gestos dramáticos.

– Não, eu insisto em ter o privilégio!

Seguiu-se um rápido debate, pois ambos desejavam cair nas graças de Lily. Mas a água estava bastante turbulenta naquele dia, além de fria o suficiente para provocar um resfriado que ameaçaria a saúde de quem se arriscasse. E, sobretudo, mergulhar seria a ruína de um paletó caro e feito sob medida.

Lily assistia à comoção que havia causado, os lábios se curvando em uma expressão divertida. Como preferiam o debate à ação, os homens estavam se exibindo e fazendo declarações galantes. Se alguém estivesse mesmo disposto a resgatar o chapéu, já o teria feito àquela altura.

– Que visão – murmurou ela para si mesma, observando a disputa entre os dândis.

Lily teria respeitado um homem que tivesse a coragem de lhe mandar para o inferno, que nenhum chapéu valia tanto alarde, mas nenhum deles ousaria. Se Derek Craven estivesse ali, teria rido dela, ou feito algum gesto grosseiro que a levaria às gargalhadas. Derek e Lily tinham o mesmo desprezo pelos membros indolentes, excessivamente perfumados e afetados da alta sociedade.

Com um suspiro, ela voltou a atenção para o rio cinza-escuro agitado sob o céu pesado. O Tâmisa era insuportavelmente frio na primavera. Ela levantou o rosto diante da brisa, os olhos semicerrados, como um gato sendo acariciado. Seu cabelo foi temporariamente alisado pelo vento, mas logo os cachos negros e brilhosos voltaram à desordem alegre de sempre. Em um gesto distraído, Lily tirou a fita com pedrarias que estava amarrada ao redor da testa. Seu olhar seguiu as cristas das ondas que quebravam na lateral da embarcação.

"Mamãe…", ouviu uma vozinha sussurrar.

A lembrança fez Lily se encolher, mas não desapareceu.

De repente, imaginou que sentia braços macios de bebê envolvendo seu pescoço, fios de cabelo delicados roçando seu rosto, o peso de uma criança em seu colo. O sol quente da Itália na nuca. Os grasnidos e a agitação de um desfile de patos cruzando a superfície do lago.

"Veja, querida", murmurou Lily. "Veja os patos. Eles estão vindo nos visitar!"

A garotinha contorceu o corpo, empolgada. Então, levantou a mão gordinha e com o minúsculo dedo indicador apontou o desfile dos presunçosos patos. Depois, ergueu os olhos escuros para Lily e deu um sorriso que revelou dois dentinhos.

"Ato!", exclamou, e Lily riu baixinho.

"Pato, meu amor, e patos muito bonitos. Onde deixamos o pão para alimentá-los? Ora, ora, acho que estou sentada nele…"

Outra rajada de vento afugentou a imagem daquele momento de ternura. Lily sentiu o rosto úmido e uma pontada dolorosa no peito.

– Ah, Nicole… – sussurrou.

Respirou fundo para tentar aliviar o incômodo, mas não adiantou. O pânico a dominou. Às vezes, Lily conseguia entorpecê-lo com bebida ou jogos de azar, fofocas ou caçadas, mas eram fugas temporárias. Ela queria a filha de volta. *Meu bebê… Onde você estiver, vou encontrá-la… A mamãe já vai, não chore, não chore…* O desespero era como uma faca sendo cravada cada vez mais fundo. Ela precisava fazer alguma coisa imediatamente, ou enlouqueceria.

Lily deu uma risada alta e imprudente que assustou os homens próximos e descalçou os sapatos de salto. A pluma cor-de-rosa do chapéu ainda era visível na água.

– Meu pobre chapéu está quase afundando! – gritou ela, e jogou as pernas por cima da amurada. – Pelo visto não há nenhum cavalheiro de verdade aqui. Vejo que terei eu mesma que resgatar!

E, antes que alguém pudesse impedi-la, saltou do barco.

O rio se fechou sobre ela, uma onda passando rapidamente pelo lugar onde caíra. Algumas mulheres gritaram. Os homens examinavam a água agitada com expressões ansiosas.

– Meu Deus! – exclamou um deles.

Os outros pareciam surpresos demais para falar.

Até mesmo o rei, ao ser informado por seus camareiros do que estava acontecendo, se adiantou em seu passo vacilante para dar uma olhada, pressionando o corpanzil contra a amurada. Lady Conyngham, uma mulher grande e bonita, de 54 anos, que se tornara sua amante mais recente, juntou--se a ele com uma exclamação de espanto.

– Eu já disse isso antes, não disse? Essa mulher é louca! Que o céu nos ajude a todos!

Lily permaneceu submersa por um instante a mais do que o necessário. A princípio o frio da água foi um choque, paralisando seus membros e fazendo seu sangue gelar. As saias ensopadas a puxavam para a misteriosa escuridão fria. Não seria difícil deixar aquilo acontecer, pensou, entorpecida... Simplesmente deixar o corpo afundar, a escuridão envolvê-la... Mas uma pontada de medo impeliu suas mãos a se moverem como nadadeiras, impulsionando-a para a luz fraca acima. No caminho, Lily agarrou o pedaço de veludo encharcado que sentiu roçar em seu pulso. Então, irrompeu na superfície da água, piscando e sentindo o sal nos olhos e nos lábios. O frio intenso a apunhalava como se mil agulhas finas a perfurassem. Seu queixo batia violentamente, e, com um sorriso trêmulo, ela olhou para o grupo chocado no barco.

– Pegue-ei! – cantarolou, erguendo o chapéu, triunfante.

Alguns minutos depois, Lily foi puxada do rio por vários pares de mãos solidárias. Ela voltou ao barco com o vestido encharcado colado a cada curva do corpo, revelando uma figura esbelta e atraente. Um suspiro coletivo percorreu os convidados da embarcação. As damas a olhavam com um misto de inveja e antipatia, pois nenhuma outra mulher em Londres era tão admirada pelos homens. Qualquer uma que se comportasse de forma tão indecente era vista com pena e desprezo, já Lily...

– Lily Lawson pode fazer qualquer coisa, por mais abominável que seja, e os homens vão adorá-la ainda mais por isso! – reclamou lady Conyngham em voz alta. – Ela atrai o escândalo assim como o mel atrai as moscas. Se fosse qualquer outra mulher, sua reputação já teria sido arruinada dezenas de vezes. Mas nem meu querido George tolera críticas à Srta. Lawson. Como ela consegue?

– É porque ela se comporta como um homem – respondeu lady Wilton, com tom ressentido. – Jogos de azar, caçadas, xingamentos e conversas sobre política... Eles ficam encantados com a novidade, uma mulher com modos tão masculinos.

– Ela não *parece* muito masculina – resmungou lady Conyngham, observando as formas delicadas que o tecido molhado realçava.

Depois de confirmarem que Lily estava a salvo, os homens reunidos ao seu redor explodiram em gargalhadas e aplausos por sua ousadia. Ela afastou os cachos encharcados dos olhos, sorriu e fez uma reverência gotejante.

– Ora, esse *era* o meu chapéu favorito – disse, olhando para o amontoado de tecido em suas mãos, arruinado.

– Santo Deus! – exclamou um dos homens, admirado. – A senhorita é totalmente destemida, não é?

– Totalmente – confirmou ela, fazendo-os rir.

A água escorria por seu pescoço e pelos ombros. Lily passou a mão para tentar se enxugar um pouco e se virou para balançar vigorosamente os cabelos molhados.

– Será que algum de vocês, *caros* cavalheiros, poderia me trazer uma toalha e talvez uma bebida revigorante antes que eu morra de…?

Ela se interrompeu ao ver, por entre as mechas, uma figura imóvel.

Houve certa agitação quando os cavalheiros se dispersaram para buscar toalhas, bebidas quentes, qualquer coisa que a deixasse mais confortável. Mas o homem que estava a alguns metros de distância não se mexeu. Lily endireitou o corpo lentamente e jogou o cabelo para trás, retribuindo o olhar ousado. Era um estranho, e Lily não sabia por que a encarava daquele jeito. Estava acostumada com os olhares masculinos de admiração… mas aqueles olhos eram frios, sem emoção, e a boca do homem estava cerrada em uma expressão de desprezo. Lily ficou imóvel, o corpo esguio tremendo.

Ela nunca havia visto cabelos de um dourado tão imaculado ornamentando um rosto de feições tão satíricas. A brisa soprou as mechas para longe da testa do homem, revelando a ponta intrigante de um bico de viúva. O rosto aristocrático, bem-marcado, tinha uma dureza e uma obstinação que a impressionaram. Nos olhos, muito claros e brilhantes, Lily viu uma desolação que certamente a assombraria por muito tempo. Só quem já experimentara o desespero seria capaz de reconhecer esse mesmo sentimento em outra pessoa.

Profundamente perturbada pelo olhar do estranho, Lily deu as costas para ele e sorriu para os admiradores que se aproximavam, carregados de toalhas, capas e bebidas fumegantes. Buscou afastar da mente todos os pensamentos em relação ao desconhecido. Quem se importava com a opinião de um aristocrata enfadonho qualquer sobre ela?

– Srta. Lawson – comentou lorde Bennington com uma expressão preocupada –, temo que possa pegar um resfriado. Se desejar, ficarei honrado em levá-la até a praia em um barco a remo.

Ao se dar conta de que seus dentes batiam contra a borda do copo, impossibilitando-a de beber, Lily assentiu, grata. Estendeu a mão azulada de frio em direção ao braço de lorde Bennington e puxou-o para que abaixasse a cabeça. Seus lábios gelados se aproximaram da orelha do homem.

– Depressa, p-por favor – pediu em um sussurro. – A-acho que posso ter sido um pouco imp-pulsiva. Mas não c-conte a ninguém que eu d-disse isso.

∼

Alex, lorde Raiford, um homem conhecido por sua autodisciplina e altivez, debatia-se com uma raiva inexplicável. Que mulher insana… Arriscando a saúde, até mesmo a vida, para se exibir… Provavelmente alguma cortesã conhecida em certos círculos seletos. Ninguém que prezasse minimamente a própria reputação se comportaria de tal modo. Alex abriu as mãos e esfregou as palmas no casaco. Seu peito parecia muito apertado. A risada bem-humorada dela, o olhar vivaz, o cabelo escuro… Deus do céu, aquela mulher o fizera se lembrar de Caroline.

– Primeira vez que a vê, imagino.

Alex ouviu uma voz áspera, o tom divertido, falar perto dele. Sir Evelyn Downshire, um velho cavalheiro refinado que havia conhecido o pai de Alex, estava parado ao seu lado.

– Os homens sempre ficam com esse olhar quando a veem pela primeira vez. Ela me lembra de como era a marquesa de Salisbury. Mulher magnífica.

Alex desviou o olhar da criatura extravagante.

– Não sei se acho tão admirável – retrucou com frieza.

Downshire riu, revelando um conjunto de dentes de marfim cuidadosamente confeccionados.

– Se eu fosse jovem, a seduziria – comentou, pensativo. – Sim, faria isso com certeza. Ela é a última da espécie, você sabe.

– E essa espécie seria…?

– Na minha época, havia dezenas delas – continuou Downshire com um sorriso melancólico, parecendo pensar alto. – Era preciso habilidade e inteligência para domá-las... E depois exigiam uma dedicação infinita... Ah, eram problemas em forma de mulher, mas problemas tão deliciosos...

Alex voltou a olhar para Lily. Seu rosto era muito delicado, pálido e de traços perfeitos, os olhos escuros ardentes.

– Quem é ela? – perguntou ele, como se estivesse em um sonho.

Quando não houve resposta, Alex se virou e percebeu que Downshire havia se afastado.

～

Lily desceu da carruagem e foi até a porta da frente de casa, na Grosvenor Square. Nunca se sentira tão desconfortável na vida.

– Bem feito para mim – murmurou para si mesma, subindo os degraus da frente enquanto o mordomo, Burton, a observava da porta. – Que idiotice, a minha.

O Tâmisa, no qual era despejado todo o lixo de Londres, não era um lugar apropriado para banho. O mergulho havia deixado suas roupas e sua pele impregnadas com um odor profundamente desagradável. Os pés tremiam dentro dos sapatos molhados. O barulho estranho, para não mencionar a aparência da patroa, fez Burton franzir a testa pronunciadamente. Era uma expressão incomum em Burton, que em geral saudava as calamidades que Lily cometia sem demonstrar qualquer reação.

Nos últimos dois anos, Burton tinha sido a figura dominante na casa, dando o tom tanto aos criados quanto aos convidados. Ao receber os visitantes na casa dela, os modos severos de Burton deixavam claro que Lily era uma pessoa importante. Ele ignorava suas loucuras e aventuras como se não existissem, tratando-a como uma dama impecável, embora ela raramente agisse como tal. Lily sabia muito bem que não seria respeitada por seus próprios criados se não fosse pela presença imponente de Burton. Ele era um homem alto e barbudo, de circunferência considerável, a barba grisalha emoldurando o rosto severo. Nenhum outro mordomo na Inglaterra tinha aquela combinação exata de arrogância e deferência.

– Presumo que tenha aproveitado a festa no barco, senhorita – disse.

– Foi um sucesso – respondeu Lily, tentando soar animada.

Ela entregou a ele um chumaço de veludo encharcado, adornado por uma pena murcha. O mordomo olhou fixamente para o objeto.

– Meu chapéu – disse Lily.

Então entrou em casa sob o som guinchante dos sapatos, deixando um rastro molhado ao passar.

– Srta. Lawson, há uma pessoa aguardando a sua chegada na sala de visitas. Lorde Stamford.

Lily ficou encantada com a notícia.

– Zachary está aqui?

Zachary, lorde Stamford, um jovem sensível e inteligente, era um amigo querido de longa data. Era apaixonado pela irmã mais nova de Lily, Penelope. Infelizmente, também era o terceiro filho do marquês de Hertford, o que significava que jamais herdaria títulos ou riquezas suficientes para satisfazer os planos ambiciosos dos Lawsons. E, como estava claro que Lily jamais se casaria, os sonhos de ascensão social dos pais dela estavam concentrados em Penelope. Lily sentia pena da irmã mais nova, noiva do conde de Raiford... Um homem que, ao que parecia, Penelope sequer conhecia muito bem. Zachary devia estar sofrendo.

– Há quanto tempo Zachary está aqui? – perguntou Lily.

– Há três horas, senhorita. Ele alegou ser um assunto urgente. E afirmou que esperaria o tempo que fosse necessário para vê-la.

Lily ficou curiosa. Parada entre os corrimãos da escada dupla, olhou de relance para a porta fechada do salão.

– Urgente? Hum... Bem, vou até lá agora mesmo. Leve-o até a minha sala de estar, no andar de cima. Antes preciso me livrar destas roupas molhadas.

Burton assentiu, o rosto inexpressivo. A sala de estar, ligada ao quarto de Lily por uma pequena antessala, era reservada apenas aos conhecidos mais próximos dela. Poucas pessoas eram recebidas lá em cima, embora um número incontável ansiasse por ser convidado.

– Sim, Srta. Lawson.

~

Não foi nenhum sacrifício para Zachary esperar na sala de visitas de Lily. Mesmo em sua agitação, não pôde deixar de notar que algo no número 38 da Grosvenor Square fazia com que um homem se sentisse extraordinariamente confortável. Talvez tivesse a ver com o esquema de cores da decoração. A maioria das mulheres escolhia usar nas paredes os tons pastel da moda – azul, rosa ou amarelo –, aliados a frisos e colunas brancas. A tendência da época em termos de mobília eram cadeiras douradas desconfortáveis, com almofadas escorregadias, e sofás com pernas delicadas que pareciam incapazes de suportar o peso de uma pessoa de verdade. Mas a casa de Lily era decorada com cores ricas e quentes e com móveis firmes, do tipo que convidava um homem a se sentar. As paredes tinham sido cobertas por cenas de caça, gravuras e alguns retratos de bom gosto. Ali havia reuniões frequentes de escritores, excêntricos, dândis e políticos, embora o suprimento de bebidas alcoólicas de Lily não fosse confiável – em certas ocasiões, abundante, e, em outras, incrivelmente escasso.

Ao que parecia, Lily estava muito abastecida naquele mês, pois uma das criadas se apresentou a Zachary com uma garrafa de bom conhaque e um cálice em uma bandeja de prata. Ela também lhe ofereceu um exemplar do *Times*, passado a ferro e costurado na dobra, e um prato de biscoitos açucarados. Disposto a desfrutar do bem-estar da recepção, Zachary pediu um bule de chá e relaxou lendo o jornal. Quando estava terminando o último biscoito, Burton abriu a porta.

– Ela chegou? – perguntou Zachary, ansioso, levantando-se de um pulo.

Burton fitou-o com uma expressão implacável.

– A Srta. Lawson vai recebê-lo no andar de cima. Se me permite, vou lhe mostrar o caminho, lorde Stamford…

Zachary seguiu o mordomo pela escadaria curva, com balaústres intrincadamente torneados e corrimão muito bem polido. Ele entrou na sala de estar, onde o fogo crepitante projetava sua luz de uma pequena lareira de mármore, iluminando as tapeçarias de seda em tons de verde, bronze e azul. Depois de um minuto ou dois, Lily apareceu na porta que ligava a sala ao seu quarto.

– Zachary! – exclamou, adiantando-se para segurar as mãos dele.

O jovem sorriu enquanto se inclinava para dar um beijo rápido no rosto macio. Seu sorriso congelou quando ele percebeu que Lily estava vestida com um roupão longo, os pés descalços aparecendo por baixo da bainha. Era um modelo bem comportado, o tecido pesado e grosso, a gola enfeitada com plumas de cisne, mas ainda assim era uma peça de roupa considerada "inapropriada". Zachary deu um passo para trás em um movimento reflexo, assustado, mas não antes de perceber que o cabelo de Lily estava úmido, em tufos espetados, e ela exalava um aroma bastante… peculiar.

Ainda assim, continuava incrivelmente bela. Seus olhos eram escuros como o miolo de um girassol, sombreados por cílios grossos. A pele tinha um brilho refinado, a linha do pescoço era delicada, imaculada. Quando Lily sorria, como fazia no momento, seus lábios se curvavam com uma doçura singular, tal qual uma garotinha angelical. Mas a aparência inocente era enganosa. Zachary já vira a amiga trocar os insultos mais sutis com dândis refinados, e logo depois gritar vulgaridades para um batedor de carteiras que tentara roubá-la.

– Lily? – disse ele, hesitante, e não pôde deixar de torcer o nariz quando respirou fundo novamente.

Ela riu da expressão do amigo e fez um gesto de "deixe isso para lá".

– Eu teria tomado banho primeiro, mas você disse que era urgente. Peço desculpa por cheirar a *eau de gambá*... O Tâmisa estava cheio de peixes hoje.

Diante do olhar perplexo de Zachary, Lily acrescentou:

– Uma rajada de vento jogou meu chapéu no rio.

– E jogou você junto? – perguntou Zachary, confuso.

Lily sorriu.

– Não exatamente. Mas não vamos falar sobre isso. Prefiro ouvir sobre o assunto que trouxe você à cidade.

Zachary apontou para o traje dela, ou melhor, para a falta dele, parecendo desconfortável.

– Você não gostaria de se vestir primeiro?

Lily fitou-o com um sorriso carinhoso. Certas coisas em Zachary jamais mudariam. Os olhos castanhos suaves, o rosto sensível, o cabelo bem penteado, uma combinação que lembrava um garotinho pronto para ir à igreja.

– Ah, não fique tímido, estou perfeitamente decente, Zachary. Não esperava tamanho recato da sua parte. Você já me pediu em casamento, lembra?

– Ah, sim, bem...

Zachary franziu a testa. Uma proposta que tinha sido feita e rejeitada tão rapidamente que ele quase havia esquecido.

– Até aquele dia, Harry era o meu melhor amigo. Quando ele a abandonou daquela forma covarde, senti que a única coisa decente que um cavalheiro poderia fazer era agir como seu substituto.

Aquilo fez Lily soltar uma gargalhada.

– Seu substituto? Meu Deus, Zachary, aquilo era um noivado, não um duelo!

– E você recusou o meu pedido – lembrou ele.

– Meu caro menino, eu o teria feito infeliz, da mesma forma que fiz Harry. Foi por isso que ele me deixou.

– Isso não é desculpa para ele ter se comportado de forma tão desonrosa – afirmou Zachary, tenso.

– Em todo caso, fico feliz por ter acontecido. Caso contrário, eu nunca teria viajado pelo mundo com a minha excêntrica tia Sally, ela não teria me deixado sua fortuna, e eu estaria... – Lily fez uma pausa e estremeceu ligeiramente. – *Casada.*

Ela sorriu e se sentou diante do fogo, indicando com um gesto que Zachary fizesse o mesmo.

– Na época, eu só conseguia pensar no meu coração partido, mas me lembro do seu pedido de casamento como uma das coisas mais gentis que já me aconteceram. Uma das poucas vezes que um homem agiu de forma altruísta em meu nome. A única vez, na verdade. Você estava preparado para sacrificar a própria felicidade casando-se comigo só para salvar meu orgulho ferido.

– Foi por isso que você continuou sendo minha amiga por todos esses anos? – perguntou Zachary, surpreso. – Você conhece tantas pessoas elegantes e talentosas que sempre me perguntei por que me dá atenção.

– Ah, sim – retrucou Lily com ironia. – Perdulários, vagabundos e ladrões. Tenho mesmo muitos amigos, de todos os tipos... Sem falar da nobreza, dos políticos... – Ela sorriu para ele. – Você é o único homem decente que já conheci.

– Ser decente não me levou muito longe, não é mesmo? – comentou ele, o tom melancólico.

Lily o encarou, surpresa, perguntando-se o que poderia ter feito Zachary, um eterno idealista, parecer tão infeliz. Devia mesmo haver algo muito errado acontecendo.

– Zach, você tem muitas qualidades maravilhosas. Você é atraente...

– Mas não belo – observou ele.

– Inteligente...

– Mas não esperto. Nem um pouco.

– A esperteza geralmente nasce da malícia, o que, me agrada dizer, não é uma característica sua. Agora pare de me fazer elogiá-lo e me diga por que veio. – O olhar de Lily se tornou mais penetrante. – É Penelope, não é?

Zachary fitou a amiga com os olhos iluminados pelo fogo. De testa franzida, ele deu um longo suspiro e então falou:

– Sua irmã e seus pais estão hospedados com o conde em Raiford Park, cuidando dos preparativos para o casamento.

– Sim, faltam apenas algumas semanas – murmurou Lily, aquecendo os dedos dos pés descalços diante do fogo crepitante. – Não fui convidada. Mamãe morre de medo que eu faça alguma cena. – O som da risada de Lily tinha um toque de melancolia. – De onde ela pode ter tirado essa ideia?

– Seu passado fala por si... – tentou argumentar Zachary.

Lily o interrompeu, com uma impaciência bem-humorada.

– Eu sei, eu sei.

Lily não falava com a família havia algum tempo. Laços que tinham sido cortados anos antes por suas próprias mãos descuidadas. Na verdade, ela não sabia o que a levara a se rebelar contra as regras do decoro que a família tanto prezava, mas isso não importava mais. Afinal, Lily havia cometido erros pelos quais jamais seria perdoada. Os Lawsons a avisaram que ela nunca poderia voltar ao seio da família. Na época, Lily simplesmente riu diante da desaprovação deles. Agora, estava bem familiarizada com o gosto do arrependimento. Ela sorriu para Zachary com pesar.

– Nem mesmo eu seria capaz de fazer algo para envergonhar Penny. Ou, Deus me livre, para colocar em risco a perspectiva de ter um conde rico na família. O sonho mais fervoroso da minha mãe.

– Lily, você já conheceu o noivo de Penelope?

– Hum... Na verdade, não. Eu o vi de relance certa vez em Shropshire durante o início da temporada da caça ao tetraz. Alto e taciturno, foi o que me pareceu.

– Se aquele homem se casar com Penelope, a vida da sua irmã vai ser um inferno.

Zachary pretendia que a declaração fosse chocante, dramática, que instigasse Lily a agir imediatamente. Mas ela não se deixou impressionar. Franziu as sobrancelhas escuras e arqueadas e fitou-o com um distanciamento quase científico.

– Antes de mais nada, Zach, não há "se" nesse caso. Penny *vai* se casar com Raiford. Ela jamais desobedeceria aos desejos dos meus pais. Além disso, não é segredo que você está apaixonado por ela...

– E ela por mim!

– ... e, sendo assim, você pode estar exagerando a situação – disse Lily, e ergueu as sobrancelhas sugestivamente. – Hum?

– Nesse assunto eu não *teria como* exagerar! Raiford será cruel com ela. Ele não a ama, enquanto eu *morreria* por ela.

Zachary era jovem e melodramático, mas estava sendo sincero.

– Ah, Zach…

Lily sentiu uma onda de compaixão por ele. Mais cedo ou mais tarde, todos se viam amando alguém que nunca poderiam ter. Felizmente, uma vez fora o bastante para ela aprender essa lição.

– Você lembra que, muito tempo atrás, eu o aconselhei a convencer Penny a fugir com você, não lembra? Ou isso ou desonrá-la, para que meus pais se vissem obrigados a permitir o casamento. Mas agora é tarde, querido. Eles encontraram um patinho mais gordo do que você para depenar.

– Lorde Raiford não é um patinho – observou Zachary, o tom sombrio. – Está mais para um leão… Uma criatura fria e indomável que vai fazer sua irmã sofrer pelo resto da vida. Aquele homem não é capaz de amar. Penelope tem pavor dele. Pergunte a seus amigos sobre ele. Pergunte a qualquer um. Todos dirão a mesma coisa: Raiford não tem coração.

Ora… Um homem sem coração. Lily já conhecera sua cota deles.

– Zachary – disse ela, com um suspiro de pesar. – Não tenho mais nenhum conselho a lhe oferecer. Eu amo a minha irmã e, naturalmente, adoraria vê-la feliz. Mas não há nada que eu possa fazer por vocês dois.

– Você poderia falar com a sua família – implorou o rapaz. – Poderia defender a minha causa.

– Zachary, você sabe que sou uma pária. As minhas palavras não têm importância alguma para eles. Não estou nas boas graças deles há anos.

– Por favor, Lily. Você é a minha última esperança. Por favor.

Lily olhou para o rosto angustiado do amigo e balançou a cabeça, impotente. Não queria ser a fonte de esperança de ninguém. Seu próprio suprimento de esperança havia se esgotado. Incapaz de permanecer sentada, ela se levantou e começou a andar pela sala, enquanto o rapaz permanecia mortalmente imóvel na cadeira.

Zachary falou, então, como se temesse que uma palavra mal escolhida fosse sua ruína.

– Lily, pense em como a sua irmã se sente. Tente imaginar como são as coisas para uma mulher que não tem a sua força, a sua liberdade. Assustada, dependente dos outros, desamparada… Eu sei bem que são coisas totalmente estranhas a alguém como você, mas…

Ele foi interrompido por uma risada cáustica. Lily havia parado de andar e estava diante da janela coberta por cortinas pesadas. Ela apoiou as costas contra a parede e dobrou uma das pernas até que a ponta do joelho aparecesse através do grosso roupão marfim. Então, fitou Zachary com olhos cintilantes, uma expressão zombeteira, e deu um sorriso carregado de ironia.

– Totalmente estranhas – repetiu ela.

– Mas Penelope e eu estamos perdidos… Precisamos de alguém que nos ajude, que nos guie em direção ao caminho que deveríamos trilhar juntos…

– Nossa, querido, que poético.

– Meu Deus, Lily, você não sabe o que é amar? Não acredita no amor?

Lily se virou, puxando algumas mechas do cabelo curto e emaranhado. Então, esfregou a testa, cansada.

– Não, não nesse tipo de amor – respondeu ela, distraída.

Mas a pergunta do amigo a perturbou. De repente, ela desejou que ele e aquele olhar desesperado fossem embora.

– Acredito no amor que uma mãe tem por um filho. E no amor entre irmãos e irmãs. Acredito na amizade. Mas nunca vi um casamento romântico que durasse. Estão todos destinados a acabar por ciúme, raiva, indiferença… – Ela se forçou a olhar para ele com frieza. – Seja como qualquer outro homem, meu caro. Arrume um casamento vantajoso e depois uma amante que possa lhe dar todo o amor de que você precisa enquanto estiver disposto a sustentá-la.

Zachary se encolheu como se Lily tivesse lhe dado um tapa. E a encarou com uma expressão que ela nunca vira em seu rosto antes, os olhos suaves carregados de acusação.

– Pela primeira vez – disse ele, a voz instável –, estou conseguindo acreditar nas coisas que dizem a seu respeito. Me desculpe por vir aqui. Achei que você poderia me ajudar de alguma forma. Ou ao menos me consolar.

– Maldição! – explodiu Lily, usando seu xingamento favorito.

Zachary estremeceu, mas permaneceu sentado onde estava. Espantada, Lily percebeu que o anseio dele era grande àquele ponto e reconheceu sua esperança obstinada. E ela, entre todas as pessoas, deveria entender muito bem a maldição que era estar separada de quem se ama. Lily caminhou lentamente até Zachary e deu um beijo em sua testa, alisando o cabelo do rapaz para trás como se ele fosse um menininho.

– Me desculpe, Zach – murmurou ela com remorso. – Sou uma egoísta miserável.

– Não – disse ele, confuso. – Não, você é…

– Sou, sim, eu sou impossível. Claro que vou ajudar você, Zachary. Eu sempre pago minhas dívidas, e essa está pendente há muito tempo.

De repente, ela se afastou rápido e caminhou pela sala com energia renovada, os nós dos dedos na boca, como se fosse um gato se limpando freneticamente.

– Agora me deixe pensar... Vejamos...

Atordoado pela brusca mudança de humor da mulher à sua frente, Zachary ficou sentado onde estava, observando-a em silêncio.

– Terei que conhecer Raiford – disse Lily por fim. – Avaliar a situação por mim mesma.

– Mas eu já disse como ele é.

– Preciso formar a minha própria opinião. Se eu descobrir que Raiford não é tão cruel nem tão horrível quanto você está dizendo, não vou me envolver na situação.

Ela entrelaçou os dedos pequenos e os moveu para cima e para baixo, como se alongando-se antes de pegar as rédeas de um cavalo de passeio e partir para uma expedição de caça.

– Volte para o campo, Zach. Vou avisar quando tiver tomado uma decisão.

– E se você descobrir que estou certo sobre ele?

– Bem, nesse caso – respondeu Lily –, vou fazer todo o possível para ajudar você a ficar com Penny.

# CAPÍTULO 2

A camareira entrou no quarto com uma braçada de roupas elegantes.

– Não, Annie, o vestido cor-de-rosa, não – disse Lily, gesticulando por cima do ombro. – Esta noite eu quero algo mais arrojado. Algo sedutor.

Ela se sentou diante da penteadeira, de frente para um espelho oval de moldura dourada, e passou os dedos pelos cachos negros rebeldes.

– O decotado azul de mangas bufantes? – sugeriu Annie, o rosto redondo iluminado por um sorriso.

Nascida e criada no campo, a camareira era fascinada por qualquer estilo sofisticado que se pudesse encontrar em Londres.

– Perfeito! Sempre ganho mais quando uso esse vestido. Todos os cavalheiros ficam encarando o decote em vez de se concentrarem nas cartas.

Annie riu e saiu para pegar o vestido, enquanto Lily amarrava um *bandeau* de prata e safira ao redor da testa, arrumando alguns cachos com habilidade para que caíssem por cima da fita cintilante. Lily sorriu para o espelho, mas estava mais para uma careta. O sorriso ousado de que ela costumava se valer com grande efeito havia desaparecido. Nos últimos tempos, já não conseguia colocar no rosto nada além de uma imitação ruim. Talvez fosse a tensão que a acompanhava havia tanto tempo.

Lily franziu a testa para seu reflexo, a expressão melancólica. Se não fosse pela amizade de Derek Craven, ela teria se tornado muito mais amarga e endurecida àquela altura. Era irônico que o homem mais cínico que já havia conhecido a tivesse ajudado a conservar seus últimos resquícios de esperança.

Lily sabia que a maior parte da sociedade acreditava que ela estava tendo um caso com Derek. Uma especulação que não a surpreendia – Derek não era o tipo de homem que tinha relacionamentos platônicos com mulheres. Mas não havia qualquer interação romântica entre eles e jamais haveria. Ele nunca fizera sequer uma tentativa de beijá-la. Obviamente seria impossível convencer qualquer pessoa daquilo. Unha e carne, o tempo todo eram vistos juntos nos lugares favoritos dos dois, lugares que iam desde os assentos mais premiados na ópera até as tabernas mais lúgubres de Covent Garden.

Derek nunca pedira para visitar a casa de Lily em Londres, e ela não o convidara. Havia certos limites que eles não cruzavam. Lily gostava daquele arranjo, pois evitava que outros homens fizessem investidas indesejadas. Ninguém ousaria invadir o que era considerado território de Derek Craven.

Havia coisas sobre Derek que Lily passara a admirar nos últimos dois anos – sua força e absoluta ausência de medo. Mas ele tinha seus defeitos, é claro. Não dava o menor valor a sentimentos. E amava dinheiro. O tilintar das moedas era música para Derek, mais agradável do que qualquer som que um violino ou um piano pudessem produzir. Ele não gostava de pinturas ou esculturas, mas a forma perfeita de um dado... Aquilo Derek apreciava. Além de sua falta de refinamento cultural, Lily também se via obrigada a admitir que o amigo era egocêntrico até a alma – e suspeitava que aquela era a razão para ele nunca ter se apaixonado. Derek jamais seria capaz de colocar as necessidades de outra pessoa acima das dele. No entanto, se fosse um homem menos egoísta, se tivesse uma natureza sensível e gentil, não teria sobrevivido à infância que teve.

Derek confessara a Lily que havia nascido na sarjeta e fora abandonado pela mãe. Ele tinha sido criado por cafetões, prostitutas e criminosos, que lhe mostraram o lado mais sombrio da vida. Na juventude, ganhara dinheiro roubando túmulos, mas acabara descobrindo que tinha o estômago instável demais para aquilo. Mais tarde, passara a trabalhar nas docas – limpando estrume, separando peixes, o que quer que rendesse uma moeda. Quando ainda era apenas um menino, uma dama nobre o avistou da carruagem em que estava enquanto ele saía de uma loja de gim carregando caixas de garrafas vazias. Apesar da aparência desleixada e imunda, algo nele atraiu a atenção da dama, e ela o convidou a entrar na carruagem.

– Isso é mentira – interrompera Lily no meio daquela história em particular, observando Derek de olhos arregalados.

– É verdade – retrucara Derek preguiçosamente, relaxando diante do fogo e esticando as longas pernas em seus aposentos.

Com o cabelo preto, o rosto marrom-claro e feições que não eram refinadas mas também não eram grosseiras – um meio-termo –, Derek era um homem bonito… ou quase. Os dentes brancos e fortes eram ligeiramente tortos, dando-lhe a aparência de um leão simpático quando sorria. Era um sorriso quase irresistível, na verdade, embora nunca se refletisse nos olhos verdes e duros.

– Ela me fez entrar na carruagem e me levou para a casa dela em Londres – afirmara ele.

– E onde estava o marido dela?

– Na casa de campo deles.

– E o que uma dama como ela iria querer fazer com um menino sujo que acabara de tirar das ruas? – perguntara Lily, desconfiada, a testa franzida de seriedade quando Derek a fitara com um sorriso astuto. – Não acredito em nada disso, Derek! Não acredito em uma palavra que seja!

– Primeiro ela me fez tomar um banho – relembrara Derek, com uma expressão pensativa. – Deus… A água quente… O sabão firme com um cheiro tão perfumado… Um tapete no chão… macio. Lavei primeiro os braços e os cotovelos… e de repente minha pele me pareceu tão branca…

Ele balançara a cabeça com um leve sorriso no rosto e tomara um gole de conhaque.

– Depois fiquei lá, tremendo como um cachorrinho recém-nascido.

– Certo, e aí a tal dama o convidou para a cama dela e você foi um amante magnífico, melhor que qualquer um que ela já havia experimentado – dissera Lily em um tom sarcástico.

– Não. – Derek sorrira. – Estava mais para o pior. Afinal, como eu poderia saber como agradar uma mulher? Eu só sabia agradar a mim mesmo.

– Hum, mas ela gostou mesmo assim? – perguntara Lily, cética.

Ela estava experimentando a mesma confusão que sempre sentira em relação àqueles assuntos. Não conseguia entender o que levava homens e mulheres a desejarem ficar juntos, a desejarem dividir a cama e se envolver em um ato tão doloroso, embaraçoso e sem alegria. Não havia dúvida de que os homens gostavam muito mais do que as mulheres. Por que uma mulher procuraria deliberadamente um estranho com quem se deitar? Sentira o rosto ficar vermelho e por isso baixara o olhar, mas continuara ouvindo atentamente o que Derek dizia.

– Ela me ensinou tudo de que gostava – contara ele. – E eu queria aprender.

– Por quê?

– Porque… – Derek hesitara e dera mais um gole na bebida, enquanto olhava para o fogo que dançava na lareira. – Qualquer homem é capaz de fazer sexo, mas poucos sabem agradar uma mulher ou sequer se preocupam com isso. E ver uma mulher daquele jeito, entregue e relaxada sob o meu corpo… Isso dá poder a um homem, entende? – Ele olhara para o rosto perplexo de Lily e rira. – Não, suponho que não entenda, pobrezinha.

– "Pobrezinha" uma ova – retorquira Lily, franzindo o nariz, aborrecida. – E o que você quer dizer com "poder"?

O sorriso de Derek tinha sido ligeiramente desagradável.

– Faça cócegas direitinho no rabo de uma mulher e ela fará qualquer coisa por você. Qualquer.

– Eu não concordo com você, Derek. Tive o meu… Quer dizer, eu fiz… *aquilo*… e não foi nada do que eu esperava. E olhe que Giuseppe era conhecido por toda parte como o maior amante da Itália. Era o que todo mundo dizia.

Os olhos verdes cintilantes de Derek tinham uma expressão zombeteira quando ele voltara a falar.

– Tem certeza de que ele fez tudo certo?

– Como dei à luz nove meses depois, ele deve ter feito *alguma coisa* certa, sim – retrucara Lily.

– Um homem pode ser pai de mil bastardos e mesmo assim não fazer a coisa certa, querida. Simples assim. Você não entende nada do assunto.

*Homem arrogante*, pensara Lily, olhando para ele de um jeito expressivo. Independentemente de *como* alguém fazia aquilo, não havia como ser agradável. Lily franzira o cenho, lembrando-se da boca molhada de Giuseppe em sua pele, o peso sufocante do corpo dele, a dor que a percorrera até ela ficar rígida, em uma angústia silenciosa.

"Isso é tudo que você tem para dar?", perguntara ele em seu italiano fluido, as mãos percorrendo o corpo de Lily. Ela havia se encolhido ao sentir o toque íntimo, que lhe causara apenas constrangimento, os cutucões brutos e dolorosos. "Ah, você é como todas as inglesas… fria como um peixe!"

Muito antes daquilo, Lily já havia aprendido que jamais poderia entregar seu coração a um homem. A experiência com Giuseppe também a ensinara a não confiar seu corpo a ninguém. Sujeitar-se novamente àquilo, com qualquer homem, seria mais degradante do que ela era capaz de suportar.

Como se lesse os pensamentos de Lily, Derek se levantara e se aproximara da cadeira dela. Ele havia apoiado as mãos acima da cabeça da amiga, fitando-a com olhos verdes cintilantes. Lily virara o corpo, sentindo-se desconfortável, presa.

– Você é uma tentação, meu bem – murmurara Derek. – Gostaria de ser o homem que vai lhe mostrar como o ato pode ser prazeroso.

Como não estava gostando nem um pouco da crescente sensação de estar sendo acuada, Lily fez uma careta para ele.

– Eu não permitiria que você me tocasse, seu grosseirão metido a besta.

– Eu poderia, se quisesse – respondera ele sem se abalar com a ofensa. – E faria você gostar. O que lhe falta é uma boa noite de sexo, querida, mais do que a qualquer mulher que já conheci. Mas não serei eu quem fará isso com você.

– Por que não? – havia perguntado Lily, tentando parecer entediada, mas a voz dela transpareceu um tremor nervoso que o fez sorrir.

– Porque eu perderia você – respondera Derek. – É o que sempre acontece. E não vou permitir isso nem que a vaca tussa. Mas você vai acabar encontrando outro homem que lhe dê prazer e eu vou estar aqui quando você voltar. Sempre.

Lily ficara quieta, fitando com curiosidade o rosto decidido do amigo. Talvez, pensara, aquilo fosse o mais perto que Derek poderia chegar de amar alguém. Ele via o amor como uma fraqueza e detestava sentir-se fraco. Mas, ao mesmo tempo, era dependente daquela estranha amizade dos dois. Ele não queria perdê-la… Bem, Lily também não queria perdê-lo.

Ela havia lançado um olhar de desprezo fingido para ele.

– Isso era para ser uma declaração de afeto? – perguntara ela.

E o clima do momento se perdera com a pergunta. Derek sorrira e passara a mão no cabelo curto dela, bagunçando-o e puxando os cachos sedosos.

– Como quiser, meu bem.

~

Depois do seu encontro com Zachary, Lily foi ao Craven's para ver Derek. Com certeza ele teria alguma informação sobre Raiford. Derek conhecia o valor financeiro de cada homem na Inglaterra, incluindo falências e escândalos passados, heranças futuras, além de dívidas e responsabilidades pendentes. Por meio do seu próprio serviço de inteligência, Derek também estava ciente do conteúdo privado do testamento daquelas pessoas, sabia quais homens mantinham amantes e quanto pagavam por elas, e também as notas de seus filhos em Eton, Harrow e Westfield.

Lily atravessou o Craven's desacompanhada, usando um vestido azul-claro, os seios pequenos destacados por um corpete de decote redondo, enfeitado com renda creme cintilante. Sua presença não chamou muita atenção, pois agora ela era uma visão familiar ali, uma esquisitice bem-aceita. Era a única mulher que Derek permitia ser membro do Craven's e, em troca, ele exigia total sinceridade da parte dela. Só ele conhecia os segredos mais sombrios de Lily.

Ela seguiu espiando de salão em salão, reparando nas rotinas do início da noite no palácio de jogos de azar. Os salões de jantar estavam cheios de convidados compartilhando boa comida e bebida.

– Os patinhos... – disse Lily baixinho, sorrindo para si mesma.

Aquela era a forma como Derek se referia aos convidados, embora ninguém além dela o tivesse ouvido dizer aquilo.

Primeiro os "patinhos" saboreavam o que havia de melhor na culinária de Londres, tudo preparado por um chef a quem Derek pagava um salário inacreditável de duas mil libras por ano. A ceia era acompanhada por uma seleção de vinhos franceses e do Reno, que Derek fornecia às próprias custas, aparentemente movido pela bondade do seu coração. Aquela suposta generosidade encorajava os convidados a gastarem mais nas mesas de jogo depois.

Após o jantar, todos atravessavam o prédio até as salas de jogos. Luís XIV teria se sentido inteiramente em casa ali, cercado por vitrais, candelabros magníficos, quilômetros de um veludo azul precioso, obras de arte deslumbrantes e de valor inestimável. Bem no centro do prédio ficava o salão de jogos, como uma pedra preciosa, com seu teto abobadado. O ar vibrava com uma agitação silenciosa.

Lily contornou a borda do salão octogonal, absorvendo o som ritmado dos dados de marfim chacoalhando na caixa, o embaralhar enérgico das cartas, o murmúrio das vozes. Havia um lustre pendurado exatamente acima da mesa de jogo oval, concentrando a luz brilhante no tecido verde e em suas marcações amarelas. Naquela noite, vários funcionários da embaixada alemã, alguns exilados franceses e vários dândis ingleses estavam reunidos ao redor da mesa de jogo central. Um sorriso irônico e compassivo se abriu nos lábios de Lily quando viu como estavam absortos. As apostas eram feitas e os dados, lançados com regularidade hipnótica. Se um estrangeiro visitasse o lugar, alguém que nunca tivesse visto jogos de azar antes, certamente pensaria se tratar de algum ritual religioso.

O truque para vencer era jogar com desprendimento, assumindo riscos calculados. Mas a maior parte dos homens ali não jogava para vencer, e sim pela emoção de desafiar o destino. Lily jogava sem emoção, vencendo de forma moderada mas consistente. Derek a chamava de "trapaceira", o que para ele era um termo muito elogioso.

Dois crupiês na mesa de jogo, Darnell e Fitz, cumprimentaram Lily discretamente, com um aceno de cabeça, quando ela passou. Lily se dava muito bem com os funcionários de Derek, incluindo o pessoal da cozinha. O chef, monsieur Labarge, sempre insistia para que ela provasse e elogiasse suas últimas criações – tortinhas de lagosta cobertas com pão ralado e creme, suflês de batata em miniatura, perdiz recheada com avelãs e trufas, omeletes recheados com geleia de frutas, doces e cremes de dar água na boca, cobertos com farelo de *macarons*.

Lily olhou ao redor da sala de apostas em busca da forma esbelta de Derek, mas nem sinal. Enquanto se dirigia para uma das seis portas em arco, sentiu um leve toque em seu cotovelo enluvado. Quando se virou, com um meio sorriso, esperava ver o rosto fino de Derek. Mas não era ele, e sim um espanhol alto com uma insígnia dourada na manga que o identificava como assessor do embaixador. Ele se curvou brevemente em cumprimento, então estendeu a mão para ela com uma intimidade insolente.

– Você atraiu a atenção do embaixador Alvarez – informou o homem, com um forte sotaque. – Venha, ele quer que se sente com ele. Venha comigo.

Lily desvencilhou o cotovelo e olhou para o embaixador do outro lado da sala, um homem rechonchudo com um bigode ralo, que a encarava com uma expressão ávida. Com um gesto inconfundível, o homem acenou para que ela se aproximasse. Lily voltou o olhar para o assessor.

– Houve um engano – falou gentilmente. – Diga ao *señor* Alvarez que estou lisonjeada com o interesse dele, mas tenho outros planos para esta noite.

Quando ela se virou, o assessor pegou-a pelo pulso e puxou-a para trás.

– Venha – insistiu ele. – O embaixador paga bem pelo próprio prazer.

Obviamente, ela havia sido confundida com uma das mulheres contratadas para trabalharem no Craven's, mas nem mesmo elas eram submetidas àquele tipo de tratamento, como se fossem prostitutas paradas em uma esquina qualquer.

– Eu não sou uma das prostitutas da casa, senhor – disse Lily entredentes. – Não estou à venda, entendeu? Agora me solte.

A expressão do assistente tornou-se rígida, carregada de frustração. Ele começou a falar rapidamente em espanhol, tentando forçá-la a seguir em direção à mesa de jogo onde Alvarez esperava. Vários convidados pararam de jogar para observar a comoção. Quando o embaraço se somou à irritação que sentia, Lily lançou um olhar letal para Worthy, o faz-tudo de Derek. O homem se levantou da mesa que ocupava em um canto e se adiantou na direção deles. Antes, porém, que Worthy chegasse aonde estava o assessor, Derek apareceu milagrosamente, do nada.

– Ora, ora, *señor* Barreda, vejo que conheceu a Srta. Lawson. Uma beleza, não? – Enquanto falava, Derek habilmente livrou Lily das mãos do espanhol. – Mas ela é uma convidada especial… *Minha* convidada especial. Temos outras mulheres para a conveniência do embaixador, que são mais doces ao paladar. Essa aqui é uma maçã azeda, posso lhe garantir.

– Você sabe o que *você* é? – murmurou Lily, fitando Derek com irritação.

– Ele quer essa aqui – insistiu o assessor.

– Mas essa ele não pode ter – afirmou Derek, a voz agradável.

O palácio do jogo era seu reino particular, sua palavra era o veredicto final em todas as questões.

Lily viu o lampejo de inquietação no olhar do espanhol. Como ela mesma já havia tentado enfrentar Derek uma vez, sabia muito bem como ele podia ser assustador. Como sempre, Derek usava roupas caras: um paletó azul, calça de um cinza-perolado, uma camisa branca imaculada e gravata. Mas, apesar das roupas de cortes primorosos, ainda assim tinha a aparência rude e experiente de alguém que passara a maior parte da vida nas ruas. No momento, Derek convivia com a nata da sociedade, embora soubesse, como todo mundo, que fora feito para circular por ambientes menos sofisticados.

Ele chamou com um gesto as duas prostitutas mais belas da casa, que, ostentando decotes generosos, se adiantaram com presteza para atender ao embaixador carrancudo.

– Eu garanto que o embaixador vai gostar mais dessas duas… Está vendo? Ficará feliz como pinto no lixo.

Lily e Barreda seguiram o olhar dele e viram que, com as atenções especializadas das mulheres, a carranca de Alvarez realmente havia desaparecido. O assistente encarou Lily com irritação uma última vez e recuou, resmungando.

– Como ele ousa?! – exclamou Lily indignada, com o rosto corado. – E como *você* ousa? Sua *convidada especial*? Não quero que ninguém pense que preciso de um protetor. Sou totalmente independente e agradeço se você se abstiver de insinuar o contrário, sobretudo na frente de...

– Calma. Acalme-se. Eu deveria ter deixado ele tentar forçar você, é isso?

– Não, mas poderia ter se referido a mim com algum respeito. E onde diabo você estava? Quero conversar sobre uma pessoa...

– Eu respeito você, meu bem, mais do que uma mulher deveria ser respeitada. Agora vamos dar uma volta. Ofereço minha orelha, ou o que sobrou dela, à sua punição.

Lily foi incapaz de conter uma risada breve e apoiou a mão na dobra do braço esguio e firme de Derek. Com frequência, ele gostava de levá-la em passeios pelo palácio do jogo, como se ela fosse um prêmio raro que havia ganhado. Enquanto cruzavam o saguão de entrada principal e se dirigiam à magnífica escadaria dourada, Derek deu as boas-vindas a alguns membros do clube que chegavam, lorde Millwright e lorde Nevill, um barão e um conde, respectivamente. Lily os brindou com um sorriso cintilante.

– Edward, espero que mais tarde me dê o prazer de um jogo de *cribbage* – disse Lily a Nevill. – Depois que perdi para você na semana passada, fiquei ansiosa por uma chance de me redimir.

O rosto rechonchudo de lorde Nevill se franziu com um sorriso em resposta.

– Com certeza, Srta. Lawson. Estou ansioso por outra partida.

Enquanto Nevill e Millwright se dirigiam à sala de jantar, ouviram Nevill dizer:

– Para uma mulher, ela é bastante inteligente...

– Não o escalpele demais, Lily – advertiu Derek. – Ele me pediu um empréstimo ontem. Os bolsos dele não são fundos o suficiente para agradar a uma pequena trapaceira como você.

– Ora, e algum bolso é? – perguntou Lily, fazendo-o rir.

– Tente o jovem lorde Bentinck... O pai cuida das dívidas do filho quando ele se arrisca demais no jogo.

Os dois subiram juntos a magnífica escadaria.

– Derek – disse Lily bruscamente –, vim perguntar o que você sabe sobre um certo cavalheiro.

– Quem?

– O conde de Raiford.

Derek reconheceu imediatamente o nome.

– O nobre que está prometido à sua irmã.

– Sim, ouvi alguns comentários bastante perturbadores sobre o caráter dele. Quero saber a sua impressão.

– Por quê?

– Porque temo que ele venha a ser um marido cruel para Penelope. E ainda há tempo para eu fazer algo a respeito. O casamento é daqui a apenas quatro semanas.

– Ora, mas você não dá a mínima para a sua irmã – comentou ele.

Lily lhe lançou um olhar reprovador.

– Isso mostra como você sabe pouco sobre mim! É verdade que nunca tivemos muito em comum, mas eu adoro Penny. Ela é gentil, tímida, obediente… Qualidades que considero muito admiráveis em outras mulheres.

– A sua irmã não precisa da sua ajuda.

– Sim, ela precisa. Penny é doce e indefesa como um cordeirinho.

– E você nasceu com garras e dentes afiados – falou Derek em tom suave.

Lily empinou o nariz.

– Se algo está ameaçando o futuro da minha irmã, é minha responsabilidade fazer algo a respeito.

– Que santa você é.

– Derek, diga de uma vez o que sabe sobre Raiford. Você sabe tudo sobre todo mundo. E pare de rir assim… Não pretendo interferir nos assuntos de ninguém, nem fazer nada precipitado…

– Pro inferno que não pretende.

Derek estava rindo, imaginando mais uma encrenca em que ela poderia se meter.

– *Para o inferno*, Derek – corrigiu Lily, enunciando bem cada palavra. – Você não foi se encontrar com o Sr. Hastings hoje, certo? Sempre sei quando perdeu uma aula.

Derek lhe lançou um olhar de advertência.

Só Lily sabia que o amigo contratava um tutor especial, dois dias por semana, para tentar suavizar seu sotaque do East End londrino, estigmatizado nos círculos mais abastados, e deixar sua fala mais aristocrática. A causa, no entanto, parecia perdida. Depois de anos de estudo devotado, Derek conseguira elevar seu discurso do nível de um vendedor de peixe de Billingsgate para o de… bem, talvez de um motorista de coche de aluguel ou de um comerciante de Temple Bar, em Dublin. Uma ligeira melhora, mas que mal se notava.

– Há alguns fonemas que são a ruína dele – desabafara o tutor certa vez, desesperado. – Ele até consegue pronunciá-los se tentar, mas sempre acaba se esquecendo.

Lily respondera com uma mistura de riso e solidariedade.

– Está tudo bem, Sr. Hastings. Basta ter paciência. Ele vai surpreendê-lo algum dia. Esses tais fonemas não vão detê-lo para sempre.

– Ele não tem percepção aguçada para isso – criticara o tutor, aborrecido.

Lily não havia discutido. Em seu íntimo, sabia que Derek nunca falaria como um cavalheiro. E aquilo não importava para ela. Na verdade, passara a gostar do modo como ele falava.

Derek a conduziu até a sacada dourada e esculpida que dava para o piso principal. Aquele era seu lugar favorito para conversar, pois dali podia observar cada jogada nas mesas, a mente o tempo todo envolvida em cálculos intrincados. Nem um tostão, uma ficha de jogo ou carta sendo escondida por dedos ágeis escapavam ao seu olhar vigilante.

– Lorde Raiford – murmurou Derek, pensativo. – Sim, ele já apareceu por aqui uma ou duas vezes. Mas não é nenhum patinho.

– É mesmo? – disse Lily, surpresa. – Não é nenhum patinho... Vindo de você, isso é um grande elogio.

– Raiford joga com astúcia... Investe no jogo, mas nunca vai longe demais – disse ele, sorrindo. – Nem mesmo você seria capaz de ludibriá-lo.

Lily ignorou a provocação.

– Ele é tão rico quanto dizem por aí?

A pergunta teve como resposta um aceno enfático de cabeça.

– Mais ainda.

– Algum escândalo familiar? Segredos, confusões, antigos *affairs*, qualquer erro que possa refletir mal em seu caráter? Ele parece um sujeito frio e cruel?

Derek cruzou as mãos longas e bem-cuidadas sobre a balaustrada, olhando do alto para o seu pequeno reino.

– Ele é calado. Reservado. Principalmente porque a mulher que amava bateu as botas um ou dois anos atrás.

– Bateu as botas? – interrompeu Lily, chocada, mas achando graça. – Você precisa mesmo ser tão vulgar?

Derek ignorou a repreensão.

– Srta. Caroline Whitmore, ou Whitfield, alguma coisa assim. Dizem que quebrou o pescoço quando tava caçando. Uma tolinha, é o que eu acho.

– *Estava* caçando – corrigiu Lily, irritada com o olhar sugestivo do amigo.

Ela adorava cavalgar atrás dos cães de caça, mas nem mesmo Derek aprovava uma atividade tão perigosa para uma mulher.

– E não sou como as outras mulheres. Cavalgo tão bem quanto qualquer homem. Melhor do que a maioria, na verdade.

– O pescoço é seu – respondeu ele, despreocupado.

– Exatamente. Mas isso não pode ser tudo que sabe sobre Raiford. Conheço você. Sei que está escondendo alguma coisa.

– Não estou.

Lily se viu atraída pelo olhar firme de Derek, paralisada pelo verde frio e profundo que encontrou ali. Ela viu um lampejo de graça, mas também um alerta. Mais uma vez, foi lembrada de que, apesar da amizade entre eles, Derek não se disporia a ajudá-la se ela se metesse em alguma confusão. Quando ele falou, sua voz carregava uma intensidade discreta que era perturbadora e rara ao mesmo tempo.

– Escute meu conselho. Deixe as coisas como estão… O casamento, tudo. Raiford não é do tipo cruel, mas também não é um tolinho manipulável. É melhor ficar longe do caminho dele. Você já tem problemas o bastante com que lidar.

Lily avaliou o conselho. Derek estava certo, obviamente. Ela deveria estar preservando as próprias forças, concentrada apenas em conseguir Nicole de volta. Mas, por algum motivo, aquela questão do caráter de Raiford havia criado raízes dentro dela, incomodando-a de tal forma que Lily sabia que não teria paz se não o visse. Ela se lembrou de como Penny sempre fora dócil, como nunca havia se comportado mal ou questionado as decisões dos pais. Deus sabia que a irmã mais nova não tinha ninguém para ajudá-la. A imagem do rosto suplicante de Zachary surgiu diante de Lily. Ela lhe devia aquilo. Suspirou e disse, obstinada:

– Preciso conhecer Raiford e descobrir por mim mesma.

– Então vá à caçada Middleton esta semana – sugeriu Derek, tomando cuidado para falar de forma elegante. Subitamente, ele quase parecia um cavalheiro. – Ele provavelmente estará lá.

～

Alex estava reunido com os outros nos estábulos, esperando, enquanto um pequeno exército de cavalariços levava os cavalos até os respectivos donos. A emoção pairava no ar, porque todos os participantes sabiam que seria um dia excepcional. O clima estava frio e seco, o percurso seria desafiador, e a matilha de Middleton era conhecida por sua qualidade – os cães supostamente valiam mais de três mil guinéus.

Alex olhou para o céu, que clareava, e comprimiu os lábios com impaciência. A caçada estava marcada para as seis horas, mas iriam se atrasar. Mais da metade do grupo de caça ainda não estava em cima do cavalo. Ele considerou a possibilidade de se aproximar de alguém e puxar uma conversa. Conhecia a maior parte dos homens ali, alguns deles eram inclusive antigos colegas de colégio. Mas não estava com um humor sociável. Queria cavalgar, se perder na perseguição à raposa até se sentir cansado demais para pensar ou sentir.

Alex olhou através do campo para a névoa fria que pairava sobre a relva amarelada e margeava a floresta escura, de um verde-acinzentado. O abrigo ali perto estava cheio de tojo espinhoso com flores douradas. De repente, um lampejo de memória o atingiu...

*– Carol, você não vai caçar.*

*A noiva dele, Caroline Whitmore, riu e fez beicinho, bem-humorada. Era uma jovem adorável, de pele macia, olhos castanhos cintilantes e cabelo âmbar-escuro como o mel de trevo.*

*– Querido, você não me privaria de uma diversão dessas, não é mesmo? Eu não vou correr perigo algum. Sou uma excelente amazona, soberba, como vocês britânicos diriam.*

*– Você não sabe como é saltar a cavalo junto com um grupo. Há colisões, pausas abruptas... Pode acabar sendo atirada por cima do animal ou atropelada e...*

*– Vou cavalgar com o mais absoluto bom senso. O que você acha, que vou passar em disparada por todos os obstáculos? Quero que saiba, meu caro, que o bom senso é uma das minhas principais virtudes. Além disso, você sabe que é impossível me fazer mudar de ideia quando estou decidida.*

*Caroline deixou escapar um suspiro melodramático.*

*– Por que precisa dificultar tudo? – perguntou ela.*

– *Porque eu amo você.*

– *Então não me ame. Pelo menos não amanhã de manhã...*

Alex balançou a cabeça bruscamente, tentando afastar as lembranças assustadoras. Deus do céu. Será que seria assim para sempre? Fazia dois anos desde a morte dela, e as lembranças ainda o atormentavam.

O passado envolveu Alex em uma mortalha invisível. Ele tentou se desvencilhar desse véu, mas, depois de algumas tentativas inúteis, percebeu que jamais se libertaria de Caroline. Claro que havia outras como ela, mulheres cheias de energia, paixão e beleza, mas ele não queria mais aquele tipo de mulher. Caroline lhe dissera certa vez que achava que ninguém jamais seria capaz de amá-lo o suficiente. Alex passara muitos anos sendo privado do carinho de uma mulher.

A mãe morrera no parto do irmão dele, quando Alex era menino. A morte dela foi seguida, um ano depois, pelo falecimento do conde. Dizia-se que ele havia desejado a morte, e deixara para trás os dois filhos e uma montanha de responsabilidades. Desde os dezoito anos, Alex se vira ocupado com a administração de interesses comerciais, dos arrendatários e capatazes, e também dos criados da casa e da família. Ele tinha uma propriedade em Herefordshire, situada entre campos férteis de trigo e milho e rios cheios de salmões, e outra em Buckinghamshire, em um terreno de beleza agreste, que incluía colinas íngremes de calcário de Chiltern.

Alex se devotou a garantir cuidados e educação ao irmão mais novo, Henry. Desse modo, suas próprias necessidades foram negligenciadas, deixadas de lado para serem atendidas em algum momento futuro. Quando encontrara uma mulher para amar, os sentimentos que havia reprimido por tanto tempo o atingiram de forma avassaladora. E, então, perder Caroline quase o matara. Ele jamais se sujeitaria a sofrer de tal modo outra vez.

E fora por esse motivo que havia se dedicado a conquistar a mão de Penelope Lawson. Uma loura recatada, a inglesa perfeita, os modos gentis dela o atraíram em muitos dos bailes da sociedade londrina. Penelope era tudo de que ele precisava. Estava na hora de casar e providenciar herdeiros. Penelope não poderia ser mais diferente de Caroline. Ela compartilharia da cama dele, daria à luz seus filhos e envelheceria ao seu lado, tudo em segurança e paz, sem nunca se tornar parte dele. Alex se sentia à vontade na presença pouco exigente de Penelope. Não havia brilho ou vivacidade nos lindos olhos castanhos dela, nenhum traço de humor nos comentários, nada que ameaçasse tocar o coração dele de alguma forma. Ela jamais pensaria em discutir com ele ou contradizê-lo. A camaradagem distante entre eles era algo que Penelope parecia desejar tanto quanto Alex.

De repente, os pensamentos dele foram interrompidos por uma visão incrível. Uma mulher cavalgava à margem do grupo, uma jovem montada em um cavalo de passeio branco e alto. Alex desviou o olhar na mesma hora, mas a imagem ficou gravada em sua mente. Uma ruga de aborrecimento marcou a testa dele.

Extravagante, impetuosa, surpreendente, ela havia aparecido do nada. Era esguia, a não ser pela suave elevação dos seios. O cabelo preto, curto e encaracolado mantinha-se afastado do rosto por uma fita presa ao redor da testa. Alex percebeu, estupefato, que a jovem montava tal qual um homem e que estava usando calções por baixo do vestido de montaria. Calções *framboesa*, por Deus! No entanto, ninguém mais parecia achar aquela figura tão surpreendente quanto ele. A maior parte dos homens parecia conhecê--la, na verdade, pois conversavam e riam com ela – todos, desde o jovem lorde Yarborough até o velho e rabugento lorde Harrington. Alex observou impassível enquanto a mulher de calções cor de framboesa cavalgava ao redor da clareira onde soltariam a raposa que estava em um saco. Havia algo estranhamente familiar nela.

Lily reprimiu um sorriso satisfeito ao ver que Raiford a encarava sem piscar. Ele definitivamente a havia notado.

– Milorde, quem é aquele homem que está me encarando de forma tão rude? – perguntou a lorde Harrington, um cavalheiro robusto, mais velho, que era seu admirador havia anos.

– Ora, é o conde de Raiford – respondeu Harrington. – Achei que já o conhecesse, levando em consideração que ele logo se casará com sua encantadora irmã.

Lily balançou a cabeça, sorrindo.

– Não, sua senhoria e eu frequentamos círculos bastante diferentes. Mas diga-me, ele é tão rude quanto parece?

Harrington soltou uma gargalhada.

– Gostaria que eu o apresentasse, para que possa julgar por si mesma?

– Obrigada, mas creio que eu mesma me apresentarei a Raiford, desacompanhada.

Antes que Harrington pudesse responder, Lily guiou o cavalo na direção de Raiford. Ao se aproximar dele, experimentou uma sensação estranha na boca do estômago. E, ao ter o primeiro vislumbre de seu rosto, subitamente se deu conta de quem ele era.

– Meu Deus – sussurrou, parando o cavalo ao lado dele. – É o senhor.

O olhar que Raiford fixou nela era penetrante como um florete.

– A festa no barco – murmurou ele. – Foi a senhorita que pulou no mar.

– E o senhor é o homem que ficou me encarando com desaprovação – disse Lily, sorrindo para ele. – Eu me comportei como uma idiota naquele dia – admitiu em um tom melancólico. – Mas estava um pouco confusa. Embora imagine que o senhor não considere isso uma desculpa aceitável.

– O que a senhorita deseja?

O tom dele fez todos os pelos ao longo da espinha de Lily se arrepiarem. Um tom baixo e grave, quase um rosnado.

– O que eu quero? – repetiu Lily, rindo baixinho. – Como o senhor é direto. Mas gosto de homens assim.

– A senhorita não teria se aproximado de mim a menos que quisesse alguma coisa.

– O senhor está certo. Sabe quem sou, milorde?

– Não.

– Srta. Lily Lawson. Irmã da sua noiva.

Alex disfarçou a surpresa e examinou-a com atenção. Não parecia possível que aquela criatura fosse parente de Penelope. Uma irmã de pele tão branca, a outra de tez marrom-clara… No entanto, havia algumas semelhanças. As duas tinham os mesmos olhos castanhos, os mesmos traços delicados, a mesma meiguice singular na curva dos lábios. Ele tentou se lembrar do pouco que os Lawsons haviam revelado sobre a filha mais velha. Claramente preferiam não falar dela, exceto para dizer que Lily, ou Wilhemina, como a mãe a chamava, tinha ficado "um pouco insana" depois de ter sido rejeitada no altar quando tinha vinte anos. E que depois disso Lily fora morar no exterior, onde ficara sob a supervisão complacente de uma tia viúva, e levara uma vida extravagante. Alex não se interessara muito pela história, mas naquele momento desejou ter ouvido com mais atenção.

– A minha família algum dia mencionou o meu nome para o senhor? – perguntou ela.

– Descreveram a senhorita como uma excêntrica.

– Ah, sim. Eu me perguntava se eles ainda sequer se davam ao trabalho de reconhecer a minha existência – disse Lily, e então se abaixou um pouco na sela e acrescentou em tom conspiratório: – Tenho a reputação maculada... Foram anos de esforço dedicados a adquiri-la. Por isso não me aprovam. Mas é como se diz: é o destino que escolhe os nossos parentes, certo? Agora é tarde demais para me podar da árvore genealógica.

Lily fez uma pausa na conversa amigável enquanto fitava o rosto severo de Alex. Só Deus sabia o que se passava por trás daqueles olhos acinzentados. Estava claro que ele não tentaria agradá-la com conversa fiada e sorrisos, o tipo de joguinho a que estranhos sociáveis sempre recorriam.

Lily se perguntou se a franqueza seria a melhor maneira de lidar com ele.

– Raiford – disse ela bruscamente –, quero falar sobre a minha irmã.

Ele permaneceu em silêncio, observando-a com olhos gelados.

– Conheço melhor do que ninguém as ambições dos meus pais e o quanto desejam conseguir um casamento excepcional para Penny. Minha irmã é uma jovem adorável e cheia de talentos, não? E seria um casamento brilhante. Srta. Penelope Lawson, condessa de Raiford. Ninguém na minha família jamais ascendeu a tal título. Mas eu me pergunto... Seria do interesse de Penelope se tornar sua esposa? Isto é, o senhor gosta da minha irmã, lorde Raiford?

O rosto dele permaneceu impassível.

– O necessário.

– Isso está longe de me tranquilizar.

– O que a preocupa, Srta. Lawson? – perguntou ele, o tom sarcástico. – Que eu vá maltratar a sua irmã? Que ela não tenha tido voz em relação ao casamento? Eu lhe garanto que Penelope está bastante satisfeita com a situação. – Ele semicerrou olhos e continuou, o tom suave: – E se estiver prestes a encantar a todos com uma de suas exibições teatrais, Srta. Lawson, já aviso que... não gosto de cenas.

Lily foi pega de surpresa pela ameaça velada no tom dele. Não gostou nem um pouco daquele homem! A princípio o considerara vagamente divertido, um aristocrata grande e ligeiramente pomposo de sangue-frio. No entanto, algo a advertiu de que a natureza de Raiford não era apenas fria, mas cruel.

– Não acredito quando diz que Penny está satisfeita – retrucou Lily. – Conheço a minha irmã e não tenho dúvidas de que os meus pais mentiram para ela e a pressionaram a cada passo do caminho para conseguir o que queriam. O senhor deve deixá-la aterrorizada. E por isso pergunto: por acaso a felicidade dela lhe é importante? Porque Penny merece um homem que a ame de verdade. Meus instintos me dizem que tudo que o senhor quer é uma moça obediente e fértil que lhe dará uma série de herdeiros lourinhos para carregar seu nome, e, se for esse o caso, o senhor poderia facilmente encontrar uma centena de outras jovens damas para...

– Basta – disse Raiford, interrompendo-a com dureza. – Vá interferir na vida de outra pessoa, Srta. Lawson. Prefiro vê-la no inferno... Não, prefiro *mandá-la* para lá antes de deixar que se intrometa na minha vida.

Lily lhe lançou um olhar ameaçador.

– Bem, já descobri o que queria saber – disse ela, preparando-se para se afastar. – Bom dia, milorde. A conversa foi muito esclarecedora.

– Espere.

Antes que Alex se desse conta do que estava fazendo, já havia estendido a mão e pegado uma das rédeas dela.

– Solte! – ordenou Lily, aborrecida e surpresa ao mesmo tempo.

A atitude daquele homem era revoltante. Pegar as rédeas de qualquer cavaleiro ou amazona sem convite, tomando para si o controle do cavalo... era um ato aviltante.

– A senhorita não vai caçar – declarou ele.

– O senhor não acha que vim até aqui para lhe desejar felicidades, acha? Sim, eu vou caçar. Não se preocupe, não vou atrasar ninguém.

– Mulheres não deveriam caçar.

– Se quiserem, é claro que deveriam.

– Só se por acaso forem esposas ou filhas dos donos da matilha. Caso contrário...

– Um mero acidente de nascimento não vai me impedir de caçar. Sou uma amazona experiente e insisto que não me seja feita qualquer concessão. Consigo saltar qualquer cerca, por mais alta que seja. Suponho que o senhor iria preferir que eu ficasse dentro de casa com as outras mulheres, fazendo trabalhos manuais e fofocando.

– Onde a senhorita não representaria um risco para ninguém. Aqui fora, será um perigo para os outros, assim como para si mesma.

– Receio que a sua opinião seja minoritária, lorde Raiford. Ninguém além do senhor se opõe à minha presença aqui.

– Nenhum homem em juízo perfeito iria querê-la aqui.

– Suponho, então, que agora eu deva ir embora docilmente – falou Lily, o tom pensativo –, com os olhos baixos de vergonha. Afinal, como ouso interferir em uma atividade tão *viril* como a caça, não é mesmo? Bem, pois saiba que eu não dou a *mínima* – disse ela, fazendo um movimento brusco com os dedos cobertos pelas luvas – para o senhor e suas opiniões hipócritas. Agora solte as rédeas!

– A senhorita não vai caçar – murmurou Alex.

Era como se algo tivesse se rompido dentro dele, levando-o além de qualquer pensamento racional. *Caroline, não, ah, Deus...*

– Uma ova que eu não vou!

Lily puxou as rédeas da mão dele enquanto o cavalo branco se esquivava, inquieto, mas Alex continuou segurando com força. Chocada, ela olhou para aqueles olhos cinzentos, cintilantes como um espelho.

– O senhor está louco – sussurrou.

Ambos permaneceram imóveis.

Lily foi a primeira a se mover, atacando com o chicote em um golpe de rebeldia furiosa. Ela acertou o maxilar de Alex, deixando uma marca vermelha que se estendia até o queixo. Instigando o cavalo para a frente, aproveitou o movimento para libertar as rédeas presas entre os dedos dele. E saiu cavalgando sem olhar para trás.

O confronto foi tão rápido que ninguém percebeu. Alex limpou a mancha de sangue no maxilar, mal notando a pontada de dor. Sua mente girava alucinada. O que estava acontecendo com ele?, se perguntou. Por alguns segundos, não fora capaz de separar o presente do passado. A voz despreocupada e distante de Caroline chegou aos seus ouvidos. "Querido... Então não me ame..." Alex se encolheu, e seu coração disparou enquanto ele voltava a se lembrar do dia em que ela havia caído...

– Um acidente – informara um dos amigos dele, o tom calmo. – Foi lançada de cima do cavalo. No exato instante em que ela caiu eu soube que...

– Chame um médico – dissera Alex, a voz rouca.

– Alex, não adianta.

– Maldição, chame um médico agora ou eu vou...

– Caroline quebrou o pescoço.

– Não…

– Alex, ela está morta…

A voz do cavalariço puxou Alex subitamente de volta ao presente.

– Milorde?

Alex piscou algumas vezes antes de fixar os olhos no capão castanho cintilante, escolhido por sua combinação de poder e flexibilidade. Ele pegou as rédeas, montou com facilidade e olhou para a clareira. Lily Lawson conversava com outros cavaleiros e sorria. Olhando para ela, ninguém imaginaria que acabara de haver um confronto entre eles.

A matilha de cães farejadores foi solta e logo se espalhou pelo campo, fazendo um barulho frenético com os focinhos em ação. Logo encontraram um rastro da raposa.

– Raposa à vista! – veio o aviso quando o animal saiu do esconderijo.

Um som alto e profundo rompeu o ar quando o mestre dos cães tocou a buzina e os cavaleiros partiram para a perseguição.

Os caçadores dispararam com os cavalos pelo bosque em uma exultação febril, gritando loucamente. O solo tremeu sob o ataque de cavalos e cães, cascos castigando a terra, gritos ansiosos rasgando o ar.

– Foi!

Alguém soltou o grito clássico das caçadas britânicas ao avistar a raposa, para instigar os cães.

– *Tally-ho*!

– Pega!

Quando o grupo esporeou as montarias, a caçada assumiu a formação esperada, o líder correndo próximo aos cães da frente e seus assistentes seguindo os cães e mantendo os retardatários ocasionais no ritmo da matilha. Lily Lawson cavalgava com um vigor impressionante, acelerando nos obstáculos mais altos e passando por eles parecendo ter asas. Não parecia preocupada com a própria segurança. Geralmente Alex teria seguido na frente, com os outros, mas optou por ficar para trás a princípio. Até que se viu impelido a seguir Lily, observando-a correr riscos suicidas. Os outros faziam barulho e brincadeiras, enquanto Alex vivia um pesadelo. Sua montaria se esforçava nos saltos, cravando os cascos no chão a cada impulso. *Caroline*… Já fazia muito tempo que ele reprimira tudo aquilo, empurrara cada lembrança para o fundo da mente. Mas era indefeso contra os pensamentos que surgiam sem aviso, a sensação da boca de Caroline sob a dele, o cabelo sedoso em suas mãos, o doce tormento de abraçá-la. Ela havia levado consigo uma parte dele que nunca mais seria recuperada.

*Seu idiota*, disse a si mesmo, furioso. Estava transformando aquela caçada em uma reprise macabra do passado. Um tolo perseguindo sonhos perdidos... e ainda assim continuou a seguir Lily, observando-a saltar por entre brechas e cercas vivas reforçadas. Embora a jovem não olhasse para trás, Alex sentiu que ela sabia da presença dele. Eles cavalgaram por quase uma hora, atravessando de um condado para outro.

Lily esporeava o cavalo com determinação, os nervos vibrando de empolgação. Ela nunca se importara muito com o fim de uma caçada, com o momento de matar a raposa, mas cavalgar... ah, não havia nada igual àquilo. Lily se aproximou com animação de uma imponente "cerca dupla", um espinheiro branco apoiado por estacas de cada lado. Em uma fração de segundo, percebeu que o obstáculo era alto demais e um risco muito grande a correr, mas algum impulso diabólico a impeliu para a frente mesmo assim. No último momento, o cavalo se recusou a saltar. A freada brusca arremessou Lily para fora da sela.

O mundo parecia girar e ela se viu suspensa no ar. Então, o chão começou a se aproximar rapidamente. Lily protegeu o rosto com os braços e sentiu o corpo bater na terra coberta de musgo. O ar saiu com um baque de seus pulmões. Ela se contorceu no chão, arquejando em busca de ar, enquanto suas mãos agarravam folhas e lama em um gesto reflexo.

Atordoada, Lily sentiu que alguém virava seu corpo e erguia seus ombros. Ela abriu a boca, esforçando-se para respirar. Pontos pretos e vermelhos dançavam diante dos seus olhos. A névoa foi se dissipando lentamente, revelando um rosto acima dela. Raiford. O brilho da pele dele tinha agora um tom acinzentado. Lily tentou se desvencilhar do conde, mas logo descobriu que estava bem presa sob suas coxas musculosas. Ela sentia o corpo mole e indefeso como o de uma boneca.

Os seios de Lily levantavam e abaixavam rapidamente enquanto ela tentava recuperar o fôlego. A mão de Raiford a segurava pela nuca com força... muita força... machucando...

– Eu disse para não se juntar à caçada – grunhiu Raiford. – Por acaso estava tentando se matar?

Lily deixou escapar um som baixo e continuou a fitá-lo, confusa. Havia sangue no colarinho dele, uma mancha escarlate, do ferimento com o chicote.

Raiford continuava segurando-a com força pela nuca. Se quisesse, ele poderia quebrar os ossos dela como se fossem gravetos. Lily estava ciente do peso e da força dele, do absoluto poder reprimido dentro daquele corpo. Havia uma expressão quase selvagem no rosto agora enrubescido, uma mistura de ódio e de outra coisa que ela não conseguia identificar. No entanto, em meio ao rugido em seus ouvidos, Lily pensou ter escutado um nome... Caroline...

– O senhor é louco – arquejou Lily. – Bom Deus. Devia estar no hospício. O-o q-que está acontecendo? Ao menos sabe quem eu sou, maldição? Tire as mãos de cima de mim, ouviu?

As palavras de Lily pareceram despertar a consciência de Alex. O brilho assassino deixou seus olhos e seus lábios contorcidos se suavizaram. Lily sentiu uma enorme tensão deixando o corpo dele. Raiford soltou-a abruptamente, como se o toque na pele dela o tivesse queimado.

Lily caiu de costas em meio às folhas e à terra, e ficou encarando-o com uma expressão furiosa enquanto ele se levantava. Raiford não estendeu a mão para ajudá-la a se erguer, mas esperou até que ela conseguisse fazê-lo sozinha. Após se certificar de que Lily não sofrera nenhum dano sério, ele voltou a montar.

Ao se dar conta de que suas pernas estavam fracas, Lily se apoiou contra uma árvore. Ela esperaria até se sentir mais forte antes de voltar a montar também. Enquanto isso, fitou com curiosidade o rosto inexpressivo de Raiford. Depois de respirar fundo algumas vezes, falou:

– Penny é boa demais para o senhor – conseguiu dizer com dificuldade. – Antes, eu tinha medo de que o senhor fosse apenas fazer a minha irmã infeliz. Agora acredito que possa lhe causar danos físicos!

– Por que finge se importar? – retrucou Raiford em um tom de escárnio. – A senhorita não vê a sua irmã ou a sua família há anos. E obviamente eles não querem saber da senhorita.

– O senhor não sabe nada sobre isso! – bradou Lily com veemência.

Pensar naquele monstro esmagando toda a felicidade da vida de Penelope... Ele certamente faria a irmã dela envelhecer antes do tempo. Lily sentiu-se tomada por uma onda de indignação. Por que um ogro como Raiford deveria se casar com Penelope, se havia alguém tão querido e gentil como Zachary apaixonado por ela?

– O senhor não terá Penny! – gritou Lily. – Eu não permitirei!

Alex fitou-a com desprezo.

– Não faça ainda mais papel de tola, Srta. Lawson.

Lily praguejou, usando a linguagem mais obscena de que conseguiu se lembrar, enquanto via Raiford se afastar.

– Você não terá Penelope – jurou baixinho. – Juro pela minha vida que não terá!

# CAPÍTULO 3

Ao chegar a Raiford Park, Alex foi logo desejar bom-dia a Penelope e aos pais dela. Fosse aos olhos de quem fosse, os Lawsons eram um par estranho. Lawson era um homem erudito, se ocupava com leituras em grego e latim, passando dias a fio sentado em uma sala com seus textos e fazendo todas as refeições ali mesmo. Um proprietário de terras sem qualquer interesse pelo mundo exterior. Por puro descuido, administrara mal a propriedade e a fortuna que herdara. Sua esposa, Totty, era uma mulher atraente e vibrante, de olhos vivos e cachos dourados saltitantes. Ela adorava as intrigas e as festas da sociedade, e esteve sempre dedicada à missão de arranjar um esplêndido casamento para a filha.

Alex conseguia entender como os dois haviam gerado uma filha como Penelope. Quieta, tímida, bela... Penelope combinava as melhores características de ambos. Quanto a *Lily*... Não havia como explicar como ela tinha saído da família Lawson. Alex não os culpava por terem expurgado a filha mais velha de suas vidas. Caso contrário, não haveria paz para nenhum deles. Ele não tinha dúvidas de que Lily vicejava em situações de conflito, que era do tipo que se intrometia e atormentava até enlouquecer todos ao seu redor. Embora ela tivesse ido embora da propriedade de Middleton após o encontro deles na caçada, Alex não conseguia parar de pensar nela. Sentia-se profundamente grato por aquela mulher estar com as relações estremecidas com a família. Com sorte, ele jamais teria que tolerar a presença dela novamente.

Animada, Totty lhe informou que os preparativos para o casamento estavam correndo muito bem. O clérigo viria visitá-los no fim da tarde.

– Ótimo – respondeu Alex. – Por favor, me avise quando ele chegar.

– Lorde Raiford – chamou Totty, a voz ansiosa, e indicou um lugar no sofá entre ela e Penelope –, não quer tomar chá conosco?

Alex reparou com ironia que, de repente, Penelope parecia um coelhinho na presença de um lobo. Ele recusou o convite, pois não estava com a menor vontade de aguentar a tagarelice de Totty sobre arranjos de flores e enfeites de casamento.

– Obrigado, mas preciso resolver algumas questões de negócios. Vejo vocês no jantar.

– Sim, milorde – murmuraram as duas mulheres, uma desapontada e a outra mal disfarçando o alívio.

Alex se fechou na biblioteca e examinou uma pilha de documentos e livros de contabilidade que exigiam sua atenção. Ele poderia ter deixado a maior parte daquilo aos cuidados do administrador, mas, desde a morte de Caroline, tinha passado a trabalhar mais do que o necessário, louco para fugir da solidão e das lembranças. Passava mais tempo na biblioteca do que em qualquer outro cômodo da casa, desfrutando da sensação de paz e ordem que encontrava ali. Os livros tinham sido catalogados e agrupados ordenadamente, a mobília era muito bem arrumada. Até as garrafas de bebida no armário de canto italiano haviam sido posicionadas com precisão.

Não havia uma partícula de poeira sequer em lugar nenhum, nem em qualquer outra parte da mansão de Raiford Park. Um exército de cinquenta criados trabalhava dentro de casa para garantir aquilo. Outros trinta cuidavam da área externa, dos jardins e dos estábulos. Os visitantes sempre ficavam encantados com o saguão de entrada de mármore abobadado e com o grande salão de teto em arco, enfeitado com sancas requintadas. A mansão possuía salões de estar de verão e de inverno, longas galerias repletas de obras de arte, uma sala de café da manhã, uma sala de café, dois salões de jantar, inúmeros conjuntos de quartos de dormir e de vestir, uma imensa cozinha, uma biblioteca, uma sala de caça e dois salões de visita que ocasionalmente formavam juntos um enorme salão de baile.

Era uma casa enorme, mas Penelope seria capaz de administrá-la. Afinal, fora criada desde a infância para fazer exatamente aquilo. Alex não tinha dúvidas de que ela não teria dificuldade alguma para ocupar seu lugar como senhora da casa. Embora quieta e dócil, era uma moça inteligente. Penelope ainda não conhecera Henry, irmão mais novo de Alex, mas era um menino bem-comportado e era provável que os dois se dessem muito bem. O silêncio na biblioteca foi quebrado por uma batida suave à porta.

– Sim? – perguntou Alex, o tom brusco.

A porta foi entreaberta e a cabeça loura de Penelope apareceu na fresta. Seus modos excessivamente cautelosos o irritaram. Pelo amor de Deus, ela parecia achar perigoso se aproximar dele. Será que ele era assim tão assustador? Alex sabia que às vezes era meio brusco, mas não saberia agir de outro modo nem se quisesse.

– Sim? – perguntou de novo. – Entre.

– Milorde – disse Penelope timidamente. – E-eu gostaria de saber se a caçada foi boa… Se o senhor se divertiu…

Alex desconfiava de que Totty, a mãe dela, a havia mandado até ali para perguntar. Penelope nunca procurava a companhia dele por conta própria.

– A caçada foi boa – falou Alex.

Ele deixou os papéis que examinava em cima da mesa e se virou para ela. Os movimentos de Penelope eram nervosos, como se o olhar dele a deixasse desconfortável.

– Algo bastante interessante aconteceu no primeiro dia.

Uma vaga expressão de interesse cruzou o rosto da jovem.

– É mesmo, milorde? Algum acidente? Uma colisão?

– Poderia se dizer que sim – retrucou Alex, o tom irônico. – Eu conheci a sua irmã.

Penelope ficou sem ar.

– Lily estava lá? Ah, céus…

Ela se calou e ficou olhando para ele com uma expressão desanimada.

– É uma mulher bastante incomum – disse ele, em um tom que estava longe de ser elogioso.

Penelope assentiu e engoliu em seco.

– Com Lily não costuma haver meio-termo. Ou as pessoas a adoram ou…

Ela deu de ombros, impotente.

– Sim – retrucou Alex com sarcasmo. – Faço parte do segundo grupo.

– Ah.

Penelope franziu a testa muito sutilmente.

– É claro. Vocês dois são bastante firmes em suas opiniões.

– Essa é uma maneira bem diplomática de descrever a situação.

Alex a encarou com atenção. Era enervante ver os ecos de Lily no rosto doce e gentil de Penelope.

– Falamos sobre você – disse ele abruptamente.

A jovem arregalou os olhos, apreensiva.

– Milorde, devo deixar claro que Lily não fala por mim nem pelo restante da família.

– Sei disso.

– E sobre o que conversaram? – perguntou ela timidamente.

– A sua irmã afirmou que eu provavelmente assusto a senhorita. Isso é verdade?

Penelope enrubesceu diante da avaliação fria dele.

– Um pouco, milorde – admitiu.

Alex achava a timidez doce da noiva um tanto enervante. Perguntou-se se ela seria capaz de se irritar com ele, se alguma vez o repreenderia por fazer algo que a desagradasse. Quando Alex se levantou e foi até ela, viu a noiva se encolher involuntariamente. Ele parou ao lado dela e passou as mãos ao redor da sua cintura. Penelope inclinou a cabeça, mas Alex percebeu o arquejo rápido que ela deixou escapar. De repente, ele não conseguia tirar uma imagem perturbadora da mente: o momento em que levantara Lily do chão, em que segurara seu corpo nos braços. Embora Penelope fosse mais alta e voluptuosa do que a irmã mais velha, dava a impressão de ser muito mais macia, e menor.

– Olhe para mim – pediu Alex calmamente.

Quando Penelope obedeceu, ele olhou no fundo dos olhos castanhos. Idênticos aos de Lily. A não ser pelo fato de que enquanto aqueles estavam cheios de um fogo misterioso, esses transmitiam uma inocência assustada.

– Não há razão para se sentir inquieta. Não vou machucar você.

– Sim, milorde – sussurrou ela.

– Por que você não me chama de Alex?

Ele já lhe pedira aquilo antes, mas parecia difícil para a jovem usar o primeiro nome do noivo.

– Ah, eu... eu não conseguiria.

Alex precisou fazer um grande esforço para conter a impaciência.

– Tente.

– Alex – murmurou Penelope.

– Ótimo.

Ele abaixou a cabeça e roçou os lábios nos dela. Penelope não se mexeu, apenas encostou a mão no ombro dele. Alex prolongou o beijo, aumentando a pressão da boca. Pela primeira vez, buscou mais do que uma aceitação dócil da noiva, mas os lábios dela permaneceram frios e imóveis sob os dele. De repente, Alex ficou intrigado e irritado ao perceber que Penelope considerava um dever suportar o abraço dele.

Ele ergueu a cabeça e fitou o rosto plácido da noiva. Penelope parecia uma criança que acabara de engolir obedientemente uma colher de remédio e estava sentindo o gosto que sobrara na boca. Alex jamais passara pela experiência de ver uma mulher considerar uma tarefa árdua beijá-lo! Ele franziu as sobrancelhas em uma expressão severa.

– Maldição, não estou aqui para ser *tolerado* – declarou ele rispidamente.

Penelope enrijeceu o corpo, alarmada.

– Milorde?

Alex sabia que deveria fazer o papel de cavalheiro e tratá-la com um respeito terno, mas sua natureza ardente exigia uma reação da parte de Penelope.

– Retribua o meu beijo – ordenou, e puxou-a com força contra o corpo.

Penelope deixou escapar um gritinho de surpresa, se afastou dele e lhe deu um tapa no rosto.

Não foi exatamente um tapa. Alex até teria gostado de um tapa vigoroso e caloroso. Foi mais como um tapinha de reprovação. Penelope recuou até a porta e fitou-o com lágrimas nos olhos.

– Milorde, está me testando de alguma forma? – perguntou ela em um tom magoado.

Alex devolveu o olhar por um longo tempo, mantendo o rosto inexpressivo. Ele sabia que estava sendo irracional. Não deveria esperar de Penelope algo que ela não conseguisse ou não quisesse lhe dar. Amaldiçoou-se em silêncio, enquanto se perguntava por que estava com um humor tão infernal.

– Peço que me perdoe.

Penelope assentiu, ainda parecendo insegura.

– Acho que o senhor ainda está animado com a caçada. Ouvi dizer que os homens são muito afetados pela atmosfera primitiva desses eventos.

Alex deu um sorriso sarcástico.

– É, provavelmente.

– Posso me retirar?

Alex se limitou a fazer um gesto com a mão para que ela saísse logo. Penelope parou na porta e olhou para ele por cima do ombro.

– Milorde, por favor, não pense mal de Lily. Minha irmã é uma mulher incomum, muito corajosa e obstinada. Quando eu era criança, ela costumava me proteger de todos e de tudo que me assustava.

Alex ficou surpreso com o pequeno discurso. Era raro ouvir Penelope pronunciar mais do que duas frases.

– Ela já foi próxima do seu pai ou da sua mãe?

– Não, só da nossa tia Sally, que era tão excêntrica quanto ela, sempre em busca de aventuras e agindo de forma pouco convencional. Quando tia Sally faleceu, alguns anos atrás, deixou toda a fortuna para Lily.

Então fora assim que Lily conseguira seus meios de vida. A informação não melhorou em nada a opinião de Alex sobre ela. Era provável que Lily tivesse cortejado deliberadamente os favores da velha e depois dançado no leito de morte da tia ao pensar no dinheiro que havia herdado.

– Por que ela nunca se casou?

– Lily sempre disse que o casamento é uma instituição medonha, concebida para o benefício dos homens, não das mulheres. – Penelope pigarreou delicadamente. – Na verdade, ela não tem os homens em muito boa estima. Embora pareça gostar da companhia deles... já que sai para caçar, atirar, jogar, e assim por diante.

– E assim por diante – repetiu Alex com sarcasmo. – Sua irmã tem amigos "especiais"?

A pergunta pareceu deixar Penelope perplexa. Embora ela não entendesse muito bem o que ele queria dizer, respondeu prontamente.

– Especiais? Ora... Bem... Lily costuma ter a companhia de um homem chamado Derek Craven. Ela o mencionou nas cartas que escreveu para mim.

– *Craven*?

E com isso a imagem toda ficou muito clara, e era sórdida. Os lábios de Alex se curvaram com desgosto. Ele próprio era membro do clube de Craven e já havia se encontrado com o proprietário em duas ocasiões. Fazia sentido que Lily Lawson escolhesse se associar a um homem daquele tipo, um sujeito do East End desdenhosamente conhecido nos círculos educados como um "aristocrata de ocasião". Sem dúvida, Lily tinha a moral de uma prostituta, pois uma "amizade" com Craven não poderia significar outra coisa. Como era possível que uma mulher que nascera em uma família decente, com acesso à cultura e com todas as necessidades materiais atendidas, se degradasse de tal forma? E Lily escolhera aquele caminho de bom grado, a cada passo que dera.

– Lily é apenas animada demais. Não combina com uma vida pacata – defendeu Penelope, adivinhando os pensamentos do noivo. – Tudo poderia ter sido diferente se ela não tivesse sido rejeitada tantos anos atrás. A traição e a humilhação de ser abandonada daquele jeito... Acho que isso a levou a fazer muitas coisas imprudentes. Pelo menos é o que a mamãe diz.

– Por que ela não...

Alex se interrompeu e olhou pela janela. Sua atenção foi desviada por um som do lado de fora, o ranger das rodas de uma carruagem no caminho de cascalho.

– Sua mãe está esperando visitas hoje?

Penelope balançou a cabeça.

– Não, milorde. Pode ser a ajudante da modista, vindo fazer uns ajustes no meu enxoval. Mas pensei que ela viesse amanhã...

Alex não sabia explicar por quê, mas tinha um pressentimento... muito ruim. Seus nervos vibraram com uma sensação de alerta.

– Vamos ver quem é.

Ele abriu a porta da biblioteca e foi até o saguão de entrada, revestido de mármore cinza e branco, com Penelope logo atrás, passando pelo velho mordomo, Silvern, no caminho.

– Eu cuido disso – disse Alex ao mordomo.

Silvern fungou, reprovando o comportamento pouco ortodoxo de sua senhoria, mas não protestou.

Uma magnífica carruagem preta e dourada sem um brasão identificável parou no fim do longo caminho de cascalho. Penelope se postou ao lado de Alex, trêmula em seu vestido leve sob a brisa forte. Era um dia enevoado e frio de primavera, com nuvens brancas agitadas no céu.

– Eu não reconheço a carruagem – murmurou.

Um criado com uma esplêndida libré azul e preta abriu a porta do veículo e pousou cerimoniosamente um pequeno degrau retangular no chão, para a conveniência do passageiro.

Então, *ela* surgiu.

Alex ficou imóvel, como se tivesse se transformado em pedra.

– Lily! – exclamou Penelope.

Ela soltou um gritinho de prazer e correu para a irmã.

Lily pousou os pés no chão, rindo com exuberância.

– Penny!

Ela passou os braços ao redor de Penelope, abraçou-a, então a afastou um pouco para olhá-la melhor.

– Meu Deus, mas que criatura *elegante* você se tornou! Arrebatadora! Faz anos desde a última vez que a vi... Você ainda era tão pequena... E agora olhe só você! A moça mais linda da Inglaterra.

– Ah, nada disso, linda é *você*.

Lily riu e abraçou novamente a irmã.

– Muita gentileza elogiar sua pobre irmã solteirona.

– Você não se parece nem um pouco com uma solteirona – declarou Penelope.

Apesar do espanto que sentia, de estar com as emoções à flor da pele, de prontidão para a batalha, Alex tinha que concordar. Lily estava belíssima em um vestido azul-escuro e uma capa de veludo com bordas de arminho branco. O cabelo, solto, encaracolava-se lindamente ao redor das têmporas, com alguns cachos cobrindo as orelhas delicadas. Era difícil acreditar que aquela era a mesma mulher excêntrica que usara calções no dia da caçada e montara a cavalo como um homem. Com as faces rosadas e a expressão sorridente, ela parecia uma próspera mulher casada fazendo uma visita social. Ou uma cortesã aristocrática.

Lily fitou-o enquanto olhava por cima do ombro de Penelope. Sem demonstrar constrangimento ou qualquer traço de desconforto, ela se desvencilhou da irmã e caminhou até os degraus circulares onde Alex estava parado. Então, estendeu a mão pequena para ele, com um sorriso insolente.

– Direto para o acampamento inimigo – murmurou.

Ao ver a expressão severa dele, os olhos escuros de Lily cintilaram de satisfação. Mas ela teve o bom senso de se conter e não sorrir abertamente. Não faria bem algum deixar Raiford furioso. Mas, mesmo assim, ele *estava* com raiva. Certamente não esperava que ela aparecesse à porta de sua casa de campo. E Lily também não imaginara sentir tamanha satisfação com aquilo! Nunca experimentara um prazer tão absoluto em provocar um homem. Quando terminasse com Raiford, o mundo dele estaria virado de cabeça para baixo.

Lily não sentia remorso pelo que planejava fazer. A ideia de Raiford e a irmã formarem um par era ultrajante. Bastava olhar para os dois para ver claramente que se tratava de um erro. Penny era frágil como uma flor, o cabelo dourado cintilando, o brilho suave de uma criança. Era indefesa contra ameaças, intimidações; sua única opção era curvar-se como um junco delicado diante de uma tempestade violenta.

E Raiford era dez vezes pior do que Lily se lembrava. Suas feições – duras, perfeitas e distantes –, com aqueles olhos pálidos e a projeção severa do queixo... Não havia compaixão nem gentileza naquele rosto. O poder brutal de seu corpo, musculoso e rígido, era evidente apesar dos trajes civilizados que usava. Raiford precisava de uma mulher que fosse tão cínica quanto ele, insensível às suas farpas.

Alex ignorou a mão de Lily e a encarou com frieza.

– Vá embora – grunhiu. – Agora.

Lily sentiu um arrepio subir pela espinha e sorriu recatadamente.

– Milorde, desejo ver minha família. Já faz tempo demais desde a última vez.

Antes que Alex pudesse responder, ouviu as exclamações de Totty e George logo atrás.

– Wilhemina!

– Lily... Meu bom Deus...

O silêncio se instalou e ficaram todos paralisados, como uma cena gravada em uma pintura. Todos os olhares fixos na forma pequena de Lily. A arrogância e a autoconfiança desapareceram na mesma hora do rosto da recém-chegada, e de repente ela pareceu uma menininha insegura. Os dentes brancos mordiam o lábio inferior delicado, em um gesto nervoso.

– Mamãe? – chamou baixinho. – Mamãe, pode tentar me perdoar?

Totty começou a chorar e avançou, abrindo os braços roliços.

– Wilhemina, você poderia ter vindo antes. Tive tanto medo de nunca mais vê-la!

Lily disparou até ela, rindo e chorando. As duas mulheres se abraçaram, falando ao mesmo tempo.

– Mamãe, você não mudou nada... E cuidou esplendidamente de Penny... Ela é a estrela da temporada social...

– Querida, ouvimos histórias tão terríveis sobre a sua conduta... Eu me preocupo, você sabe... Deus do céu, o que fez com seu cabelo?

Lily levou a mão aos cabelos curtos e encaracolados em um gesto constrangido e sorriu.

– Está muito ruim, mamãe?

– Hum, combina com você – admitiu Totty. – Na verdade, é bastante atraente.

Lily viu o pai e correu para ele.

– Papai!

Constrangido, George deu uma palmadinha carinhosa nas costas esbeltas da filha e afastou-a com gentileza.

– Pronto, pronto, já basta. Deus, as cenas que você faz, Lily. E na frente de lorde Raiford. Você está com algum tipo de problema? Por que veio até aqui? E justo agora?

– Não há problema algum – disse Lily, sorrindo para o pai. Os dois eram baixos, quase da mesma altura. – Eu teria vindo antes, mas não tinha certeza de como me receberiam. Na verdade, só quero compartilhar com vocês a alegria do casamento de Penny. Naturalmente, se a minha presença desagradar o conde, posso ir embora neste segundo. Não desejo causar problemas a ninguém. Mas confesso que pensei na possibilidade de passar uma ou duas semanas aqui, com vocês. – Ela olhou para Alex e acrescentou em um tom cauteloso: – Eu me comportaria da melhor maneira. Seria uma verdadeira santa.

O olhar fulminante e implacável de Alex a atingiu. Ele estava com vontade de empurrá-la de volta para a carruagem exuberante e mandar o cocheiro retornar direto para Londres. Ou para um outro lugar, que era bem mais quente.

Diante do silêncio dele, Lily pareceu perturbada.

– Mas talvez não haja espaço para me acomodar?

Lily esticou o pescoço para examinar a mansão imponente, deixando o olhar percorrer as intermináveis fileiras de janelas e sacadas.

Alex cerrou os dentes. Teria sido o maior prazer de sua vida estrangulá--la. Ele sabia muito bem o que aquela mulher estava fazendo. Recusar-se a recebê-la naquele momento o pintaria aos olhos da família dela como um canalha hostil. Penelope já o fitava com uma expressão que misturava consternação e ansiedade.

– Alex – pediu Penelope, aproximando-se dele e pousando a mão em seu braço. Aquela era a primeira vez que a noiva o tocava por livre e espontânea vontade. – Alex, há espaço bastante para acomodarmos minha irmã, certo? Se ela disse que se comportará bem, tenho certeza de que cumprirá o prometido.

Lily estalou a língua e disse com tom afetuoso:

– Ora, Penny, não vamos constranger sua senhoria. Encontrarei outra ocasião para vê-la, prometo.

– Não, eu queria que você ficasse – reclamou Penelope, os dedos apertando o braço de Alex. – Por favor, milorde, por favor, diga que podemos recebê-la.

– Não há necessidade de implorar – murmurou Alex.

Como ele poderia se recusar a atender a noiva quando ela estava implorando diante da família, do mordomo e de todos os criados ao alcance de sua voz? Ele olhou para Lily, esperando ver um brilho de triunfo em seus olhos, os lábios se curvando em um sorriso presunçoso, mas ela exibia uma expressão tolerante, digna de Joana d'Arc. Maldita fosse!

– Faça como quiser – disse a Penelope. – Basta mantê-la fora da minha vista.

– Ah, obrigada, milorde!

Penelope girou o corpo, alegre, abraçou Lily e então Totty.

– Mamãe, não é maravilhoso?

Em meio à torrente de gratidão de Penelope, Lily se aproximou calmamente de Alex.

– Raiford, acho que tivemos um mau começo – disse ela. – E a culpa é totalmente minha. Será que não podemos esquecer aquela maldita caçada e recomeçar?

Ela parecia tão sincera, tão objetiva e cativante.

Alex não acreditou em nada daquilo.

– Srta. Lawson – falou ele com lentidão deliberada –, se fizer qualquer coisa para minar meus interesses…

– O que o senhor vai fazer? – perguntou Lily, dando um sorriso provocador.

Não havia nada que ele pudesse fazer para atingi-la. O pior já acontecera havia muito tempo. Lily não tinha medo dele.

– Farei com que se arrependa pelo resto da vida – disse ele baixinho.

O sorriso de Lily desapareceu enquanto ele se afastava. De repente, ela se lembrou do alerta de Derek… "Escute meu conselho. Deixe as coisas como estão… É melhor ficar longe do caminho dele…" Lily afastou as palavras da mente e deu de ombros com impaciência. Lorde Raiford era apenas um homem, e ela era capaz de manipulá-lo. Não acabara de conseguir um convite para ficar bem debaixo do teto dele pelas próximas semanas? Lily olhou para a mãe e para a irmã e riu baixinho.

～

– Perguntei a Raiford se ele amava você.

Lily aproveitou a primeira oportunidade para levar Penelope até a privacidade de um quarto onde as duas poderiam ter, como ela disse, uma "conversa de irmãs". E na mesma hora começou a contar da caçada de Middleton, determinada a fazer Penny entender qual era o tipo de homem de quem ela estava noiva.

– Ah, Lily, você não fez isso! – disse Penelope, que pôs as mãos sobre os olhos e gemeu. – Por que faria uma coisa dessas? – perguntou e, de repente, surpreendeu Lily com uma gargalhada. – Não consigo imaginar a reação de sua senhoria!

– Não vejo o que há de tão divertido nisso – retrucou Lily com uma dignidade perplexa. – Estou tentando ter uma conversa séria com você sobre o seu futuro, Penny.

– Meu futuro está bem resolvido! Ou estava, melhor dizendo.

Penelope cobriu a boca com a mão para abafar uma risadinha consternada.

Indignada, Lily se perguntou por que a história do seu encontro com Raiford na caçada estava divertindo tanto a irmã em vez de deixá-la alarmada como deveria.

– Em resposta à minha pergunta totalmente objetiva, Raiford foi rude, evasivo e ofensivo. Na minha opinião, ele não é um cavalheiro e está longe de ser digno de você.

Penelope deu de ombros, impotente.

– Londres inteira acha que Raiford é um excelente partido.

– Eu discordo.

Lily andava de um lado para outro na frente da cama de dossel, batendo repetidamente com uma luva de pelica na palma da mão.

– Quais são as qualidades que fazem dele um bom partido? A aparência? Bem, admito que ele poderia ser considerado belo, mas apenas de um jeito brando, frio e *desinteressante*.

– Eu... suponho que essa seja uma questão de gosto...

– E quanto à fortuna dele – continuou Lily, inflamada. – Existem muitos homens por aí com os meios para cuidar de você e sustentá-la devidamente. O título? Você poderia facilmente conseguir alguém com sangue ainda mais azul e linhagem mais impressionante. E você não pode alegar que sente grande apreço por Raiford, Penny!

– O acordo foi feito e acertado entre papai e lorde Raiford – respondeu Penelope com suavidade. – E, embora seja verdade que eu não o amo, nunca imaginei que amaria. Se eu tiver sorte, esse tipo de sentimento talvez nasça mais tarde. É assim que as coisas são, Lily. Eu não sou como você. Sempre fui muito convencional.

Lily praguejou de forma ininteligível e encarou a irmã, frustrada. Algo no jeito prosaico de Penelope fazia com que Lily se sentisse como nos tempos em que era uma jovem rebelde, quando todos pareciam ter uma compreensão do mundo que ela não era capaz de compartilhar. Qual era o segredo deles? Por que um casamento arranjado, sem amor, fazia sentido para todos os outros e não para ela? Lily claramente havia desfrutado de muita liberdade por muito tempo. Sentou-se na cama ao lado de Penelope.

– Não entendo por que você é tão complacente com a perspectiva de se casar com um homem de quem não gosta – disse Lily, tentando soar enérgica, mas parecendo melancólica.

– Não estou sendo complacente, apenas resignada. Perdoe-me por dizer isso, Lily, mas você é uma romântica, no pior sentido da palavra.

A expressão de Lily se fechou.

– De jeito nenhum! Tenho uma natureza bastante obstinada e prática. Já sofri reveses suficientes para entender como é a realidade e como o mundo funciona e, portanto, sei…

– Lily, meu bem – disse Penelope, segurando a mão da irmã. – Desde pequena, sempre pensei em você como a mais linda, a mais corajosa, a mais *tudo*, mas nunca como uma pessoa prática. Nunca.

Lily puxou a mão e observou a irmã mais nova com espanto. Ao que parecia, Penelope não seria tão cooperativa quanto ela esperava. Bem, o plano ainda tinha que ser executado. Era para o bem de Penny, quer ela admitisse ou não que precisava ser salva daquela situação.

– Não vim aqui para falar de mim – disse Lily abruptamente –, mas de você. De todos os seus pretendentes em Londres, deve ter havido alguém que você teria preferido a Raiford. – Arqueou as sobrancelhas sugestivamente e provocou: – Lorde Stamford, por exemplo?

Penelope ficou em silêncio por um longo tempo, e seus pensamentos pareceram se afastar para algum lugar distante. Um sorriso melancólico surgiu em seu rosto.

– Zachary, querido… – sussurrou, mas logo balançou a cabeça. – A minha situação está resolvida. Lily, você sabe que nunca lhe pedi nada, mas agora estou pedindo, do fundo do meu coração: *por favor*, não coloque na cabeça que tem que me "salvar". Vou acatar a decisão do papai e da mamãe e me casar com lorde Raiford. É minha obrigação.

Ela estalou os dedos como se uma nova ideia tivesse acabado de lhe ocorrer.

– Por que não voltamos a nossa atenção para encontrar um marido para *você*?

Lily torceu o nariz.

– Ah, meu bom Deus. Você sabe que não tenho o menor interesse nos homens. Eles podem ser muito divertidos no campo de caça e no salão de jogos, é claro, mas em outros momentos… Enfim, no geral penso que eles são muito inconvenientes. São criaturas gananciosas, exigentes. Não suporto a ideia de estar à disposição de alguém e ser tratada como uma criança atrevida em vez de uma mulher com opiniões próprias.

– Os homens são úteis quando se deseja uma família.

Como todas as jovens de sua posição social, Penelope aprendera que ter filhos era o papel mais louvável de uma mulher. Aquelas palavras deram a Lily uma sensação desagradável, despertando emoções dolorosas.

– Sim – disse com amargura. – Eles certamente são úteis para gerar filhos.

– Ora, mas você não quer ficar sozinha para sempre, quer?

– Melhor isso do que ser a marionete de um homem qualquer!

Lily não percebeu que havia falado em voz alta até ver a expressão confusa de Penelope. Ela deu um rápido sorriso para a irmã e pegou um xale que estava sobre uma cadeira.

– Posso pegar isso emprestado? Acho que vou sair para dar uma volta pela propriedade, dar um passeio. Está bastante abafado aqui.

– Mas, Lily…

– Conversaremos de novo mais tarde. Eu prometo. Vejo você no jantar, querida.

Lily saiu rapidamente, seguiu pelo corredor e desceu a escada ornamentada sem pensar para onde estava indo. Ignorou o ambiente suntuoso ao seu redor e manteve a cabeça baixa.

– Meu Deus, preciso ser cuidadosa – sussurrou para si mesma.

Nos últimos tempos, seu autocontrole tinha chegado ao limite e tomar cuidado com as palavras vinha sendo difícil. Após atravessar lentamente o grande salão, Lily se viu dentro de uma galeria de pelo menos trinta metros de comprimento, iluminada pela luz que entrava por uma fileira de portas de vidro. Através do vidro muito limpo, ela viu um jardim com gramados verdes bem-cuidados e caminhos cercados. Uma caminhada rápida era exatamente do que precisava. Lily jogou o xale sobre os ombros e saiu, deliciando-se com a brisa fresca.

O jardim era magnífico, majestoso e exuberante, dividido em vários setores por sebes de teixo meticulosamente aparadas. Havia o setor ao redor da capela, com um pequeno riacho e um laguinho redondo cheio de nenúfares. Dali, abria-se o roseiral, com uma enorme quantidade de flores cercando uma roseira Ayrshire grande e rara. Lily caminhou ao longo de um muro do jardim, coberto de hera e rosas trepadeiras. Então, subiu uma série de degraus desgastados pelo tempo, que levavam a um terraço com vista para um lago artificial. Perto havia uma fonte cercada por uma dúzia de pavões empertigados. Uma aura de serenidade absoluta imperava no jardim. Parecia um lugar encantado, onde nada de ruim jamais poderia acontecer.

Um pomar de árvores frutíferas no lado leste da propriedade chamou sua atenção. Aquilo fez Lily se lembrar do pomar de limoeiros da *villa* italiana onde ela vivera por dois anos. Ela e Nicole passavam a maior parte do tempo no jardim ou na *loggia* de muitas colunas nos fundos da casinha. Às vezes, ela levava a menina para passear no *bosco*, o bosque sombreado que ficava próximo.

– Não pense nisso – sussurrou para si mesma com determinação. – *Não* pense.

Mas a lembrança era tão nítida quanto se fosse da véspera. Lily se sentou na beira da fonte e apertou mais o xale ao redor do corpo. Distraidamente, virou o rosto para a floresta distante, além do lago, perdida em lembranças...

*– Domina! Domina, trouxe as coisas mais maravilhosas do mercado: pão, queijo macio e um bom vinho. Venha me ajudar a colher algumas frutas no pomar, vamos fazer para o almoço um...*

*Lily parou quando percebeu o silêncio anormal na* casetta. *Seu sorriso alegre desapareceu. Ela pousou a cesta perto da porta e se aventurou a entrar. Estava vestida como as mulheres locais, com uma saia de algodão e uma blusa de mangas compridas, os cabelos cobertos por um lenço grande. Com seus cachos escuros e o sotaque italiano impecável, muitas vezes ela era confundida com uma local.*

*– Domina? – voltou a chamar Lily, o tom cauteloso.*

*De repente, a governanta apareceu, o rosto enrugado e castigado de sol coberto de lágrimas. Ela estava desgrenhada, o cabelo grisalho escapando da trança fina enrolada em volta da cabeça.*

– Signorina – *arquejou.*

*E então começou a falar de forma tão incoerente que Lily não conseguiu entendê-la. Lily passou o braço ao redor dos ombros redondos da mulher mais velha e tentou acalmá-la.*

*– Domina, me diga o que aconteceu. É Nicole? Onde ela está?*

*A governanta começou a soluçar. Algo havia acontecido, algo terrível demais para ser colocado em palavras. Sua bebê estava doente? Teria se machucado? Aterrorizada, Lily soltou Domina e correu para as escadas que levavam ao quarto da filha.*

*– Nicole? – chamou. – Nicole, a mamãe está aqui, está tudo...*

– Signorina, *ela se foi!*

*O pé de Lily ficou paralisado no primeiro degrau, a mão agarrada ao corrimão. Então, ela olhou para Domina, que tremia visivelmente.*

*– Como assim? – perguntou com a voz rouca. – Onde ela está?*

*– Eram dois homens. Não consegui impedir,* signorina. *Eu tentei, Dio mio... Mas eles levaram a bebê embora. Ela se foi.*

*Lily tinha a sensação de estar em um pesadelo. Nada fazia sentido.*

*– O que eles disseram? – perguntou em uma voz rouca e estranha aos próprios ouvidos.*

*Domina começou a soluçar e Lily xingou a mulher e se adiantou.*

*– Maldição, Domina! Não chore, só me diga o que eles disseram!*

*Domina recuou, assustada ao ver o rosto contorcido de Lily.*

*– Eles não disseram nada.*

*– Para onde a levaram?*

*– Não sei.*

*– Deixaram algum bilhete, alguma mensagem?*

*– Não,* signorina.

*Lily olhou no fundo dos olhos lacrimejantes da mulher.*

*– Ah, meu Deus. Isso não está acontecendo, não está...*

*Ela correu desesperada até o quarto da filha e caiu de joelhos, batendo com força com a canela, mas sem sentir a dor. O quartinho parecia o mesmo de sempre: brinquedos espalhados pelo chão, um vestido de babados pendurado no braço de uma cadeira de balanço. O berço estava vazio. Lily pressionou uma das mãos na barriga e levou a outra à boca. Estava com medo demais para chorar, mas ouviu a própria voz ao deixar escapar um grito lancinante.*

*– Não! Nicole... Nããão...*

Com um sobressalto, Lily se forçou a voltar ao presente. Já haviam se passado mais de dois anos desde então. Dois anos. Desolada, perguntava-se se a filha ainda se lembraria dela. Isso se Nicole ainda estivesse viva. A ideia fez surgir um nó tão grande em sua garganta que ela mal conseguia respirar. Talvez, pensou, sentindo-se profundamente infeliz, aquele fosse o castigo por seus pecados... ter sua bebê arrancada dela para sempre. Mas o Senhor tinha que ser misericordioso... Nicole era tão inocente, tão pura. Lily sabia que encontraria a filha, mesmo que levasse o resto da vida para isso.

Alex nunca vira uma mulher tão pequena comer com tanto entusiasmo. Talvez aquela fosse a fonte de sua energia incansável. Com uma dedicação meticulosa, Lily limpou um prato de presunto com molho madeira, várias colheres de batatas e legumes cozidos, massa e frutas frescas. Ela ria e tagarelava o tempo todo, a luz quente do salão lançando um brilho sobre seu rosto animado. Alex se pegou constrangido várias vezes ao perceber que a estava encarando. Aquilo o incomodava muito, seu fascínio por Lily e o quebra-cabeça que ela representava.

Não importava qual fosse o assunto da conversa, Lily sempre tinha algo a acrescentar. Seu conhecimento de caça, cavalos e outros assuntos masculinos a tornava mais atraente, embora de uma forma turbulenta. Quando passou a comentar as intrigas da sociedade com Totty, ela também soou tão sofisticada quanto qualquer mulher no *beau monde* jamais poderia esperar ser. O mais desconcertante de tudo era que havia momentos, breves, com certeza, em que Lily exibia um encanto natural que eclipsava em muito o da irmã mais nova.

– Penny será a noiva mais perfeita que Londres já viu! – exclamou Lily, fazendo a irmã rir com modéstia. Então olhou para a mãe e acrescentou com ironia: – Estou feliz porque a senhora finalmente terá o grande casamento com que sonhou, mamãe. Especialmente depois dos anos de tormento que lhe causei.

– Você não foi *só* um tormento, querida. E ainda não abandonei minhas esperanças de algum dia conseguir um casamento para você.

Lily manteve a expressão branda, mas riu por dentro. *Que o diabo me leve antes que eu me torne esposa de alguém*, pensou, implacável. Ela olhou para Alex, que parecia concentrado na própria comida.

– É difícil encontrar o tipo de homem com quem eu aceitaria me casar.

Penelope olhou-a com curiosidade.

– Que tipo de homem seria esse, Lily?

– Não sei se existe uma palavra específica para descrevê-lo – respondeu Lily, pensativa.

– Um efeminado, talvez? – sugeriu Alex.

Lily encarou-o com irritação.

– Pelo que tenho observado, o casamento é sempre muito mais vantajoso para o homem. O marido detém todo o controle legal e financeiro, enquanto a pobre esposa passa seus melhores anos cuidando dele e gerando filhos, até que um dia se dá conta de que está totalmente exaurida.

– Wilhemina, as coisas não são assim! – exclamou Totty. – Toda mulher precisa da proteção e da orientação de um homem.

– Eu não preciso!

– Realmente... – comentou Alex, e seu olhar firme fez Lily se sentir presa na cadeira.

Lily ajeitou o corpo, desconfortável, e retribuiu o olhar. Ao que parecia, ele ouvira falar sobre o relacionamento dela com Derek Craven. De toda forma, a opinião de Raiford a seu respeito não lhe importava nem um pouco. E não era da conta dele se ela tinha um "acordo" com alguém ou não!

– Sim, realmente – retrucou Lily, o tom frio. – Mas se eu me casasse, milorde, seria apenas com um homem que não associasse força com brutalidade. Alguém que considerasse a esposa como uma companheira em vez de uma escrava a quem enaltecer. Alguém...

– Lily, já basta! – disse o pai dela, a expressão aborrecida. – Eu gostaria de um pouco de paz e você está criando uma perturbação. Vai permanecer em silêncio a partir de agora.

– Não, não. Eu gostaria que ela continuasse – disse Alex calmamente. – Conte-nos, Srta. Lawson, o que mais desejaria em um homem?

Lily sentiu o rosto começar a arder. Havia uma sensação estranha no peito – uma mistura de tensão, calor e agitação.

– Não, não quero continuar – murmurou. – Tenho certeza de que já passei uma ideia geral.

Ela colocou um pedaço de frango na boca, mas a carne suculenta de repente pareceu ter a textura de serragem e foi difícil de engolir. Todos sentados à mesa permaneceram em silêncio, enquanto o olhar angustiado de Penelope oscilava entre o noivo e a irmã.

– Embora – disse Lily depois de um instante, olhando para o rosto rosado de Totty – eu esteja me tornando uma pessoa mais tranquila à medida que a idade avança, sabe, mamãe? É possível que eu encontre alguém disposto a fazer certas concessões por mim. Alguém tolerante o bastante para suportar meus modos rebeldes – disse e, depois de uma pausa significativa, acrescentou: – Na verdade, acho que já posso até tê-lo encontrado.

– Do que está falando, querida? – perguntou Totty.

– Talvez eu receba uma visita em um ou dois dias. Um rapaz absolutamente encantador… e seu vizinho, lorde Raiford.

Totty pareceu fascinada na mesma hora.

– Está brincando conosco, Wilhemina? É alguém que eu conheço? Por que não falou nada sobre isso até agora?

– Não tenho certeza de quanto há para contar – falou Lily timidamente. – E, sim, vocês o conhecem. É Zachary.

– O visconde Stamford?

O espanto da família fez Lily sorrir.

– Ele mesmo. Como vocês sabem, comecei uma amizade com Zach depois que Harry e eu rompemos. Ao longo dos anos, desenvolvemos certo carinho um pelo outro. Nos damos muito bem. Nos últimos tempos, tenho suspeitado que os sentimentos entre nós talvez tenham amadurecido.

Perfeito, pensou ela com orgulho. A notícia tinha sido dada no tom certo… Lily parecia despreocupada, satisfeita, um pouco tímida.

Alex estava prestes a perguntar o que Derek Craven, o amante dela, pensava da situação, mas engoliu as palavras. E avaliou que tipo de par Lily e o visconde formariam. Stamford era como um cãozinho inofensivo, sem muita firmeza. Lily manipularia aquele pobre tolo de narizinho refinado.

Lily sorriu para Penelope, se desculpando.

– É claro, querida Penny, que todos nós sabemos que Zach se interessou por você durante algum tempo, mas acho que ultimamente ele começou a me ver de uma forma diferente. Espero que não se sinta incomodada com a perspectiva de um casamento entre nós.

Penelope tinha uma expressão estranha no rosto: parecia dividida entre o espanto e o ciúme. Penny nunca olhara para a irmã daquele jeito, mas por fim acabou conseguindo dar um sorriso de incentivo.

– Eu ficaria muito satisfeita se você encontrasse alguém que pudesse fazê-la feliz, Lily.

– Zach seria um bom marido para mim – comentou Lily, pensativa. – Embora tenhamos que trabalhar na pontaria dele. Ele não é tão bom quanto eu.

– Bem – disse Penelope com um entusiasmo pálido. – O visconde Stamford é um homem gentil e atencioso.

– Sim, ele é – murmurou Lily.

Penny, abençoada fosse, era uma jovem bastante transparente. E estava claro que havia ficado chocada ao pensar que o homem que a havia cortejado com tanto ardor agora estava pensando em se casar com sua irmã mais velha. Tudo se encaixaria muito bem. Com o rosto cintilando de satisfação, Lily se voltou para Alex.

– Acredito que não tenha objeções em receber visitas, certo, milorde?

– Eu não sonharia em interferir em qualquer perspectiva matrimonial que surgisse em seu caminho, Srta. Lawson. Quem sabe quando poderá haver outra?

– Muito gentil da sua parte – respondeu ela, o tom amargo, e se recostou enquanto um criado se adiantava para retirar seu prato vazio.

~

– Senhorita? Senhorita, devo buscar algo na cozinha? Talvez uma xícara de chá?

Lily ouviu o som de cortinas sendo puxadas, tentou esticar o corpo e deixou escapar um gemido, saindo das profundezas do sono. O brilho forte da luz do dia atingiu seus olhos. Quando virou a cabeça, estremeceu com a dor nos músculos rígidos do pescoço. Tivera uma péssima noite de sono, cheia de sonhos estranhos, alguns deles com Nicole… Estava correndo atrás da filha, tentando alcançá-la, tropeçando por corredores intermináveis em lugares desconhecidos.

A criada que entrara no quarto continuou a importuná-la com perguntas hesitantes. Provavelmente, o patrão odioso havia ordenado que os criados a acordassem em algum horário impróprio, por puro despeito. Lily amaldiçoou Raiford silenciosamente, esfregou os olhos e se esforçou para se sentar.

– Não, eu não quero chá – murmurou. – Só quero continuar na cama e…

Lily ficou sem ar quando olhou ao redor. Seu coração disparou de medo. Ela não estava na cama. Não estava nem no quarto que ocupava. Estava… Ah, Deus, estava na biblioteca, no andar de baixo, enrodilhada desconfortavelmente em uma das poltronas de couro. A criada, uma jovem com uma profusão de cachos ruivos enfiados sob uma touca branca, torcia as mãos ansiosamente diante dela. Lily abaixou o olhar para o próprio corpo e viu que usava a camisola branca fina, sem roupão ou chinelos. Na noite da véspera, tinha ido dormir no quarto de hóspedes que lhe fora designado e de alguma forma acabara indo parar ali.

O problema era que não se lembrava de ter saído da cama ou de ter descido a escada. Não se lembrava de nada a respeito.

Acontecera de novo.

Desorientada, Lily passou a mão pela testa suada. Conseguiria entender a situação se tivesse bebido. Sim, já tinha feito algumas coisas bem estúpidas quando "entornava todas", como dizia Derek. Mas na noite da véspera bebera apenas alguns goles de licor depois do jantar, seguidos de uma xícara de café forte.

Aquilo já havia acontecido em outras duas ocasiões. Uma vez, quando tinha ido dormir no quarto da sua casa em Londres e acordara na cozinha, na manhã seguinte; na outra, Burton, o mordomo, a encontrara dormindo na sala. Burton presumira que ela estivera sob a influência de alguma bebida forte ou de outro entorpecente. Lily não teve coragem de dizer a ele que estava sóbria como um juiz no tribunal. Deus, ela não podia deixar ninguém saber que vagava pela casa dormindo. Aquele não era o comportamento de uma mulher sã, certo? A criada a observava, esperando uma explicação.

– Eu… eu estava me sentindo inquieta ontem à noite e… vim até aqui para beber alguma coisa – explicou Lily, torcendo as dobras da camisola entre os punhos. – Q-que tolice da minha parte adormecer bem nessa poltrona.

A moça olhou ao redor da biblioteca, obviamente curiosa com a ausência de um copo. Lily forçou uma risada despreocupada.

– Eu me sentei aqui para pensar sobre… uma coisa qualquer… e acabei adormecendo antes mesmo de pegar a maldita bebida!

– Sim, senhorita – concordou a empregada, embora parecesse em dúvida.

Lily passou os dedos pelos cachos desgrenhados. Sentia uma dor de cabeça latejando em suas têmporas e na testa. Até o couro cabeludo estava sensível.

– Acho que vou voltar para o meu quarto agora, sim? Pode mandar levar um café para lá, por favor?

– Sim, milady.

Lily juntou o máximo de tecido da camisola na frente do corpo, se arrastou para fora da poltrona grande e saiu da biblioteca, tentando não cambalear. Ela passou pelo saguão de entrada, ouvindo o tilintar de pratos e panelas na cozinha e as vozes dos criados ocupados em suas tarefas matinais. Precisava chegar aos aposentos antes que alguém a visse. Lily levantou a bainha da camisola e disparou escada acima, os pés como um borrão pálido.

Mas, assim que se aproximou do topo, avistou uma figura imponente e sombria e sentiu o coração afundar no peito. Era lorde Raiford, saindo para uma cavalgada matinal. Ele usava roupas de montaria e botas pretas reluzentes. Lily puxou ainda mais a camisola para se proteger, tentando ocultar o corpo o máximo possível. O olhar avaliador de Raiford parecia rasgar a camisola fina, descobrindo cada detalhe por baixo.

– O que está fazendo, perambulando pela casa assim? – perguntou ele secamente.

Lily não sabia o que dizer. Em uma inspiração repentina, ela ergueu o nariz e olhou para ele com a maior altivez possível.

– Talvez eu tenha me deitado com um dos criados ontem à noite. Não se deveria esperar tal comportamento de uma mulher como eu?

Seguiu-se um momento de silêncio. Lily sustentou o olhar insondável de Raiford por uma eternidade, então desviou os olhos. Era impossível. De repente, ela teve a impressão de que, em vez do brilho gelado, os olhos dele estavam cheios de faíscas de calor intenso. Embora permanecesse imóvel, Lily tinha a sensação de que o mundo girava em torno dos dois. Ela oscilou ligeiramente e pousou a mão no corrimão para se apoiar. Quando Raiford falou, sua voz estava mais grave do que o normal.

– Se deseja permanecer sob o meu teto, Srta. Lawson, não haverá exibições de seu corpo já tão usado, seja para o benefício dos criados ou de qualquer outra pessoa. Está me entendendo?

O desprezo dele foi pior do que uma bofetada. *Tão usado*? Lily respirou fundo. Não conseguia se lembrar de já ter odiado tanto alguém na vida. Com exceção, é claro, de Giuseppe. Ela teve vontade de dar uma resposta cáustica, mas se viu de repente dominada pelo desejo de fugir.

– Entendido – falou bruscamente, e passou correndo por ele.

Alex não se virou para vê-la partir e desceu as escadas quase com a mesma velocidade com que ela havia subido. Mas, em vez de caminhar em direção aos estábulos, entrou na biblioteca vazia e fechou a porta com tanta força que a madeira tremeu no batente. Respirou fundo várias vezes.

Desde o momento em que a vira com aquela camisola branca transparente, ele a desejara. Seu corpo ainda estava rígido, trêmulo de excitação. Alex sentira vontade de possuí-la ali mesmo, nos degraus, deitá-la sobre o carpete e penetrá-la. O cabelo de Lily, aqueles malditos cachos curtos que pareciam chamar pelos dedos dele... O pescoço pálido e delicado... Os seios pequenos e tentadores.

Alex praguejou e esfregou com força o queixo bem-barbeado. Com Caroline, seu desejo se misturava com ternura e amor. Mas o que sentia no momento não tinha nada a ver com amor. E era como se aquela onda de excitação tivesse sido uma traição aos seus sentimentos por Caroline. Lily era mais perigosa do que ele havia imaginado. Alex era capaz de manter o controle de si mesmo e de tudo ao seu redor, exceto quando ela estava por perto. Mas ele não cederia à tentação... por Deus, não cederia, mesmo que o esforço o matasse.

# CAPÍTULO 4

– **Z**achary! Meu caro, *caro*, Zachary, que gentileza a sua nos visitar! Lily se adiantou e apertou as mãos do rapaz, lhe dando as boas-vindas à mansão como se fosse a dona do lugar. Ela ficou na ponta dos pés, ergueu o rosto, e ele beijou-a obedientemente. Com a gravata de seda preta e as roupas de montaria elegantes, Zachary era um belo cavalheiro do campo. O mordomo se aproximou discretamente para pegar o casaco, as luvas e o chapéu de Zachary e depois se retirou. Lily puxou Zach para um canto do saguão de entrada e sussurrou em seu ouvido.

– Estão todos tomando chá na sala... Mamãe, Penny e Raiford. Lembre-se de agir como se estivesse apaixonado por mim. Se ficar olhando demais para minha irmã, vou beliscá-lo! Agora vamos...

– Espere – sussurrou Zachary, o tom ansioso, apertando a mão dela com mais força. – Como Penelope está?

Lily sorriu.

– Não se preocupe. Ainda há uma chance para você, meu velho.

– Será que ela ainda me ama? Ela disse isso?

– Não, ela jamais admitiria isso – disse Lily com relutância. – Mas certamente não ama Raiford.

– Ah, Lily, estou perdidamente apaixonado pela sua irmã. Esse plano *tem* que funcionar.

– Vai funcionar – garantiu ela com determinação e deu o braço a ele. – Agora... vamos à luta!

Eles saíram juntos do saguão de entrada.

– Muito tarde para uma visita? – perguntou Zachary, alto o bastante para que quem estava na sala conseguisse ouvir.

Lily piscou para ele.

– De jeito nenhum, meu caro. Chegou bem na hora do chá.

Ela abriu um sorriso largo e puxou-o para dentro da sala bonita e arejada, com paredes de seda de um amarelo pálido, móveis de mogno entalhado e grandes janelas.

– Aqui estamos – disse ela em um tom leve – e, como todos se conhecem, não há necessidade de apresentações, o que é ótimo!

Ela apertou carinhosamente o braço de Zachary.

– Devo lhe dizer, Zach, que o chá em Raiford Park é excelente. Quase tão bom quanto o *blend* que sirvo em Londres.

Zachary sorriu enquanto passava os olhos pela sala.

– Lily serve o melhor chá que já provei… Ela encomenda um *blend* secreto que ninguém mais consegue imitar.

– Uma pequena descoberta que fiz durante as minhas viagens – explicou Lily, sentando-se em uma cadeira delicada com pés em forma de garra.

Ela olhou discretamente para a irmã e ficou encantada ao ver uma troca de olhares breve mas intensa entre Penny e Zachary. Por um momento, o olhar de Penny se encheu de tristeza e de um anseio desesperado. *Pobre Penny*, pensou Lily. *Vou consertar essa situação para você, querida. Então, talvez você e Zach consigam me provar que o amor verdadeiro existe.*

Em um gesto de cortesia, Zachary foi até o sofá onde Penelope e Totty estavam sentadas. Ciente do profundo rubor que coloria o rosto de Penelope, ele não falou diretamente com ela, mas dirigiu-se à mãe da jovem.

– Sra. Lawson, é um prazer vê-la e a sua adorável filha. Espero que esteja tudo bem com vocês.

– Muito bem – respondeu Totty, sem conseguir disfarçar um leve desconforto.

Apesar de suas objeções ao namoro de Zachary com a filha, ela gostava bastante do rapaz. E sabia, como todo mundo, que o amor de Zachary por Penelope era sincero e honrado. Mas uma família com recursos financeiros limitados tinha que ser prática. Lorde Raiford era de longe um marido mais vantajoso para Penelope.

Alex estava parado ao lado do console de mármore da lareira e acendeu um charuto enquanto examinava a cena que se desenrolava à sua frente. Lily o observou. Que homem rude… Os cavalheiros costumavam fumar apenas quando se reuniam entre si para discutir assuntos de interesse masculino. A menos que fosse um idoso irascível fumando um cachimbo digno, o que não era o caso, Raiford deveria ter fumado sozinho, não na presença de damas.

Zachary cumprimentou Alex com um aceno cauteloso de cabeça.

– Boa tarde, Raiford.

Alex respondeu com outro aceno de cabeça e levou o charuto aos lábios. Enquanto soltava uma corrente de fumaça, seus olhos se semicerraram em fendas brilhantes prateadas.

*Besta mal-humorada*, pensou Lily, irritada. Raiford provavelmente estava se sentindo ameaçado ao se ver diante da presença de alguém tão diferente dele, um homem encantador e gentil, de quem todos gostavam. Porque Raiford não conseguiria ser simpático nem se passasse cem anos tentando. Ela lançou um olhar severo na direção dele, então se voltou para Zachary com um sorriso.

– Venha se sentar, Zach, e conte-nos sobre os últimos acontecimentos de Londres.

– A cidade fica muitíssimo tediosa sem você, como sempre – respondeu Zachary, sentando-se na cadeira ao lado dela. – Mas recentemente participei de um grande jantar e observei que Annabelle está com uma aparência esplêndida desde que se casou com lorde Deerhurst.

– Ora, fico feliz em ouvir isso – comentou Lily. – Ela merece ser feliz depois de suportar dez anos de casamento com Sir Charles, aquele bode velho no cio.

– Wilhemina! – exclamou Totty, consternada. – Como você pode se referir a Sir Charles, que ele descanse em paz, dessa forma *terrível*...

– E por que não, mamãe? Annabelle tinha apenas quinze anos quando foi obrigada a se casar com ele, e o homem tinha idade para ser avô dela! E todos sabem que Sir Charles não foi gentil com a jovem esposa. Pessoalmente, fico muito satisfeita por ele ter falecido a tempo de Annabelle encontrar um marido de idade mais adequada.

Totty franziu a testa em desaprovação.

– Wilhemina, você está soando muito insensível...

Zachary deu uma palmadinha carinhosa na mão de Lily, enquanto saía em sua defesa.

– Você é bastante direta, minha querida, mas qualquer um que a conheça sabe que tem o coração mais compassivo.

Lily sorriu para ele e, pelo canto do olho, viu que a irmã parecia estupefata. Penelope mal podia conceber que o homem que amava estava chamando Lily de "minha querida". Lily não sabia se achava graça ou se sentia compaixão. Gostaria de poder dizer a Penelope que tudo aquilo era uma farsa.

– Vou tentar controlar a minha língua – prometeu Lily com uma risada –, mesmo que apenas por essa tarde. Mas continue com as suas notícias, Zach. Vou me abster de deixar escapar minhas opiniões chocantes. Vou servir o seu chá, sim? Leite, sem açúcar, correto?

Enquanto Zachary entretinha a todos com suas histórias de Londres, Alex deu uma tragada no charuto e observou Lily. Ele foi forçado a admitir que havia a possibilidade de os dois estarem realmente pensando em se casar. Havia uma camaradagem tranquila entre eles que indicava uma longa amizade. Estava claro que Lily e Zachary gostavam um do outro e se sentiam confortáveis juntos.

As vantagens que tal casamento apresentaria eram óbvias. Zachary certamente apreciaria a fortuna de Lily, mais considerável do que a herança familiar dele. E Lily era uma mulher atraente. Com o vestido verde-mar que usava naquele dia, sua pele exibia um leve brilho rosado, e os cabelos e olhos escuros pareciam extraordinariamente sedutores. Nenhum homem consideraria um sacrifício ir para a cama com ela. Além disso, na visão da sociedade, Lily teria sorte de conseguir um homem de família e caráter tão bons. Principalmente depois de ter oscilado por tanto tempo nas fronteiras do *submundo*.

Alex franziu a testa ao pensar nos dois juntos. Estava tudo errado. Mesmo que já tivesse trinta anos, Zachary ainda parecia um menino ingênuo. Ele nunca seria o senhor da casa, não com uma esposa obstinada como Lily. Seria sempre mais fácil obedecer aos desejos de Lily do que discutir com ela. Com o passar dos anos, a esposa passaria a sentir desprezo pelo marido imaturo. Ou seja, um possível casamento entre os dois era um erro em andamento.

– Milorde?

Lily e os outros o fitavam em expectativa. Alex percebeu que seus pensamentos haviam divagado e que ele perdera o rumo da conversa.

– Milorde – repetiu Lily –, só perguntei se o buraco já foi cavado no jardim.

Alex se perguntou se ouvira corretamente.

– Buraco? – foi a vez dele de repetir.

Lily parecia extremamente satisfeita consigo mesma.

– Sim, para o novo lago.

Alex encarou-a em um silêncio estupefato. De alguma forma, conseguiu recuperar a capacidade de falar.

– De que diabos está falando?

Todos pareceram assustados com a blasfêmia, exceto Lily. O sorriso dela permaneceu inalterado.

– Tive uma conversa deliciosa com o seu jardineiro, o Sr. Chumley, ontem à tarde. Dei várias ideias a ele de melhorias para o jardim.

Alex apagou o charuto e jogou o toco restante na lareira.

– Meu jardim não precisa de melhorias – grunhiu. – Está como está há vinte anos!

Ela assentiu, animada.

– Esse é exatamente o meu argumento. Eu disse a ele que o estilo do seu paisagismo está lamentavelmente fora de moda. Todos os jardins *realmente* elegantes têm vários laguinhos ao redor. Mostrei ao Sr. Chumley exatamente onde deve ser cavado um novo.

Um rubor profundo subiu pelo colarinho de Alex até suas têmporas. Sua vontade era estrangular aquela mulher.

– Chumley não viraria uma pá de terra sem pedir a minha permissão.

Lily deu de ombros. Tinha uma expressão inocente no rosto.

– Bem, ele pareceu entusiasmado com a ideia. Eu não ficaria surpresa se já tivesse começado a cavar. Mas, sinceramente, acho que o senhor vai adorar as mudanças – disse ela, dando a ele um sorriso carinhoso e fraternal. – E, sempre que passar por aquele querido laguinho, talvez se lembre de mim.

As feições de Raiford se contorceram. Ele deixou escapar mais uma vez aquele som semelhante a um rugido e saiu da sala.

Totty, Penelope e Zachary se voltaram para Lily.

– Acho que ele não gostou da ideia – comentou ela, parecendo desapontada.

– Wilhemina – disse Totty, a voz débil –, sei que seus esforços foram bem-intencionados. Mas acho que talvez seja melhor não tentar fazer mais melhorias na propriedade de lorde Raiford.

De repente, uma das copeiras, usando um avental branco e um gorro de babados, apareceu na porta da sala.

– Senhora, a cozinheira gostaria de conversar sobre a festa de casamento assim que a senhora tiver tempo. Ela não sabe mais o que fazer, da sopa à sobremesa.

– Ora, como assim? – perguntou Totty, perplexa. – Nós duas já havíamos combinado tudo em relação ao cardápio, até o último detalhe. Não há motivo para ela se sentir confusa e...

Lily pigarreou delicadamente.

– Mamãe, é possível que a cozinheira queira discutir as mudanças que sugeri no cardápio do casamento.

– Ah, céus. Wilhemina, o que você fez?

Totty se levantou e saiu correndo da sala, os cachos balançando. Lily sorriu para Zachary e Penelope.

– Bem, por que vocês dois não passam algum tempo juntos enquanto eu tento desfazer alguns dos estragos que causei, sim?

Ela ignorou os fracos protestos de Penelope, saiu da sala e fechou a porta. Então, esfregou as mãos e sorriu.

– Muito bem – disse para si mesma, contendo o impulso de assoviar enquanto caminhava pela galeria dos fundos.

Lily abriu as portas francesas e saiu para o jardim. Caminhou entre as sebes e árvores bem-cuidadas aproveitando o dia claro e a sensação da brisa no cabelo. Lily teve o cuidado de se manter fora de vista, especialmente quando ouviu o som de vozes. Mas o tom ameaçador de Raiford parecia um trovão ribombando. Ela precisava ouvir o que estava acontecendo, a tentação era grande demais para resistir. Lily foi se aproximando sorrateiramente, escondendo-se atrás de uma sebe de teixo.

– ... mas, milorde – protestava Chumley.

Lily conseguia imaginar o rosto redondo ficando vermelho ao redor dos bigodes, a luz do sol fazendo brilhar a sua testa calva.

– Milorde, ela fez, sim, essa sugestão, mas eu jamais empreenderia um projeto tão importante sem consultá-lo.

– Certo. Não me importa o que ela possa sugerir, seja importante ou trivial, *não faça* – ordenou Raiford. – Não corte sequer um galho ou arranque uma erva daninha a pedido dela! Não mova uma pedrinha de lugar!

– Sim, milorde, eu certamente concordo.

– Não precisamos de mais malditos lagos nesse jardim!

– Não, milorde, não precisamos.

– Quero que me avise se ela tentar instruí-lo em seus deveres novamente, Chumley. E avise ao restante da sua equipe que não devem alterar em nada o curso de suas atividades habituais. Estou até com medo de colocar os pés fora da minha propriedade… Daqui a pouco essa mulher vai mandar pintar toda a mansão de cor-de-rosa e roxo.

– Sim, milorde.

Parecia que o discurso de Raiford havia chegado ao fim, que a conversa estava concluída. Ao ouvir o som de passos, Lily se encolheu ainda mais na proteção da sebe. Não seria bom ser descoberta. Infelizmente, um sexto sentido deve ter alertado Raiford da presença dela. Lily não fez nenhum movimento nem deixou escapar qualquer som, mas ainda assim ele olhou ao redor da sebe e a encontrou. Em um momento, ela estava sorrindo e se congratulando silenciosamente, no seguinte se via diante do rosto carrancudo de Raiford.

– Srta. Lawson! – bradou ele, furioso.

Lily usou a mão para proteger os olhos.

– Sim, milorde?

– Ouviu o bastante, ou preciso repetir?

– Qualquer pessoa em um raio de cerca de dois quilômetros não poderia deixar de ouvir. E, se isso o tranquiliza, eu jamais sonharia em pintar a mansão de roxo. Embora…

– O que a senhorita está fazendo aqui? – interrompeu Raiford.

Lily teve que pensar rapidamente.

– Bem, Zachary e eu tivemos uma… uma ligeira discussão. Vim aqui para tomar um pouco de ar, me acalmar e depois…

– Sua mãe está com Stamford e Penelope?

– Ora, suponho que sim – respondeu ela, o tom inocente.

Raiford olhou bem dentro dos olhos de Lily, como se pudesse ver além de sua expressão cuidadosamente neutra e ler cada pensamento.

– O que a senhorita está arquitetando? – perguntou ele em um tom letal.

Raiford deu as costas abruptamente e se afastou dela, seguindo em direção à casa. *Deus do céu*. Lily ficou gelada por dentro, com medo de que ele pudesse pegar Zachary e Penelope em alguma situação comprometedora. Se aquilo acontecesse, estaria tudo arruinado. Precisava encontrar uma maneira de detê-lo.

– Espere! – gritou, correndo atrás dele. – Espere! Es…

De repente, seu pé ficou preso em alguma coisa e ela se estatelou no chão com um grito. Lily praguejou e se virou para ver o que a havia derrubado. Uma raiz retorcida de árvore se projetando do chão. Ela tentou se levantar, mas uma pontada de dor atravessou seu tornozelo, fazendo-a cair de novo na grama.

– Que inferno!

A voz de Raiford se sobrepôs ao palavrão que Lily havia soltado.

– O que aconteceu? – perguntou ele, irritado, depois de voltar alguns passos ao longo do caminho.

– Torci o tornozelo! – disse ela, entre furiosa e surpresa.

Alex fitou-a com um olhar de descrédito e deu as costas novamente.

– É *verdade*! – gritou Lily. – Maldição, homem! Venha, me ajude a levantar. Com certeza até o senhor deve ser cavalheiro o bastante para isso... Sem dúvida tem o *mínimo* da boa educação necessária, não?

Alex se aproximou dela, sem fazer nenhum esforço para ajudá-la.

– Qual foi a perna?

– Faz diferença?

Alex se abaixou e levantou a bainha das saias dela até os tornozelos.

– Qual delas? Essa?

– Não, a... *Ai*!

Lily soltou um grito de dor.

– O que o senhor está tentando... *Ai*! Isso dói como o diabo! Tire essa maldita mão daí, seu sádico de uma figa com cara de...

– Bem, parece que a senhorita não está fingindo.

Alex segurou-a pelos cotovelos e a colocou de pé.

– É claro que não estou! Por que aquela maldita raiz não foi arrancada da terra? É obviamente perigosa!

Ele respondeu com um olhar cáustico.

– Alguma outra mudança que gostaria de sugerir para o meu jardim? – perguntou ele com uma voz que vibrava com violência contida.

Lily achou prudente balançar a cabeça, negando, e manter a boca fechada.

– Ótimo – murmurou Raiford.

Os dois começaram a voltar para a casa. Lily mancava desajeitadamente ao lado dele.

– O senhor não vai me oferecer o braço?

Ele esticou o cotovelo na direção dela, que aceitou e apoiou o peso do corpo nos músculos firmes. Lily fez o possível para atrasar Raiford enquanto voltavam pelo jardim. Ela queria que Zachary e Penelope passassem o máximo de tempo possível a sós. E aproveitou para olhar de relance para o homem ao seu lado. Raiford provavelmente passara a mão pelos cabelos dourados algum tempo depois de ter saído da sala, já que os fios de aparência macia e geralmente imaculados estavam bagunçados. O ar úmido fazia com que se encaracolassem na nuca. Uma ou duas mechas perdidas haviam caído sobre a testa. Raiford realmente tinha o cabelo bonito para um homem.

Como estava caminhando muito perto dele, Lily percebeu o perfume agradável que o conde exalava, a mistura de tabaco, linho engomado e mais um aroma atraente no fundo, algo que ela não conseguia identificar. Apesar do tornozelo latejando, Lily estava quase gostando daquele passeio com ele. Aquilo a perturbou tão profundamente que ela se viu compelida a provocar outra discussão.

– Precisa andar tão rápido? – reclamou, irritada. – Parece que estamos em uma maldita corrida. Maldição! Se isso piorar o meu machucado, Raiford, a culpa será sua.

Alex ficou ainda mais carrancudo, mas diminuiu o passo.

– A senhorita tem uma boca bem suja, não é?

– Vocês homens falam da mesma forma. Não vejo por que não posso. Além disso, todos os meus amigos cavalheiros admiram meu rico vocabulário.

– Incluindo Derek Craven?

Lily ficou satisfeita por ele estar ciente da amizade dela com Derek. Era bom que Raiford soubesse que ela contava com um aliado poderoso.

– O Sr. Craven me ensinou algumas das palavras mais úteis que conheço.

– Não duvido.

– Vamos continuar andando nesse passo? Não sou uma mula teimosa para ser arrastada de forma tão implacável. Poderíamos diminuir para uma velocidade mais razoável? A propósito, milorde, o senhor está fedendo a charutos.

– Se isso a ofende, volte sozinha.

Ainda estavam discutindo ao entrar na casa. Lily fez questão de falar alto o bastante para que sua voz ecoasse pela galeria e pelo salão de mármore, alertando Penelope e Zachary do retorno deles. Quando Raiford abriu a porta da sala e puxou Lily para dentro com ele, os dois viram os amantes infelizes sentados a uma distância respeitável um do outro. Lily se perguntou o que teria acontecido entre a irmã e o amigo durante o momento de privacidade que ela lhes garantira. Zachary parecia estar em seu bom humor de sempre, enquanto Penelope parecia enrubescida e afogueada.

Alex examinou os dois e falou em um tom irônico:

– A Srta. Lawson mencionou algo sobre um desentendimento com o senhor...

Zachary, que se levantara quando eles entraram, fitou Lily com um olhar perplexo.

– Meu temperamento explosivo é lendário – intrometeu-se Lily com uma risada. – Eu só precisava de um pouco de espaço para desanuviar a mente. Estou perdoada, Zach?

– Não há nada a perdoar – garantiu Zachary, galante, aproximando-se para beijar a mão dela.

Lily trocou o braço de Alex pelo de Zachary.

– Zach, acho que você vai ter que me ajudar a me sentar em uma cadeira. Torci o tornozelo enquanto passeava pelo jardim. – Ela indicou com um gesto desdenhoso de mão o terreno imaculado de Raiford. – Havia uma raiz se projetando do chão, quase tão grossa quanto a perna de um homem!

– Isso é um leve exagero – disse Alex com ironia.

– Ora, mas era bastante grande.

Com a ajuda de Zachary, ela mancou dramaticamente até uma cadeira próxima e se acomodou.

– Precisamos aplicar um cataplasma – disse Penelope. – Pobre Lily, não se mova!

E assim ela saiu correndo da sala em direção à cozinha.

Zachary começou a questionar Lily, preocupado.

– Foi sério? Dói só no tornozelo ou algo mais?

– Vou ficar perfeitamente bem – disse ela, estremecendo com exagero. – Mas talvez você possa voltar amanhã, para ver como eu estou?

– Voltarei todos os dias até que você esteja melhor – prometeu Zachary.

Lily sorriu para Raiford por cima da cabeça do amigo, se perguntando se o som áspero que ouvira era o ranger de dentes dele.

〜

No dia seguinte, o tornozelo de Lily parecia quase novo, com apenas uma pontada de desconforto. O clima estava excepcionalmente quente e ensolarado. Pela manhã, Zachary chegou para levá-la em um passeio de carruagem, e Lily insistiu para que Penelope os acompanhasse. Alex recusou bruscamente o convite desanimado da noiva para se juntar a eles, optando por ficar para trás e resolver alguns assuntos da propriedade. Nem seria preciso dizer que Lily, Penelope e Zachary ficaram silenciosamente aliviados com a recusa do conde. Se ele tivesse participado do passeio, a situação teria se tornado bem tensa.

O trio partiu em uma carruagem aberta. Zachary controlava as rédeas com habilidade, olhando de vez em quando por cima do ombro e sorrindo com os comentários feitos pelas duas passageiras. Lily e Penelope sentaram-se lado a lado, os rostos sorridentes protegidos por chapéus de palha. Eles chegaram a uma bifurcação na estrada e, por sugestão de Zachary, pegaram a rota menos movimentada até chegarem a uma área particularmente bela da região. Zachary parou a carruagem e todos admiraram o amplo prado à frente, perfumado com violetas, trevos e gerânios silvestres.

– Que lindo! – exclamou Penelope, afastando um cacho louro e errante dos olhos. – Vamos dar uma caminhada? Adoraria colher algumas violetas para mamãe.

– Hummm – disse Lily, balançando a cabeça com pesar. – Receio que meu tornozelo ainda esteja doendo um pouco para isso, querida. Acho que não estou em condições de andar pelos campos hoje. Talvez Zachary se ofereça para acompanhá-la.

– Ah, eu…

Penelope olhou para o rosto sério e belo de Zachary e enrubesceu, confusa.

– Acho que isso não seria apropriado.

– Por favor – pediu Zachary. – Seria um enorme prazer para mim.

– Mas… desacompanhada…

– Ah, por favor, todos sabemos que Zach é um perfeito cavalheiro, Penelope – disse Lily. – Estarei aqui sentada, de olho em vocês dois o tempo todo, acompanhando à distância. Mas, se não quiser caminhar, Penny, eu adoraria que ficasse aqui comigo e admirasse a vista da carruagem.

Tendo diante de si a decisão de caminhar desacompanhada pelo prado com o homem que amava ou permanecer sentada na carruagem com a irmã, Penelope mordeu o lábio inferior e franziu a testa. A tentação venceu. Ela se virou para Zachary com um sorrisinho.

– Talvez uma caminhada breve, então.

– Voltaremos assim que você desejar – disse Zachary para ela, e se apressou a saltar da carruagem.

Lily assistiu, bem-humorada, enquanto Zachary ajudava Penny a descer e eles começavam uma caminhada lenta pelo prado. Eram perfeitos um para o outro. Zachary era um jovem honrado, forte o necessário para protegê-

-la, mas também inocente o bastante para nunca intimidá-la. E Penny era exatamente o tipo de mulher doce e inocente de que ele precisava.

Lily pousou os pés calçados em sapatinhos delicados no assento estofado de veludo e estendeu a mão para a cesta de frutas e biscoitos que haviam levado. Ela mordeu um morango e jogou o talo verde pela lateral da carruagem. Então, desamarrou as fitas do chapéu para deixar o sol bater em seu rosto e pegou outro morango.

Certa vez, muito tempo atrás, ela e Giuseppe haviam participado de um piquenique na Itália, servido em um prado muito parecido com aquele. Fora pouco antes de se tornarem amantes. Na época, Lily se considerava bastante sofisticada. Só mais tarde se deu conta de como havia sido ingênua e tola.

*– O ar do campo é esplêndido – disse ela, apoiando os cotovelos nus em um cobertor e mordendo uma pera madura e amanteigada. – Tudo tem um sabor melhor aqui!*

*– Então você está cansada dos prazeres embotados da cidade,* amore mio?

*Os lindos olhos de Giuseppe, de cílios longos e muito negros, a fitavam com uma expressão ardente e sensual.*

*– A alta sociedade é tão tediosa aqui quanto na Inglaterra – disse Lily, o tom pensativo, os olhos fixos na relva verde e quente. – Todos sempre se esforçando para parecerem espirituosos, disputados, todos falando e ninguém ouvindo...*

*– Eu escuto,* carissima. *Escuto tudo que você diz.*

*Lily se virou e sorriu para ele, apoiada no cotovelo.*

*– Você escuta, não é? Por que, Giuseppe?*

*– Porque estou apaixonado por você – declarou ele com intensidade. Lily não pôde deixar de rir dele.*

*– Você está apaixonado por todas as mulheres.*

*– E isso é errado? Na Inglaterra, talvez. Mas não aqui na Itália. Tenho um amor especial para dar a cada mulher. E um amor especial por você.*

*Ele colheu uma uva suculenta e a levou aos lábios de Lily, os olhos fixos nos dela.*

*Lily abriu a boca, sentindo-se lisonjeada, o coração disparado. Ela pegou a uva entre os dentes e sorriu para ele enquanto mastigava. Nenhum homem jamais a cortejara com uma gentileza tão ardente. Havia promessas impossíveis no olhar de Giuseppe, promessas de ternura, prazer, desejo... e, por mais que a mente de Lily se recusasse a levá-las a sério, seu coração queria desesperadamente acreditar. Estava sozinha havia tanto tempo... Ela queria conhecer o mistério que parecia ser do conhecimento de todos.*

*– Lily, minha linda flor inglesa – murmurou Giuseppe. – Posso fazer você feliz. Muito feliz, bella.*

*– Giuseppe, você não deveria dizer isso. – Ela desviou o olhar, tentando esconder o rosto enrubescido. – Ninguém pode prometer uma coisa dessas.*

*– Perchè no? Deixe-me tentar, cara. Lily, minha linda menina sempre com o sorriso triste. Posso fazer você se sentir melhor.*

*Ele se inclinou lentamente para beijá-la. O toque de seus lábios era quente, agradável. Foi naquele momento que Lily decidiu que Giuseppe faria dela uma mulher. Ela se entregaria a ele. Afinal, ninguém esperaria ou acreditaria que era virgem. Sua inocência não importava para ninguém.*

Olhando em retrospecto, Lily não saberia dizer por que já havia pensado nos homens e no amor como um mistério tão fascinante – pagara mil vezes por seu erro com Giuseppe e continuaria pagando. Ela suspirou e observou a irmã, que caminhava com Zachary. Eles não estavam de mãos dadas, mas havia um ar de intimidade entre os dois. *Ele é o tipo de homem que nunca vai trair você, Penny*, pensou Lily. *E, acredite, isso é algo raro.*

Depois que Zachary partiu, Penelope parecia radiante. No entanto, algo mudou nas horas seguintes. Durante o jantar, o brilho desapareceu de seus olhos e ela parecia pálida e submissa. Lily se perguntou o que a irmã estaria pensando e sentindo, mas as duas não tiveram oportunidade de conversar até tarde da noite, quando já se preparavam para dormir.

– Penny – disse Lily, enquanto abria o vestido da irmã nas costas –, o que houve? Você esteve tão quieta a tarde toda. Mal tocou no jantar.

Penelope foi até a penteadeira e tirou os grampos do cabelo, deixando uma cascata de fios dourados cair até a cintura. Ela olhou para Lily, os olhos carregados de infelicidade.

– Eu sei o que você está tentando fazer, Lily. Mas não faça isso. Não promova mais nenhum encontro entre mim e Zachary. Isso não vai nos levar a nada e é errado!

– Você está arrependida de ter passeado com ele hoje? – perguntou Lily, contrita. – Eu a coloquei em uma posição difícil, não foi? Perdão, eu…

– Não, foi *maravilhoso*! – exclamou Penelope, e logo pareceu constrangida. – Eu não deveria ter dito isso. Não sei o que há comigo! É que estou tão confusa sobre tudo…

– Você passou a vida inteira obedecendo à mamãe e ao papai e fazendo o que esperam. Penny, você nunca teve uma única atitude egoísta na vida. Agora, está apaixonada por Zachary, mas optou por se sacrificar em nome do dever.

Penelope se sentou na cama e abaixou o rosto.

– Não importa por quem eu estou apaixonada.

– A sua felicidade é a *única* questão que importa! Por que está tão aborrecida? Aconteceu alguma coisa?

– Lorde Raiford me chamou para conversar hoje à tarde – contou Penelope, o tom desanimado. – Depois que voltamos do passeio de carruagem.

O olhar de Lily ficou mais atento.

– É mesmo? O que ele disse?

– Ele fez perguntas… e deu a entender que Zachary na verdade não está interessado em você. E que ele está se comportando de forma desonrosa ao tentar me cortejar fingindo interesse pela minha irmã.

– Como Raiford ousa dizer uma coisa dessas?! – bradou Lily, sentindo a fúria dominá-la na mesma hora.

– É verdade – afirmou Penelope, arrasada. – Você sabe disso.

– É claro que é… A ideia foi minha!

– Foi o que imaginei.

– Mas como ele ousa nos insultar fazendo tal acusação?!

– Lorde Raiford disse que, se Zachary alguma vez já teve a intenção de se casar com uma jovem como eu, jamais iria querer se casar com alguém como você.

Lily ficou ainda mais furiosa.

– Alguém como eu?

– "Experiente" foi a palavra que ele usou – contou Penelope, claramente desconfortável.

– *Experiente*?

Lily andava de um lado para o outro do quarto, como uma tigresa.

– Acho que ele não me considera desejável o bastante para arranjar um marido – falou, irritada. – Mas saiba ele que os homens me acham bastante atraente, homens que não são tão frios e controladores. Raiford é bom em criticar, mesmo tendo mais defeitos do que tenho tempo para listar! Mas vou resolver essa situação e, quando terminar...

– Lily, por favor – implorou Penelope em voz baixa. – Essa situação toda me deixa muito aflita. Não podemos deixar as coisas como estão?

– Certamente podemos. Depois que eu fizer alguns esclarecimentos muito necessários à sua senhoria!

– Não!

Penelope levou a mão à testa, como se a situação fosse demais para ela suportar.

– Não irrite lorde Raiford! Isso seria péssimo para todos nós...

– Ele ameaçou você?

Foi uma sorte que Penelope não pudesse ver os olhos de Lily, pois havia um brilho vingativo neles que a teria assustado.

– N-não exatamente, não. Mas ele é um homem tão poderoso, e não acho que toleraria qualquer tipo de traição... Raiford não é um homem a ser contrariado!

– Penny, se Zachary a pedisse...

– Não – apressou-se a dizer Penelope, com lágrimas brotando dos olhos. – Não, não devemos falar mais sobre isso! Eu não vou ouvir... Não posso!

– Tudo bem – acalmou-a Lily. – Chega de conversa por essa noite. Não chore. Vai dar tudo certo, você vai ver.

~

Alex desceu rapidamente a grande escadaria. Estava usando roupas de viagem: um casaco elegante de lã, um colete de popeline bege e calça de algodão. Precisava ir até Londres, em resposta a uma mensagem que havia sido entregue no dia anterior. Seu irmão mais novo, Henry, estava sendo expulso de Westfield.

Dividido entre a raiva e a preocupação, Alex se perguntava que incidente poderia ter motivado uma expulsão. Henry sempre fora um menino enérgico, travesso, mas tinha um temperamento amigável. Não havia nenhuma explicação no bilhete curto do diretor da escola, apenas a informação de que o menino não era mais bem-vindo lá.

Alex suspirou pesadamente, pensando consigo mesmo que não havia orientado bem o irmão. Nunca tinha coragem de castigar Henry por seus erros quando era preciso discipliná-lo. O irmão era muito pequeno na época em que os pais deles morreram. Alex tinha sido mais um pai do que um irmão para Henry, e se perguntou se havia se saído bem nessa tarefa. Sentindo-se culpado, Alex achou que deveria ter se casado anos antes, para garantir a presença de uma mulher gentil e maternal na vida de Henry.

Seus pensamentos foram interrompidos pela visão de uma figura pequena, de camisola, subindo apressadamente a escada. Mais uma vez, Lily estava correndo pela casa quase sem roupa. Ele fez uma pausa e ficou observando.

Ela reparou nele apenas quando estava a poucos passos de distância. Ao ver a expressão severa de Alex, Lily gemeu e levou a mão à cabeça.

– Vamos apenas ignorar isso, certo?

– Não, Srta. Lawson – retrucou Alex em um tom ríspido. – Quero uma explicação sobre onde esteve e o que estava fazendo.

– Bem, mas não terá – murmurou ela.

Alex continuou a fitá-la em silêncio. Era possível que ela tivesse dito a verdade antes, que realmente estivesse envolvida em um *tête-à-tête* com um dos criados. Lily tinha a aparência de quem acabara de fazer exatamente aquilo. Só de camisola, descalça, o rosto abatido e com olheiras escuras, como se estivesse exausta após uma noite de devassidão. Ele não sabia por que o pensamento o enfurecia tanto. Não costumava dar a menor atenção ao que os outros faziam, desde que não o incomodassem. Naquele momento, porém, só tinha consciência de um gosto amargo na boca.

– Da próxima vez que isso acontecer – declarou ele friamente –, eu mesmo farei as suas malas. Em Londres, as pessoas admiram a falta de moralidade, mas aqui isso não será tolerado.

Lily sustentou o olhar dele, desafiadora, então continuou a subir a escada, murmurando alguma obscenidade *sotto voce*.

– O que a senhorita disse? – perguntou ele, a voz baixa e ameaçadora.

Lily lançou um sorriso fingidamente doce por cima do ombro.

– Eu lhe desejei um dia *esplêndido*, milorde.

Ao chegar ao quarto, Lily pediu que lhe preparassem um banho. As criadas se apressaram a encher a banheira com borda de porcelana no quarto de vestir anexo. Uma das moças atiçou o fogo na pequena lareira e colocou as toalhas em um aquecedor. Lily recusou a ajuda delas depois daquilo.

Entrou na banheira e jogou água sobre o peito. As paredes eram forradas com paisagens em estilo chinês, ilustradas com flores e pássaros pintados à mão. O console de porcelana da lareira era decorado com dragões e pagodes. Antiquado... Lily apostaria seu último centavo que aquele papel havia sido aplicado na parede pelo menos duas décadas antes. *Se eu mandasse alguma coisa aqui, certas mudanças seriam feitas*, pensou, e afundou a cabeça na água fumegante. Então emergiu, o cabelo pingando, e finalmente se permitiu pensar sobre o que estava se passando com ela.

Os episódios de sonambulismo vinham acontecendo com mais frequência. Na véspera ela acordara na biblioteca e naquela manhã, na sala, atrás do sofá. Como fora parar ali? Como conseguira descer as escadas sem se machucar? Ora, ela poderia muito bem ter quebrado o pescoço!

Aquilo não podia continuar assim. Assustada, Lily se perguntou se deveria começar a se amarrar na cama todas as noites. Mas como *aquilo* pareceria a alguém que por acaso a descobrisse? Bem, Raiford certamente não ficaria surpreso, pensou, e deixou escapar uma risadinha nervosa. Era provável que ele pensasse nela como a mulher mais depravada do mundo.

Talvez devesse tentar beber antes de dormir. Se estivesse bêbada o bastante... Não, aquele seria o caminho mais rápido para a ruína. Já vira acontecer muitas vezes em Londres, onde as pessoas se destruíam com bebidas fortes. Talvez pudesse se consultar com um médico e pedir algum pó sonífero... Mas e se o médico a declarasse louca? Deus sabia o que aconteceria então. Lily passou os dedos pelo cabelo molhado e fechou os olhos.

– Talvez eu *seja* louca – murmurou, cerrando os punhos, a água escorrendo.

Qualquer mulher ficaria louca se a filha fosse tirada dela.

Depois de lavar bem o cabelo e a pele, Lily se levantou da banheira e se enxugou com a toalha. Então, vestiu a camisa de baixo de renda branca, meias de algodão bordadas e um vestido de algodão estampado com florezinhas cor-de-rosa. O vestido a fazia parecer quase tão jovem quanto Penelope. Sentada diante do fogo, Lily passou os dedos pelos cachos úmidos e avaliou qual deveria ser o seu plano para o dia.

– Primeiro – disse para si mesma, estalando os dedos –, terei que convencer Raiford de que Zachary está cortejando a *mim*, não a Penny. Isso vai despistá-lo.

– Senhorita? – ouviu uma voz confusa dizer. A camareira estava parada na porta do quarto de vestir. – A senhorita disse...

– Não, não, não preste atenção. Estou falando sozinha.

– Vim recolher os lençóis sujos.

– Ah, sim. Leve minha camisola também, por favor, e... Onde está lorde Raiford? Quero falar com ele.

– O patrão foi para Londres, senhorita.

– Londres? – repetiu Lily, franzindo a testa. – Mas por quê? Por quanto tempo?

– Ele disse a Silvern que voltaria hoje à noite.

– Ora, então será uma viagem rápida. O que ele conseguiria fazer em tão pouco tempo?

– Ninguém sabe.

Lily teve a sensação de que a criada sabia de algo que não estava contando. Mas os criados de Raiford eram calados e bastante leais ao patrão. Em vez de insistir no assunto, Lily deu de ombros com indiferença.

～

Westfield havia sido construída em uma das três colinas a noroeste de Londres. Em dias de sol, era possível ficar de pé ali em cima e ter uma boa visão de quase uma dezena de condados. A mais venerável das escolas públicas da Inglaterra, Westfield havia produzido grandes políticos, artistas, poetas e militares. Alex estudara lá quando jovem e, embora se lembrasse da rigidez dos professores e da tirania dos meninos mais velhos, também se lembrava dos dias alegres com amigos próximos e das travessuras. Ele havia esperado que Henry se desse bem no lugar, mas evidentemente não era o caso.

Alex foi conduzido ao escritório do diretor por um menino de aparência taciturna. O Dr. Thornwait se levantou de trás de uma grande escrivaninha com várias gavetas e cumprimentou-o sem sorrir. Thornwait era um homem magro de cabelos brancos e finos, rosto também fino e enrugado e sobrancelhas negras enormes. Seu tom era baixo e reprovador.

– Lorde Raiford, gostaria de expressar o meu alívio por ter vindo buscar nosso criminoso. Seu irmão é um jovem de temperamento perigosamente volátil, bastante inadequado para Westfield.

Durante aquele breve discurso, Alex ouviu a voz do irmão atrás dele.

– Alex!

Henry, que estava sentado em um banco de madeira apoiado contra a parede, correu até ele, mas parou, tentando parecer controlado.

Incapaz de evitar um sorriso, Alex agarrou-o pela nuca e puxou-o para perto. Então afastou novamente o irmão, observando-o com atenção.

– Por que o diretor está dizendo que você é perigoso, rapazinho?

– É por causa de uma peça que eu preguei – confessou Henry.

Os lábios de Alex se curvaram em um sorriso melancólico ao ouvir aquilo. O irmão tinha mesmo um senso de humor considerável, mas era um ótimo menino, do qual qualquer homem se orgulharia. Embora fosse baixo para doze anos, Henry era robusto e forte. Ele se destacava nos esportes e na matemática e escondia um amor secreto pela poesia. Geralmente, havia um sorriso contagiante dançando em seus intensos olhos azuis, e o cabelo louro-claro precisava ser penteado com frequência para conter os cachos rebeldes.

Para compensar a falta de altura, Henry sempre fora ousado e confiante, o líder de seu grupo de amigos. Quando estava errado, pedia desculpas de pronto. Alex não conseguia imaginar o que Henry poderia ter feito que tivesse como consequência uma expulsão. Ele provavelmente colara as páginas de alguns livros ou equilibrara um balde d'água em cima de uma porta entreaberta. Bem, Alex acalmaria a ira de Thornwait, pediria desculpa e o convenceria a permitir que Henry permanecesse no colégio.

– Que tipo de peça foi essa? – perguntou Alex, olhando do Dr. Thornwait para Henry.

Foi Thornwait que respondeu:

– Ele explodiu a porta da frente da minha casa – falou, o tom severo.

Alex se virou para o irmão.

– Você fez *o quê*?

Henry teve a decência de desviar o olhar com ar culpado.

– Pólvora – confessou.

– A explosão poderia ter me causado ferimentos sérios – continuou Thornwait, franzindo a testa –, ou à minha governanta.

– Por quê? – perguntou Alex, perplexo. – Henry, você não é disso.

– Pelo contrário – observou o Dr. Thornwait. – É típico dele. Henry é um menino de espírito rebelde… Ressentido com a autoridade, incapaz de aceitar qualquer forma de disciplina…

– Para o inferno! Isso não é verdade! – retrucou Henry, furioso, dirigindo-se ao diretor. – Aceitei tudo que o senhor tinha para mim e muito mais!

Thornwait olhou para Alex com uma expressão que dizia *Está vendo?*. Alex segurou o irmão pelos ombros com delicadeza.

– Olhe para mim. Por que você explodiu a porta dele?

Henry permaneceu em um silêncio obstinado. Thornwait começou a responder por ele:

– Henry é o tipo de menino que não...

– Eu já ouvi a sua opinião – interrompeu Alex, lançando um olhar tão frio ao diretor que o silenciou na mesma hora. Então, se virou novamente para o irmão, o olhar mais suave agora. – Henry, explique para mim o que aconteceu.

– Não importa – murmurou o menino.

– Importa, sim. Me diga por que você fez isso – pediu Alex mais uma vez, agora em tom de advertência. – Agora.

Henry olhou irritado para ele enquanto respondia com relutância.

– As chicotadas.

– Chicotadas? Você foi açoitado? – Alex franziu a testa. – Por que motivo?

– Qualquer um que você possa imaginar! – Um forte rubor tomou conta do rosto de Henry. – Eles usam uma vara... Fazem isso o tempo todo aqui, Alex! – O garoto lançou um olhar rebelde para Thornwait por cima do ombro de Alex. – Uma vez porque me atrasei um minuto para o café da manhã, outra porque deixei cair meus livros na frente do professor de inglês, outra ainda porque o meu pescoço não estava limpo o bastante... Fui espancado quase três vezes por semana durante meses, e estou exausto!

– Aplico a mesma punição a outros meninos com atitude rebelde semelhante – declarou Thornwait, o tom seco.

Alex manteve o rosto inexpressivo, mas estava furioso por dentro.

– Me mostre – disse a Henry, a voz controlada.

Henry fez que não com a cabeça, e seu rosto ficou ainda mais vermelho.

– Alex...

– Agora, Henry – insistiu Alex.

Henry olhou do irmão para o diretor e suspirou pesadamente.

– Por que não? A esta altura, não é novidade para Thornwait.

Ele se virou, tirou o paletó com relutância, abriu a calça e abaixou-a alguns centímetros.

Alex prendeu a respiração ao ver o que tinham feito com seu irmão. A parte inferior das costas e as nádegas de Henry eram uma massa de vergões, crostas e hematomas. Aquele tipo de tratamento não seria considerado comum ou necessário por ninguém, nem mesmo pelo disciplinador mais rígido.

O açoitamento não tinha sido por uma questão de disciplina – aqueles golpes haviam sido aplicados por um homem que sentia um prazer perverso em infligir dor aos outros. A ideia de que aquilo estivesse acontecendo com alguém que ele amava… Tentando controlar a fúria, Alex levou a mão trêmula ao queixo e esfregou-o com força. Ele não ousou olhar para Thornwait, ou mataria o desgraçado. Henry levantou a calça e se virou para encarar o irmão. Seus olhos azuis se arregalaram quando ele viu os olhos frios de Alex e as veias saltando do pescoço.

– Foi inteiramente justificado – argumentou o Dr. Thornwait em um tom hipócrita. – Açoitamento é uma parte normal da tradição de Westfield…

– Henry – interrompeu Alex, o tom instável. – Henry, eles fizeram mais alguma coisa com você além do açoitamento? Machucaram você de outra forma?

Henry olhou para ele, confuso.

– Não. O que você quer dizer?

– Nada.

Alex indicou a porta com um aceno de cabeça.

– Vá lá para fora – pediu calmamente. – Logo estarei lá.

Henry obedeceu e saiu andando devagar, olhando para trás com uma curiosidade indisfarçável.

Assim que a porta se fechou, Alex caminhou até o Dr. Thornwait, que se afastou instintivamente.

– Lorde Raiford, açoitar é um método aceito para educar os meninos…

– Aceito pelos outros. *Eu* não aceito!

Alex agarrou o homem bruscamente e o empurrou contra a parede.

– Vou mandar prendê-lo – ameaçou o diretor em um arquejo. – O senhor não pode…

– Não posso o quê? Matá-lo como eu gostaria? Talvez não. Mas posso chegar bem perto disso.

Alex segurou o homem pelo colarinho e ergueu-o até que os pés de Thornwait mal tocassem o chão. Ele apreciou o leve som de engasgo vindo da garganta esquelética do diretor. A visão turva de Thornwait estava concentrada nos olhos de aço de Alex e em seus dentes brancos ameaçadoramente à mostra.

– Conheço o tipo de desgraçado pervertido que você é – desdenhou Alex. – Descontando suas frustrações nos meninos. Sentindo prazer em açoitar o traseiro de um pobre menino até tirar sangue. Você não merece ser chamado de homem. Aposto que adora espancar o meu irmão e os outros inocentes sob os seus cuidados!

– *D-disciplinar...* – conseguiu arquejar Thornwait com dificuldade.

– Se algum dano permanente resultar dessa sua suposta disciplina, ou se Henry revelar que você abusou dele de outras maneiras, é melhor fugir rápido, antes que eu consiga colocar as minhas mãos em você.

Alex agarrou o pescoço de Thornwait e começou a apertá-lo como se estivesse moldando argila. O homem se contorceu e gorgolejou de terror. Alex esperou até que o rosto do diretor ficasse cinza.

– Ou quem sabe vou empalhar a sua cabeça e depois pendurá-la na parede do quarto de Henry – grunhiu. – Como uma lembrança dos dias dele em Westfield. Acho que ele gostaria disso.

Ele soltou Thornwait de repente, deixando o homem cair no chão. O diretor tossiu e arquejou. Alex limpou as mãos no casaco com uma expressão de nojo, então abriu a porta da sala com tanta força que ela bateu contra a parede e o ferrolho caiu de uma das dobradiças.

Ele viu Henry no corredor, pegou o irmão pelo braço e começou a andar rapidamente.

– Por que não me procurou para falar sobre o que estava acontecendo, Henry? – perguntou.

Henry se esforçava para acompanhar os passos largos do irmão mais velho.

– Não sei.

De repente, a lembrança das acusações de Lily sobre ele ser inacessível e insensível soou nos ouvidos de Alex. Seria possível que houvesse alguma verdade nisso? Sua expressão se tornou ainda mais severa.

– Você achou que eu não teria pena? Que eu não entenderia? Deveria ter me contado a respeito há muito tempo!

– Ah... – murmurou Henry. – Eu achei que as coisas poderiam melhorar por aqui... ou que eu mesmo poderia resolver o assunto...

– Detonando explosivos?

O menino ficou em silêncio. Alex deixou escapar um suspiro triste.

– Henry, não quero que você "resolva o assunto" sozinho. Você ainda não atingiu a maioridade e sou seu responsável legal.

– Eu sei – falou Henry, em um tom ofendido. – Mas eu sabia que você estava ocupado com outras coisas, como o casamento...

– Dane-se o casamento! Não use isso como desculpa.

– O que você espera de mim? – perguntou o menino com veemência.

Alex cerrou os dentes e se forçou a manter a calma.

– Que você entenda que deve me procurar quando estiver com problemas. Qualquer tipo de problema. Nunca estarei ocupado demais para ajudá-lo.

Henry assentiu brevemente.

– O que nós vamos fazer agora?

– Vamos para casa, em Raiford Park.

– É mesmo? – A ideia quase fez o menino abrir um sorriso. – Minhas coisas ainda estão na hospedagem...

– Alguma coisa importante?

– Nada...

– Ótimo. Vamos deixar tudo aqui.

– Eu terei que voltar? – perguntou Henry, a voz assustada.

– Não – respondeu Alex enfaticamente. – Vou contratar um tutor. Você pode estudar com os meninos da região.

Henry soltou um grito de alegria e jogou o gorro do uniforme para o alto. O gorro caiu no chão atrás deles e ali ficou, enquanto os irmãos saíam juntos da escola.

~

– Shhh. Acho que ele está vindo.

Lily viu a carruagem de Raiford subindo o caminho de entrada e puxou Zachary para fora da sala de música. Ele, Totty e Penelope estavam distraídos cantando hinos e tocando piano.

– Lily, me diga o que você está planejando.

– Meu palpite é que Raiford virá até a biblioteca para tomar uma bebida depois de ter viajado o dia todo. Quero que ele nos veja juntos.

Ela puxou Zachary com força para uma pesada poltrona de couro. Então, se atirou no colo dele e tapou sua boca quando ele começou a protestar.

– Silêncio, Zach... Não consigo ouvir nada.

Lily inclinou a cabeça e ouviu o som de passos se aproximando. Um passo pesado e medido... Tinha que ser Raiford. Ela tirou a mão da boca de Zachary e passou os braços em volta do pescoço dele.

– Me beije. E faça com que pareça convincente.

– Mas, Lily, devemos mesmo fazer isso? Meus sentimentos por Penny...

– Isso não quer dizer nada – falou ela com impaciência.

– Mas é necessá...

– Faça logo, maldição!

Zachary obedeceu docilmente. O beijo foi como qualquer outro que Lily já experimentara, ou seja, normal. Só Deus sabia por que os poetas tentavam descrever algo vagamente desagradável como uma experiência tão arrebatadora. Ela tendia a concordar com Swift, que se perguntara algo como "Que tolo foi aquele que inventou o beijo?". Mas os casais apaixonados pareciam gostar do hábito, e Raiford precisava pensar que ela e Zachary estavam apaixonados um pelo outro.

A porta da biblioteca se abriu. Houve um silêncio escaldante. Lily tocou o cabelo castanho fino de Zachary, tentando parecer envolvida no beijo apaixonado. Então, levantou a cabeça lentamente, como se só então tivesse se dado conta da interrupção. Raiford estava parado ali, parecendo amarrotado e empoeirado da viagem com uma expressão carrancuda.

Lily fitou-o com um sorriso atrevido.

– Se não é lorde Raiford, com seu semblante animado de sempre. Como pode ver, milorde, acaba de se intrometer em um momento privado entre...

Ela parou abruptamente quando viu outra pessoa ao lado de Raiford.

Era um garoto louro e baixo, com olhos azuis questionadores e um sorrisinho nos lábios. Ora, ora. Lily não contava que mais ninguém além de Raiford testemunhasse seu abraço com Zachary. Ela se sentiu enrubescer.

– Srta. Lawson – disse Alex, com uma expressão ameaçadora –, esse é meu irmão mais novo, Henry.

– Olá – conseguiu dizer Lily.

Ele retribuiu o sorriso pálido dela com um olhar interessado e não perdeu tempo com conversa fiada.

– Por que estava beijando o visconde Stamford se vai se casar com Alex?

– Ah, eu não sou *essa* Srta. Lawson – apressou-se a responder Lily. – Você está se referindo à minha pobre... isto é, à minha irmã mais nova.

Ao se dar conta de que ainda estava no colo de Zachary, ela se levantou de um pulo e quase caiu no chão.

– Penny e mamãe estão na sala de música – informou a Alex. – Cantando hinos.

Alex assentiu brevemente.

– Venha, Henry – disse categoricamente. – Vou apresentá-lo a Penelope.

Henry pareceu não ouvir o irmão e se aproximou de Lily, que estava endireitando o vestido.

– Por que seu cabelo é curto assim? – perguntou.

Lily riu diante daquela descrição do estilo moderno.

– Comprido ele me atrapalhava, vivia caindo nos meus olhos quando eu saía para caçar.

– A senhorita caça? – perguntou Henry, fascinado. – Porque caçar é perigoso para as mulheres, sabia?

Lily olhou para Raiford e o pegou encarando-a. Ela não pôde evitar um sorriso provocador.

– Ora, Henry, seu irmão me disse a mesma coisa quando nos conhecemos.

Ela sustentou o olhar dele. De repente, um canto da boca de Alex se curvou em um movimento traiçoeiro, como se ele estivesse contendo um sorriso irônico.

– Milorde – falou Lily, o tom travesso –, não se preocupe com a possibilidade de eu ser uma má influência para Henry. Sou muito mais perigosa para os homens mais velhos do que para os mais jovens.

Alex revirou os olhos.

– Eu acredito, Srta. Lawson.

Ele guiou Henry para fora da sala e saiu sem olhar para trás.

Lily não se moveu. Estava confusa e sentia o coração batendo descompassado. A visão de Raiford exausto e desgrenhado, a mão protetora que ele pousou no ombro do irmão menor... tudo aquilo a fez se sentir estranha. Ela não era o tipo de mulher que se preocupava com um homem, mas teve um súbito desejo de que houvesse alguém para acariciar o cabelo dele, pedir um jantar leve e escutá-lo enquanto desabafava sobre o que havia colocado aquela expressão perturbada em seus olhos.

– Lily – chamou Zachary –, você acha que ele acreditou no beijo?

– Aposto que sim – respondeu ela automaticamente. – Por que não acreditaria?

– Bem, Raiford é um homem muito perspicaz.

– Estou ficando cansada da forma como todos o superestimam – declarou ela.

Lily se arrependeu na mesma hora por ter soado tão ríspida, mas ficara atônita com a imagem que surgira em sua mente. Sua imaginação voluntariosa conjurou uma imagem dela abraçando Raiford, sentindo sua boca firme contra a dela, o cabelo louro dele sob suas mãos. Lily sentiu um aperto na boca do estômago e ergueu a mão inconscientemente para aliviar o formigamento na nuca. Só havia estado nos braços dele uma vez, quando caíra durante a caçada em Middleton e Raiford a amparara e quase a estrangulara. A força das mãos dele e a violência em seu rosto a haviam assustado.

Lily duvidava de que algum dia Raiford tivesse mostrado aquele lado de si mesmo para Caroline Whitmore.

Ela sentia uma imensa curiosidade sobre a misteriosa falecida. Caroline amara Raiford ou concordara em se casar com ele por sua enorme riqueza? Ou talvez por sua linhagem aristocrática? Lily tinha ouvido falar que os americanos ficavam bastante impressionados com títulos e sangue azul.

E como seria Raiford perto de Caroline? Seria possível que ele fosse caloroso e sorridente? Caroline o fizera feliz?

As perguntas não respondidas irritaram Lily. Ela se repreendeu silenciosamente. Não importava como tinha sido o amor perdido de Raiford. Só o que importava era salvar Penelope das garras dele.

～

Alex se despediu do candidato a tutor e suspirou quando ele se foi. O homem, um tal Sr. Hotchkins, era o quarto que ele entrevistava para a função de tutor de Henry. Até agora nenhum se mostrara satisfatório.

Alex imaginou que levaria algum tempo até encontrar um tutor que mostrasse o equilíbrio certo entre disciplina e compreensão para atender às necessidades do irmão mais novo. Entre aquilo e as reuniões que havia mantido nos últimos dias com arrendatários furiosos com os próprios problemas, Alex andara ocupado. As pessoas estavam chateadas com os danos causados às suas colheitas por uma superpopulação de lebres e coelhos ladrões. Ao mesmo tempo, o guarda-caça lhe informara com certa aflição que a quantidade de caça ilegal havia aumentado consideravelmente na propriedade.

– Não é ruim que cacem coelhos mesmo que ilegalmente, senhor – dissera o guarda-caça. – Mas estão montando armadilhas e caçando às escondidas à noite, interferindo na criação dos faisões. Não haverá faisão para abater este ano!

Alex resolveu o problema se oferecendo para compensar os arrendatários por suas colheitas danificadas se eles restringissem a caça ilegal, algo que eles se recusavam a admitir que praticavam. Naquele meio-tempo, ele havia tido reuniões com alguns dos agentes distritais a respeito de sua propriedade em Buckinghamshire para discutir a cobrança dos arrendamentos e outros aspectos administrativos.

– O senhor deveria designar um administrador em tempo integral – comentara Lily com ele depois de ouvir algumas das conversas sem ser chamada. – Outros homens da sua posição fazem isso.

– Sei muito bem como administrar meus próprios negócios – declarara Alex bruscamente.

– É claro que sim – dissera Lily, com um sorriso irreverente. – O senhor prefere fazer tudo sozinho. Provavelmente gostaria de ir de casa em casa cobrar pessoalmente o aluguel de cada um dos seus arrendatários, se conseguisse encontrar tempo. Estou bastante surpresa por ainda não ter pegado o senhor varrendo e polindo o chão da casa, ou sovando o pão na cozinha... Por que determinar a um criado uma tarefa que o senhor é perfeitamente capaz de realizar, não é mesmo?

Alex a mandara cuidar da própria vida, e ela o chamara de tirano medieval.

Mas, sozinho consigo mesmo, avaliara a ideia dela. Grande parte do trabalho que ele fazia podia ser feito igualmente bem por pessoas que empregava. Mas e se conseguisse mais tempo para si mesmo, o que faria? Passaria aquele tempo com Penelope? Embora fossem extremamente educados quando estavam juntos, ele e a noiva não sentiam grande prazer na companhia um do outro.

Havia opções de jogos, caçadas, festas e política em Londres. Mas tudo lhe parecia um grande tédio. Alex imaginou que poderia renovar algumas velhas amizades. Nos últimos dois anos, havia evitado a companhia de seus conhecidos mais próximos, especialmente aqueles que tinham conhecido Caroline e expressado solidariedade após a morte dela. Alex não fora capaz de suportar a pena em seus olhos.

Frustrado e mal-humorado, Alex foi procurar Penelope, que vivia agarrada à mãe como uma sombra. Ele tentou conversar com elas e tomou uma xícara do chá morno que lhe ofereceram. Penelope levantou os olhos timidamente para ele enquanto bordava em um bastidor, desenhando com fios de seda colorida e usando um gancho delicado para passá-la através do tecido. Uma jovem virginal e refinada, as mãos macias se movendo habilmente na musselina branca. Depois de alguns minutos naquela atmosfera entediante, Alex escapou, murmurando uma desculpa sobre a necessidade de trabalhar mais.

O som de risos e cartas sendo embaralhadas ecoou na longa galeria. Curioso, ele foi investigar. O primeiro pensamento de Alex foi que Henry estava recebendo a visita de algum amigo. Ele viu duas figuras pequenas sentadas de pernas cruzadas no chão encerado, jogando cartas. Uma delas claramente era Henry, com seus ombros quadrados. Mas a outra... a outra... Alex franziu o cenho ao reconhecê-la.

Lily não só estava vestida com aqueles calções framboesa, como também havia pegado emprestados um colete e uma das camisas de Henry. Alex atravessou determinado a galeria, com a intenção de censurá-la pelo traje totalmente inapropriado. Quando alcançou os dois e seus olhos pousaram em Lily, ele engoliu em seco. Do jeito que ela estava sentada, o calção esticado sobre as coxas e joelhos mostrava a forma esbelta das pernas.

Que Deus o ajudasse, era a mulher mais perturbadora que Alex já vira. Quando era mais jovem, Alex conhecera muitas mulheres sedutoras e as vira vestidas e despidas, em suntuosos vestidos de noite e em faixas transparentes, nuas no banho, com roupas íntimas de seda francesa amarradas com fitas estreitas. Mas nunca tinha visto nada tão tentador quanto a visão de Lily Lawson usando um calção.

Alex sentia o rosto quente, o corpo tenso, carregado de desejo. Ele se esforçou desesperadamente para invocar uma imagem de Penelope. Quando aquilo não deu certo, buscou mais profundamente na memória por uma lembrança de Caroline. Mas não conseguiu ver o rosto dela e... Maldição! Ele mal conseguia se lembrar do rosto dela... Em sua mente havia apenas as pontas dos joelhos de Lily, o topo da cabeça com seus cachos, os movimentos ágeis dos dedos enquanto ela abria as cartas em leque. O mero ato de manter a respiração regular parecia uma batalha. Pela primeira vez, Alex não conseguia se lembrar do som exato da voz de Caroline ou do formato do rosto dela... Era como se tudo estivesse envolto em uma névoa suave. Seus sentidos traiçoeiros tinham sido atraídos para Lily, cuja beleza vibrante era o foco de toda a luz da galeria.

Lily reconheceu a presença de Alex com um breve olhar. Seus ombros ficaram tensos enquanto ela esperava por algum comentário negativo. Como nada foi dito, ela continuou o que fazia, embaralhando e cortando as cartas com habilidade.

– Preste atenção, Henry – disse Lily. – Basta empurrar esse grupo de cartas diretamente dentro do outro grupo... e elas saem na mesma distribuição de antes... Está vendo? O ás ainda está por baixo.

Henry riu e pegou o baralho para treinar a manobra. Alex observou o menino passar os dedos pelas cartas.

– Você sabe o que fazem com quem trapaceia nas cartas? – perguntou.

– Só os incompetentes são pegos trapaceando – retrucou Lily antes que o irmão dele pudesse responder. – Os bons, nunca.

Ela indicou um espaço no chão, perto deles, com a mesma graciosidade de uma dama oferecendo uma cadeira em um salão elegante.

– Gostaria de se juntar a nós, milorde? Quero que saiba que estou quebrando uma das minhas regras mais rígidas ao ensinar os meus melhores truques ao seu irmão.

Alex abaixou-se no chão ao lado dela.

– Devo ficar grato? – perguntou ele com ironia. – Transformar o meu irmão em um trapaceiro...

Lily sorriu para ele.

– Certamente não. Só quero que esse pobre rapazinho esteja ciente das várias maneiras pelas quais outras pessoas podem querer tirar vantagem dele.

Henry exclamou, indignado consigo mesmo, quando seus dedos escorregaram e as cartas se espalharam pelo chão.

– Tudo bem – disse Lily, inclinando-se para pegá-las. – Treine, Henry. Logo, logo você consegue.

Alex não conseguiu evitar olhar para o traseiro arredondado da jovem enquanto ela recolhia rapidamente as cartas que tinham se espalhado. E se viu dominado por uma nova onda de excitação, a pele quente. Ele puxou as pontas do paletó sobre o colo. Deveria se levantar e ir embora naquele mesmo instante. Mas, em vez disso, permaneceu na galeria ensolarada, sentado no chão, perto da mulher mais enlouquecedora que já conhecera.

Henry embaralhou as cartas.

– E quanto ao meu tutor, Alex?

Alex desviou a atenção de Lily.

– Ainda não encontrei ninguém adequado.

– Ótimo – disse o menino em tom enfático. – Achei o último bem fuleiro.

Alex franziu a testa.

– Achou o quê?

Lily se inclinou para Henry de forma conspiratória.

– Henry, não use as novas palavras que a tia Lily ensinou na presença do seu irmão.

Sem pensar, Alex agarrou o braço fino de Lily.

– Srta. Lawson, está demonstrando todas as razões pelas quais eu não a queria perto do meu irmão.

Assustada com o toque dele, Lily encarou-o rapidamente, esperando encontrar um semblante frio e severo. Em vez disso, viu um sorriso melancólico e pueril que fez seu coração bater mais forte. Era estranho que o fato de fazê-lo sorrir a fizesse se sentir tão realizada. Ela sorriu com os olhos e dirigiu outro comentário a Henry.

– Sabe por que seu irmão ainda não encontrou um tutor? Porque ele não vai ficar satisfeito até contratar Galileu, Shakespeare e Platão, todos em um só. Tenho pena de você, meu menino.

Henry franziu o rosto em uma careta de horror.

– Alex, diga a ela que isso não é verdade!

– Eu tenho certos padrões – admitiu Alex, soltando o braço de Lily. – Encontrar um tutor qualificado está levando mais tempo do que eu esperava.

– Por que não deixa Henry escolher? – sugeriu Lily. – O senhor poderia cuidar dos seus outros negócios enquanto seu irmão conduz as entrevistas. Depois ele pode levar o escolhido para a sua aprovação.

Alex bufou com sarcasmo.

– Gostaria de ver que tipo de tutor Henry escolheria.

– Acredito que o seu irmão seria bastante responsável em sua decisão. Além disso, a pessoa escolhida será tutor *dele*. Acho que Henry deveria ter alguma voz a respeito.

O menino pareceu considerar a questão com atenção. Seus olhos azuis encontraram os de Alex.

– Eu escolheria um de arrebentar, Alex! Pode apostar que sim.

A ideia era incomum. Em contrapartida, a responsabilidade podia ser boa para Henry. Alex supôs que não haveria mal em tentar.

– Vou pensar a respeito – disse bruscamente. – Mas a aprovação final será minha.

– Ora – falou Lily, satisfeita. – Parece que o senhor é capaz de ser razoável às vezes.

Ela pegou as cartas do menino, embaralhou-as com habilidade e deixou o baralho no chão.

– Se importaria de cortar, milorde?

Alex a encarou atentamente. E se perguntou se era assim que a viam no clube de Craven, os olhos castanhos cintilando com um convite travesso, a mão delicada afastando os cachos que caíam na testa.

Lily jamais seria uma esposa recatada e adequada para ninguém. Ela seria uma companheira de folguedos, com as artimanhas de uma cortesã, a combinação de uma apostadora com uma feiticeira… e mais uma centena de coisas diferentes, nenhuma das quais Alex precisava.

– Qual é o jogo? – perguntou Alex. – Estou instruindo Henry sobre os pontos mais delicados do vinte e um.

Um sorriso desafiador apareceu no rosto adorável de Lily.

– Se considera hábil nesse jogo, milorde?

Ele estendeu a mão lentamente, alcançou o baralho e cortou-o.

– Dê as cartas.

# CAPÍTULO 5

Foi com consternação que Lily descobriu que Raiford era adepto dos jogos de cartas. Mais do que adepto. Para conseguir vencê-lo, foi necessário trapacear. Ela usou o pretexto de dar mais instruções a Henry para espiar disfarçadamente a carta do topo do baralho. Ocasionalmente pegava a seguinte, ou a que estava no fundo. Uma ou duas vezes, usou uma forma especial de embaralhar para preparar o baralho, algo que aprendera com Derek depois de horas de prática na frente do espelho. Se Raiford desconfiou, não disse nada... até o jogo estar quase no fim, pelo menos.

– Agora, essa – disse Lily a Henry durante a última rodada – é uma "mão suave", na qual o ás pode valer um ou onze. Sua melhor estratégia é tentar uma contagem alta. Se não funcionar, conte o valor do ás como um.

Henry seguiu as instruções dela, virou uma carta e sorriu satisfeito.

– Vinte – disse ele. – Ninguém consegue vencer isso.

– A não ser pela Srta. Lawson – observou Alex com ironia –, que parece ter um talento natural com as cartas.

Lily olhou de relance para ele, desconfiada, perguntando-se se Raiford teria descoberto sua trapaça. Provavelmente. Não poderia haver outra explicação para a expressão resignada que ostentava. Ela distribuiu a última carta com alguns movimentos rápidos dos dedos, e o jogo chegou ao fim.

– Henry ganha essa rodada – declarou Lily, animada. – Da próxima vez, vamos jogar valendo dinheiro, Henry.

– Só por cima do meu cadáver – afirmou Alex.

Lily riu.

– Não precisa criar caso por causa disso, Raiford. A ideia é apostar um xelim ou dois, não roubar a herança do pobre menino.

Henry se levantou e se espreguiçou com um leve gemido.

– Da próxima vez, vamos jogar em uma mesa, sentados em cadeiras – sugeriu. – Esse chão é muito duro!

Na mesma hora, Alex olhou para o irmão com preocupação.

– Como você está?

– Estou bem. – Henry sorriu ao entender a preocupação do irmão mais velho. – Está tudo bem, Alex. Mesmo.

Alex assentiu, mas Lily percebeu a mesma expressão anuviada que veria nos olhos claros dele na noite anterior. A expressão permaneceu mesmo depois de Henry sair com um andar ligeiramente duro.

– O que houve? – quis saber Lily. – Por que você perguntou a Henry...?

– Srta. Lawson – interrompeu Alex, levantando-se e estendendo a mão para ela. – Nunca vi uma mulher trapacear com tanta habilidade.

Aquilo a distraiu momentaneamente.

– Anos de prática – admitiu com modéstia.

De repente, Alex sorriu, achando graça daquela absoluta desfaçatez. Seus dentes brancos cintilaram. Ele pegou a mão pequena de Lily e a ajudou a ficar de pé. Então, correu rapidamente os olhos por seu corpo esguio.

– Suponho que isso foi necessário para conseguir vencer um menino de doze anos, sim?

– Não era esse o meu propósito. Era o *senhor* que eu queria derrotar.

– Ah, é? E por quê?

Aquela era uma boa pergunta. Ela não deveria ter se importado com ganhar ou perder uma partida contra ele. Desconfortável, Lily encontrou os olhos acinzentados que a encaravam, desejando de todo o coração conseguir se manter indiferente.

– Parecia a coisa certa a fazer.

– Pode ser interessante tentar um jogo honesto algum dia – comentou Alex. – Se a senhorita for capaz disso.

– Vamos jogar sem trapaça agora mesmo então, milorde. O perdedor deve responder a qualquer pergunta que o vencedor fizer.

Lily distribuiu habilmente duas cartas no chão, uma virada para cima aos pés dele. Um sete. A outra carta foi posta na frente dela. Uma dama.

Alex ficou observando o topo da cabeça de Lily enquanto ela olhava para as cartas. Lily estava bem perto dele. De repente, Alex se imaginou segurando aquela cabeça e se inclinando para colar a boca e o nariz nos cabelos negros, inalando seu perfume, sentindo sua pele... Então se imaginou caindo de joelhos e puxando os quadris de Lily para a frente até se perder no calor daquele corpo. Ao sentir que começava a enrubescer e que seu membro começava a ficar rígido, ele tentou banir a imagem proibida da mente. Tentou recorrer à autodisciplina. Quando Lily o encarou, Alex teve certeza de que ela seria capaz de reconhecer a embaraçosa mudança de rumo dos seus pensamentos. Mas, estranhamente, ela não pareceu notar nada.

– Outra? – perguntou Lily.

Alex assentiu e então Lily pegou a carta do topo do baralho com cuidado exagerado e a pousou no chão. Um dez.

– Deixe – disse ele.

Com um floreio, Lily sacou a próxima carta para si mesma e sorriu ao ver que era um nove.

– Venci, Raiford. Agora quero saber por que você parecia tão preocupado com Henry ainda há pouco… Não, melhor: por que o trouxe da escola de volta para casa? Algum problema com as notas dele? Henry está tendo…?

– Já são três perguntas até agora – interrompeu Alex, o tom sarcástico. – E, antes de responder, quero saber por que está tão interessada.

– Eu gosto dele – respondeu Lily com sinceridade. – Pergunto porque estou genuinamente preocupada.

Ele pensou por um instante. Era possível que ela estivesse dizendo a verdade. Lily e Henry pareciam se dar bem.

– Não foram as notas – respondeu Alex bruscamente. – Henry se meteu em algumas confusões. Atrasos, travessuras, as coisas de sempre. O diretor, então, resolveu aplicar nele uma "disciplina"…

Alex cerrou o maxilar.

– Açoite? – perguntou Lily.

Ela ficou olhando para o rosto de Alex, que ele desviara. As feições de Raiford pareciam particularmente implacáveis naquele ângulo, como as de um sátiro dourado.

– Então é por isso que ele caminha com as costas tão rígidas às vezes. Foi feio, não foi?

– Sim, foi feio – disse Raiford com a voz rouca. – Eu quis matar Thornwait. Ainda quero.

– O diretor?

Apesar da aversão que sentia por qualquer pessoa capaz de cometer tamanha crueldade contra uma criança, Lily quase sentiu pena do tal diretor. Ela desconfiava que Thornwait não se safaria facilmente do que havia feito.

– Henry revidou acendendo um monte de pólvora embaixo da porta da frente de Thornwait – continuou Alex.

– Eu não esperava menos dele!

Ao fitar mais uma vez o rosto implacável do homem à sua frente, porém, Lily logo parou de rir.

– Mas vejo que tem algo mais o incomodando... Talvez... o fato de Henry não ter contado sobre o que estava acontecendo?

Lily leu a resposta em seu silêncio e, de repente, entendeu tudo. Alex, com seu senso irracional de responsabilidade em relação a tudo e a todos, estava assumindo toda a culpa pelo ocorrido. Ele obviamente adorava o menino. Aquela seria a oportunidade perfeita para enfiar o dedo na ferida e fazê-lo se sentir ainda pior. Mas, em vez disso, Lily se pegou tentando aliviar a culpa de Raiford.

– Isso não me surpreende – disse ela com naturalidade. – Sabe, a maior parte dos meninos da idade do seu irmão é extremamente orgulhosa. Não tente me convencer de que o senhor mesmo não era. Claro que Henry tentaria lidar sozinho com a situação. Ele não correria para o seu colo como uma criancinha. Pelo que observei, é assim que os meninos pensam.

– E o que a senhorita sabe sobre meninos? – murmurou.

Lily lançou um olhar de reprovação diante da pergunta.

– Por mais que deseje arcar com ela, a culpa não é sua. O senhor tem responsabilidade até demais... Quase corresponde ao tamanho do seu ego.

– Ora essa... Só me faltava ter a *senhorita* me passando um sermão sobre responsabilidade, não é mesmo? – falou ele, o tom cáustico.

No entanto, Raiford a encarava sem a animosidade habitual, e as profundezas dos olhos cinza-claros fizeram Lily sentir uma coisa estranha se espalhando pelo corpo.

– Srta. Lawson... – disse ele, apontando para o baralho que ela segurava. – Se importaria de jogar outra rodada da verdade?

– Por quê? – perguntou ela, que sorriu e jogou mais algumas cartas no chão. – Que pergunta gostaria de fazer, milorde?

Diante do olhar que não cedeu, Lily teve a sensação surpreendente de que, embora estivessem separados, Raiford a tocava. Não era real, é claro, mas ainda assim ela experimentou uma sensação de sufocamento que acendeu todos os sinais de alerta em sua memória... Sim, ela havia se sentido da mesma forma com Giuseppe... Ameaçada, dominada...

Alex ignorou o pretexto das cartas, do jogo, e a observou com atenção.

– Por que a senhorita odeia os homens?

Ele não conseguiu evitar a pergunta. A curiosidade crescia a cada palavra que ele a ouvia falar, a cada olhar cauteloso que Lily lançava na direção dele, do pai, até mesmo de Zachary. A jovem mantinha distância de todos os homens que se aproximavam. Com Henry, no entanto, Lily agira de forma diferente, o que levava Alex a supor que Henry era jovem demais para ser avaliado como uma ameaça. Seus instintos lhe diziam que alguém havia abusado dela no passado, e com frequência suficiente para que ela passasse a considerar os homens inimigos a serem usados e manipulados.

– Por que eu...?

Lily não completou a frase e manteve um silêncio chocado.

Só Derek já havia sido capaz de desarmá-la tão completamente com tão poucas palavras. Por que Raiford perguntaria uma coisa assim? Com certeza ele não teria qualquer interesse pessoal nos sentimentos dela. Provavelmente só estava perguntando porque de alguma forma sentira que aquilo a magoaria, o desgraçado.

E ele estava certo... Ela *realmente* odiava os homens, embora nunca antes tivesse colocado isso em palavras, nem mesmo em pensamentos. Mas o que havia de tão maravilhoso a respeito deles, afinal? Era ignorada pelo pai, fora abandonada pelo noivo e Giuseppe havia abusado da confiança que ela tão relutantemente cedera. Sua filha havia sido levada por homens. Até mesmo a sua amizade com Derek, tal como era, começara como uma chantagem. Para o diabo todos eles!

– Já joguei o bastante esta tarde.

Lily largou o baralho, deixando as cartas se espalharem. Então, deu as costas rapidamente e saiu da galeria. No entanto, ouviu Alex segui-la, e ele a alcançou em três passos largos.

– Srta. Lawson...

Alex segurou-a pelo braço, mas Lily girou o corpo, desvencilhando-se bruscamente.

– Não encoste em mim – sibilou. – Nunca mais ouse encostar em mim!

– Tudo bem – respondeu ele, o tom tranquilo. – Acalme-se. Eu não tinha o direito de perguntar.

– Isso é uma espécie de pedido de desculpa? – perguntou ela, o peito arfando com a força da fúria.

– Sim.

Alex não imaginara que tocaria em um ponto tão sensível com a pergunta. Lily ainda se esforçava para se controlar. Logo ela, que costumava ser tão desafiadoramente confiante. Pela primeira vez, ele a viu como alguém frágil, uma mulher volátil vivendo sob o efeito de uma tensão muito forte.

– Foi desnecessário da minha parte.

– Pois saiba que foi muitíssimo mesmo!

Lily passou a mão pelo cabelo até os cachos caírem em um emaranhado rebelde sobre a testa. Ela fixou os olhos ardentes no rosto dele, cuja expressão era indecifrável. Lily não conseguiu conter uma sequência de palavras acusadoras.

– Mas aqui vai sua maldita resposta. Ainda não conheci um homem digno de confiança. Jamais estive diante de algum suposto cavalheiro que tivesse a mínima noção de honestidade ou compaixão. Todos vocês gostam de zurrar sobre honra, quando a verdade é que...

Ela se calou subitamente.

– Quando a verdade é que... – repetiu Alex, desejando que ela terminasse.

Ele queria conhecer ao menos aquela pequena parte da pessoa complexa que era Lily. Tinha a impressão de que levaria algo em torno de uma vida inteira para entendê-la.

Lily se negou, balançando a cabeça em um movimento breve e determinado. As emoções intensas pareceram se esvair como mágica, graças a uma força de vontade que Alex subitamente percebeu ser como a dele mesmo. Lily fitou-o com um sorriso insolente.

– Agora saia do meu caminho, milorde – disse ela com graciosidade, e, com isso, deixou-o na galeria, as cartas espalhadas pelo chão.

～

Algo naquela manhã havia provocado uma dor de cabeça aguda em Lily que não cedia por nada. Ela havia passado o dia na companhia de Totty e Penelope, mas mal escutara os detalhes da conversa tipicamente feminina das duas. À noite, pediu licença para não comparecer ao jantar e comeu carne fria com pão que foram levados em uma bandeja ao seu quarto. Depois de tomar duas taças de vinho tinto, Lily se trocou para dormir e se deitou. As cortinas de seda adamascada pendiam de um círculo acima, envolvendo-a em sua sombra. Ela mudou de posição, inquieta, e se virou de barriga para baixo, passando os braços ao redor do travesseiro sob a cabeça. A solidão pressionava seu peito como uma pedra fria e pesada.

Ela queria ter alguém com quem conversar. Queria desabafar. Como precisava de tia Sally, a única pessoa que sabia sobre Nicole… Com sua sabedoria afiada e seu senso de humor pouco ortodoxo, Sally era capaz de lidar com qualquer situação difícil. Ela havia ajudado a parteira no nascimento de Nicole e cuidara de Lily com o carinho de uma mãe.

– Ah, Sally, eu quero minha bebê de volta… – sussurrou Lily. – Se ao menos estivesse aqui, você me ajudaria a descobrir o que fazer. Não tenho mais dinheiro, não tenho mais ninguém. Estou ficando desesperada. O que eu vou fazer? O quê?

Ela se lembrou de ter ido até Sally, dominada pela vergonha e pela infelicidade, e confessado que havia arrumado um amante, e que uma criança havia sido concebida naquela noite de paixão ilícita. Na época, Lily achara que aquilo era o pior que poderia acontecer, mas Sally a confortara com bom senso.

– Você já pensou em dar o bebê? – perguntara Sally. – Em pagar alguém para criá-lo?

– Não, eu não faria isso – respondera Lily, em lágrimas. – É um bebê inocente. Ele… ou ela… não merece pagar pelos meus pecados.

– Então, se você planeja ficar com a criança, viveremos juntas, tranquilamente, na Itália – dissera Sally, os olhos cintilando de expectativa. – Seremos uma família.

– Mas eu não poderia pedir isso a você e…

– Você não pediu, querida. Eu estou oferecendo. Olhe para mim, Lily. Sou uma velha rica que pode fazer o que quiser. Tenho dinheiro suficiente para atender às nossas necessidades. Não daremos a mínima para o resto do mundo e sua hipocrisia.

Para tristeza de Lily, Sally havia morrido logo após o nascimento da bebê. Lily sentira falta dela, mas encontrara consolo na filha. Nicole era o centro do seu mundo e preenchia todos os dias com amor e encantamento. Enquanto tivesse Nicole, tudo estaria bem.

Lily sentiu que chorava, e o travesseiro absorveu suas lágrimas quentes. A dor de cabeça se espalhou até a garganta quando ela começou a soluçar silenciosamente. Nunca havia desmoronado na frente de ninguém, nem mesmo de Derek. Algo no amigo não permitia que ela se mostrasse vulnerável. Derek já vira muito sofrimento na vida. Se alguma vez já sentira alguma compaixão diante das lágrimas de uma mulher, perdera aquela habilidade havia muito tempo. Lily se perguntou, desesperada, quem estaria com Nicole. E quem, se é que alguém fazia isso, confortava a menina quando ela chorava.

~

Alex se agitou e gemeu durante o sono, preso nas garras de um sonho perturbador. De alguma forma, ele sabia que aquilo não estava acontecendo de verdade, mas não conseguia acordar. Foi afundando ainda mais em um mundo de névoa, sombra e movimento. Lily estava lá. Sua risada zombeteira ecoava. Seus olhos castanhos cintilantes encontraram os dele e, com um sorriso perverso, ela sustentou seu olhar enquanto baixava a boca até o ombro de Alex e mordia de leve sua pele. Ele grunhiu e tentou afastá-la, mas de repente seu corpo nu estava entrelaçado ao dele. A mente de Alex parecia flutuar com a sensação de pernas e braços macios como seda deslizando sobre ele. "Me mostre o que você quer, Alex", sussurrou ela com um sorriso cheio de malícia. "Sai de perto de mim", disse Alex com a voz rouca, mas Lily não ouviu, apenas riu baixinho. Então ele agarrou a cabeça dela e a empurrou para baixo, onde queria sua boca... lá...

Alex acordou com um sobressalto violento, respirando em arquejos roucos e instáveis. Ele passou o braço pela testa e sentiu a linha do cabelo úmida de suor. Seu corpo latejava de desejo. Ele praguejou em um tom gutural. Frustrado, apertou o travesseiro e o jogou do outro lado do quarto. Queria uma mulher. Nunca estivera tão desesperado. Tentando ignorar a pulsação acelerada, Alex tentou se lembrar da última vez que dormira com uma mulher. Fora antes do noivado com Penelope, a quem ele acreditara dever ser fiel. Achara que alguns meses de celibato não o matariam. *Idiota*, disse a si mesmo, furioso. *Idiota*.

Tinha que fazer alguma coisa. Poderia ir até o quarto de Penelope, mas sabia que ela não iria gostar. Ela gritaria e reagiria, mas ainda assim Alex sabia que poderia dobrá-la à sua vontade. Poderia intimidá-la para que o recebesse em sua cama. Afinal, eles estariam casados em questão de semanas.

Fazia sentido. Ao menos para um homem que estava morrendo de abstinência. Mas só de pensar em fazer amor com Penelope...

A mente dele recuou diante da ideia.

Aquilo lhe traria algum alívio, é claro.

Mas não era aquilo que ele queria. Não era *ela* quem ele queria.

*Que diabo há de errado com você?*, perguntou Alex a si mesmo, cada vez mais furioso, e pulou da cama. Ele puxou as cortinas para o lado a fim de deixar entrar o brilho do luar. Então, andou a passos largos até a bacia colocada sobre um tripé, derramou um pouco de água fria e jogou no rosto. Seus pensamentos estavam confusos havia dias, desde que conhecera Lily. Se ele ao menos pudesse aliviar aquele fogo que o consumia... Se ao menos conseguisse pensar com nitidez...

Precisava de uma bebida. Conhaque. Não, um pouco do bom uísque escocês que seu pai sempre estocara, um líquido de clareza singular, com sabor de fumaça e urze. Ele queria algo que queimasse a garganta e os pensamentos que o torturavam. Alex vestiu um roupão azul macio e saiu para o corredor cheio de colunas que ligava a ala leste à grande escadaria central.

Desacelerou o passo ao ouvir o rangido traiçoeiro de um dos degraus, e então parou, inclinou a cabeça e ficou esperando na escuridão. Mais um rangido. Alguém estava descendo as escadas. E ele sabia exatamente quem era.

Um sorriso sinistro passou por seus lábios. Aquela era a oportunidade de pegar Lily em um encontro clandestino com um dos criados. E ele usaria aquilo como desculpa para expulsá-la dali. Quando ela fosse embora, as coisas voltariam a ser como antes.

Alex seguiu furtivamente até a lateral do corredor, de onde conseguia ver o andar de baixo por cima da balaustrada. Ali teve um vislumbre de Lily no salão central abobadado abaixo. A bainha da camisola branca fina se arrastava suavemente atrás do corpo, que deslizava silenciosamente pelo chão de mármore. Decerto indo se encontrar com um amante. Lily caminhava com graciosidade, no que parecia ser um estado de expectativa enlevada. Alex tinha consciência da sensação amarga que se espalhava por seu corpo como veneno. Ele tentou identificar o sentimento, mas sua natureza racional estava obscurecida por um misto de raiva e confusão. A ideia do que Lily estava prestes a fazer com outro homem já o fazia querer puni-la.

Alex foi até a escada e estacou.

O que estava fazendo? O conde de Raiford, conhecido por seus modos moderados e sensatos, esgueirando-se pela própria casa na escuridão. E quase louco de ciúme – sim, *ciúme* – das excentricidades de uma mulher leviana e de seus encontros à meia-noite.

Como Caroline teria rido...

Ora, mas para o inferno com Caroline. Para o inferno com tudo. Ele iria deter Lily. Maldito fosse se permitiria que ela tivesse o prazer que buscava naquela noite. Alex desceu a escada decidido e tateou a mesinha de porcelana e madeira do saguão de entrada, onde sempre ficava uma luminária. Ele acendeu a lamparina e regulou-a para que projetasse um brilho suave. Então se aventurou na direção que Lily havia seguido, rumo à cozinha do andar térreo. Ao passar pela biblioteca, ouviu o som de sussurros saindo pela porta entreaberta. Furioso, Alex franziu a testa quando ouviu Lily murmurar algo que soou como:

– *Nick... Nick...*

Ele escancarou a porta da biblioteca.

– O que está acontecendo aqui?

Seu olhar percorreu a sala e só encontrou a forma delicada de Lily enrodilhada em uma poltrona. Ela havia envolvido o corpo com os braços.

– Srta. Lawson?

Alex se aproximou mais. A luz da lamparina iluminou os olhos de Lily e lançou um brilho dourado em sua pele, revelando as sombras de seu corpo por baixo da camisola. Ela estava se contorcendo e balançando o corpo, os lábios formando palavras silenciosas. Sua testa estava franzida em uma expressão de profunda infelicidade.

Um sorriso de escárnio surgiu no canto da boca de Alex. Ela provavelmente percebera que ele a estava seguindo.

– Sua farsante – murmurou. – Essa encenação é indigna até da senhorita.

Lily fingiu não o ouvir. Seus olhos estavam semicerrados, como se ela estivesse em um transe misterioso.

– Já basta – disse Alex, e pousou a lamparina em uma mesa próxima.

Cada vez mais irritado, percebeu que Lily pretendia ignorá-lo até que ele a deixasse sozinha.

– Saiba que vou arrastá-la para fora daqui se necessário, Srta. Lawson. É isso que está querendo? Uma cena?

Como ela se recusava sequer a olhar para ele, a paciência de Alex se esgotou. Ele a segurou pelos ombros estreitos e a sacudiu com força.

– Eu disse que *basta*...

A explosão de movimento surpreendeu Alex. Lily soltou um grito selvagem e atacou cegamente, saltando da poltrona. Ela tropeçou na mesa e quase derrubou a lamparina. Em um reflexo rápido, Alex estendeu a mão e amparou-a, para impedir que caísse. Mesmo assim, o pânico de Lily não cessou. Alex jogou a cabeça para trás para evitar o golpe frenético de dedos que pareciam garras. Embora ela fosse uma mulher pequena, era difícil conter aquele ataque primitivo. Em dado momento, ele conseguiu dar um jeito de prendê-la contra o corpo, imprensando os braços agitados entre os dois. Lily se encolheu e ficou muito rígida, a respiração saindo em arquejos rápidos. Alex passou os dedos pelos cachos cheios e forçou a cabeça dela contra o seu ombro. Ele praguejou baixinho, então, e tentou acalmá-la.

– Cristo. Lily, está tudo bem. *Lily*. Calma… Calma.

O hálito quente dele penetrou pelos fios até chegar ao couro cabeludo. Alex continuou a segurá-la com força o bastante para permitir apenas o menor movimento. Lily estava muito desorientada, incapaz de falar com coerência. Ele acomodou a cabeça dela sob o queixo e começou a embalá-la suavemente.

– Sou eu – murmurou. – Alex. Está tudo bem. Calma.

Lily foi se recuperando aos poucos, como se estivesse acordando de um sonho. A primeira coisa que percebeu foi que estava presa em um abraço inescapável. Seu rosto e seu queixo estavam pressionados contra a abertura de um roupão macio, onde pelos crespos faziam cócegas em sua pele. Um aroma agradável e masculino atiçou sua memória. Ela estava nos braços de Raiford.

A mão de Alex acariciava lentamente suas costas. Lily não estava acostumada a ser tocada com tanta familiaridade por ninguém, por isso seu primeiro instinto foi se afastar dele. Mas o toque, em círculos, era suave, amenizando a tensão rígida do seu corpo.

Alex sentiu o momento em que ela aceitou seu abraço. Houve uma mudança no peso do corpo de Lily, que se tornou leve e flexível, embora ainda estremecesse levemente. Ele teve a impressão de que algo se estirava e se retorcia dentro de si, uma sensação alarmante por sua doçura. O silêncio profundo da sala parecia envolvê-los.

– Raiford?

– Calma. Você ainda está abalada.

– O-o que aconteceu? – murmurou Lily.

– Eu me esqueci daquele antigo conselho – disse ele, o tom irônico. – Algo sobre nunca acordar um sonâmbulo.

Então ele havia descoberto. Ah, Deus, o que aconteceria agora? Ela provavelmente transpareceu seu medo, pois Alex voltou a acariciar suas costas, como se ela fosse uma criança agitada.

– Foi isso que aconteceu nas outras noites, não é? – perguntou ele, descendo a mão espalmada pelas costas delicadas. – Você deveria ter me contado.

– E dar margem para que você me internasse em algum hospício? – respondeu ela, trêmula, fazendo menção de se afastar.

– Fique quieta. Você ainda está em choque.

Lily estava confusa. Ela nunca ouvira Raiford falar em um tom tão gentil... Nem parecia a voz dele. E ela também jamais havia sido abraçada daquela forma. Giuseppe, com toda a sua paixão impetuosa, não a abraçara por tanto tempo nem durante o ato de amor. Lily se sentia perturbada, indefesa. Era uma situação completamente fora do comum. Lorde Raiford, de roupão, sem o colarinho engomado, botões ou gravatas à vista. O peito sob a cabeça dela era duro como a carcaça de um barco e suas pernas musculosas pareciam absurdamente firmes. As batidas do coração dele ressoavam em seu ouvido. Como seria a sensação de ser assim tão resistente? Raiford não precisava ter medo de ninguém.

– Quer beber alguma coisa? – perguntou Alex baixinho.

Precisava soltá-la. Caso contrário, acabaria deitado no chão com ela. Estava à beira de um desastre.

Lily assentiu junto ao peito dele.

– Conhaque.

Com esforço, ela conseguiu reunir forças para se afastar e se deixou cair em uma poltrona de couro, enquanto Alex ia até o armário de canto onde ficavam as bebidas. Ele serviu uma pequena quantidade de conhaque em um copo. À luz da lamparina, seu cabelo cintilava como uma moeda de ouro. Enquanto o observava, Lily mordeu o lábio inferior. Até agora ela o conhecia como uma figura arrogante e crítica, a última criatura no mundo de quem aceitaria ajuda. Mas, por um momento surpreendente, havia sentido toda a força daquele homem envolvendo-a, fazendo com que se sentisse segura e protegida.

*Ele é seu inimigo*, lembrou a si mesma silenciosamente enquanto Alex se aproximava. Precisava se lembrar daquilo, *precisava*...

– Aqui.

Alex colocou o copo nas mãos dela e sentou-se ao seu lado.

Lily tomou um gole da bebida. O conhaque tinha um sabor leve, ao contrário das bebidas mais frutadas que Derek sempre tinha no estoque, e conseguiu estabilizá-la. Lily bebeu lentamente e encarou Alex, que não havia desviado o olhar dela. Ela não teve coragem de perguntar se ele pretendia contar a alguém o que havia acontecido. Alex pareceu ler seus pensamentos.

– Alguém mais sabe?

– Sabe sobre o quê? – perguntou ela, esquiva.

Ele cerrou os lábios com impaciência.

– Isso acontece com frequência?

Lily olhou para o copo de conhaque e girou-o, fingindo concentração.

– Você vai ter que falar comigo, Lily – declarou Alex, o tom severo.

– Me chame de Srta. Lawson. E, embora eu tenha certeza de que está bastante curioso sobre os meus hábitos noturnos, isso não é da sua conta.

– Você tem consciência de que pode se machucar? Ou ferir outra pessoa? Agora mesmo, quase derrubou a lamparina e provocou um incêndio…

– Sim, porque o senhor me assustou!

– Há quanto tempo isso vem acontecendo?

Lily se levantou e o encarou.

– Boa noite, milorde.

– Sente-se. Você não vai embora até me dar algumas respostas.

– Pode ficar sentado aqui o tempo que quiser. Vou subir para o meu quarto.

Ela caminhou em direção à porta, mas Alex a alcançou em poucos passos e a virou para que o encarasse.

– Eu ainda não terminei de falar com você.

– Tire as mãos de mim!

– Quem é Nick?

Alex soube que havia atingido um ponto vulnerável quando viu os olhos dela se arregalarem, parecendo poços escuros de medo.

– Nick – repetiu ele em tom de zombaria. – É algum homem com quem você está envolvida? Um amante? Seu *cher ami* Craven sabe sobre esse Nick, ou você…?

Lily deixou escapar um som abafado e atirou o conhaque no rosto dele. Estava disposta a qualquer coisa para fazê-lo parar, para cessar aquelas palavras que se cravavam como uma faca em seu peito.

– Não repita esse nome!

O conhaque escorria pelo rosto de Alex em filetes dourados, gotas brilhantes deslizando pelos sulcos tensos que iam do nariz à boca.

– Não é apenas Craven, então. Há ainda um amante clandestino – zombou ele. – Imagino mesmo que um tipo como você não se importaria em pular da cama de um homem para a de outro.

– Como ousa me acusar?! Pelo menos limito as minhas infidelidades aos vivos! – O rosto de Alex ficou pálido enquanto Lily prosseguia, imprudente: – Você está planejando se casar com a minha irmã, embora ainda seja apaixonado por Caroline Whitmore. Uma mulher que morreu anos atrás! É mórbido, para não dizer injusto com Penelope, e você sabe disso. Que tipo de marido vai ser para a minha irmã, seu bruto *obstinado*, se pretende insistir em viver no passado pelo resto da...?

Lily se deteve quando percebeu que havia ido longe demais. O rosto de Alex parecia uma máscara mortuária. Lily se lembrou de uma passagem que lera certa vez, que o teria descrito perfeitamente... *Muito mais feroz e inexorável que tigres famintos ou mares enfurecidos...* Raiford estava com os olhos fixos nos dela com uma intensidade que a aterrorizou. Ele iria matá-la. O copo de conhaque caiu com um baque de sua mão inerte no tapete Savonnerie espesso. O som fez Lily despertar de sua imobilidade. Ela se virou para fugir, mas era tarde demais... Alex a impediu, e não havia nada que ela pudesse fazer a não ser se contorcer impotente enquanto ele puxava a sua cabeça para trás.

– Não – disse Lily com um gemido, achando que ele poderia quebrar seu pescoço.

Em vez disso, a boca de Alex capturou a dela com força, e ele cravou os dedos em sua nuca para mantê-la imóvel. Lily enrijeceu de surpresa e de dor. Permaneceu com os lábios fechados até sentir gosto de sangue misturado ao de conhaque. Não havia como se desvencilhar. Ela fechou os olhos e cerrou os dentes.

De repente, Alex levantou a cabeça com um gemido. Seus olhos cinzentos cintilavam com uma expressão ardente e a pele estava enrubescida. Um por um, seus dedos soltaram a nuca de Lily. Em um movimento quase hesitante, ele passou o polegar sobre o lábio machucado dela.

– Seu desgraçado! – bradou Lily, com uma raiva infantil.

Ela se contorceu quando ele inclinou a cabeça novamente.

– Não...

Alex voltou a colar os lábios nos dela em um movimento selvagem, calando todos os sons, sufocando-a até ela precisar inalar profundamente pelas narinas. Lily tentou mais uma vez se desvencilhar, mas Alex puxou-a mais junto ao corpo, abraçando-a, deixando a mão deslizar por suas costas e moldando os quadris dela aos dele. E então começou a provocá-la, mordiscando e pressionando seus lábios até que ela abrisse a boca. Feito isso, deixou a língua mergulhar em ondas quentes. Impotente, Lily empurrou o corpo forte de Alex, o que acabou afastando o roupão azul do ombro dele e fez a palma da mão dela tocar a superfície áspera do peito. A pulsação acelerada pareceu queimar a mão de Lily. Alex deixou um som rouco escapar pela garganta e colocou as mãos em concha ao redor da cabeça dela, segurando-a com firmeza para permitir melhor acesso à sua língua. O hálito dele era quente.

Pouco consciente do que fazia, Alex foi descendo a boca pelo pescoço dela, roçando os lábios na pele sedosa. Seu corpo tremia de paixão. Os últimos anos de solidão pareciam ter se transformado em nada mais do que um sonho sombrio. Febril, ele colou os lábios no ombro macio.

– Não vou machucar você – murmurou Alex, seu hálito parecendo queimar a pele de Lily através do roupão. – Não se afaste… Carol…

As sílabas foram ditas em uma voz tão baixa junto ao ouvido dela, que Lily demorou vários segundos para perceber o que ele tinha dito. E ficou paralisada.

– *Me solte* – disse ela, furiosa.

Alex a libertou abruptamente. Na mesma hora, Lily ergueu o olhar, atordoada, para o rosto dele, que parecia tão confuso quanto ela. Cada um recuou um passo. Lily estremeceu e cruzou os braços.

Alex passou a mão trêmula pelo queixo, limpando os vestígios úmidos de conhaque. Excitado e envergonhado, ele precisou se esforçar para controlar o desejo de puxá-la mais uma vez para si.

– Lily.

– A culpa foi minha – disse ela às pressas, evitando o olhar dele.

– Lily…

– *Não*.

Ela não sabia o que ele pretendia dizer, só sabia que não podia ouvir. Seria desastroso.

– Isso não aconteceu. Nada disso. Eu… eu… Boa noite.

E, com isso, Lily saiu correndo da biblioteca, em pânico.

Alex balançou a cabeça para afastar a névoa vermelha de paixão e foi até a poltrona, onde se deixou cair pesadamente. Ao perceber seus punhos cerrados, abriu as mãos e fitou as palmas vazias.

*Caroline, o que eu fiz?*

*Seu pobre tolo*, ele quase conseguiu ouvir a voz risonha de Caroline dizer. *Você achou que poderia se agarrar a mim para sempre. Planejou se casar com uma doce inocente como Penelope, pois assim nunca teria que me deixar ir, não é mesmo? Como se as lembranças pudessem ser o bastante para você para sempre.*

– As lembranças *são* o bastante – insistiu Alex, obstinado.

*Por que você sempre se considerou acima da fraqueza humana comum? Acima da dor e da solidão. Acha que precisa de menos que os outros homens, quando a verdade é que precisa de mais, muito mais...*

– Pare com isso.

Segurando a cabeça entre as mãos, Alex gemeu de frustração, mas a voz insubstancial e zombeteira de Caroline persistiu.

*Você está sozinho há tanto tempo, Alex. É hora de seguir em frente...*

– Eu estou seguindo em frente – respondeu ele, a voz abalada. – Vou recomeçar a vida com Penelope. Que Deus me ajude, vou aprender a cuidar dela, vou me tornar...

Alex se interrompeu ao se dar conta de que estava falando sozinho como um pobre tolo sem juízo, preso em uma conversa imaginária com um fantasma. Ergueu a cabeça e ficou olhando para a lareira vazia, perdido em pensamentos. Precisava se livrar de Lily, nem que fosse apenas para não enlouquecer de verdade.

~

Lily se arrastou para a cama e puxou as cobertas até o queixo. Não conseguia parar de tremer.

Como conseguiria enfrentar Raiford depois do que acabara de acontecer? Mesmo na escuridão do quarto, ela podia ver a pele enrubescendo. Como ele tinha sido capaz de fazer aquilo? Qual era o problema com ela? Lily enfiou o rosto quente no travesseiro, lembrando-se da boca de Raiford, dos braços dele ao redor do seu corpo.

Ele havia sussurrado o nome de Caroline.

Lily rolou na cama e gemeu, sentindo-se humilhada e estranhamente magoada. Precisava acertar as coisas entre Zachary e Penelope e deixar Raiford Park o mais rápido possível. Ela não conseguia controlar Raiford como fazia com outros homens, usando seu sarcasmo, seu temperamento ou seu charme. Ele era imune àquelas coisas, assim como Derek.

Lily estava começando a entender o que Raiford escondia por trás daquele rosto implacável. Pela reação dele à menção de Caroline, soube que ele jamais aceitara a morte dela e que jamais aceitaria. Todo o amor do conde havia sido entregue àquela mulher, que o levara consigo para o túmulo. Raiford seria assombrado pela ex-esposa pelo resto de seus dias, perpetuamente ressentido de todas as mulheres por não serem Caroline. Uma moça inocente como Penelope passaria a vida tentando agradá-lo e seu esforço teria apenas frustração como retorno.

– Ah, minha pobre Penny – sussurrou Lily. – Preciso afastá-la dele. Aquele homem vai reduzi-la a pó, mesmo sem querer.

~

Ao contrário do que esperava, Zachary não foi anunciado a Lily ao chegar a Raiford Park. Em vez disso, foi conduzido à biblioteca, onde o conde de Raiford o esperava sozinho.

– Raiford? – falou Zachary, chocado com a aparência do outro homem.

Alex estava esparramado em uma cadeira, com as coxas bem abertas e uma garrafa de bebida pela metade equilibrada no joelho. Estava pálido, com olheiras escuras e linhas duras e amargas marcando seu rosto. O cheiro forte de uísque e o aroma acre do charuto que ele segurava frouxamente entre os dedos impregnavam o ar. A julgar pela névoa espessa na sala, aquele não era o primeiro. Zachary acreditava que poucas pessoas já tivessem visto Raiford naquele estado. Certamente ocorrera algum infortúnio terrível.

– A-algum problema?

– De jeito nenhum – retrucou Alex bruscamente. – Por que pergunta?

Zachary se apressou a balançar a cabeça e pigarreou algumas vezes.

– *Ham-ham*. Por nada. Achei que talvez… *ham-ham*… você parece um pouco cansado.

– Estou bem. Como sempre.

– Sim, claro. *Ham-ham*. Eu vim para ver Lily, então talvez eu deva só…

– Sente-se.

Embriagado, Alex acenou com a mão em direção a uma poltrona de couro.

Zachary obedeceu, nervoso. Um raio de sol da manhã entrou pela janela e iluminou seu cabelo castanho-acinzentado.

– Beba alguma coisa – ofereceu Alex, soltando uma baforada de fumaça. Zachary se mexeu no assento, desconfortável.

– Na verdade, tenho o hábito de evitar bebidas fortes antes do fim da tarde...

– Eu também.

Alex levou o copo aos lábios e tomou um gole enquanto examinava o homem à sua frente com uma expressão calculista. Eram contemporâneos, pensou, mas Zachary mal parecia mais velho do que Henry. A luz reveladora do dia iluminava o rosto de menino de Zachary – a pele clara e os olhos castanhos cheios de sonhos juvenis e ideais. Ele era perfeito para Penelope, maldição... Qualquer pessoa com um mínimo de inteligência conseguiria ver.

Alex franziu a testa. Caroline se fora. Como o destino não permitira que ele tivesse a mulher que amava, de jeito nenhum ele permitiria que Zachary ficasse com Penelope. O cérebro encharcado de álcool de Alex reconheceu que aquela era uma atitude egoísta, cruel, inutilmente vingativa... mas ele não se importava. Não se importava com nada.

A não ser talvez por uma coisa. Um detalhe que o vinha incomodando por algum motivo.

– De quem a Srta. Lawson estava noiva? – perguntou ele em um tom ríspido.

Zachary pareceu confuso com os modos bruscos do dono da casa.

– Está se referindo ao... hum, episódio de dez anos atrás? Quando Lily estava noiva de Hindon?

– Que Hindon? O filho de lorde Hindon, Harry?

– Sim, ele mesmo.

– Aquele almofadinha arrogante que se olha em todos os espelhos por onde passa? – comentou Alex com uma risada desdenhosa. – Foi esse o grande amor dela? Se bem que eu deveria ter imaginado que a Srta. Lawson escolheria alguém com mais vaidade do que inteligência. E Harry era seu amigo?

– Na época, sim – admitiu Zachary. – Hindon tinha um certo encanto...

– O que ela fez para ser abandonada?

Zachary encolheu os ombros em um movimento defensivo.

– Não foi nada em particular.

– Ah, vamos – zombou Alex. – Ela deve tê-lo enganado de alguma forma, ou humilhado o sujeito publicamente, ou...

– Na verdade, ela o enganou, sim. Embora não tenha sido intencional. Lily era muito jovem naquela época, muito ávida, confiante. E ingênua também. Ela se apaixonou pela beleza de Hindon, sem se dar conta de que ele era um homem de caráter extremamente superficial. Para atrair Hindon, Lily escondeu sua inteligência e sua determinação, e o encantou agindo como uma tolinha. Não acredito que tenha sido um plano consciente para enganá-lo. Ela simplesmente adotou as qualidades que percebeu que ele iria admirar.

– Mas Hindon acabou descobrindo quem ela era de verdade.

– Sim, ele começou a perceber isso nos meses que se seguiram ao noivado, e então se comportou de forma totalmente desonrosa, abandonando Lily pouco antes do altar. Ela ficou arrasada. Depois disso eu a pedi em casamento, mas ela recusou e disse que estava destinada a nunca mais se casar. A tia a levou para o exterior, então, onde ela permaneceu por vários anos. As duas viveram na Itália por algum tempo.

Alex se concentrou no charuto, os cílios dourados abaixados, escondendo seus pensamentos. Quando voltou a falar, sua voz saiu mais baixa do que antes.

– Imagino que ela tenha dado o que falar por todo o continente.

– Não, na verdade Lily desapareceu. Os anos se passaram e ninguém ouvia falar dela. Algo aconteceu na Itália, mas ela nunca falou a respeito. Só sei com certeza que Lily passou por algum tipo de dissabor lá. Quando reapareceu na Inglaterra, há dois anos, percebi de pronto o quanto ela havia mudado.

Zachary franziu a testa, refletindo.

– Há uma tristeza nos olhos dela que nunca desaparece. Lily é uma mulher cosmopolita e singular, com uma coragem comparável à de poucos homens.

Zachary disse mais alguma coisa, mas Alex não ouviu. Ele olhou para o jovem sentado à sua frente e lembrou-se da visão de Lily beijando Zachary na biblioteca. Uma tentativa flagrante de convencê-lo de que estavam apaixonados. No entanto, a cena só serviu para deixar claro, sem sombra de dúvida, que não compartilhavam nada além de uma amizade platônica. Enquanto Lily se aninhava no colo de Zachary e o beijava, o rapaz permaneceu sentado passivamente onde estava, com os braços rígidos ao lado do corpo. O que dificilmente poderia ser visto como o comportamento de um homem abraçando a mulher que amava. Se fosse ele no lugar de Zachary...

Alex afastou o pensamento proibido e encarou o outro com um olhar pensativo.

– Lily é uma atriz astuta, mas não é boa o bastante.

– Bem, pois saiba que está completamente errado, Raiford. Lily é genuína em tudo que diz e faz. Está claro que você não entendeu nada sobre ela.

115

– Não, está claro que *você* não entendeu. E que também não entendeu nada a meu respeito, Stamford, se acha que fui enganado pela farsa infantil que você e a Srta. Lawson vêm armando contra mim.

– O quê? Não estou entendendo...

– Você não está apaixonado por Lily – retrucou Alex, o tom sarcástico. – Como poderia estar? Até admito que você tem algum tipo de afeição por ela, mas também tem medo de Lily.

– Medo? – disse Zachary, ficando muito vermelho. – De uma mulher que não tem nem metade do meu tamanho?

– Sejamos francos, Stamford. Você é um cavalheiro de primeira linha. É incapaz de ferir alguém, exceto para defender seus princípios. Lily, por sua vez, faria qualquer coisa para conseguir o que deseja. Qualquer coisa mesmo. Ela não tem princípios e não respeita os princípios dos outros. Ou seja, você seria um tolo se não a temesse. Assim, é amigo dela em um momento e um mero peão no outro. Não ache que meu intuito é insultá-lo. Sinto uma certa compaixão por você.

– Ora, que se dane a sua c-compaixão! – gaguejou Zachary.

– Já Penelope é o sonho de qualquer homem. Uma jovem de aparência e comportamento nada menos que angelicais. Você admite abertamente que já foi apaixonado por ela...

– No passado, não mais!

– Você não mente bem, Stamford.

Alex apagou o charuto e sorriu cruelmente.

– Esqueça Penelope. Nada vai impedir nosso casamento. Sendo assim, eu o aconselho a participar dos primeiros bailes da temporada social... Neles você poderá escolher entre dezenas de jovens como ela. Moças belas e inocentes, ansiosas para descobrir mais sobre o mundo e suas tentações. Para o que você deseja, qualquer uma delas servirá.

Zachary se levantou da poltrona, parecendo dividido entre implorar a Alex ou atacá-lo.

– Lily me disse quase a mesma coisa certa vez. Aparentemente, nenhum de vocês é capaz de ver o que eu provoco em Penelope. É verdade que ela não tem muita coragem, mas com certeza não é nenhuma bonequinha de cabeça vazia! Você é um canalha egoísta, Raiford! Pelo que acabou de dizer, eu deveria...

– Zachary – interrompeu a voz de Lily.

Ela estava parada na porta, parecendo muito calma e determinada. Seu rosto estava tenso, os olhos tão cansados e com olheiras tão marcadas quanto os de Alex.

– Basta – disse ela a Zachary com um sorriso apagado. – É hora de você ir embora. Eu cuido disso.

– Sou perfeitamente capaz de lutar as minhas próprias batalhas e...

– Não essa, meu caro. – Lily indicou a porta com um aceno de cabeça. – Escute o que estou dizendo, Zach. Você precisa ir. Agora.

Zachary foi até Lily e segurou suas mãos com força, dando as costas para Alex. Ele abaixou o olhar para o rosto delicado da amiga.

– O plano falhou – murmurou. – Tenho que o enfrentar, Lily. Preciso acabar com isso.

– Não. – Ela ficou na ponta dos pés para passar os braços em volta dos ombros dele e pousar a mão delicada em sua nuca. – Confie em mim – sussurrou no ouvido do rapaz. – Eu juro pela minha vida que você terá Penelope, mas para isso deve fazer o que eu digo, meu caro. Vá para casa. Eu cuidarei de tudo.

– Como pode dizer isso? – sussurrou ele de volta, espantado. – Como consegue fingir tanta confiança? Nós perdemos, Lily, nós simplesmente...

– Confie em mim – repetiu ela, afastando-se dele.

Zachary se virou para olhar para Raiford, que estava novamente esparramado na cadeira da biblioteca como um rei pervertido em seu trono.

– Como você consegue se suportar? – explodiu Zachary. – Você realmente não se importa que a mulher com quem vai se casar esteja apaixonada por outro?

Os lábios de Alex se curvaram em um sorriso zombeteiro.

– Você fala como se eu estivesse apontando uma arma para a cabeça dela. Penelope aceitou o meu pedido de livre e espontânea vontade.

– Não houve nada livre ou espontâneo nesse acordo! Ela não teve escolha em relação a esse casamento. Foi tudo arranjado sem ela...

– Zachary – interrompeu Lily.

Zachary praguejou baixinho e olhou dela para Alex. Então deu meia-volta e se foi. Logo depois, ouviu-se o som dos cascos do seu cavalo enquanto ele saía em disparada pelo caminho de cascalho.

Lily e Alex foram deixados a sós. Ele olhou de relance para ela e sentiu uma satisfação sombria ao perceber que ela parecia tão exausta quanto ele. O vestido de um lilás suave, com babados no decote, parecia enfatizar a palidez de sua pele e suas olheiras. Seus lábios estavam vermelhos e inchados, uma prova da brutalidade dele na noite anterior.

– Você parece péssima – comentou Alex com grosseria enquanto tentava acender outro charuto.

– Não pior do que você. Um homem bêbado é sempre deplorável.

Lily foi até a janela com cortinas de veludo e abriu-a, deixando um pouco de ar fresco entrar no cômodo abafado. Ela franziu a testa ao ver as queimaduras de charuto na mesa revestida de couro, uma peça requintada que era usada para exibir livros raros. E que agora estava arruinada. Quando se virou novamente, Lily descobriu que Alex a fitava, os olhos frios desafiando-a a censurá-lo.

– Qual é a causa disso? – perguntou ela.

Alex mostrou a ela um toco de charuto usado.

Lily respondeu com um sorriso sem humor.

– Na verdade, eu estava perguntando o que o fez beber como um gambá. Está sentindo falta da tão saudosa Santa Caroline? Ou com ciúme porque Zachary é um homem melhor do que você jamais será? Ou poderia ser...

– É você – grunhiu Alex, jogando a garrafa de conhaque para o lado, sem parecer reparar que a estilhaçou. – É porque eu a quero fora da minha casa, fora da minha vida, *longe* de mim. Você vai partir dentro de uma hora. Volte para Londres. Vá para qualquer lugar.

Lily lançou a ele um olhar de desdém.

– Acho que você quer que eu me jogue a seus pés e implore: "Ah, por favor, milorde, me permita ficar", não é mesmo? Pois bem, Raiford, saiba que não terá o que quer! Não vou implorar e não vou embora. Talvez, quando você estiver sóbrio, nós possamos conversar sobre o que desencadeou esse seu acesso de raiva, mas até lá...

– Estou à base de uma garrafa de conhaque e mal consigo suportar sua presença, Srta. Lawson. Acredite em mim, não quer me ver sóbrio.

– Seu idiota pomposo! – explodiu Lily. – Acho que decidiu que sou a causa de todos os seus problemas, quando na verdade todo o problema está dentro dessa sua mente estúpida, turva, confusa...

– Vá agora fazer suas malas. Caso contrário, eu mesmo farei por você.

– Isso é por causa da noite passada? Por causa de um beijo sem sentido? Bem, me permita assegurar que aquilo teve menos importância para mim do que...

– Eu disse para você ir embora – falou Alex com uma calma letal. – Quero qualquer vestígio seu fora daqui, incluindo seus baralhos, suas perambulações à meia-noite, seus estratagemas e seus grandes olhos castanhos. *Agora.*

– Vá sonhando!

Lily o encarou, pronta para se manter firme. E ficou olhando confusa quando ele saiu da biblioteca.

– Aonde você está indo? O que está…?

Lily o seguiu e o viu ao pé da grande escadaria. Ele estava indo para o quarto dela a passos largos.

– Não se atreva! – bradou ela, correndo atrás dele. – Seu porco hostil, seu monstro presunçoso e arrogante…

Ela subiu a escadaria voando e chegou ao quarto ao mesmo tempo que Alex. Uma criada que estava ocupada trocando a roupa de cama se virou, assustada. Depois de uma mera olhada para os dois à porta, ela fugiu como quem avista um exército invasor. Alex abriu o armário e começou a enfiar peças de roupa de Lily na primeira valise disponível.

– Tire as patas das minhas coisas!

Indignada, Lily pegou uma delicada estatueta de porcelana da mesa de cabeceira e atirou em cima dele. Alex se abaixou rapidamente. A figura se estilhaçou contra a parede atrás.

– Isso era da minha mãe – grunhiu ele, os olhos cinza cintilando com um brilho profano.

– E o que você acha que a sua mãe diria se o visse agora? Um bruto violento com um coração seco dentro no peito, um sujeito que não se importa com nada além das próprias necessidades egoístas… *Ah!*

Lily berrou de fúria quando Alex abriu a janela e jogou a mala dela para fora. Luvas, meias e artigos femininos caíram da valise semiaberta e se espalharam pelo caminho de entrada. Ela girou o corpo, procurando outra coisa para arremessar. E foi nesse momento que avistou a irmã parada na porta.

Penelope fitava os dois com uma expressão horrorizada.

– Vocês dois enlouqueceram – disse ela em um arquejo.

Por mais suave que fosse a sua voz, ela conseguiu chamar a atenção de Alex. Ele interrompeu o ato empenhado de enfiar um vestido de Lily em uma caixa de chapéu e olhou para a noiva. Com o rosto contorcido, bêbado, os cabelos louros desgrenhados, Alex mal se parecia consigo mesmo.

– Olhe bem, Penny! – falou Lily. – Esse é o homem com quem você concordou em se casar. Uma bela visão, não é? Sempre é possível conhecer o verdadeiro caráter de um homem quando ele está embriagado. Olhe só para o seu noivo, exalando maldade por todos os poros!

Penelope arregalou os olhos. Antes que conseguisse pensar em uma resposta, Alex se dirigiu a ela em um tom duro:

– Seu ex-amante não vai voltar aqui, Penelope. Se você o quiser, trate de sair daqui com a sua irmã.

– Ela certamente vai fazer isso – retrucou Lily. – Arrume as suas coisas, Penny. Vamos para a propriedade de Stamford.

– Mas eu não... A mamãe e o papai não aprovariam, Lily – respondeu Penelope em um sussurro vacilante.

– Não, eles não aprovariam – concordou Lily. – Mas isso é tão importante para você quanto o amor de Zachary?

Alex dirigiu um olhar gelado para Penelope.

– E então? O que você escolhe? – perguntou ele.

Penelope olhou do rosto desafiador de Lily para a expressão ameaçadora de Alex e ficou branca como giz. Com um grito apavorado, ela deu as costas e sai correndo para o refúgio do próprio quarto.

– Seu tirano! – exclamou Lily. – Desmancha-prazeres! Você sabe muito bem que tem o poder de intimidar a pobrezinha a satisfazer a sua vontade!

– Penelope fez a escolha dela.

Alex jogou a caixa de chapéu no chão e indicou-a com um gesto.

– Agora, devo terminar de arrumar a sua bagagem ou você mesma fará isso? Houve um longo momento de silêncio.

– Muito bem – falou Lily, o tom altivo. – Saia. Me deixe em paz. Partirei em uma hora.

– Mais cedo, se conseguir.

– Por que não explica a situação para os meus pais? – convidou Lily com um sorriso debochado. – Aposto que eles vão concordar com tudo que você disser.

– E nem mais uma palavra a Penelope – advertiu Alex antes de sair do quarto.

Assim que teve certeza de que ele estava fora do alcance de sua voz, Lily respirou fundo e se forçou a relaxar. Ela balançou a cabeça, rindo baixinho para si mesma.

– Idiota arrogante – murmurou. – Você realmente acha que eu sou do tipo que se derrota tão fácil?

# CAPÍTULO 6

Um desfile de criados de aparência amedrontada carregava as valises e as malas de Lily para a carruagem. O veículo era revestido de laca brilhante e exibia o brasão de armas de Raiford. Alex dera instruções explícitas ao cocheiro para deixar Lily na residência dela em Londres e retornar sem demora.

A hora determinada para a partida estava quase chegando. Atenta aos minutos que passavam, Lily atravessou a mansão em busca do pai. Ele estava em uma das saletas do andar de cima, sentado diante de uma mesa onde havia pilhas de livros.

– Papai – chamou Lily, o tom seco.

George Lawson cumprimentou a filha com um olhar por cima do ombro. E ajeitou os óculos.

– Lorde Raiford me informou que você está partindo.

– Estou sendo forçada a partir.

– Eu imaginei que isso aconteceria – respondeu ele com pesar.

– O senhor disse alguma coisa em minha defesa, pai? – perguntou ela, franzindo a testa. – Por acaso disse a ele que eu deveria ficar? Ou o senhor gosta da ideia de me ver ir embora? Por acaso tem alguma preferência se eu vou ou fico?

– Tenho coisas para ler – falou George, desconcertado, e indicou os livros à sua frente.

– Sim, claro – murmurou Lily. – Desculpe.

Ele se virou na cadeira para encará-la, a expressão perturbada.

– Não há necessidade de se desculpar, filha. Não me surpreendo mais com nada que você faça ou com qualquer comoção que cause. Deixei de me espantar há muito tempo. Você nunca me decepcionou porque nunca espero nada diferente de você.

Lily não sabia por que havia ido procurá-lo – afinal, se o pai esperava pouco dela, ela esperava ainda menos dele. Quando criança, ela o atrapalhava e irritava de forma implacável, entrando sorrateiramente no escritório dele, importunando-o com perguntas, derramando tinta sem querer por toda a mesa enquanto tentava escrever com a pena dele. Foram necessários anos até que Lily aceitasse o fato devastador de que o pai não estava interessado nela, nem em suas ideias ou dúvidas, em seu bom ou mesmo em seu mau comportamento. Ela sempre havia tentado encontrar uma razão para tamanha indiferença. Por muito tempo, achou que era algum defeito terrível nela. Antes de sair de casa definitivamente, Lily havia confidenciado a Totty a culpa que sentia, e a mãe conseguira amenizá-la um pouco.

– Não, querida, ele sempre foi assim – dissera Totty, o tom tranquilo. – Seu pai tem uma natureza quieta e retraída, mas ele não é um homem cruel, Lily... Ora, você sabe, existem alguns homens que batem nos filhos quando são desobedecidos! Você teve a sorte de ter um pai de temperamento muito gentil.

Particularmente, Lily considerava a indiferença do pai quase tão cruel quanto uma surra. Naquele momento, na casa de Raiford, ela já não se sentia mais ressentida ou intrigada com a falta de atenção dele, mas resignada e um pouco triste. E tentou encontrar palavras para lhe dizer isso.

– Sinto muito por ser tão difícil – falou Lily. – Talvez, se eu fosse homem, nós tivéssemos conseguido encontrar uma forma de nos dar bem. Em vez disso, fui rebelde e tola e cometi muitos erros... Se o senhor soubesse quantos... acho que teria ainda mais vergonha de mim do que já tem. Mas acho que o senhor também me deve um pedido de desculpa. Desde criança, me vi obrigada a seguir meu próprio caminho. O senhor nunca esteve presente, é pouco mais do que um estranho para mim. Nunca me puniu, me repreendeu ou fez qualquer coisa para mostrar que estava ciente da minha existência. A mamãe ao menos se deu ao trabalho de chorar.

Ela passou as mãos pelo cabelo e suspirou. Então retomou:

– Todas as vezes que precisei de alguém a quem recorrer... eu deveria ter podido confiar no senhor, papai. Mas o senhor preferiu se dedicar apenas aos seus livros e tratados filosóficos. Com sua mente tão requintada, tão erudita...

George encarou-a, então, os olhos carregados de protestos e de censura. Lily sorriu com tristeza.

– Eu só queria dizer que, apesar de tudo... ainda gosto do senhor. Eu gostaria... gostaria que o senhor pudesse dizer que sente o mesmo.

Ela esperou, o olhar fixo no rosto dele, os punhos pequenos cerrados. Mas recebeu apenas silêncio como resposta.

– Perdoe-me – falou Lily, agora em um tom desinteressado. – Acho que a mamãe está com Penelope, sim? Por favor, diga às duas que as amo. Adeus, papai.

Lily se virou abruptamente e saiu, controlando as emoções. Ela desceu a escadaria majestosa com seus múltiplos patamares e se deu conta com pesar de que nunca mais teria oportunidade de voltar a ver Raiford Park. Era impressionante como em tão pouco tempo passara a amar a grandiosidade tranquila do lugar e sua estrutura clássica e preciosa. Que pena. Se não fosse pelo temperamento amargo de Alex, ele poderia ter oferecido uma vida esplêndida a uma mulher. Lily se despediu do mordomo e das duas criadas, todos com expressões desoladas, e saiu para ver o que restava colocar de seus pertences na carruagem. Ela protegeu os olhos com a mão ao ver uma figura solitária vindo pelo caminho. Era Henry, voltando de uma manhã passada com amigos no vilarejo. Ele segurava uma longa vara em uma das mãos, balançando-a despretensiosamente enquanto caminhava.

– Graças a Deus – disse Lily com alívio.

Ela gesticulou para que o menino se aproximasse e Henry apressou o passo. Quando a alcançou, tinha uma expressão questionadora nos olhos azuis. Em um gesto carinhoso, Lily afastou algumas mechas de cabelo louro da testa dele.

– Estava com medo que você não voltasse a tempo – disse ela.

– O que está acontecendo? – perguntou ele, olhando para a carruagem. – A tempo de quê?

– De nos despedirmos. – Lily deu um sorrisinho irônico. – Seu irmão e eu tivemos um desentendimento, Henry. Agora preciso ir.

– Um desentendimento? Sobre o quê?

– Estou voltando para Londres – falou Lily, ignorando a pergunta. – Sinto muito por não ter conseguido ensinar todos os meus truques de cartas a você, camarada. Quem sabe um dia nossos caminhos voltem a se cruzar. – Ela fez uma expressão de dúvida e deu de ombros. – Talvez até no Craven's. Eu passo quase todo o tempo lá, você sabe.

– No Craven's? – repetiu Henry com admiração. – Você não havia mencionado isso antes.

– Ora, eu sou muito amiga do proprietário.

– De *Derek Craven*?

– Então você já ouviu falar dele.

Lily disfarçou um sorriso satisfeito. Henry havia mordido a isca, como ela sabia que aconteceria. Nenhum menino saudável e audacioso conseguiria resistir à atração do mundo masculino proibido da St. James Street.

– Quem não ouviu? Que vida ele leva! Craven conhece todos os homens mais ricos e poderosos da Europa. Ele é uma lenda. O homem mais importante da Inglaterra... depois do rei, é claro.

Lily sorriu.

– Eu não diria isso. Se Derek estivesse aqui provavelmente lhe diria que, no esquema geral das coisas, ele é apenas uma gota d'água no oceano. Mas ele realmente comanda um bom estabelecimento de jogo.

– Na escola, eu e os meus colegas vivíamos sonhando com o momento de finalmente poder ir ao Craven's para jogar nas mesas e ver as mulheres. Ainda vai demorar anos, é claro. Mas algum dia vamos nos divertir muito lá...

Henry se interrompeu com um suspiro melancólico.

– Por que *algum dia*? – perguntou Lily baixinho. – Por que não agora?

Ele a encarou espantado.

– Eu não teria permissão para passar pela porta da frente. Na minha idade...

– É claro, um menino de doze anos nunca viu o interior daquele lugar – admitiu Lily. – Derek tem regras sobre essas coisas. Mas ele atenderá a qualquer pedido meu, sabia? Se você estivesse comigo, poderia entrar, ver as salas de jogo por si mesmo, experimentar a culinária francesa que servem e conhecer uma ou duas das mulheres de lá. – Lily deu um sorriso malicioso. – Você pode até apertar a mão de Derek para ter sorte... Ele vive alegando que tem uma sorte contagiante.

– Você está brincando – falou Henry, desconfiado, mas seus olhos azuis cintilavam com uma esperança impossível.

– Ora, acha mesmo que estou? Vamos comigo para Londres e descubra por si mesmo. Mas não podemos deixar seu irmão saber, é claro. Você teria que se esconder na minha carruagem – disse Lily, piscando para ele. – Vamos para o Craven's, Henry. Eu lhe prometo uma bela aventura.

– Alex vai me matar.

– Bem, ele certamente vai ficar com raiva. Disso eu não duvidaria nem por um minuto.

– Mas ele não me daria uma surra – falou Henry, pensativo. – Não depois de todas as surras que levei naquela escola podre.

– Então, o que você tem a temer?

Henry fitou-a com um sorriso de prazer incrédulo.

– Nada!

– *Alors*, suba a bordo, então – disse Lily com uma risada e, baixando a voz, acrescentou: – Mas não deixe o cocheiro ou qualquer outra pessoa ver você, está bem? Não tem *ideia* de como eu ficaria desapontada se você fosse pego.

~

Ela se fora. Alex olhou pela janela da biblioteca e viu a carruagem fazer a curva do caminho que levava à saída da propriedade. Ficou à espera de uma sensação de alívio, que não chegou. Alex sentiu apenas um vazio. Vagou pela mansão como um tigre enjaulado, querendo se libertar de alguma coisa... de alguma coisa... que não tinha ideia do que era. A casa estava estranhamente silenciosa... como havia sido por anos, antes de *ela* chegar. Agora não haveria mais discussões, nem confusão, nem travessuras absurdas. Ele esperava se sentir melhor a qualquer minuto.

A consciência de Alex o incitava a procurar Penelope... Sabia que sua demonstração de fúria ébria a assustara. Ele subiu as escadas, jurando que de agora em diante seria a paciência em pessoa. Faria tudo que estivesse ao seu alcance para agradar a noiva. Uma visão de seu futuro com ela se estendeu diante dele – anos longos, civilizados e previsíveis. Um sorriso triste surgiu em seus lábios. Qualquer um concordaria que se casar com Penelope era a coisa certa.

Ao se aproximar do quarto dela, ouviu o som de um choro desolado e uma voz tão vibrante e apaixonada que por uma fração de segundo pensou que fosse Lily. Mas os tons eram mais suaves e agudos.

– É ele que eu amo, mãe – disse Penelope, soluçando. – Vou amar Zachary para sempre. Se ao menos eu fosse corajosa como Lily! Então nada teria me impedido de ir embora.

Alex ouviu a voz suave de Totty.

– Calma, calma... Não diga esse tipo de coisa, querida. Seja sensata. Como esposa de lorde Raiford, seu futuro... e o da sua família... estarão garantidos para sempre. Seu pai e eu sabemos o que é melhor para você. E lorde Raiford também.

Os soluços de Penelope continuaram inabaláveis, embora ela tenha conseguido dizer em um suspiro:

– A-acho que não.

– Eu sei do que estou falando – continuou Totty. – Isso é obra da sua irmã. Amo Wilhemina profundamente, você sabe disso, mas ela só fica satisfeita depois que deixa todos ao redor infelizes. Devemos desculpas a lorde Raiford, um homem tão educado e equilibrado... Mal posso acreditar no estado em que Lily o deixou! Nunca deveríamos ter permitido que ela ficasse aqui.

– Lily estava certa sobre tudo, mamãe – disse Penelope, que continuava a soluçar. – Ela sabe como Zachary e eu nos amamos... Ah, se eu não fosse tão c-covarde...

Com os punhos cerrados, Alex se afastou. Um sorriso de autodepreciação cruzou seu rosto. Ele gostaria de culpar Lily, como Totty havia feito, mas não conseguiu. A culpa era toda dele, nascida de seu autocontrole destruído, do apetite renovado por algo que jamais poderia ter.

~

Durante a viagem para Londres, Henry pareceu julgar necessário descrever todas as coisas boas e altruístas que Alex já havia feito por ele, desde a infância. Como era uma audiência cativa, Lily não teve escolha a não ser ouvir. Ela suportou a provação com uma tolerância que considerou admirável. Sentado no assento da carruagem em frente a ela, Henry descreveu a vez que se vira preso no alto de uma árvore e Alex subira para resgatá-lo, e como o irmão mais velho o ensinara a nadar no lago, para não mencionar as incontáveis tardes em que brincaram de soldados juntos, e como Alex o ajudara a aprender os números...

– Henry – interrompeu Lily finalmente, sorrindo ao falar entredentes. – Tenho a impressão de que você está tentando me convencer de alguma coisa. Talvez de que o seu irmão não é exatamente o bruto sem coração que parece ser?

– Sim, é isso – concordou Henry, parecendo impressionado com a própria astúcia. – Exatamente isso! Eu sei a impressão que Alex passa às vezes, mas ele é um sujeito fantástico, pode acreditar. Aposto meu pescoço nisso.

Lily não conseguiu conter um sorriso.

– Ah, meu querido, não importa o que eu penso do seu irmão.

– Mas se você conhecesse Alex, se o conhecesse *de verdade*, gostaria dele. Muito.

– Não pretendo saber mais sobre ele do que já sei.

– Eu já lhe contei sobre o cachorrinho que ele me deu de presente de Natal quando eu tinha sete anos e...?

– Henry, há algum motivo específico para você estar tão determinado a fazer com que eu goste do seu irmão?

O menino sorriu e desviou os olhos azuis, enquanto parecia avaliar com cuidado a resposta que daria.

– Você vai impedir que Alex se case com Penelope, não é?

A pergunta chamou a atenção de Lily. Ironicamente, ela parecia ter cometido o mesmo erro que a maioria dos adultos: subestimara a inteligência de uma criança. Henry era um menino perspicaz. Claro que ele entenderia a situação entre o irmão e os Lawsons.

– De onde você tirou essa ideia? – retrucou ela.

– Vocês falam alto demais quando discutem – informou Henry. – E os criados estão comentando.

– Você ficaria triste se eu impedisse o casamento?

O menino fez que não com a cabeça.

– Ah, Penelope é razoável. Digo, para uma garota. Mas Alex não a ama. Não como...

– Ele amava Caroline – completou Lily, categórica.

Cada vez que o nome da maldita mulher era mencionado, ela era tomada pela desagradável sensação de estar sendo apunhalada. O que havia de tão maravilhoso em Caroline para Alex ter ficado tão louco por ela?

– Você se lembra dela, Henry?

– Sim, muito bem. Embora eu fosse apenas um menino na época.

– E agora você atingiu o auge da velhice com... o que, onze anos? Doze?

– Doze – disse ele, sorrindo em resposta à implicância brincalhona dela. – Você é muito parecida com ela, sabia? Só que você é mais bonita. E mais velha.

– Ora – disse Lily, o tom irônico –, não sei se devo me sentir lisonjeada ou ofendida. Me diga o que você achava dela.

– Eu gostava dela. Caroline era animada. Ela nunca deixava Alex com raiva como você deixa. E o fazia rir. Ele quase nunca ri hoje em dia.

– Que pena – comentou Lily, distraidamente.

Ela se lembrou do breve e deslumbrante sorriso de Alex quando jogaram cartas na galeria.

– Você vai se casar com Derek Craven? – perguntou Henry, tímido, como se o assunto fosse de interesse meramente acadêmico.

– Deus do céu, não.

– Então você poderia se casar com Alex depois de se livrar de Penelope.

Lily deixou escapar uma gargalhada.

– Me livrar dela? Céus, do jeito que você fala parece que vou jogar a minha irmã no Tâmisa! Em primeiro lugar, meu caro, não pretendo me casar com ninguém, nunca. Em segundo lugar, eu nem gosto do seu irmão.

– Mas eu não contei sobre a vez que eu estava com medo do escuro e Alex foi até o meu quarto e me disse…?

– Henry – interrompeu-o Lily em um tom de advertência.

– Me deixa só terminar essa história – insistiu o menino.

Lily gemeu, se recostou no assento e descansou a cabeça na almofada marroquina enquanto seu companheiro de viagem continuava a desfiar a lista das virtudes de Raiford.

~

Derek e Worthy estavam debruçados sobre a mesa na sala de apostas central. A superfície de mogno estava coberta por uma infinidade de anotações sobre os preparativos a serem feitos para o baile de máscaras que aconteceria em breve. A única coisa em que concordavam era que o palácio do jogo deveria ser decorado para se parecer com um templo romano. Derek queria que o evento refletisse com perfeição a grande decadência da civilização romana. Infelizmente, ele e Worthy tinham ideias conflitantes sobre como o efeito deveria ser alcançado.

– Certo, certo – disse Derek finalmente, os olhos verdes cintilando de exasperação. – Você pode ter as colunas e os panos prateados pendurados nas paredes, mas então eu farei o que quiser com as moças que trabalham na casa.

– Pintando-as de branco e envolvendo-as em lençóis para parecerem estátuas? – perguntou Worthy, cético. – O que elas fariam durante toda a noite?

– Ficariam paradas em seus pedestais floridos, ora essa!

– Elas não conseguiriam manter a pose por mais de dez minutos.

– Elas fazem o que eu pago para fazerem – insistiu Derek.

– Sr. Craven – disse Worthy, a voz geralmente calma mostrando frustração –, mesmo que a sua ideia fosse viável, o que não é, creio que isso daria ao evento uma atmosfera espalhafatosa e sinistra que não estaria de acordo com os padrões usuais do Craven's.

Derek franziu a testa.

– Que diabo você quer dizer com isso?

– Ele quer dizer – atalhou Lily, vindo de trás deles rindo – que isso estaria fora dos limites do bom gosto, seu ignorante.

O rosto de Derek se acendeu com um sorriso quando ele se virou e viu Lily.

Ela usava um vestido lilás bordado com fios de prata e parecia um bibelô delicado. Lily se jogou em cima dele, rindo. Derek girou Lily e recolocou-a de pé.

– Ora, ora, se não é a flor que retorna do campo – brincou Derek. – Deu a Raiford o que ele merecia?

– Não – respondeu Lily, revirando os olhos. – Mas ainda não terminei com ele.

Ela deixou escapar um suspiro de prazer ao se ver na atmosfera familiar do clube e sorriu ao olhar para o faz-tudo baixinho com seus óculos.

– Worthy, seu demônio lindo. Como ficaram as coisas aqui sem mim?

– Quase insuportáveis – disse o funcionário. – A senhorita é uma visão bem-vinda, como sempre. Devo pedir que preparem algo na cozinha?

– Não, não – disse Lily de pronto. – Monsieur Labarge vai querer me entupir com todos os seus doces e as tortas mais frescas.

– Você bem está precisando – comentou Derek. – Parece um passarinho. Venha cá.

Ele passou um braço ao redor dos ombros estreitos dela e a conduziu até um canto privado.

– Você está péssima – comentou ele.

– Essa parece ser a opinião geral hoje – retrucou Lily com ironia.

O olhar penetrante de Derek detectou o brilho febril nos olhos da amiga e a expressão tensa em sua boca.

– Qual é o problema, meu bem?

– O problema é que Raiford é um homem impossível – respondeu Lily prontamente. – Estou recorrendo a medidas drásticas.

– Drásticas… – repetiu ele, observando-a com mais atenção.

– Para começar, sequestrei o irmão mais novo dele.

– Você o quê?

Derek seguiu o dedo que Lily apontava e logo avistou o belo menino louro que esperava no outro lado do salão. O garoto girava em um círculo lento, observando com olhos arregalados o cenário opulento ao seu redor.

– Diacho... – murmurou Derek, surpreso.

– Estou preparando uma armadilha para Raiford. Henry é a isca – disse ela, encarando-o com uma expressão que mostrava um desafio tímido.

– Nossa, dessa vez você conseguiu – disse Derek baixinho, parecendo encantado, e usando um tom que fez um arrepio subir pelas costas de Lily.

– Quero que você fique com Henry para mim, Derek. Só por uma noite.

Toda a preocupação e a simpatia desapareceram do rosto de Derek, que a fitou com um olhar gelado.

– *Nunca* deixo crianças entrarem no meu clube.

– Henry é um anjo, Derek. Ele não vai causar nenhum problema.

– Não.

– Pelo menos venha conhecê-lo – pediu Lily.

– Não!

– Por favor, Derek – disse ela, puxando-o pelo braço. – Henry está tão animado com a perspectiva de conhecer você... Ele o considera o homem mais importante da Inglaterra depois do rei.

Os olhos de Derek se semicerraram.

– Por favor – insistiu Lily, o tom sedutor.

– Certo – concordou ele por fim. – Vou dizer "olá" e depois ele vai embora.

– Obrigada – disse Lily, dando várias palmadinhas de aprovação no braço dele.

Derek resmungou baixinho, mas permitiu que ela o puxasse até a porta, onde Henry estava esperando.

– Sr. Craven – falou Lily –, gostaria de lhe apresentar Henry, irmão do conde de Raiford.

Derek abriu seu sorriso mais cortês, o que costumava ser reservado para visitas da realeza, e fez uma reverência elegante para Henry.

– Seja bem-vindo ao Craven's, milorde.

– Esse lugar é ainda melhor do que eu imaginava! – exclamou Henry, segurando e apertando a mão de Derek vigorosamente. – Formidável! Fantástico!

Ele se afastou de Derek e Lily e passou a examinar o salão como um cachorrinho curioso. A mão pequena mergulhou em uma tigela de fichas de *cribbage*, e logo estava traçando os contornos elaborados das costas das cadeiras estilo império. Depois, se aproximou da mesa de apostas com a reverência de quem está diante de um santuário.

– Você joga? – perguntou Derek, achando vagamente divertido o entusiasmo de Henry.

– Nada bem. Mas a Srta. Lawson está me ensinando.

Henry balançou a cabeça maravilhado.

– Não acredito que estou aqui. No Craven's. Nossa, o que deve ter sido necessário para construir esse lugar! – disse Henry, olhando para Derek com uma expressão extasiada. – O senhor é o homem mais incrível que já conheci. Só um gênio poderia ter feito isso.

– Gênio – repetiu Derek com uma risadinha zombeteira. – Nem de longe.

– Mas o senhor é um gênio, sim – insistiu Henry. – Imagine só… começar do nada e chegar tão longe assim… O Craven's é o clube mais famoso de Londres. Imagine se o senhor não é um gênio! Eu e os meus colegas da escola, todos nós o admiramos mais do que a qualquer homem vivo!

Lily achou que Henry estava exagerando um pouco.

Derek, por sua vez, estava se afeiçoando rapidamente ao menino. Ele se virou para Lily com uma expressão satisfeita.

– Este aqui sem dúvida tem uma boa cabeça.

– Só estou repetindo o que todo mundo diz – afirmou Henry com sinceridade.

Subitamente, Derek deu um vigoroso tapinha nas costas do menino.

– Brilhante como uma moeda recém-cunhada – falou. – Bom menino. Venha comigo, seu patifezinho. Tenho algumas moças bonitas para lhe apresentar.

– Não, Derek – alertou Lily. – Nada de dados, bebida ou mulheres para Henry. O irmão dele arrancaria a minha cabeça.

Derek baixou o olhar para Henry e deu um sorriso de lado.

– Onde ela pensa que estamos, em uma porcaria de um convento?

Ele puxou o menino, a voz agora assumindo um tom de sermão.

– Tenho as melhores moças da Inglaterra. Nenhum homem jamais pegou qualquer doença aqui e…

Lily e Worthy trocaram olhares desolados.

– Ele gosta do menino – comentou Worthy.

– Worthy, não deixe nada acontecer com Henry. Mantenha-o fora da vista dos frequentadores, sim? Dê um baralho a ele e o menino vai se divertir sozinho por horas a fio. Apenas cuide para que ele não seja mal influenciado ou prejudicado de forma alguma.

– Pode deixar – garantiu o faz-tudo. – Quando a senhorita gostaria que ele voltasse para casa?

Lily suspirou, pensativa, a testa franzida.

– Amanhã de manhã.

Worthy lhe ofereceu o braço, em um gesto cortês.

– Vou acompanhá-la até a sua carruagem, Srta. Lawson.

Lily aceitou o braço dele.

– A essa altura, lorde Raiford deve estar absolutamente frenético, se perguntando onde está Henry.

– A senhorita deixou ao menos um bilhete? – perguntou Worthy sem grande preocupação.

– Não, o conde não é tolo. Não vai demorar muito para descobrir o que aconteceu com Henry. Estará em Londres ao anoitecer. E estarei pronta para recebê-lo.

Quer Worthy aprovasse ou não, demonstrou a Lily a mesma lealdade que dedicava a Derek.

– Como posso ser útil?

– Se por acaso o conde aparecer aqui primeiro, encaminhe-o para a minha casa, sim? Mas mantenha Henry escondido dele, ou o meu plano estará arruinado.

– Srta. Lawson – disse o faz-tudo, o tom respeitoso –, eu a considero uma das mulheres mais corajosas que já conheci...

– Ora, obrigada.

– ... mas tem certeza de que sabe o que está fazendo?

– É claro que tenho! – Um sorriso de puro deleite iluminou o rosto dela. – Estou prestes a ensinar a lorde Raiford uma lição que ele jamais esquecerá.

~

Quando a ausência de Henry foi notada e a busca por ele começou, uma das criadas revelou que havia visto o jovem patrão conversando com a

Srta. Lawson pouco antes da partida dela. O cocheiro voltou de Londres e ficou surpreso ao receber uma enxurrada de perguntas. Ele disse não ter visto o irmão do patrão entrando ou saindo da carruagem, mas Henry era um menino ágil e poderia ter se esquivado para dentro e para fora do veículo sem ser notado. Alex tinha certeza de que o irmão estava com Lily. A maldita tinha levado Henry com ela, a fim de obrigar Alex a ir para Londres. Bem, ele iria e colocaria a cidade abaixo, tijolo por tijolo. Mal podia esperar para se ver diante dela... e fazê-la se arrepender do dia em que decidira contrariá-lo.

Já estava escuro quando Alex chegou à Grosvenor Square. Ele saltou da carruagem fechada, puxada por quatro cavalos, quase antes de o cocheiro parar o veículo. Subiu os degraus do número 38 com a expressão fechada e bateu na porta. Depois de alguns momentos, a porta foi aberta por um mordomo alto e barbudo. Era um homem impressionante, que vestia sua dignidade como um manto invisível, o rosto sem expressão exalando autoridade.

– Boa noite, lorde Raiford. A Srta. Lawson está esperando pelo senhor.

– Onde está o meu irmão?

Alex entrou na casa sem esperar pela resposta.

– Henry! – berrou, fazendo as paredes tremerem.

– Lorde Raiford – disse o mordomo educadamente. – Se vier por aqui...

– E o meu irmão? – bradou Alex. – Onde ele está?

Sem se preocupar em acompanhar o passo vagaroso do mordomo, Alex subiu os degraus de dois em dois.

– Henry? Henry, eu vou arrancar cada membro do seu corpo! E quanto à Srta. Lawson... Acho que seria boa ideia ela subir em sua vassoura e sair voando antes que eu a alcance!

– Raiford. Depois de me expulsar da sua casa, suponho que você ache que tem todo o direito de invadir a minha! – A voz fria e carregada de humor de Lily chegou até ele do corredor que se ramificava a partir do segundo patamar.

Alex seguiu a voz dela e abriu a primeira porta que encontrou, mas se viu diante de uma sala vazia.

– Onde você está?

A risada enlouquecedora parecia vir de toda parte.

– No meu quarto.

– Onde está Henry?

– Como eu poderia saber? Pare de berrar dessa forma atroz, Raiford. Acho que nem um urso ferido conseguiria ser mais barulhento.

Alex correu para a porta ao lado. Quando a abriu, se viu dentro do quarto. Ele viu de relance a mobília de madeira de faia dourada e tapeçarias de seda verde. Antes que pudesse virar a cabeça, sentiu um golpe forte no crânio. Alex soltou um grunhido de dor e surpresa, então caiu de quatro. Sua visão ficou borrada e uma névoa negra o envolveu. Ele segurou a cabeça e afundou na escuridão crescente.

Lily abaixou o braço, ainda segurando a garrafa. Ela ficou de pé acima dele, sentindo uma estranha mistura de desânimo e triunfo. Alex parecia um tigre abatido, o cabelo dourado cintilando contra os tons reluzentes do tapete.

– Burton! – chamou ela. – Venha aqui imediatamente. Burton, me ajude a colocar lorde Raiford na cama.

O mordomo chegou à porta do quarto e ficou parado ali por um longo momento, o olhar indo da garrafa envolta em um pano na mão de Lily até a forma prostrada de Alex. Ele já testemunhara centenas de complicações e travessuras de Lily, mas aquela era a primeira vez que via sua compostura ficar visivelmente abalada. Ainda assim, o mordomo conseguiu se forçar a fazer a expressão impassível de sempre.

– Sim, senhorita – disse finalmente, e se curvou para erguer o corpo grande de Alex sobre o ombro.

– Cuidado, sem machucá-lo – disse Lily, tensa. – Digo… Não mais do que eu já machuquei.

Burton apoiou o corpo flácido de Alex na cama, ofegando com o esforço. Depois disso, se ergueu e se recompôs, ajeitando o paletó, o colete e a gravata. Por fim, alisou um tufo de cabelo grisalho que se saíra do lugar, na lateral da cabeça.

– Precisa de mais alguma coisa, Srta. Lawson?

– Sim – disse ela, enquanto se sentava ao lado de Alex. – Cordas.

– Cordas – repetiu Burton, a voz sem emoção.

– Para amarrá-lo, é claro. Não podemos permitir que ele fuja, não é mesmo? Ah, e seja rápido, Burton. Ele pode acordar em breve.

Lily ficou pensativa, observando seu prisioneiro.

– Acho que devemos tirar o paletó e as botas dele…

– Srta. Lawson?

– Sim?

Ela se distraiu um pouco de sua contemplação de Alex e voltou os olhos castanhos como os de uma corça para o mordomo.

Burton engoliu em seco.

– Permita-me perguntar: quanto tempo o conde ficará conosco?

– Ah, só por esta noite. Mande levarem a carruagem para os fundos e dê abrigo ao cocheiro até amanhã.

– Muito bem, senhorita.

Enquanto Burton saía para procurar as cordas, Lily se aproximou do gigante adormecido em sua cama. De repente, ela se pegou bastante impressionada com o que havia feito. Alex não se mexia. Deitado ali, com os olhos fechados, ele parecia jovem e vulnerável. Seus cílios fartos lançavam sombras sobre os malares. Sem a expressão severa que ela conhecia bem, ele parecia tão… inocente.

– Precisei fazer isso – disse Lily com remorso. – Eu precisei.

Ela se inclinou sobre ele e alisou o cabelo louro desalinhado.

Decidida a deixar Alex mais confortável, Lily soltou o nó da gravata preta. A seda ainda estava quente da pele dele. Ela continuou a contemplá-lo em silêncio, enquanto desabotoava o colete e os dois primeiros botões da camisa de linho branco. Quando os nós de seus dedos roçaram na pele retesada da base do pescoço, Lily sentiu um estranho e agradável arrepio.

Curiosa, ela tocou o rosto de Alex e deixou os dedos seguirem o contorno severo do maxilar, a curva sedosa do lábio inferior. Já havia uma sombra da barba por fazer, transformando o maxilar e o queixo de Alex em veludo áspero ao toque da ponta dos dedos. Nenhum anjo caído seria capaz de exibir uma mistura tão atraente de escuridão e luz. Ela reparou na tensão no rosto dele, mesmo inconsciente. Bebida de mais, repouso de menos. E o sofrimento de muito tempo antes lançara uma sombra indelével nas belas feições.

– Somos parecidos em alguns aspectos, você e eu – murmurou Lily. – Orgulhosos, temperamentais e obstinados. Você moveria uma montanha para conseguir o que deseja… só que, meu pobre bruto, nem sabe onde *fica* a montanha.

Ela sorriu ao se lembrar da maneira como Alex havia jogado suas roupas pela janela do quarto.

Em um súbito impulso, Lily curvou-se sobre o homem em sua cama e pressionou suavemente os lábios nos dele. A boca de Alex estava morna, indiferente. Ela se lembrou do modo grosseiramente íntimo como ele a beijara na biblioteca. Lily ergueu a cabeça, então, e fitou-o, o nariz quase tocando o dele.

– Acorde, belo adormecido – murmurou. – É hora de você saber do que eu sou capaz.

~

Alex despertou lentamente. Irritado, se perguntou quem estaria tocando um tambor tão perto... *tum... tum...* que reverberava em seu crânio. Ele estremeceu e virou a cabeça dolorida contra uma pressão fria e reconfortante ao seu lado.

– Calma – disse uma voz baixa. – Tranquilo. Você vai ficar bem.

Alex semicerrou os olhos e viu o contorno do rosto de uma mulher acima dele. E achou que estava sonhando novamente com Lily. Aqueles eram os olhos dela, a cor preciosa de biscoito de gengibre, e a boca, os lábios curvados em um sorriso afável. Ele sentiu a ponta dos dedos suaves roçando seu rosto.

– Maldita seja – murmurou Alex. – Você vai me assombrar para sempre?

O sorriso dela se tornou mais largo.

– Isso depende inteiramente de você, milorde. Não se mexa, senão vai acabar tirando o gelo do lugar nessa sua pobre cabeça. Juro que tentei acertá-lo da forma mais gentil possível, mas entenda que foi preciso bater com força o bastante para não ter que bater duas vezes.

– O-o quê? – perguntou Alex, grogue.

– Eu bati na sua cabeça.

Alex piscou algumas vezes, recuperando de vez a consciência, e começou a compreender que não se tratava de um sonho. Ele se lembrava de ter invadido a casa de Lily, então entrado no quarto dela e... o golpe na cabeça. Alex praguejou baixinho. Lily estava sentada de pernas cruzadas ao seu lado. Ele jazia deitado em uma cama. Apesar de toda a demonstração de preocupação serena de Lily, havia um brilho vitorioso no olhar dela que fez os nervos dele vibrarem em alerta.

– Henry...

– Não se preocupe, ele está bem. Muito bem – disse ela, com um sorriso tranquilizador. – Vai passar a noite com um amigo meu.

– Que amigo? – exigiu saber ele. – Quem?

O olhar dela se tornou cauteloso.

– Quando eu disser com quem, não tire conclusões precipitadas, certo? Se eu tivesse a menor dúvida sobre o bem-estar de Henry, jamais teria...

Alex se esforçou para se sentar.

– Me diga quem está com ele!

– Derek Craven.

– Aquele vigarista! Aquele animal do submundo que vive cercado de prostitutas e ladrões e...

– Henry está absolutamente seguro com Derek, você tem a minha pa...

Lily se interrompeu com um suspiro e saltou da cama quando Alex se atirou em sua direção.

– Sua *megera*!

As cordas que prendiam os pulsos e os tornozelos dele às grossas colunas da cama o mantiveram no lugar. Ele virou rapidamente a cabeça da direita para a esquerda, só então se dando conta do que ela fizera. O choque o deixou gelado. Então, ele grunhiu alto e começou a puxar as cordas em uma explosão de fúria, fazendo a enorme cama tremer e ranger. Alex se debateu nas cordas como uma fera experimentando o confinamento pela primeira vez. Lily o observava, apreensiva. E só relaxou quando teve certeza de que a estrutura sólida da cama resistiria a tamanha ferocidade. Finalmente Alex parou de se debater. Seu corpo esguio agora se agitava com arquejos profundos.

– Por quê? – perguntou ele. – Por quê?

Lily se recostou na cama e fitou Alex, o sorriso um pouco menos confiante do que antes. Apesar do triunfo, ela não estava gostando de vê-lo amarrado e indefeso. Não parecia natural. E as cordas já haviam esfolado os pulsos de Alex. Lily conseguia ver a vermelhidão que os puxões haviam provocado.

– Eu venci, milorde – disse ela calmamente. – É melhor aceitar de bom grado. Admito que faltou espírito esportivo às minhas táticas... mas é como se diz: vale tudo...

Ela esfregou os músculos doloridos da nuca e bocejou.

– Nesse exato momento, Zachary está em Raiford Park. Ele levará Penelope para Gretna Green hoje à noite e eles se casarão. Ofereci meus serviços para a tarefa de tirar você de cena. Quando eu o libertar, será tarde demais para fazer qualquer coisa. Eu não poderia deixá-lo ficar com Penny, não quando Zachary a ama tanto. Ele fará minha irmã feliz. E quanto a você... Bem, seu orgulho ferido logo vai se recuperar.

Ela sorriu ao encarar os olhos injetados dele.

– Eu disse que você nunca a teria. Deveria ter levado meu aviso a sério.

Lily inclinou a cabeça em um movimento coquete enquanto esperava pela resposta de Alex. Talvez ele reconhecesse que tinha sido um jogo bem jogado.

– E então? – incitou ela, querendo o reconhecimento da vitória. – Estou interessada em ouvir sua opinião sobre tudo isso.

Alex demorou um longo tempo para responder. Quando finalmente falou, sua voz não passava de um grunhido rouco.

– A minha opinião? É melhor você começar a correr. E não parar nunca mais. E rezar para que eu nunca a alcance.

Só Raiford seria capaz de parecer tão ameaçador mesmo com as mãos e os pés amarrados a uma enorme peça de mobília. E não foi uma ameaça vazia: as palavras dele carregavam uma determinação letal. Lily a descartou sem se preocupar, certa de que conseguiria lidar com qualquer problema que Raiford pudesse vir a causar.

– Eu fiz um grande favor a você – argumentou ela. – Agora está livre para encontrar outra pessoa, alguém muito mais adequada a você do que Penny.

– Eu queria a sua irmã.

– Ela não o teria deixado satisfeito. Santo Deus, não é possível que você quisesse se casar com uma moça que sempre teria medo de você! Se tivesse um pingo de bom senso, aproveitaria a oportunidade para escolher alguém com um pouco mais de energia. Mas não... você provavelmente vai pedir outra ovelhinha mansa e gentil em casamento. Tiranos são sempre atraídos por esse tipo de relação.

Alex estava tonto com a dor de cabeça e com a tentativa fracassada de se libertar, além de desesperado e incrédulo de raiva. Todos que ele amava haviam sido tirados dele – a mãe, o pai, Caroline. Ele se permitira acreditar que jamais perderia Penelope – parecera razoável confiar ao menos *naquilo*. E estava achando que ficaria louco se tivesse que suportar mais. Seu maxilar se contraiu violentamente.

– Lily – falou, a voz rouca. – Desamarre as cordas.

– Eu não faria isso nem se fosse para salvar a minha vida.

– É a única coisa que vai salvar a sua vida.

– Você vai ser solto pela manhã – prometeu ela. – Então estará livre para buscar Henry, voltar para casa e planejar sua vingança. Faça o seu pior. Agora que Penny está a salvo de você, eu não me importo nem um pouco.

– Você nunca estará a salvo de mim – murmurou ele.

– Neste momento eu me sinto *bastante* segura.

Lily fitou-o com um sorriso atrevido. Então, pareceu reconhecer as emoções que se contorciam sob a fúria de Alex. O brilho perverso em seus olhos se abrandou, substituído por algo mais suave.

– Não se preocupe com Henry – disse ela. – Ele vai ficar perfeitamente bem hoje à noite… O faz-tudo de Derek está cuidando para que o seu irmão fique longe de problemas.

Lily deu um sorriso irônico.

– Sabia que ele encheu meus ouvidos de elogios a você durante todo o trajeto de carruagem até aqui? Um homem que conquista tal devoção de uma criança não pode ser tão terrível assim.

Com os olhos fixos no rosto dele, Lily pousou uma mão de cada lado do torso esguio, equilibrando o peso leve sobre ele.

– Mas não é Henry que está incomodando você. O que é?

Alex fechou os olhos, tentando bloquear a imagem dela, o som da sua voz, pedindo a Deus que aquilo fosse um pesadelo que logo acabaria. Mas Lily continuou a dissecá-lo com suas palavras suaves, cutucando descuidadamente feridas abertas.

– Ninguém nunca o forçou a fazer nada antes, não é? – perguntou ela.

Alex se concentrou na própria respiração, tentando controlá-la ao mesmo tempo que tentava bloquear a voz de Lily.

– Por que você está tão abalado por perder a minha irmã? Pode encontrar facilmente outra pessoa como ela, se é isso que realmente quer. – Lily fez uma pausa e continuou, o tom pensativo: – Se está mesmo tão empenhado em ter alguém que não interfira na memória de Caroline.

Ela reparou que ele prendia a respiração.

– Lamentável – disse ela em um tom suave, e balançou a cabeça. – Poucos homens pranteariam uma mulher por tanto tempo. Isso é uma prova da sua capacidade de amar… ou da sua notável teimosia. Eu me pergunto qual das duas opções é a correta…

Alex abriu os olhos e Lily sentiu o corpo vibrar de choque ao ver que as profundezas de seus olhos acinzentados haviam se transformado de gelo em fumaça. Ela sentiu uma estranha onda de compaixão.

– Você não é o único que perdeu alguém – falou ela, o tom sereno. – Eu também já passei por isso, sei tudo sobre autopiedade e posso garantir que é inútil, para não dizer inconveniente.

A condescendência dela o deixou furioso.

– Se você acha que perder aquele viscondezinho de nariz arrebitado é comparável ao que eu passei com Caroline...

– Não, não estou me referindo a ele.

Lily o encarou com uma certa surpresa, se perguntando quanto ele saberia sobre o noivado dela com Harry Hindon. Alex provavelmente arrancara aquelas informações de Zach.

– O que eu senti por Harry foi apenas uma paixão passageira. Quem eu amava e perdi é alguém completamente diferente. Eu teria morrido por... essa pessoa. Ainda faria isso.

– Quem é?

– Isso só diz respeito a mim.

Alex deitou a cabeça no travesseiro.

– Talvez o decorrer da noite ajude a aplacar sua fúria – comentou Lily, arrumando delicadamente o colarinho dele, como se fosse um brinquedo. Ela sabia que sua atitude descuidada o irritaria ainda mais. – Quando avaliar a situação com sensatez, vai perceber que aconteceu o melhor para todos os envolvidos. Até para você.

Ao ver que ele ainda puxava as cordas que lhe prendiam as mãos, ela tocou o braço tenso.

– Pare com isso, assim você só vai machucar ainda mais os braços. Relaxe, pobre Raiford. Sei que deve ser difícil aceitar o fato de que foi derrotado por uma mulher. – Os olhos escuros de Lily dançavam com uma risada compassiva. – Saiba você que vou guardar essa imagem pelo resto da minha vida. O conde de Raiford, completamente à minha mercê – disse ela, pairando logo acima dele com os lábios sorridentes. – O que você faria se pudesse se libertar, milorde?

– Estrangularia você. Com as minhas próprias mãos.

– É mesmo? Ou será que me beijaria como fez na biblioteca?

Os olhos dele cintilaram e seu rosto ficou mais vermelho.

– Considere aquilo um erro – murmurou Alex.

Lily ficou magoada com o tom desdenhoso dele. Suas experiências com homens – a deserção de Harry, o desapontamento furioso de Giuseppe, até mesmo a falta de interesse sexual de Derek por ela – fizeram Lily acreditar que carecia de tudo que tornava uma mulher desejável. Agora Alex se juntava à lista. Por que ela não era como as outras mulheres? Que coisa misteriosa a tornava tão desagradável?

De repente, algum impulso diabólico a fez querer mostrar a Alex quão impotente ele estava. Lily se inclinou mais para perto dele, seu hálito pairando sobre o queixo do homem.

– Você me pegou em desvantagem na biblioteca – falou Lily. – Já foi beijado contra a sua vontade, Alex? Talvez você queira saber como é.

Alex a encarou como se ela tivesse enlouquecido. Lily fitou-o com um sorriso travesso, abaixou a cabeça e pressionou um beijo suave, de boca fechada, nos lábios rígidos dele. Alex jogou a cabeça para trás como se tivesse sido tocado pelo fogo. Ela estava fazendo tudo para atormentá-lo. Primeiro um beijo. Em seguida, provavelmente começaria a arrancar os pelos do peito dele um por um.

Lily o observou em silêncio. Algo o deixara com a respiração entrecortada. Raiva? Ou era possível que o beijo dela o tivesse afetado? A ideia a deixou intrigada.

– Devo considerar isso outro erro? – perguntou ela em um sussurro.

Alex apenas a encarou, petrificado. Ele não conseguia emitir um som sequer.

Lily se adiantou o centímetro necessário para colar os lábios aos dele. Alex inspirou rapidamente e, dessa vez, não tentou se afastar. Ela roçou delicadamente a boca sobre a dele, fazendo nada além de uma pressão interrogadora. Alex suportou o beijo com os olhos bem fechados, como se ela o estivesse submetendo a uma tortura extremamente dolorosa. Seus ombros e seu peito ficaram rígidos com a tensão dos braços esticados pelas cordas. Ela tocou a lateral do pescoço quente e macio com a ponta dos dedos, e ele deixou escapar um único suspiro contra os lábios macios.

Surpresa, Lily empurrou o corpo mais para cima junto ao peito dele. Ela queria mais… alguma coisa… mas não sabia o quê, ou como conseguir. Então, percebeu um movimento e viu que Alex virava lentamente a cabeça no travesseiro, ajustando-se sob a dela. Lily passou a mão pequena ao redor do pescoço dele, pressionando instintivamente os lábios com mais força. Quando sentiu o cutucão suave da língua de Alex, foi dominada por uma onda de prazer que a fez querer retribuir o movimento gentil. Alex sentiu Lily estremecer, sentiu o hálito dela em um arquejo de surpresa. Esperando que a qualquer momento ela afastasse os lábios, ele se esticou para cima com voracidade, querendo mais. Mas Lily não se afastou, permaneceu colada a ele, entregue e doce.

Alex cerrou os punhos. Era prisioneiro do corpo sinuoso de Lily, das cordas que o prendiam à cama e do próprio desamparo. O desejo percorria seu corpo, concentrando-se no ventre. Nada seria capaz de impedir o enrijecimento de seu membro, que ganhava vida em ondas pesadas, contraindo-se. Ardendo de desejo, ele gemeu, amaldiçoando a si mesmo. Então, afastou a boca da dela e enfiou o rosto na curva perfumada do pescoço de Lily.

– Chega – falou Alex, o tom ríspido. – Me desamarre ou pare com isso.

– Não – retrucou Lily, arquejando também.

Ela jamais se sentira tão ousada e exultante na vida. Enfiou os dedos no cabelo cheio dele.

– Estou e-ensinando uma lição…

– Saia de cima de mim! – comandou ele com ferocidade.

E quase conseguiu assustá-la a ponto de afastá-la… Alex sentiu o ligeiro sobressalto, mas Lily persistiu.

Ainda com os olhos fixos nos dele, ela se aproximou um pouco mais, até toda a extensão de seu corpo estar sobre o dele. Alex estremeceu e mordeu o lábio. O peso do corpo dela sobre o seu membro excitado o fez erguer o quadril inconscientemente, mas não foi o bastante. Ele queria mais, queria a carne macia dela envolvendo-o, as contrações do corpo feminino enquanto ele arremetia dentro dela. De alguma forma, Alex conseguiu falar muito baixo.

– Já basta. *Lily*… Já basta.

Lily estava com a respiração muito acelerada e parecia tão temerária quanto durante a caçada, lançando-se em saltos impossíveis. Alex não conseguia entender o que estava acontecendo na mente da mulher em cima dele, até que ela falou:

– Diga o nome dela agora – instigou Lily, a voz rouca. – Diga.

Ele cerrou o maxilar com tanta força que os ossos tremeram.

– Você não consegue, não é? – sussurrou Lily. – Porque é a mim que você quer, não a Caroline. Eu consigo sentir. Sou uma mulher viva, respirando, e estou *aqui*. E você me quer.

Mil pensamentos passaram pela mente de Alex. Ele buscou por Caroline, mas ela não estava lá… Não era nada além de um borrão de lembranças, cores desbotadas, sons abafados. Nada daquilo era tão real quanto o rosto acima dele. A boca de Lily continuou pairando logo acima da dele, perto o bastante para que Alex conseguisse sentir o calor de seus lábios.

Ele não respondeu, mas Lily leu a verdade em seus olhos. Ela deveria ter se afastado, triunfante, vangloriando-se da vitória. Afinal, estava certa. Em vez disso, deixou escapar um som baixo e o beijou novamente. Desarmado, incapaz de recuar, só o que lhe restava fazer era se render. Lily levou as mãos ao rosto dele, ao pescoço, explorando suavemente. Alex gemeu com a ânsia de tocá-la, de segurá-la com força entre as coxas. Mas estava preso sob ela e aquilo o estava matando lentamente. As cordas rasgaram seus pulsos até eles ficarem em carne viva.

Lily arquejou ao sentir o movimento ritmado do quadril dele. Ela tentou se afastar, mas logo descobriu que Alex capturara seu lábio inferior com os dentes.

– Vire a cabeça – murmurou ele, o hálito quente contra a sua boca. – Vire...

Lily obedeceu e ele soltou seu lábio, logo abrindo a boca para receber a pressão da dela. Lily deixou escapar um soluço baixo de prazer. Ela apertou o corpo contra o dele em movimentos compulsivos, pressionando os seios contra o peito rígido, o abdômen colado ao dele. A fricção entre os corpos fez com que o vestido dela subisse até os joelhos, mas Lily não se importou... Não conseguia se importar com nada, a não ser com o anseio urgente que crescia em seu corpo.

E então veio a batida na porta.

Lily se enrijeceu.

– Srta. Lawson? – chamou a voz abafada do mordomo.

Sentindo todo o corpo fraco, Lily deixou a cabeça cair no travesseiro, seu hálito fazendo cócegas na orelha de Alex. Ele virou a cabeça contra os cachos desalinhados e inalou a doce fragrância. Burton voltou a chamar.

– Srta. Lawson?

Lily levantou a cabeça.

– Sim, Burton? – perguntou ela, a voz instável.

– Acabou de chegar uma mensagem.

Lily gelou por dentro. Aquilo só podia significar uma coisa. Burton jamais se intrometeria em sua privacidade, a menos que o bilhete fosse de uma fonte específica.

Alex observava Lily atentamente. O rubor desaparecera do rosto dela. Havia um brilho de algo semelhante a medo em seus olhos. Ela parecia atordoada.

– Não pode ser – sussurrou ela. – É muito cedo.

– Muito cedo para quê?

O som da voz dele pareceu trazê-la de volta à realidade. Lily adotou uma expressão neutra e rolou para longe dele, ajeitando as saias. E fez questão de não olhar para Alex.

– Permita-me desejar uma boa noite, milorde. A-acho que vai se sentir confortável aqui...

– Até parece, mulher implicante!

Alex ficou olhando, furioso, enquanto ela tentava desajeitadamente se recompor e saía do quarto. Ele gritou algumas obscenidades para as suas costas e acrescentou:

– Eu a verei na prisão de Newgate por causa disso! E quanto ao seu maldito mordomo...

A porta bateu e ele ficou em silêncio, olhando para o teto.

Lily encarou Burton no corredor, distraída demais para se preocupar com sua aparência desgrenhada. Havia um bilhete na bandeja de prata que o mordomo segurava. O papel estava lacrado com uma gota de cera.

Burton estendeu a bandeja.

– A senhorita me orientou a lhe entregar esses bilhetes assim que chegassem, não importava a hora...

– Sim – interrompeu Lily, pegando a carta. Ela rasgou o selo e examinou as linhas rabiscadas. – Hoje à noite. Maldito seja! Ele deve ter colocado gente para me vigiar... Ele sempre parece saber onde estou...

– Senhorita?

Burton nunca tivera o privilégio de saber o conteúdo das cartas que chegavam à casa de Lily esporadicamente. Ele passara a reconhecê-las pela caligrafia elaborada e desordenada e pela estranha aparência dos portadores. As cartas eram sempre entregues por meninos maltrapilhos que pareciam ter sido tirados havia pouco da rua.

– Mande selar um cavalo para mim – disse Lily.

– Srta. Lawson, devo enfatizar que não é aconselhável uma mulher cavalgar sozinha em Londres, especialmente à noite...

– Diga a uma das criadas para pegar a minha capa cinza. Aquela com capuz.

– Sim, senhorita.

Lily desceu a escada lentamente, apoiando-se no corrimão, como que para se firmar.

Covent Garden era uma área particularmente desagradável de Londres, onde todos os prazeres mundanos, dos convencionais aos impensáveis, poderiam ser obtidos por uma determinada quantia. Havia propaganda visível e verbal: notas impressas e avisos colados em todas as paredes, o som de vigaristas, cafetões e prostitutas gritando convites para todos os transeuntes. Os *bons vivants* do período regencial britânico, saindo dos teatros com suas amantes de ocasião, cambaleando bêbados até as tabernas do mercado. Lily tomou cuidado de evitar todos eles. Um lorde bêbado às vezes podia ser tão perigoso e desumano quanto um criminoso profissional.

Enquanto atravessava poças de luz e sombra, Lily sentiu pena daquele desfile de prostitutas pelas ruas. Havia meninas e velhas abatidas, e mulheres de todas as idades intermediárias. Eram magras de fome ou inchadas de gim. Todas com o mesmo olhar cansado enquanto descansavam nos degraus e posavam nos cantos, abrindo sorrisos forçados diante da perspectiva de qualquer cliente em potencial. Elas certamente não teriam escolhido uma vida daquelas se tivessem tido alternativa.

Graças a Deus escapara daquele destino, pensou Lily, estremecendo. Ela preferiria se matar a seguir por tal caminho, mesmo o caminho de uma cortesã com pencas de diamantes e servindo ao seu protetor em lençóis de seda. Seus lábios se curvaram em uma expressão de nojo. Seria melhor estar morta do que ser propriedade de um homem e forçada a atender às suas necessidades físicas.

Ela seguiu pelo sul, na King Street, e passou pelo cemitério, ignorando as zombarias e os assovios lançados dos barracos cobertos que serviam como lojas e moradias. Lily atravessou a rua da entrada do mercado com cautela. A arcada de pé-direito duplo tinha um frontão e colunas toscanas de granito, um desenho estranhamente majestoso para um lugar que guardava tamanha miséria. Ela freou o cavalo e parou em uma sombra. Não havia nada a fazer senão esperar. Lily sorriu com pesar ao ver dois jovens batedores de carteira trabalhando com agilidade em meio à multidão. Então, pensou em Nicole e seu rosto ficou rígido como pedra. Deus do céu, que tipo de existência a filha estaria levando? Seria possível, pequena como era, que já estivesse sendo usada para lucrar de forma ilícita? A ideia levou lágrimas pungentes aos olhos dela, que as enxugou com um movimento brusco. Não podia ceder à emoção, não naquele momento. Precisava ser fria e manter o autocontrole.

Uma voz preguiçosa se elevou na escuridão próxima.

– Então, aqui está você. Espero que tenha trazido o que eu quero.

Lily desmontou lentamente e segurou as rédeas do cavalo em uma das mãos. Então se virou na direção da voz e se forçou a falar com firmeza, embora todo o seu corpo estivesse tremendo.

– Não mais, Giuseppe. Nem um centavo a mais até que você me devolva a minha filha.

# CAPÍTULO 7

O conde Giuseppe Gavazzi tinha todo o esplendor formidável de um personagem de uma pintura renascentista italiana – traços bem-marcados, cabelo preto encaracolado, pele marrom-clara e olhos negros cintilantes. Lily se lembrou da primeira vez que o vira.

Giuseppe estava parado em uma praça ensolarada em Florença, cercado por um grupo de mulheres italianas que prestavam atenção a cada palavra que ele dizia. Com seu sorriso brilhante e sua beleza, deixara Lily sem fôlego. Os caminhos dos dois voltaram a se cruzar inúmeras vezes em eventos sociais, e Giuseppe começou a cortejá-la com ardor, ostensivamente.

Lily ficou aturdida com o romantismo italiano e com a emoção até então desconhecida de ser seduzida por um belo homem. Harry Hindon, o único outro amor que conhecera, era sério e muito inglês, qualidades que agradavam aos pais dela. Lily achara que o apego firme de Harry ao decoro poderia influenciá-la, salvá-la. Mas, no fim, a impetuosidade natural de Lily o levara a deixá-la. O conde Gavazzi, por sua vez, parecia se deliciar com essa alegria impulsiva – ele dizia que Lily era linda e empolgante. Na época, ela achou que finalmente havia encontrado o homem com quem poderia abandonar qualquer fachada e ser autêntica. Agora, a lembrança da própria tolice a enojava.

Nos últimos anos, a aparência de Giuseppe havia se tornado menos agradável – ou talvez ela apenas tivesse passado a vê-lo de outra forma. Os lábios carnudos, elogiados pelas *signoras* italianas por sua sensualidade, agora lhe pareciam repulsivos. Lily detestava a maneira como o olhar de Giuseppe vagava avidamente pelo corpo dela, embora no passado tivesse ficado lisonjeada com a atenção. Havia algo decadente na aparência dele, até mesmo em sua postura, com as mãos cruzadas no quadril para enfatizar a estreiteza incomum. Olhar para ele e lembrar da noite que haviam passado juntos fazia o estômago de Lily se revirar. Ele a surpreendera e a fizera se sentir humilhada ao pedir um presente depois. Como se ela fosse uma solteirona velha e tola, obrigada a pagar para ter um homem na sua cama.

Giuseppe estendeu a mão e empurrou o capuz de Lily para trás, revelando seu rosto determinado.

– *Buona sera* – disse em sua voz profunda.

Ele então deixou a ponta do dedo correr pelo rosto dela em uma carícia. Lily afastou a mão dele, o que o fez rir.

– Ah, ainda com as garras à mostra, minha gatinha querida. Eu vim pelo dinheiro, *cara*. Você veio para saber notícias de Nicoletta. Agora me dê o que eu quero, e eu farei o mesmo por você.

– Não mais – disse Lily, soltando o ar em um suspiro trêmulo. – Seu desgraçado asqueroso. Por que eu deveria lhe dar mais dinheiro se nem sei se ela está viva?

– Eu juro que ela está segura, feliz…

– Como ela pode ser feliz sem a mãe?

– Que linda garotinha nós temos, Lily. Sorrindo o tempo todo e com os cabelos… – disse ele, tocando os próprios cachos cor de ébano –… belos como os meus. Ela me chama de *papà*. E às vezes me pergunta onde está a mamãe.

Aquilo devastou Lily como nada mais seria capaz. Ela ficou olhando fixamente para ele, engoliu em seco o nó de sofrimento que travava a sua garganta e sentiu as lágrimas brotando dos olhos.

– Eu sou a mãe dela – falou, desesperada. – Nicole precisa de mim, e eu a quero de volta, Giuseppe. Você sabe que ela pertence a mim!

Ele a fitou com um sorriso ligeiramente consternado.

– Talvez eu já tivesse devolvido Nicoletta, *bella*, mas você cometeu muitos erros, muitas vezes. Colocou homens para procurar, para fazer perguntas na cidade. Você prega peças em mim, manda que eles me sigam depois que nos encontramos. Isso me deixa com raiva. Agora acho que vou manter Nicoletta comigo por mais alguns anos.

– Eu já lhe disse que não sei nada sobre isso – falou Lily em um lamento.

Era mentira, claro. Ela sabia muito bem que Derek colocara homens para procurar por Nicole. Derek tinha informantes em todas as partes da cidade, incluindo carregadores, balconistas, negociantes, prostitutas, açougueiros e donos de casas de penhores. No último ano, ele por quatro vezes pedira a Lily que desse uma olhada em meninas de cabelos escuros que correspondiam à descrição de Nicole. Nenhuma delas era a menina. E Lily não podia se dar ao luxo de acolhê-las. Ela jamais perguntara o que Derek havia feito com as meninas depois e não tinha o menor desejo de saber.

Lily olhou para Guiseppe com os olhos cheios de ódio.

– Eu já lhe dei uma fortuna – disse ela com a voz rouca. – Não tenho mais nada. Você já ouviu a expressão "a fonte secou", Guiseppe? Significa que não posso lhe dar mais dinheiro, porque *não tenho*!

– Então consiga mais. – Foi a resposta dele, em tom suave. – Ou vou conseguir dinheiro de alguma outra forma... Há muitos homens pedindo para comprar uma menina bonita como Nicoletta.

– O quê?

Lily levou a mão à boca para abafar um grito de agonia.

– Como você teria coragem de fazer isso com a sua própria filha, Giuseppe? Você não a venderia assim... Isso iria matá-la... e a mim... Ah, Deus, você ainda não fez isso, não é?

– Ainda não. Mas talvez eu tenha chegado perto, *cara* – disse ele, e então estendeu a palma da mão vazia. – O dinheiro. Agora.

– Quanto tempo isso vai durar? – perguntou Lily em um sussurro. – Quando será o suficiente?

Ele ignorou a pergunta e estendeu a mão aberta para ela.

– Agora.

Lágrimas escorriam pelo rosto dela.

– Eu não tenho.

– Três dias, Lily. Você vai me trazer cinco mil libras em três dias... ou perderá Nicoletta para sempre.

Lily abaixou a cabeça enquanto ouvia o som dos passos dele se afastando, o barulho estridente de Covent Garden ao redor, o relincho suave do cavalo ao seu lado. O corpo de Lily estremeceu com um desespero insano e foi preciso recorrer a toda a sua força de vontade para não externar o que sentia naquele momento.

Dinheiro. Suas contas bancárias nunca haviam estado tão vazias. No mês anterior, ela não conseguira o lucro habitual no Craven's. Sua sorte teria que mudar, e rápido. Ela teria que jogar pesado. Se não conseguisse ganhar cinco mil libras em três dias... Deus, o que ela faria?

Poderia pedir um empréstimo a Derek... Não. Já cometera esse erro uma vez, um ano e meio antes. Lily achara que, com sua imensa fortuna, ele não se importaria em lhe emprestar uma ou duas mil libras, ainda mais com a promessa de devolver com juros. Para sua surpresa, Derek reagira com uma frieza cruel e a fizera jurar que nunca mais pediria dinheiro a ele. Semanas se passaram até que ela voltasse a cair nas boas graças do amigo. Lily não entendia por que ele ficara tão furioso, afinal Derek não era um homem avarento, mas exatamente o oposto. Era generoso de inúmeras maneiras; dava presentes a ela, deixava que usasse suas vastas propriedades, permitia que roubasse comida de suas cozinhas e suprimentos de bebidas, a ajudava a procurar por Nicole... Mas nunca lhe dera um tostão. Agora ela aprendera que não deveria pedir.

Lily pensou em alguns dos velhos ricos que conhecia, homens com quem já tinha jogado e flertado, e com quem mantinha amizade. Lorde Harrington, pensou, já com a mente embotada, a barriga proeminente, o rosto animado muito vermelho e as perucas empoadas. Ou Arthur Longman, um advogado respeitado. Seu rosto era pouco atraente – nariz grande, sem queixo, bochechas caídas –, mas seus olhos eram gentis e ele era um homem honrado. Ambos haviam deixado claro de forma cavalheiresca que se sentiam atraídos por ela. Ela poderia muito bem aceitar um deles como protetor. Não havia dúvida de que seria bem tratada e sustentada com generosidade. Mas isso mudaria a vida dela para sempre. Certas portas que ainda estavam abertas para ela seriam fechadas de vez. Acabaria se tornando uma prostituta de luxo... e isso só se tivesse sorte. A julgar por sua experiência com Giuseppe, ela poderia ser tão incompetente na cama que ninguém iria querer ficar com ela.

Lily foi até o cavalo e apoiou a testa em seu pescoço quente e empoeirado.

– Estou tão cansada – sussurrou.

Cansada e cética. Afinal, tinha tão poucos motivos para acreditar em um retorno de Nicole... Sua vida se tornara nada além de uma busca interminável por dinheiro. Jamais deveria ter perdido tanto tempo com aquela história de Penny, Zach e Alex Raiford. Era possível que a empreitada tivesse lhe custado Nicole. Mas, se não fosse pela distração da semana anterior, pensou Lily, talvez tivesse perdido a sanidade.

Uma chuva fina começou a molhar seu cabelo. Lily fechou os olhos e ergueu a cabeça, deixando a água escorrer por seu rosto em filetes frios. De repente, lembrou-se de Nicole na hora do banho, descobrindo que podia molhar os punhos minúsculos, sacudi-los no ar e bater com eles na banheira.

– Olha só o que você consegue fazer! – exclamara Lily com uma risada. – Como ousa espirrar água na sua mamãe, sua patinha esperta? A água é para o banho, não para o chão...

Lily enxugou com determinação as gotas de chuva e as lágrimas. E endireitou os ombros.

– É só dinheiro – murmurou. – Já consegui antes. Vou conseguir de novo de alguma forma.

~

O relógio soou nove vezes. Alex olhava para ele havia quase uma hora. Era um relógio de bronze romântico, adornado com rosas de porcelana e uma tímida pastora olhando por cima do ombro para um nobre que lhe oferecia um buquê de flores. O restante do quarto de Lily era igualmente feminino: as paredes verde-claras decoradas com delicadas sancas brancas, cortinas de seda cor-de-rosa nas janelas, os móveis forrados com veludo macio. Pensando a respeito, Alex se deu conta de que o breve vislumbre que tivera do resto da casa de Lily era muito diferente daquilo – escuro, forte, quase masculino. Era como se ela tivesse preservado o próprio quarto para todas as indulgências femininas que não se permitia em outro lugar.

Quando soou a última badalada do relógio, a porta do quarto se abriu. O mordomo. Burton, era como Lily o havia chamado.

– Bom dia, senhor – falou o homem, o tom impassível. – Espero que tenha tido uma noite tranquila.

Alex o encarou com raiva.

Depois que Lily se fora, ficara ali sozinho, sem nada para fazer além de enfrentar as horas silenciosas que tinha pela frente. Até então, sempre tivera o hábito de preencher cada momento acordado com alguma distração. Trabalho, esportes, diversões sociais, bebida, mulheres, inúmeras maneiras que havia inventado para evitar ficar sozinho com os próprios pensamentos. Sem querer, Lily o forçara a enfrentar o que ele mais temia. Na escuridão silenciosa, Alex não tivera como impedir que as lembranças se abatessem sobre ele como abutres, dilacerando seu coração.

A princípio, fora uma confusão de emoções – raiva, paixão, remorso, pesar. Ninguém jamais saberia o que ele havia passado naquelas horas de confinamento. Ninguém jamais precisaria saber. Só o que importava era que a confusão havia se resolvido de alguma forma e as coisas agora estava claras em sua mente. Ele nunca mais veria Caroline no rosto de outra mulher. Ela fazia parte de seu passado, e ele a deixaria lá. Sem mais sofrimento, sem fantasmas. E quanto a Lily... Alex pensara muito no que faria com ela. Em algum momento durante as primeiras horas da manhã, ele caíra em um sono profundo como um manto de veludo.

O mordomo se aproximou da cama com uma faca pequena.

– Me permite, senhor? – perguntou Burton, indicando com um gesto os braços amarrados dele.

Alex fitou-o com uma expressão incrédula.

– Ah, com certeza – respondeu em uma demonstração sarcástica de polidez.

O mordomo cortou com habilidade a corda finamente tecida. Alex fez uma careta quando seu braço direito foi solto. Ele levou o braço ao peito, flexionando os músculos doloridos com um gemido silencioso, e observou enquanto Burton contornava a cama para o outro lado.

Alex teve que admitir para si mesmo que Burton era impressionante. Tinha a aparência *mordomesca* mais autêntica que Alex já vira. Ele usava uma barba belamente aparada e exalava inteligência e autoridade. Tudo isso envolto em uma atitude de deferência impecável. Era preciso serenidade para abordar a situação de forma digna, mas Burton o estava desamarrando da cama da mesma maneira impassível com que serviria chá ou escovaria um chapéu.

As sobrancelhas do mordomo se contraíram no que poderia ser consternação quando ele viu os pulsos machucados de Alex.

– Milorde, trarei uma pomada para os seus punhos.

– Não – grunhiu Alex. – Você já fez o suficiente.

– Sim, senhor.

Alex se sentou com dificuldade, flexionando os membros doloridos.

– Onde ela está agora pela manhã?

– Se está se referindo à Srta. Lawson, senhor, não tenho conhecimento do seu paradeiro. No entanto, fui instruído a lembrá-lo de que seu irmão, Henry, está no estabelecimento do Sr. Craven.

– Se alguma coisa aconteceu com ele, vou considerar você tão responsável quanto a Srta. Lawson.

Burton pareceu imperturbável.

– Sim, senhor.

Alex balançou a cabeça, perplexo.

– Você a ajudaria com um assassinato se ela pedisse, não é?

– Ela não pediu, senhor.

– Ainda – murmurou Alex. – Mas e se tivesse pedido?

– Como minha patroa, a Srta. Lawson tem direito à minha lealdade absoluta – disse Burton, que então fitou Alex e perguntou educadamente: – Gostaria que eu lhe trouxesse o jornal, milorde? Café? Chá, talvez? Para o café da manhã, podemos lhe servir...

– Para começar, você pode parar de se comportar como se isso fosse uma ocorrência comum... ou por acaso é? É normal que você ofereça café da manhã a convidados que passaram a noite com pés e mãos amarrados à cama de Lily Lawson?

Burton pensou por algum tempo na pergunta, como se relutasse em trair a privacidade de Lily.

– O senhor é o primeiro, lorde Raiford – admitiu finalmente.

– Nossa, que honra...

Alex levou a mão à cabeça dolorida e tateou com cuidado. Havia uma protuberância sensível alguns centímetros acima de uma orelha.

– Aceitarei um remédio para dor de cabeça. É o mínimo que ela me deve.

– Sim, senhor.

– E peça ao meu cocheiro para trazer a minha carruagem, a menos que você e a Srta. Lawson o tenham amarrado a alguma viga ou algum poste por aí.

– Sim, senhor.

– Burton, esse é o seu nome, não é? Há quanto tempo trabalha para a Srta. Lawson?

– Desde que ela voltou para Londres, milorde.

– Bem, seja qual for o seu salário, eu lhe pagarei o dobro se vier trabalhar para mim.

– Obrigado pelo convite, lorde Raiford. No entanto, permita-me respeitosamente recusar.

Alex fitou o homem com curiosidade.

– Por quê? Deus sabe que Lily deve fazer da sua vida um inferno. Conhecendo-a, desconfio que essa não seja a pior aventura em que ela já o envolveu.

– Receio que não, milorde.

– Então por que permanecer aqui?

– A Srta. Lawson é uma… mulher incomum.

– Alguns chamariam de excêntrica – comentou Alex com ironia. – O que ela fez para merecer tal lealdade?

A fachada impassível de Burton pareceu ceder apenas por um momento, e algo semelhante a afeto cintilou em seus olhos.

– A Srta. Lawson tem um coração compassivo, milorde, e uma notável falta de preconceito. Quando ela chegou a Londres, dois anos atrás, eu estava em uma situação bastante difícil, trabalhando para um patrão que costumava estar sempre embriagado e era agressivo. Certa vez, em uma dessas bebedeiras, ele me feriu com uma lâmina de barbear. Em outra ocasião, me chamou até o seu quarto e acenou com uma pistola carregada na frente do meu rosto, ameaçando atirar em mim.

Alex encarou o homem com surpresa.

– Maldição, homem. Mas por que não encontrou emprego em outro lugar? Um mordomo do seu calibre…

– Sou meio irlandês, milorde – disse Burton calmamente. – A maioria dos empregadores exige que seus servidores de alto escalão pertençam à Igreja da Inglaterra, e eu não pertenço. Isso e a minha herança irlandesa, embora ela não seja aparente, me tornam inaceitável para o cargo de mordomo das famílias inglesas mais decentes. Portanto, eu estava preso na mais difícil das situações. Ao saber do meu dilema, a Srta. Lawson se ofereceu para me contratar com um salário mais alto do que eu ganhava, embora soubesse que eu teria trabalhado por muito menos.

– Entendo.

– Talvez tenha começado a entender, milorde.

Burton hesitou, então continuou em voz baixa, como se estivesse indo contra o seu bom senso.

– A Srta. Lawson decidiu que eu precisava ser salvo. Depois que ela coloca uma ideia dessas na cabeça, não há como detê-la. Ela "salvou" muitas pessoas, embora ninguém pareça perceber que a própria Srta. Lawson é a pessoa que mais precisa de… – Ele se interrompeu de repente e pigarreou. – Já falei demais, milorde. Me perdoe. Talvez reconsidere a ideia de um ca…

– O que você ia dizer? Que Lily precisa ser salva? De quê? De quem?

Burton fitou-o com um olhar inexpressivo, como se Alex estivesse falando em um idioma estrangeiro.

– Devo trazer a edição desta manhã do *Times* junto com o seu remédio para dor de cabeça, milorde?

~

Henry estava empoleirado na mesa comprida da longa cozinha, observando com fascínio enquanto monsieur Labarge e o exército de criados de avental trabalhavam em uma série desnorteante de projetos. Molhos perfumados e misturas misteriosas borbulhavam em panelas no fogão de ferro fundido. Uma parede inteira estava coberta com uma impressionante coleção de panelas, frigideiras e formas cintilantes, um sortimento a que Labarge se referia como sua *batterie de cuisine*.

O chef andava pela cozinha como um comandante militar, gesticulando com facas, colheres e qualquer utensílio que tivesse nas mãos. Seu chapéu branco alto se inclinava em ângulos alarmantes em resposta aos movimentos vigorosos. Ele bradava com seu *sous chef*, reclamando do molho pesado demais para um prato de peixe embrulhado em massa e dos assistentes de padeiros que haviam deixado os pãezinhos dourarem demais. As pontas finas e arrepiadas do bigode de Labarge vibraram de raiva quando ele viu que uma das criadas estava cortando as cenouras finas demais. Em mudanças de humor repentinas e desconcertantes, o chef enfiava pratos tentadores na frente de Henry e sorria com aprovação enquanto o menino devorava o saboroso banquete.

– Ah, *le jeune gentilhomme, mange, mange…* Nosso jovem cavalheiro precisa experimentar um pouco disso… e disso… *C'est bien, oui*?

– Muito bom – garantiu Henry com entusiasmo, a boca cheia de um doce coberto com frutas e creme de limão. – Posso comer mais algumas dessas coisas marrons com o molho?

Com orgulho paternal, o chef lhe serviu um segundo prato de tirinhas de vitela salteadas com manteiga de conhaque, cebola e molho de cogumelos.

– A primeira receita que aprendi quando menino, ajudando *mon pére* a preparar o jantar para *le comte* – relembrou.

– Isso é ainda mais gostoso do que as refeições que fazemos em Raiford Park – garantiu Henry.

Monsieur Labarge respondeu com vários comentários pouco elogiosos sobre a comida inglesa, chamando-a de lixo sem sabor que ele não serviria nem a um cachorro. Aquilo que Henry estava comendo era a culinária *francesa*, tão superior à comida inglesa quanto o bolo em relação ao pão dormido. Henry teve o bom senso de concordar com um aceno de cabeça e continuou comendo.

Assim que Henry foi forçado a largar o garfo porque seu estômago estava desconfortavelmente cheio, Worthy chegou à porta da cozinha.

– Milorde Henry – disse o homem, o tom sério –, seu irmão chegou. Ele fez algumas, hum, declarações bastante vigorosas. Está preocupado com o senhor, então acho melhor que o veja agora mesmo. Venha comigo, por favor.

– Ah.

Os olhos de Henry, azuis como centáureas, se arregalaram de preocupação. Ele cobriu a boca com a palma da mão, abafando um arroto, e suspirou ao olhar ao redor da cozinha. A equipe retribuiu seu olhar com simpatia.

– Vai demorar muito até que eu possa voltar – falou o menino com tristeza. – Anos.

Monsieur Labarge pareceu angustiado, o bigode fino se contraindo enquanto ele pensava rapidamente.

– Lorde Raiford... tem um *grand* temperamento, *non*? Talvez devamos primeiro lhe oferecer *poularde à la Periguex*... ou *saumon Monpellier*...

O chef fez uma pausa enquanto avaliava outras iguarias que poderia preparar, confiante de que suas obras-primas culinárias aplacariam mesmo o mais bárbaro dos humores.

– Não – disse Henry com tristeza, sabendo que nem mesmo a oferta de Labarge de frango trufado ou salmão com molho de ervas acalmaria Alex. – Acho que isso não funcionaria. Mas obrigado, senhor. Isso valeu qualquer punição. Eu passaria um mês na prisão de Newgate para comer mais um pedaço desse bolo com creme de café... ou do suflê verde.

Obviamente emocionado, Labarge apertou os ombros de Henry, deu um beijo em cada lado do rosto do menino e fez um breve discurso em francês, do qual Henry não entendeu nem uma palavra. Ele terminou exclamando:

– *Quel jeune homme magnifique...* Que menino fantástico!

– Venha, Henry.

Worthy fez um gesto para que o menino o acompanhasse. Os dois deixaram a cozinha e atravessaram os salões de jantar. Antes de chegarem ao saguão de entrada, o faz-tudo se sentiu compelido a fazer um breve discurso.

– Henry, suponho que você já tenha ouvido falar que um cavalheiro sempre se comporta com discrição. Especialmente quando se trata de discutir assuntos da, hum... atividade com o belo sexo.

– Sim – confirmou Henry, com a testa levemente franzida de perplexidade. – Isso significa que não devo contar ao meu irmão sobre as moças a quem o Sr. Craven me apresentou ontem à noite?

– A menos que... Você acha que há alguma razão particular para ele saber?

Henry balançou a cabeça.

– Não consigo pensar em um único motivo.

– Ótimo.

Worthy deixou escapar um grande suspiro de alívio.

Ao contrário das expectativas de Henry, a expressão de Alex não era terrivelmente severa como ele esperava. Na verdade, ele parecia bastante calmo parado ali no saguão de entrada, as mãos enfiadas casualmente nos bolsos do casaco. As roupas de Alex estavam amarrotadas e seu rosto mostrava a sombra da barba por fazer. Henry não estava acostumado a ver o irmão tão desalinhado. Mas, estranhamente, Alex parecia mais relaxado do que nunca. Havia algo bastante perturbador em seus olhos, o brilho de um fogo, e ele tinha uma expressão desinteressada. Henry achou aquilo curioso e ficou se perguntando o que teria acontecido com o irmão. E também por que ele só aparecera naquela manhã, em vez de chegar para levá-lo de volta para casa na noite da véspera.

– Alex – disse Henry –, foi tudo culpa minha. Jamais deveria ter ido embora de Raiford Park sem avisar, mas eu...

Alex o segurou pelos ombros, examinando-o com atenção.

– Você está bem?

– Sim, tive um jantar esplêndido ontem à noite. Aprendi a jogar *cribbage* com o Sr. Craven e fui dormir cedo.

Depois de se certificar de que o irmão estava bem, Alex lhe lançou um olhar penetrante.

– Nós vamos ter uma conversa séria, Henry. Sobre responsabilidade.

O menino assentiu obedientemente, percebendo que seria uma longa viagem para casa.

– Milorde – interveio Worthy –, em nome do Sr. Craven e da nossa equipe, gostaria de dizer que o seu irmão é um rapazinho excepcionalmente bem-educado. Nunca vi o Sr. Craven, isso para não mencionar nosso chef temperamental, tão encantado por alguém.

– É um talento dado por Deus. Henry dominou a arte da adulação desde muito pequeno.

Alex olhou para o irmão mais novo, que tinha um sorriso tímido no rosto, e novamente para o faz-tudo.

– Worthy, a Srta. Lawson por acaso se encontra?

– Não, milorde.

Alex se perguntou se ele estaria mentindo. Lily poderia estar na cama de Craven naquele exato momento. Ele sentiu uma pontada de ciúme possessivo.

– Então sabe onde posso talvez encontrá-la?

– Imagino que a Srta. Lawson estará aqui nas próximas noites, milorde, seja nas salas de jogos ou na mesa de apostas. E ela com certeza estará presente no nosso baile de máscaras no sábado.

Worthy ergueu as sobrancelhas e olhou para ele através dos óculos redondos.

– Quer que eu dê algum recado a ela, milorde?

– Sim. Diga à Srta. Lawson para se preparar para a próxima rodada.

Com aquela declaração sinistra, Alex se despediu do faz-tudo e saiu do Craven's, com Henry logo atrás.

~

Assim que chegou a Raiford Park e entrou na mansão, Alex se deu conta da sensação silenciosa de alerta que pairava no ar.

Henry também percebeu a nuvem invisível de melancolia. Ele olhou ao redor da casa silenciosa, curioso.

– Parece que alguém morreu!

Os sons de fungadas contidas anunciaram a aproximação de Totty Lawson. Ela veio descendo a grande escadaria, o rosto angelical franzido de consternação, e olhou para Alex como se tivesse medo de que ele avançasse e a machucasse fisicamente.

– M-milorde – balbuciou ela, e logo explodiu em lágrimas. – Ela se foi! Minha querida Penny se foi! Não culpe a minha pobre criança inocente, a culpa é minha. Todas as re-recriminações devem ser colocadas apenas nos meus ombros! Ah, meu Deus, ah, meu Deus...

Uma mistura cômica de consternação e alarme cruzou as feições de Alex.

– Sra. Lawson...

Ele procurou por um lenço nos bolsos. Então, olhou para Henry, que deu de ombros, impotente.

– Devo pegar um copo d'água para ela? – perguntou o menino, baixinho.

– Chá – pediu Totty, ainda chorando. – Chá forte, com um pouco de leite. E pouco açúcar. Bem pouco, lembre-se.

Enquanto Henry se afastava, a mulher continuou seu solilóquio entre um soluço e outro.

– Meu Deus, o que vou fazer?... Acho que f-fiquei um pouco louca! Como posso começar a explicar...?

– Não precisa explicar.

Alex encontrou um lenço e ofereceu a ela. Então, deu um tapinha gentil nas costas roliças em um gesto desajeitado para acalmá-la.

– Estou ciente da situação, Sra. Lawson... Penelope, Zachary, a fuga para se casarem, tudo isso. É tarde demais para atribuir culpas. Não se preocupe.

– Quando encontrei o bilhete e chamei George para ir atrás deles, os dois já tinham ido embora – disse Totty, assoando o nariz delicadamente. – Continuam tentando localizá-los. Talvez ainda haja tempo...

Alex sorriu com simpatia.

– Não, Sra. Lawson. A verdade é que Penelope era boa demais para mim. Eu lhe garanto que o visconde Stamford será um marido mais digno de sua filha.

– Não concordo de forma alguma – retrucou Totty, arrasada. – Ah, lorde Raiford, se ao menos o senhor estivesse aqui ontem à noite. Temo que a sua ausência possa tê-los encorajado nessa terrível loucura.

Os olhos azuis muito grandes, cheios de lágrimas, imploravam por uma explicação.

– Eu... fui detido de forma irrevogável – respondeu Alex, esfregando a cabeça com pesar.

– Isso foi obra de Wilhemina – queixou-se Totty.

Ele fitou-a com atenção.

– Como assim?

– Se ela não tivesse vindo aqui e colocado ideias na cabeça dos dois...

De repente, Alex sentiu um sorriso surgir nos lábios.

– Acredito que as ideias já estavam lá – disse ele com gentileza. – Se deixarmos nossas emoções de lado, Sra. Lawson, acho que teremos que reconhecer que Penelope e Stamford formam um par perfeito.

– Mas Stamford não é nada comparado ao senhor! – explodiu Totty com impaciência, enxugando os olhos. – E agora… agora o senhor não será mais nosso genro!

– Parece que não.

– Ah, meu Deus – lamentou Totty, deixando escapar um suspiro de desânimo. – Desejo isso de todo o coração… Se ao menos eu tivesse uma terceira filha para lhe oferecer!

Alex encarou-a com um olhar inexpressivo. Então, começou a fazer um barulho estranho de engasgo. Com medo de que ele tivesse sucumbido a um ataque apoplético, Totty ficou olhando horrorizada enquanto o conde se sentava em um degrau da escada com a cabeça entre as mãos. Todo o seu corpo tremia e ele respirava em arquejos irregulares. Ela percebeu gradualmente que ele estava rindo. *Rindo*. Totty ficou boquiaberta.

– Milorde?

– *Deus* – disse Alex, que quase caiu para trás. – Uma terceira filha. Não, não. Duas já são o bastante. Pelo amor de Deus. Lily vale por dez, se é que ela vale alguma coisa!

Totty continuou a olhar para ele, cada vez mais alarmada, claramente se perguntando se o rumo dos acontecimentos o deixara insano.

– Lorde Raiford – disse ela, a voz débil –, não acredito que qualquer um possa culpá-lo por… perder o controle. No entanto, acho que… vou tomar meu chá na sala de estar… para lhe dar um pouco de privacidade.

Ela se afastou apressada, os cotovelos rechonchudos agitando-se como rodas dentadas.

– Obrigado – conseguiu dizer Alex.

Com esforço, tentou recuperar o autocontrole. Respirou fundo algumas vezes e ficou em silêncio, embora o sorriso largo ainda estivesse no rosto. Alex se perguntou se estava bem. Ah, sim. Havia uma sensação de leveza em seu peito, uma onda desenfreada de euforia que ele não conseguia descrever. Aquilo o deixou um pouco instável, inquieto, como um estudante de férias. E a sensação exigia ação.

Havia se livrado de Penelope. Aquilo foi mais do que um alívio, foi uma libertação. Ele não havia se dado conta do fardo que estava sendo aquele noivado, um peso opressivo que parecia aumentar a cada dia. E agora não mais. Ele estava livre. E Penelope estava feliz, provavelmente nos braços do homem que amava naquele exato momento. Lily, por sua vez, não tinha ideia do que havia colocado em ação. Alex estava cheio de expectativa. Ainda não terminara com ela. Ah, na verdade ele nem começara.

– Alex?

Henry estava diante dele, examinando-o com atenção.

– Vão servir o chá em breve – disse o menino.

– A Sra. Lawson está na sala de estar.

– Alex... Por que está sentado nos degraus da escada? Por que está parecendo tão... feliz? E, se você não estava aqui ontem à noite, onde estava?

– Pelo que me lembro, você tem duas entrevistas com tutores em potencial hoje à tarde. E um banho lhe faria bem, Henry, assim como roupas limpas. – Alex semicerrou os olhos em advertência. – E eu não estou feliz. Estou pensando no que fazer com a Srta. Lawson.

– A mais velha?

– Naturalmente a mais velha.

– O que você está pensando em fazer? – perguntou Henry.

– Você não tem idade para saber.

– Não tenha tanta certeza disso – retrucou Henry com uma piscadela, e subiu correndo a escada antes que o irmão pudesse reagir.

Balançando a cabeça, Alex praguejou baixinho e sorriu.

– Lily Lawson, uma coisa é certa... Você estará ocupada demais comigo para passar outra noite na cama de Craven.

Aquela noite estava transcorrendo da exata mesma maneira que a noite da véspera: pessimamente. Lily perdeu com graça e conseguiu manter um ar de confiança para que os homens ao seu redor não percebessem que estava se afogando diante dos olhos deles. Ela usava um dos vestidos mais sedutores do seu guarda-roupa: renda preta bordada cobrindo uma base de seda bege, que dava a impressão de que ela estava coberta por pouco mais do que apenas a renda.

Lily estava de pé, diante da mesa de apostas – junto com um grupo elegante que incluía lorde Tadworth, lorde Banstead e Foka Berinkov, um belo diplomata russo –, e exibia uma expressão calma e alegre, como uma máscara. Na verdade, tinha a *sensação* de estar usando uma máscara, tão rígida e sem vida que parecia prestes a descascar como se fosse feita de papel e cola. Suas chances de recuperar Nicole escapavam por entre os dedos. Sentia-se oca por dentro. Se alguém a esfaqueasse, ela nem sequer sangraria. *O que está acontecendo?*, perguntou-se em pânico. Nunca obtivera aquele resultado no jogo.

Lily estava ciente do olhar de Derek sobre ela enquanto ele se movia pelo salão. O dono do palácio de jogo não havia expressado desaprovação, mas Lily estava consciente disso assim mesmo. Se ela própria tivesse visto alguém em sua posição cometendo erros tão desastrosos, teria aconselhado a pessoa a tentar novamente em outra noite. Mas não havia tempo. Tinha apenas aquele dia e o seguinte. A lembrança das cinco mil libras parecia cutucá-la como minúsculas esporas afiadas. Fitz, o crupiê, observava os movimentos de Lily sem fazer comentários e sem encará-la. Lily sabia que estava fazendo um jogo duro demais, rápido demais, assumindo riscos sem sentido. Ela tentou se conter, mas já era tarde. Estava na queda livre típica dos apostadores. Depois de começado, era impossível parar.

Em um gesto imprudente, ela lançou os três dados na mesa coberta de feltro com um rápido movimento de mão.

– Vamos, um triplo agora!

Os dados rolaram e rolaram, até pararem. Um, dois, seis. Nada. O dinheiro dela estava quase acabando.

– Bem – falou Lily, dando de ombros ao ver o sorriso de pena de Banstead –, acho que vou jogar a crédito esta noite.

De repente, Derek surgiu ao lado dela e Lily ouviu a voz fria do amigo em seu ouvido.

– Vamos dar uma caminhada primeiro, sim?

– Estou jogando – respondeu Lily baixinho.

– Não sem dinheiro.

Ele a segurou pelo pulso enluvado. Lily pediu licença para sair da mesa de apostas, sorrindo para os outros e prometendo voltar logo. Derek a forçou a ir até a mesa vazia de Worthy, onde eles poderiam conversar com certa privacidade.

– Seu desgraçado intrometido – falou Lily entredentes. Ela sorriu para dar a impressão de que estavam tendo uma conversa agradável. – O que está pretendendo, me arrastando desse jeito para longe de um jogo? E não se atreva a me recusar crédito. Já joguei aqui a crédito centenas de vezes e sempre ganhei!

– Você perdeu seu toque de midas – declarou Derek categoricamente. – Acabou.

Lily teve a sensação de ter sido esbofeteada.

– Isso não é verdade. Não tem nada a ver com sorte. São números, um conhecimento de números e probabilidades...

– Chame como quiser. Acabou, Lily.

– Não é verdade. Vou voltar para a mesa e provar isso a você.

– Você só vai perder.

– Então *me deixe perder* – insistiu ela, com raiva e desesperada. – O que você pensa que está fazendo?... Tentando me proteger? Esse é um direito que concedeu recentemente a si mesmo? Vá para o inferno, Derek! Preciso ganhar cinco mil libras, ou perderei Nicole para sempre!

– E se você perder mais esta noite? – perguntou Derek friamente.

Lily sabia que não havia necessidade de responder. Ele estava ciente da única escolha que lhe restaria: vender o corpo para o lance mais alto.

– Você vai conseguir o seu maldito dinheiro de volta ou seu pedaço de carne, está bem? O que mais o atrair. Nada me importa além da minha filha, você não entende?

De repente, Derek perdeu totalmente o sotaque.

– Ela não precisa ter uma mãe prostituta.

– Bem, vamos deixar o destino decidir – retrucou Lily, tensa. – Essa é a sua filosofia. Não é?

Derek permaneceu em um silêncio rígido, os olhos duros como lascas de jade. Então, fez uma reverência zombeteira, deu um sorriso e deixou Lily ir. De repente, ela se sentiu perdida, à deriva, como naquela noite, dois anos atrás, antes que Derek a deixasse entrar no clube. Aquele homem era tão fascinante e inconstante quanto as marés, e, mais uma vez, Lily se deu conta de que não podia contar com ele. Uma pequena parte dela sempre havia esperado que o amigo surgisse para ajudá-la quando a sorte falhasse. Agora, aquela esperança se fora para sempre. Mas não podia culpar Derek por ser o que era. Ela estava sozinha, como sempre estivera. Lily deu as costas para ele e se afastou rapidamente, as saias girando em torno dos tornozelos.

Quando chegou de volta à mesa de apostas, ela se forçou a sorrir enquanto falava:

– Senhores, peço desculpa pela interrupção. Agora onde...?

Lily se interrompeu com um suspiro ao ver o novo membro que se juntara à mesa.

Alex. Ele usava calça preta, um colete de seda bordado e um paletó verde fosco com botões dourados que enfatizavam seu cabelo louro. E abriu um sorriso lento e tranquilo ao vê-la. Lily sentiu seus sentidos despertarem. Ele parecia diferente. Mesmo em suas maiores explosões de temperamento, Alex sempre mantivera uma certa rigidez, uma reserva. Agora aquela reserva fora totalmente deixada de lado. Alex parecia iluminado por uma chama dourada interior. Lily vira jogadores com aquela mesma expressão em ondas de sorte, arriscando fortunas inteiras sem pensar.

O ânimo de Lily afundou ainda mais do que antes. Ela sabia que eventualmente teria que o confrontar, mas por que naquele momento? Primeiro perdera seu dinheiro, depois fora obrigada a encarar a deserção de Derek, e agora Alex. Aquela estava se transformando rapidamente em uma das piores noites de sua vida. Desanimada, Lily resolveu encarar o desafio.

– Lorde Raiford. Que inesperado. Se estou certa, esse não é o seu tipo preferido de programa…

– Gosto de estar em qualquer lugar onde você esteja.

– Um tolo confirmando a própria tolice – citou ela baixinho.

– Você foi embora antes de o nosso último jogo terminar.

– No momento, estou preocupada com coisas mais importantes.

Alex olhou para a mesa, onde Banstead acabara de lançar os dados.

– Coisas como recuperar a sorte?

Então ele já soubera que ela estava tendo uma noite ruim. Tadworth provavelmente lhe contara, ou talvez Foka, um grande fofoqueiro. Lily deu de ombros, fingindo indiferença.

– Não acredito em sorte.

– Eu acredito.

– E suponho que ela esteja do seu lado hoje à noite? – zombou Lily. – Por favor, não me deixe impedi-lo de fazer uma aposta, milorde.

Foka e Banstead se afastaram para abrir um lugar para ele. Alex não tirou os olhos de Lily.

– Aposto dez mil libras… contra uma noite com você.

Ele viu os olhos de Lily se arregalarem e ela engoliu em seco.

A ação na mesa parou.

– O que ele disse? – perguntou Tadworth, ansioso. – O quê?

Conforme a notícia se espalhava entre os que estavam ao redor da mesa de apostas, as outras pessoas na sala ficaram atentas ao que estava acontecendo. Uma multidão se aglomerou rapidamente atrás deles, os olhares concentrados nos dois.

– Muito engraçado – conseguiu dizer Lily, a voz rouca.

Alex tirou uma nota bancária do bolso interno do casaco e jogou-a sobre a mesa. Ela olhou espantada para o pedaço de papel, então para o rosto dele, que deu um sorriso rápido, como se entendesse perfeitamente os pensamentos de pânico que giravam em sua mente. Bom Deus, o homem estava falando sério.

O momento parecia envolto em uma névoa de sonho. Lily se sentia mais como uma observadora do que como uma participante. Tinha que recusar. Aquela era a aposta final, com quantias absurdamente altas. Se ela ganhasse, o dinheiro salvaria a sua filha. Mas se perdesse…

Por um momento, Lily tentou imaginar como seria. Gelada de pavor, negou com um brevíssimo aceno de cabeça. O olhar de Alex pousou em seus lábios trêmulos, e o brilho divertido nos olhos dele esmaeceu. Quando voltou a falar, seu tom era estranhamente gentil.

– E se eu apostar mais cinco mil?

Houve assovios e aplausos ao redor.

– São quinze mil libras agora! – falou Tadworth.

Mais homens começaram a chegar das salas de jantar e do *fumoir*. Espectadores iam de um lado a outro para espalhar a notícia. Normalmente Lily adorava ser o centro das atenções. Sua reputação como uma mulher extravagante tinha sido bem merecida. Ela ria, dançava e brincava, pregava peças que eram repetidas por toda Londres. Mas aquilo não era uma piada ou uma brincadeira… Era uma questão de vida ou morte. A verdade é que ela não podia recusar a aposta, estava desesperada demais para se dar àquele luxo. Precisava de ajuda e não tinha a quem recorrer. Sua única saída era aquele par de olhos cinza penetrantes que viam através da sua bravata, da farsa, das suas defesas frágeis. *Não faça isso comigo*, ela teve vontade de implorar. E o encarou em silêncio.

– A escolha é sua, Srta. Lawson – disse Alex calmamente.

*Que escolha?* A mente de Lily zumbia. *Que maldita escolha eu tenho?* Ela precisava confiar no destino. Talvez toda aquela proposta bizarra fosse fruto da providência divina – ela precisava vencer, *venceria* e usaria o dinheiro para ganhar mais tempo para Nicole.

– N-não com dados – ouviu-se dizer.

– Nosso jogo de sempre? – perguntou ele.

Foi difícil reunir fôlego suficiente para dar uma resposta.

– Certo, vamos para uma das salas de jogo. T-três rodadas?

Os olhos de Alex cintilaram de satisfação. Ele acenou brevemente.

– A aposta foi aceita! – gritou alguém.

Nunca tinha havido tanto alvoroço no Craven's. O barulho ao redor foi como um estrondo nos ouvidos de Lily. Os homens se aglomeraram ainda mais perto. Lily se viu desconfortavelmente imprensada à mesa. Os que estavam mais próximos a ela tentavam conter a pressão de fora, mas os homens à margem do grupo se esforçavam cada vez mais para alcançar a mesa e ter uma boa visão.

Lily tentou virar um pouco o corpo, confusa, e estremeceu quando a borda curva da mesa machucou a lateral do seu corpo.

– Parem de empurrar, não consigo respirar...

Alex se moveu rapidamente. Ele estendeu a mão e puxou-a contra o corpo, os braços formando uma gaiola protetora ao redor dela. Lily deu uma risada abafada, o coração disparado.

– Olhe só o que você começou. Meu Deus.

Ele falou baixinho, sob o barulho de exclamações:

– Está tudo bem.

Ela percebeu que estava tremendo, embora não soubesse se de choque, medo ou empolgação. Antes que tivesse tempo de perguntar o que ele queria dizer com aquilo, Lily ouviu a voz autoritária de Derek.

– Afastem-se – disse ele em voz alta.

Derek avançou, abrindo caminho através da massa dos presentes, enquanto falava.

– Vamos, todos para trás. Deixem a Srta. Lawson tomar um pouco de ar. Abram espaço para que o jogo possa começar.

A aglomeração cedeu um pouco, e a pressão diminuiu quando Derek abriu caminho até a mesa. Alex soltou Lily, que se virou automaticamente para Derek, os olhos suplicantes. Ele tinha a mesma expressão implacável de sempre e não olhou para Alex, concentrando-se apenas no rosto pequeno e tenso de Lily.

– Worthy me disse que temos uma pequena aposta acontecendo aqui.

– Três rodadas de vinte e um – disse Lily, abalada. – Nós... precisamos de uma sala de jogos...

– Não, não. Joguem aqui – disse ele com um sorriso sombrio. – É mais conveniente, já que não caberíamos todos em uma sala de jogos.

Lily ficou chocada com a traição do amigo. Nem uma palavra de alerta ou de preocupação. Derek simplesmente deixaria aquilo acontecer. Iria até aproveitar o espetáculo! Se ela estivesse se afogando, ele teria lhe oferecido uma bebida. Uma onda de raiva a envolveu, dando-lhe forças.

– Como sempre – disse Lily com frieza –, você não vai abrir mão de um espetáculo.

– Não é à toa que sou Derek Craven, meu bem.

O olhar dele percorreu a sala em busca do faz-tudo.

– Worthy – chamou –, traga um baralho novo. Veremos o que a bíblia do diabo tem a dizer.

Pela primeira vez na história do palácio do jogo, a ação na mesa de apostas foi interrompida. Os garçons se apressaram a trazer mais bebidas. Dinheiro e promissórias trocaram de mãos até o ar se encher com o som de uma confusão de papéis. As vozes se elevaram conforme as apostas eram feitas e dobradas. Lily ouviu algumas das apostas ao mesmo tempo horrorizada e ofendida. E percebeu, com amargura, que a maioria dos homens com quem já havia jogado gostaria de vê-la perder. Aquilo a colocaria em seu lugar, era o que provavelmente pensavam. Seria bem feito para ela, por ousar invadir a sacralidade do clube masculino. Bárbaros desprezíveis, todos eles.

– Devo dar as cartas? – perguntou Derek.

– Não – respondeu Lily bruscamente. – Worthy é o único homem em quem confio.

Simulando a retirada de um chapéu em uma saudação zombeteira, Derek abriu caminho para que Worthy se aproximasse.

Muito sério, o faz-tudo limpou os óculos com um lenço e os recolocou no rosto. E quebrou o lacre do baralho. Os homens ao redor caíram em um silêncio ansioso. Worthy embaralhou habilmente as cartas, que voavam e estalavam em suas mãos pequenas. Satisfeito, ele colocou o baralho na mesa e olhou para Lily.

– Corte, por favor.

Ela estendeu o braço e cortou o baralho com a mão trêmula. Worthy pegou a metade de cima que ela indicou e colocou abaixo das outras cartas. Com um gesto preciso, lento o bastante para que todos conseguissem ver, ele retirou a carta do topo e a colocou de lado. Lily se sentiu confortada pela firmeza dele. E observou cada movimento que Worthy fazia, para se certificar de que ele estava dando as cartas de forma honesta.

– Três rodadas de vinte e um – disse Worthy. – O ás vale um ou onze, a critério do jogador.

Ele distribuiu duas cartas para cada um deles, uma virada para cima, outra para baixo. A carta de Lily era um oito. A de Alex, um dez.

Worthy falou baixinho:

– Srta. Lawson?

Como ela era a jogadora que estava imediatamente à esquerda dele, era quem deveria jogar primeiro. Lily virou a carta que estava voltada para baixo e mordeu o lábio ao ver qual era. Um dois. Ela ergueu os olhos para Worthy e gesticulou pedindo outra. Ele colocou mais uma carta ao lado das duas primeiras. Um nove. Houve uma reação audível da multidão – assovios e exclamações. Mais dinheiro mudou de mãos no meio da aglomeração de homens. Lily começou a relaxar e pressionou discretamente a mão enluvada na testa coberta de suor. Seu total era dezenove. As chances estavam a seu favor.

Ela observou enquanto Alex virava a carta dele. Um sete, totalizando dezessete. Ele sinalizou pedindo outra carta. Lily soltou uma exclamação silenciosa quando Worthy deu a ele um valete, o que o colocou bem acima de vinte e um. Ela ganhara a primeira mão. Lily sorriu ao sentir alguns tapinhas impulsivos de parabéns em suas costas e seus ombros.

– Ainda não ganhei, seus desgraçados atrevidos.

Houve algumas risadas, os clientes recebendo de bom grado aquela breve pausa na tensão do ambiente.

Worthy moveu as cartas da primeira rodada para uma pilha de descarte e distribuiu uma nova mão. A assistência voltou a ficar em silêncio na mesma hora. O total de Lily foi dezoito daquela vez. Seria loucura pedir outra carta.

– Fico com essas – murmurou ela.

Lily franziu a testa enquanto olhava para a carta de Alex virada para cima, que era um rei. Ele desvirou a carta que estava virada para baixo e o coração de Lily afundou no peito. Um nove. Agora cada um deles havia ganhado uma rodada. Ela olhou para Alex, que a observava sem nenhum traço de presunção ou preocupação, nada além de uma segurança silenciosa que a incomodava profundamente. Como ele se atrevia a parecer tão composto quando toda a vida dela estava equilibrada na frágil virada de uma carta?

Worthy descartou as cartas daquela jogada e distribuiu uma nova mão. O salão estava estranhamente quieto, todos prendendo a respiração. Lily olhou para sua carta, uma dama, e virou a segunda. Um três. Ela pediu uma terceira com um gesto. Worthy lhe deu um sete. O total dela era vinte!

– Graças a Deus.

Lily sorriu para Alex, desafiando-o silenciosamente a vencê-la. Ela ia ganhar. E pensou nas quinze mil libras com alívio e alegria. Talvez uma quantia tão grande fosse suficiente para subornar Giuseppe e convencê-lo a abrir mão de Nicole para sempre. No mínimo, a faria ganhar tempo e ela poderia recontratar o detetive que fora forçada a demitir por não ter como pagar. Lily tinha uma expressão de triunfo no rosto enrubescido enquanto observava Alex. A primeira carta dele foi um dez. Ele virou lentamente a segunda.

Um ás de copas.

Alex ergueu os olhos cinza para o rosto atônito de Lily.

– Vinte e um.

Uma vitória cravada.

Silêncio absoluto ao redor.

Derek foi o primeiro a falar.

– A astúcia venceu a própria astúcia – observou, o tom tranquilo.

A assistência deixou escapar um brado que soou como se algum rito primitivo da selva estivesse em andamento.

– Fim de jogo, vitória de lorde Raiford – declarou Worthy, mas sua proclamação se perdeu no tumulto.

Os homens ao redor se comportavam como uma tribo de selvagens primitivos, e não como cavalheiros ingleses civilizados. Bebida derramada e papel amassado cobriam o carpete. Alex foi submetido a apertos de mão esmagadores e golpes vigorosos nas costas e nos braços, enquanto Foka tentava ungi-lo derramando vodca em sua cabeça. Ele se abaixou para evitar o respingo de bebida, então voltou a se levantar em busca de Lily. Ela deixou escapar um "não" abafado e se esquivou por entre a aglomeração, abrindo caminho em direção a uma das portas maciças.

– Lily!

Alex tentou segui-la, mas a multidão compacta tornou aquilo impossível. Ele praguejou quando ela desapareceu de vista.

Lily correu em uma velocidade de chacoalhar os ossos e revirar o estômago, aterrorizada demais para ver aonde estava indo. De repente, chocou-se contra um obstáculo rígido que lhe tirou o fôlego. Ela deixou escapar um som aflito e arquejou, perdendo o equilíbrio. Derek, que havia bloqueado sua fuga desesperada com o próprio corpo, sustentou-a e a manteve de pé. Ele a encarou com olhos que pareciam gelo verde.

– Me solta – pediu ela em outro arquejo.

– Vocês, mulheres, não têm mesmo orgulho próprio, não é? Mulher covarde. Tentando fugir?

Lily agarrou os braços rígidos dele, implorando.

– Derek, eu não posso fazer isso, *não posso*...

– Mas você vai. Pare com isso. Vai honrar a aposta que fez, nem que eu mesmo tenha que arrastar você para a cama. E, se for embora, eu a trarei de volta. Agora vá para os meus aposentos e espere por ele.

– Por que aqui? Eu... prefiro ir para a minha casa.

– Você vai fazer isso aqui, para eu ter certeza de que não fugiu.

– Não.

Ela balançou a cabeça devagar, as lágrimas prontas para cair.

– Não.

Subitamente, Derek mudou e fitou-a com um sorriso gentil, deixando-a confusa.

– *Não*? É tarde demais para isso, meu bem. Não é fácil, mas você vai ter que aguentar.

Sua voz se tornara calma e gentil, como se ele estivesse falando com uma criança teimosa.

– Se não honrar a aposta, nenhum lugar em Londres a deixaria jogar novamente... nem o Craven's, nem mesmo a casa de apostas mais barata de Thieves' Kitchen.

– Por que não me impediu antes? – bradou Lily, batendo os dentes. – Se você se importasse comigo, não teria deixado isso acontecer! Não deveria ter deixado que eu me metesse nessa confusão... Ele vai me *machucar*, Derek, você não entende...

– Entendo muito bem. Ele não vai fazer isso. Raiford só quer se deitar rapidamente com você, meu bem, só isso – disse Derek, surpreendendo-a ao se curvar e beijar sua testa. – Vá. Sirva-se de uma bebida e espere pelo valete.

Derek tentou se desvencilhar das mãos de Lily, que agarravam com força a manga do seu paletó, mas ela não soltou.

– O que eu faço? – perguntou Lily, a voz embargada, fitando-o com os olhos arregalados.

Tão subitamente como surgira, a gentileza dele desapareceu, substituída por um sorriso insolente.

– Vá para a cama e fique lá, estirada como um linguado. Simples. Agora vá, e não me pergunte em que posição ficar.

A risada zombeteira dele era a única coisa que seria capaz de fazê-la se recompor.

Lily soltou as mangas dele.

– Jamais vou perdoar você, saiba disso!

Derek respondeu apontando para o corredor em direção às escadas que levavam aos aposentos privados. Ela juntou os restos esfarrapados da própria dignidade, endireitou os ombros e se afastou sem olhar para trás. Assim que ela se foi, o sorriso de Derek desapareceu. Ele entrou rapidamente no salão de apostas. Lá, atraiu a atenção de Worthy e articulou silenciosamente a pergunta: *Onde ele está?* Worthy apontou para a borda da multidão, onde Raiford empurrava alguns clientes turbulentos para o lado em um esforço para alcançar uma das saídas.

~

Alex ignorou as congratulações estridentes que vinham de todos os lados e abriu caminho através da aglomeração até o corredor. Lá, hesitou enquanto olhava na direção das salas de café e das bibliotecas, perguntando-se para onde ela teria ido.

– Lorde Raiford?

Alex se virou e viu Worthy emergir do tumulto do salão de apostas.

Derek Craven apareceu ao mesmo tempo. Havia algo grosseiro e duro em sua expressão que o fazia parecer mais do que nunca um "aristocrata de ocasião", um ladrão que subira na vida, mas que nunca conseguira deixar totalmente para trás seu passado sórdido. Ele encarou Alex com uma expressão desafiadora. Jamais houvera qualquer desentendimento entre os dois, no entanto havia uma distinta sensação de um conflito intenso, de um mal-estar masculino.

– Milorde – disse Derek calmamente. – Acabei de dizer à Srta. Lawson que ela é responsável pelas consequências dos próprios atos. Worthy distribuiu as cartas honestamente, sim, e ninguém pode dizer...

– Onde ela está? – interrompeu Alex.

– Primeiro, tenho algo a dizer.

– O quê?

Uma expressão estranha cruzou o rosto de Derek. Ele parecia estar procurando as palavras certas, como se quisesse dizer muita coisa, mas tivesse medo de se trair.

– Monte-a com calma – disse ele finalmente, a voz carregada com uma ameaça fria. – Com calma e gentileza, ou o farei pagar por isso... Pode apostar que sim.

Ele fez um gesto para o faz-tudo, que esperava silenciosamente ao lado.

– Worthy vai lhe mostrar o quarto no andar de cima, milorde. Lily está... – Ele fez uma pausa e seus lábios se torceram com impaciência. – Ela está esperando lá.

– Que conveniente... – disse Alex, seco. – Você não apenas está disposto a compartilhar sua mulher, como também vai fornecer a cama.

Derek encarou-o com um sorriso sem humor.

– Eu não compartilho nada que é meu. Entende? Sim, vejo que sim.

Alex devolveu o olhar do outro homem, perplexo.

– Então você e ela não são...?

– Nunca fomos – afirmou Derek, balançando a cabeça, o sotaque mais acentuado do que nunca.

– Mas antes você deve ter...

– Eu só me deito com prostitutas. – Derek deu o mesmo sorriso sem humor ao ver a expressão confusa de Alex. – Lily é uma donzela. Eu não tocaria nela com estas mãos. Ela é requintada demais para isso.

Frustração e espanto disputavam espaço no peito de Alex. Seria possível que os rumores fossem falsos e que os dois realmente não tivessem um *affair*? Que Deus o ajudasse se ele se permitiria acreditar em algo tão implausível. Mas que propósito os dois teriam para mentir? Não fazia sentido. Maldição, será que algum dia ele descobriria quem ou o que era Lily Lawson?

Craven estalou os dedos para o faz-tudo.

– Worthy – murmurou, e se afastou rapidamente.

Alex observou atordoado a partida apressada de Craven.

– O que está acontecendo entre eles dois?

Worthy encarou-o, impassível.

– Nada, exatamente como o Sr. Craven lhe disse. O Sr. Craven sempre achou que seria prudente manter platônica a amizade com a Srta. Lawson.

Dito isso, ele gesticulou para que Alex o seguisse pelo labirinto que era o corredor.

– Por quê? – insistiu Alex. – O que há de errado com ela? Ou o problema é ele?

Alex parou e agarrou o faz-tudo pela lapela, virando o homem para que o encarasse.

– Me diga agora ou eu vou arrancar a resposta!

Worthy soltou gentilmente o tecido elegante do paletó dos punhos de Alex.

– Minha opinião pessoal sobre o assunto – falou calmamente – é que o Sr. Craven tem medo de se apaixonar por ela.

Alex deixou as mãos caírem ao lado do corpo. Tinha a sensação de estar pairando à beira de um desastre monumental.

– Ah, maldição.

Worthy olhou para ele com curiosidade.

– Podemos ir, milorde?

Alex assentiu sem dizer nada e Worthy o levou até uma porta de aparência despretensiosa, que parecia levar a alguns depósitos no porão. Mas, em vez disso, ela dava para uma escada estreita que subia em espiral. O faz-tudo subiu os degraus restantes e indicou outra porta. Ele olhou para Alex com a mesma expressão com que Derek o fitara antes, como se desejasse falar muito, mas estivesse se esforçando para se conter.

– Permita-me assegurar, milorde, que não será incomodado. Se precisar de alguma coisa, basta acionar a campainha para chamar alguém de nossa equipe. Todos foram selecionados por sua eficiência e discrição.

Ele passou por Alex e desapareceu como uma sombra.

Alex se viu olhando para a porta fechada com a testa franzida. Ele se lembrou do rosto de Lily no salão de apostas, quando ela percebeu que havia perdido. Arrasada. Sem dúvida esperava o pior dele, principalmente depois do que fizera. Mas ele não iria machucá-la. De repente, Alex se sentiu impaciente para fazê-la entender que aquilo não era a vingança. Ele pousou a mão na maçaneta, virou-a e abriu a porta.

Worthy encontrou Derek em um dos quartos pequenos e raramente usados do palácio do jogo. Era decorado com cadeiras, uma escrivaninha e uma *chaise longue*, o que o tornava um local conveniente para encontros ou onde negócios podiam ser conduzidos com absoluta privacidade. Derek estava perto de uma janela, quase escondido por uma cortina. Embora estivesse ciente da aproximação de Worthy, ele permaneceu em silêncio, seus dedos inquietos emaranhados nas grossas dobras de veludo escarlate.

– Sr. Craven? – chamou Worthy, hesitante.

Derek falou como se para si mesmo:

– Jesus, ela estava branca como uma vela. As pernas tremendo tanto que as entranhas deviam estar chacoalhando. Aposto que não é isso que Raiford espera encontrar – disse ele, deixando escapar uma risada amarga. – Não invejo o pobre coitado.

– Não, senhor? – perguntou Worthy baixinho.

A única resposta foi o silêncio. Derek manteve o rosto virado para o outro lado. Sua respiração tinha um som peculiar. Depois de alguns momentos, ele falou com a voz rouca, fazendo um esforço cuidadoso para suavizar seu sotaque.

– Eu não sou bom o suficiente para ela. Mas sei do que Lily precisa. Alguém de sua própria espécie… Alguém que não tenha vivido tanto tempo na sarjeta. Eu acho… acho que ela poderia ter gostado de mim. Mas não deixei isso acontecer. Eu… quero o melhor para ela.

Derek passou a mão pelos olhos e deu uma risada amarga e zombeteira.

– Se ao menos eu tivesse nascido um cavalheiro – sussurrou, a voz rouca. – Se eu tivesse nascido decente. Então eu estaria com ela agora em vez do maldito Raiford.

Derek engoliu audivelmente em seco, esforçando-se para manter o autocontrole.

– Quero uma bebida, Worthy.

– Do que gostaria?

– Qualquer coisa serve. Apenas seja rápido.

Derek esperou até que Worthy saísse, então encostou o rosto nas cortinas e esfregou o veludo contra a pele.

# CAPÍTULO 8

Alex cruzou a soleira de uma passagem estreita que servia como saguão de entrada. E encontrou Lily de pé no centro de um cômodo de decoração extravagante, com muito dourado e elementos barrocos. Ele já vira bordéis decorados com mais bom gosto.

A placidez de Lily era enganosa. Alex percebeu seu péssimo humor e tentou manter os olhos fixos no rosto dela, mas não conseguiu evitar deixá-los correr rapidamente pela renda preta e a seda bege do vestido, pelas luvas que cobriam seus braços. Estava satisfeito por ela não ter se despido. Ele mesmo queria fazer aquilo. A mera ideia provocou uma reação violenta em seu íntimo, fez seu coração disparar e seu corpo ficar quente. Alex também queria acalmar a ansiedade que fizera toda a cor desaparecer do rosto dela, mas, antes que pudesse dizer uma única palavra, Lily quebrou o silêncio com uma risada nervosa.

– São os aposentos de Derek – disse, indicando o espaço ao redor deles. Ela passou os braços com força ao redor da própria cintura e se forçou a dar um sorriso. – Encantador, não acha?

Alex olhou ao redor do cômodo, observando os excessos no veludo, nos espelhos lapidados caros e nos quadros exuberantes retratando cenas mitológicas.

– Combina com ele – disse Alex, aproximando-se lentamente dela. – Você quer ir para outro lugar?

Lily recuou rapidamente, mantendo a distância entre os dois.

– Não.

– Lily...

– Não. Não, espere. Eu gostaria de dizer uma coisa primeiro.

Ela abaixou a cabeça e foi até uma mesinha incrustada de lápis-lazúli. Ali, pegou um pequeno pedaço de papel e estendeu para ele. Assim que Alex pegou o papel, Lily recuou.

– E-eu acabei de redigir isso – disse ela de pronto. – É uma promissória minha, no valor de quinze mil libras. Temo que eu vá demorar um pouco para pagar, mas prometo que receberá tudo, com juros. A taxa de juros que você estabelecer. Dentro do razoável, é claro.

– Não quero juros.

– Obrigada, isso é muito gentil...

– Eu quero uma noite com você – disse ele, amassando o papel na mão e o deixando cair no chão. – Quis isso desde a primeira vez que a vi.

– Mas você não vai ter – retrucou ela com um aceno enfático de cabeça. – Não vai acontecer. Desculpe.

Alex foi até ela em um passo firme.

– Não vou machucá-la.

Lily se manteve firme, mas um tremor visível percorreu seu corpo.

– Não posso fazer isso com você! – gritou, erguendo as mãos para afastá- -lo. – Nem com homem nenhum!

As palavras dela pareceram pairar no ar entre eles. Alex ficou imóvel, curioso e cauteloso, observando-a atentamente. A ideia de ir para a cama com ele era assim tão repugnante? E seria só ele ou todos os homens? Seria...? Uma ideia nova e surpreendente lhe ocorreu, e ele sentiu um rubor ardente subindo pelo pescoço. Em toda a sua arrogância, havia uma possibilidade que não havia considerado antes. Alex respirou fundo.

– Você... – começou a dizer ele, sem jeito. – É porque você... prefere mulheres?

– O quê?

Lily encarou-o com uma expressão de pura perplexidade e também en- rubesceu.

– Ah, bom Deus! Não, não é isso.

Ela o estava enlouquecendo.

– Então o que é? – perguntou Alex, tenso.

Lily abaixou a cabeça.

– Apenas aceite a promissória – disse ela em um sussurro aflito. – Aceite o dinheiro. Prometo que vou cumprir a minha promessa, apenas aceite...

Alex segurou-a com força pelos braços, interrompendo o fluxo confuso de palavras.

– Olhe para mim – disse ele, mas ela manteve a cabeça baixa. – Lily, fale comigo.

Ela deixou escapar uma risada irônica e entrecortada e balançou a cabeça.

– Alguém machucou você? – perguntou ele com urgência. – Foi isso?

– *Você* está me machucando...

– Não vou soltá-la até que me diga o que houve.

Alex deixou que ela se contorcesse, impotente, até Lily se dar conta de que não adiantaria.

Ela ficou imóvel, tremendo da cabeça aos pés. As mãos dele continuaram nos braços dela enquanto esperava, a cabeça inclinada sobre a dela. Então, Alex a ouviu começar a falar em uma voz sem emoção.

– Sei o que os homens pensam quando olham para mim, que tipo de mulher eles... vocês... esperam. Presumem que já me deitei com muitos, mas só houve um. Anos atrás. Eu estava curiosa e solitária e... Ah, tenho uma dúzia de desculpas para dar... E-ele foi o primeiro. E o último. Odiei cada minuto daquilo. A experiência foi péssima, tão *terrível* para ele quanto para mim. Enfim, ele era um homem muito benquisto na sociedade, tido como um grande amante, portanto não presuma que a culpa foi dele. Foi minha. Não tenho esse tipo de emoção em mim. Sou a *última* mulher que um homem em sã consciência gostaria de ter em sua cama. – Ela deixou escapar uma risada amarga. – Sabendo de tudo isso, ainda me quer?

Alex pousou os dedos sob o queixo dela e a forçou a encará-lo. Seus olhos cinzentos estavam cheios de compaixão, as profundezas agora tão escuras, profundas e infinitas quanto uma noite sem lua.

– Quero.

Lily sentiu uma lágrima rolar pelo rosto. Humilhada, desvencilhou-se dele.

– Pelo amor de Deus, não tenha pena de mim!

– Isso lhe parece pena?

Alex voltou a se aproximar dela, rápido como um raio, segurou-a pelo quadril e puxou-a com força contra o corpo. Lily deixou escapar um som inarticulado.

– Parece? – perguntou ele, mantendo-a contra o membro rígido e excitado, e olhou no fundo de seus olhos. – Por que você odiou?

Lily balançou levemente a cabeça, os lábios cerrados.

– É sempre doloroso na primeira vez – explicou ele, o tom suave. – Você não esperava isso?

– É claro que esperava – disse ela, rubra de mortificação. – Mas eu teria odiado de qualquer maneira.

– Então você julgou e condenou todos os homens baseada em uma experiência. Em uma noite.

– Ele me ensinou tudo que eu precisava saber – afirmou ela, o corpo rígido.

Alex levou a mão à base das costas dela, mantendo-a junto ao corpo. Quando falou, seu tom era o de uma repreensão gentil.

– E se a minha opinião sobre todas as mulheres fosse baseada apenas no que experimentei com você?

– Atrevo-me a dizer que você não estaria tão ansioso para se casar.

– Ora, você resolveu esse meu problema em particular.

Ele abaixou a cabeça e beijou a lateral do pescoço dela. Lily recuou, mantendo os braços rígidos entre eles.

– Quinze mil libras é muito dinheiro, Lily – murmurou Alex. – Tem certeza de que não quer levar em consideração a ideia de passar algumas horas comigo em troca disso?

– Agora você está zombando de mim – disse ela, indignada.

– Não. – A palavra roçou o rosto dela como um beijo e Lily desviou o rosto. – E você ousou chamar *a mim* de teimoso.

Alex enfiou os dedos entre os cachos negros dela e voltou a falar:

– Você permitiu que essa lembrança a envenenasse por anos, provavelmente a transformou em algo ainda pior do que realmente foi...

– Ah, isso mesmo, vá em frente, menospreze meus sentimentos! – exclamou Lily, furiosa. – Só que você não conhece toda a história e prefiro *morrer* antes de contar, portanto não tente me forçar...

– Certo.

Alex levou os lábios ao cabelo dela.

– Eu quero você – disse, a voz abafada e determinada. – Chega de conversa. Nós vamos fazer isso, mesmo que eu não esteja vendo uma cama nesse maldito lugar. – Seus braços a apertaram mais e ele enfiou mais o rosto entre os cabelos dela. – Você só precisa deixar acontecer. Só deixe acontecer.

Lily fechou os olhos, o rosto pressionado contra o peito dele. Os braços de Alex pareciam faixas de aço ao seu redor. A protuberância saliente na altura do seu ventre parecia queimá-la através das camadas de roupa entre os dois. Apesar de sua urgência, Alex parecia esperar alguma coisa. Ele deslizava os lábios pelos cabelos dela enquanto acariciava suas costas, até que sussurrou:

– Lily, não tenha medo. Eu quero lhe dar prazer e vou fazer isso bem feito. Confie em mim. Para que isso aconteça, você tem que confiar em mim.

Uma estranha passividade tomou conta de Lily, um cansaço que ela não conseguia suportar. Havia se debatido e lutado por muito tempo, usando todos os seus artifícios para se manter à tona em um mar agitado. Já não tinha mais forças, não tinha mais ideias. Também não tinha mais nada a perder. Finalmente estava diante de alguém cuja determinação era ainda maior do que a dela e parecia não haver escolha a não ser parar de lutar e se deixar arrastar. Deixar acontecer... As palavras pareceram ecoar em seus ouvidos. Hesitante, Lily virou a cabeça para uma porta à esquerda, que levava ao quarto. Ela falou em um sussurro vacilante.

– Acredito... que seja por ali.

Alex a ergueu no colo com facilidade e carregou-a pelos próximos dois cômodos, até chegarem a um quarto iluminado por muitas lamparinas, com espelhos pesados com moldura dourada e uma enorme cama adornada com golfinhos e trombetas esculpidos. Alex colocou Lily no chão e segurou seu rosto entre as mãos, os polegares tocando os cantos dos lábios dela. Lily fitou-o com os olhos semicerrados, examinando as feições tão severas e perfeitas que cintilavam como ouro sob a luz suave. Ele então baixou a cabeça, roçando a boca na dela.

Lily sentiu um choque erótico quando a ponta da língua de Alex encontrou seus lábios, contornando a curva suave e deixando um rastro de umidade. Ele pressionou com mais determinação, colando os lábios ao dela. O calor de sua boca era misteriosamente agradável. Lily cambaleou e ficou instável na ponta dos pés. Passou a mão ao redor do pescoço dele para se firmar e abriu os lábios em um convite inconsciente. A língua de Alex foi conquistando o espaço aos poucos, mal tocando em seus dentes.

Era loucura confiar nele. Lily sabia que aquela gentileza não duraria. Ela sentiu a tensão crescente de Alex, a forma como a mão dele tremia quando pegou o pulso dela, abriu a luva de veludo e puxou-a lentamente pelo braço esguio. Lily conseguia sentir a força primitiva que irradiava dele, sentia a tensão chegando a um limite, prestes a se romper. Mas Alex despiu a outra luva com o mesmo cuidado requintado. Seus dedos deslizaram até a bainha enfeitada de renda do corpete decotado do vestido. O único movimento eram as carícias delicadas e incessantes dos dedos dele.

Lily sentiu o olhar de Alex em sua cabeça abaixada, ouviu o som profundo e rouco de sua respiração. Não entendia o motivo da hesitação. Talvez ele pudesse mudar de ideia, deixá-la ir... A ideia a enchia de esperança, mas também de um pavor estranho e profundo. Alex segurou-a pelos ombros e virou-a de costas para ele e começou a desabotoar a fileira de minúsculos botões na parte de trás do vestido. O tecido começou a deslizar, sustentado agora apenas pelas mangas delicadas, ainda presas aos ombros. Lentamente, a massa de seda e renda caiu ao chão. Ele afrouxou a fita do calção de baixo dela e despiu-o também, deixando-a apenas com a frágil proteção da camisa de baixo branca e das meias bordadas.

Lily sentiu a boca de Alex em seu ombro, o hálito dele como uma névoa morna contra a sua pele. Alex passou gentilmente o braço pela frente do corpo dela, a mão por cima do colo e, nesse momento, o chão pareceu se mover sob os pés de Lily. Ela se recostou contra a força sólida dele e mal ousou respirar quando os dedos de Alex se curvaram sob o peso leve do seio. Ele correu lentamente o polegar por cima da camisa de baixo até encontrar o mamilo, que acariciou até deixá-lo rígido. Lily não conseguiu conter um suspiro, e o movimento pareceu encaixar seu seio na mão dele ainda mais perfeitamente.

No entanto, o breve momento de prazer foi comprometido por uma onda de constrangimento. Os seios dela eram pequenos... Alex provavelmente esperava mais, afinal o feitio dos vestidos que ela usava era escolhido com a intenção de fazer com que o busto parecesse mais farto. Lily já estava prestes a tentar se explicar, mas, antes que pudesse pronunciar uma palavra, a mão dele deslizou por baixo da camisa de dormir para cobrir o seio nu. As pontas dos dedos de Alex acariciaram a curva suave, até encontrar o mamilo delicado.

– Você é tão bonita – disse ele, a voz rouca, a boca junto ao ouvido de Lily. – Linda... como uma bonequinha perfeita.

Alex respirou fundo e virou-a para encará-lo, abaixando a camisa de baixo até expor os seios. A saliência inchada no ventre dele pressionou o abdômen de Lily e o lugar secreto entre suas coxas. Lily sentiu o rosto quente de vergonha, mas Alex parecia estar saboreando a pressão íntima e deixou escapar um gemido suave, enquanto apertava o traseiro de Lily para mantê-la bem perto.

– Lily... Deus, Lily...

Alex voltou a capturar os lábios dela, a língua agora investigando mais fundo, em movimentos aveludados. Lily cedeu e voltou a segurá-lo com força pelo pescoço. De repente, Alex soltou-a com um som gutural. Então puxou as mangas do paletó, tentando se livrar dele, mas a roupa parecia grudada como uma segunda pele. Alex praguejou, levantou a cabeça e puxou as mangas com mais força.

Para sua surpresa, as mãos pequenas de Lily deslizaram pelas lapelas do paletó, abrindo-as, afastando a peça de roupa dos ombros, até ela cair no chão de qualquer jeito. Sem encará-lo, ela se dedicou, então, a desabotoar lentamente o colete de seda. O tecido estava quente com o calor de seu corpo. Alex permaneceu imóvel, o coração batendo forte ao sentir o toque dos dedos de Lily contra os botões forrados. Terminada a tarefa, ele se desvencilhou do colete e desamarrou a gravata branca engomada.

Enquanto Lily o observava se despir, uma vaga lembrança passou por sua mente, provocando um arrepio de medo. Ela havia tentado esquecer a noite com Giuseppe, mas a lembrança a invadiu naquele momento – a pele coberta de pelos negros, a pressa voraz das mãos dele apalpando seu corpo. Lily se sentou na beira da cama para tentar se forçar a parar de pensar, a engolir as emoções que subiam por sua garganta.

– Lily?

Alex jogou a camisa para o lado, ajoelhou-se diante dela e pousou as mãos em seu quadril. Lily encarou fixamente aqueles olhos cinza intensos e a lembrança desagradável desapareceu como fumaça. Só o que conseguia ver era Alex agachado ali, como um tigre curioso, a pele e o cabelo de um dourado lustroso. Ela esticou timidamente a mão para o ombro dele. Sem saber direito o que pretendia fazer, deixou os dedos descerem até roçarem a linha irregular de pelos acobreados. Alex estava perto o bastante para que as pernas dela pressionassem os músculos firmes do abdômen dele. Mantendo-a firme na beirada da cama, ele roçou os dedos pelas coxas dela, até em cima. Lily prendeu a respiração quando Alex desabotoou habilmente a liga que ela usava e começou a enrolar a meia para baixo.

Algo o deteve. A ponta do dedo dele tocou a parte interna da coxa dela, que anos cavalgando haviam deixado musculosa, uma área que costumava ser mais roliça nas mulheres. Constrangida, Lily tentou puxar a bainha da camisa para baixo, para se cobrir.

– Não – murmurou Alex, afastando as mãos dela.

A cabeça dele foi baixando e baixando, até estar quase pousada sobre as coxas dela. Lily ficou tensa e surpresa quando sentiu a boca quente contra a parte interna da sua coxa. O roçar áspero do rosto dele e o calor íntimo de seu hálito foram como um choque elétrico a percorrendo. Ela balbuciou um protesto e tentou afastar a cabeça de Alex, mas ele segurou os joelhos dela com as grandes mãos, mantendo-a imóvel.

Os olhos de Alex se fixaram na sombra tentadora sob a bainha da camisola. Ele apertou ainda mais as pernas de Lily quando ela tentou se libertar mais uma vez. Os sentidos de Alex vibraram diante da suavidade misteriosa, do aroma do corpo dela. Os frágeis protestos dela pareciam vir de muito longe.

– Shhhh… – sussurrou ele, movido por uma pulsação intensa que ressoava por seu corpo. – Quietinha.

Alex deixou a boca se colar à pele dela, pressionando-a contra a sombra mais escura, usando as mãos para afastar a bainha delicada da camisa de baixo que ficara em seu caminho. Seu hálito quente encontrou os pelos densos e ele se viu envolvido pelo perfume carnal e enlouquecedoramente doce. Alex foi atrás da fonte do perfume e encontrou o ponto suave, úmido e trêmulo de sensações. Com movimentos lentos, deixou a língua correr para a frente e para trás naquela umidade, descobrindo um ritmo que fez as coxas dela tremerem contra as mãos dele.

Implacável, ele buscou o lugar sensível onde a suavidade se transformava em tensão, abrindo mais a boca, provocando-a muito gentilmente, até sentir as pernas dela relaxarem. Os dedos trêmulos de Lily deslizavam pelo cabelo dele, emaranhando-se em seus cachos, puxando-o mais para perto. Alex ergueu o corpo, passando a boca em seus pelos úmidos até finalmente levantar a cabeça para encará-la.

O rosto de Lily estava ruborizado e os olhos cintilavam com uma expressão confusa ao fitá-lo. Ela permitiu que Alex a empurrasse para trás na cama e ele tentou abrir rapidamente a camisa de baixo dela. Sem sucesso, ele praguejou e abaixou-a até a cintura. Então, envolveu os seios firmes com as mãos e se curvou sobre o corpo esguio, deixando a língua traçar o contorno onde a pele pálida e sedosa se fundia com a cor mais profunda da aréola. Alex abriu os lábios sobre o bico macio e se demorou ali até deixá-lo rígido.

Lily passou as mãos ao redor do corpo dele, das costas largas e flexíveis, e usou toda a sua força para puxá-lo para si. Algum instinto primitivo exigia o peso de Alex sobre ela, pressionando seus seios e o ponto entre as suas coxas. Ele deixou escapar um grunhido baixo, afastou-se dos seios dela e buscou sua boca. Lily projetou o quadril para cima e roçou o volume do membro dele, muito rígido sob a calça. O leve contato o fez gemer contra a boca de Lily, beijando-a violentamente.

Alex arquejava palavras soltas junto ao pescoço e ao rosto dela, enquanto estendia a mão, ansioso, entre suas coxas.

– Tão doce… Shhh, não vou machucar você… Não vou…

Em movimentos suaves e seguros, ele deixou os dedos deslizarem profundamente dentro do sexo úmido dela, provocando e indo mais fundo contra as paredes internas intumescidas. Lily gemeu e, em um primeiro momento, tentou recuar, mas logo cedeu e ficou imóvel, sentindo a invasão gentil, até deixar escapar um suspiro surpreso de prazer. Toda a intenção de paciência e autocontrole de Alex virou pó. O corpo de Lily estava aberto sob o dele, dando acesso ao que ele quisesse fazer, e aquilo o fez sucumbir a uma onda de voracidade, ternura e desejo. Em movimentos apressados, Alex abriu a calça, livrou-se dela e se acomodou acima de Lily, abrindo suas coxas. Então, roçou a entrada do corpo dela com o membro firme e arremeteu. Ela gritou, contraindo o corpo para impedir a invasão, mas era tarde demais – Alex já penetrara profundamente o calor úmido de seu corpo.

Ele segurou a cabeça dela entre as mãos, passou os dedos por seu cabelo e beijou sua boca. Lily ergueu os cílios volumosos e fitou-o com espanto, os olhos marejados.

– Estou machucando você? – perguntou ele em um sussurro, secando com os polegares lágrimas nos olhos dela.

– Não… – Foi a resposta dita em um tom baixo e confuso.

– Tão, tão doce…

Alex recuou e voltou a arremeter, tentando manter os movimentos suaves e gentis, enquanto um prazer desenfreado ameaçava dominá-lo. Lily fechou os olhos e respirou fundo, deixando as mãos passearem, inquietas, pelas costas dele. Ela sentiu os lábios de Alex na testa, o peso musculoso sobre ela e o movimento lento, o ritmo constante que provocava um prazer doloroso nas profundezas do corpo.

– Ah… – arquejou ela quando a sensação ficou mais intensa, e Alex penetrou-a mais fundo em resposta.

Lily não conseguiu reprimir um soluço frenético, o corpo tenso contra a arremetida firme e pesada da carne dele, que a penetrou uma vez, e outra, enquanto ela se agarrava ao corpo escorregadio de suor.

Acima dela, os olhos de Alex cintilavam com um brilho feroz de satisfação. Ele inclinou a cabeça até alcançar o seio, capturando o mamilo entre os dentes. Lily sentiu o prazer se condensar em um espasmo único e insuportável, e ergueu o corpo contra o dele com um gemido. Alex puxou-a mais para perto, todo o seu ser concentrado na contração dos músculos internos dela, nos tremores frenéticos que a percorriam. Com mais algumas arremetidas profundas, ele encontrou o próprio alívio, um clímax de intensidade aguda e vertiginosa.

Lily permaneceu imóvel debaixo de Alex, os braços passados ao redor da cintura dele. Seu corpo latejava, agradavelmente dolorido, mais relaxado do que em qualquer outro momento de sua vida. Por um momento ele pareceu esmagadoramente pesado, com o rosto enfiado em seu pescoço macio, mas logo saiu de dentro dela e se ergueu. Lily protestou debilmente, querendo se agarrar àquele calor que a ancorava. Alex rolou para o lado e passou o braço frouxamente ao redor da cintura dela. Lily hesitou antes de se aproximar mais. O cheiro másculo que ele exalava encheu suas narinas quando ela descansou o rosto nos pelos crespos do seu peito. Se Alex tivesse dito qualquer coisa, feito qualquer comentário, fosse irônico ou gentil, ela teria se sentido muito desajeitada para se aconchegar daquele jeito. Mas ele permaneceu abençoadamente em silêncio, permitindo qualquer coisa. Permitindo tudo.

Lily sentiu o hálito dele no próprio cabelo, e seus dedos brincando relaxadamente com os cachos curtos do cabelo dela, acariciando os fios sedosos, enrolando-os e desenrolando. Lily tinha consciência de uma estranha sensação de abandono, deitada ali, nua a não ser pela camisa de baixo enrolada na cintura, cercada por um aroma terroso desconhecido. Ela sentiu um arrepio percorrer o corpo quando o suor esfriou. Sentia-se sonolenta como quem bebeu um vinho tinto forte. O ar parecia mais frio, mas seu corpo estava quente nos pontos onde tocava o dele. Ela deveria se levantar, se vestir e se recompor. Em um minuto – logo – faria aquilo.

Lily teve noção de ouvir a própria voz grogue dizendo algo sobre cobertas. Alex puxou a frente da camisa de baixo dela com ambas as mãos até despi-la. Obedecendo ao chamado dele, Lily se enfiou entre os lençóis de linho macio. Quando ele se juntou a ela, também já havia despido o que restava das próprias roupas. Lily se assustou ao sentir as pernas nuas dele contra as dela.

– Calma – sussurrou Alex, acariciando as costas de Lily.

Lily deixou escapar um bocejo trêmulo e relaxou nos braços dele.

Não sabia quantas horas haviam se passado quando emergiu de um sono profundo e reparador. Alex dormia profundamente. Um de seus braços ainda a envolvia, relaxado, enquanto o outro estava sob a cabeça dela. Lily assimilou, em silêncio, a estranheza do momento: o corpo masculino pressionado contra o dela, a sensação do hálito dele em seu pescoço, o cabelo macio contra o seu rosto. A lembrança da intimidade que haviam compartilhado a fez enrubescer. Até ali, ela havia se considerado uma pessoa esclarecida sobre tais assuntos, depois de ouvir conversas entre mulheres do *demimonde* elogiando a destreza de seus amantes. Mas ninguém jamais havia descrito as coisas como Alex fizera naquela noite. Lily se pegou curiosa sobre o passado dele, sobre as mulheres que havia conhecido, sobre os detalhes das experiências que tivera... e, com isso, experimentou uma sensação desagradável.

Depois de se desvencilhar lentamente dele, tomando cuidado para não acordá-lo, ela se deu conta de que sentia pontadas nos lugares mais secretos de seu corpo – não uma dor, mas lembretes do que acontecera... a pressão e as sensações, a invasão lancinante. Nunca havia sonhado que um momento íntimo poderia ser daquele jeito... completamente diferente do que fora com Giuseppe. Mal parecia o mesmo ato. Ela saiu da cama e ouviu um som vindo de Alex, um murmúrio questionador. Lily não se mexeu nem respondeu, esperando que ele voltasse a dormir. Mas logo seguiu-se o som de lençóis farfalhando e de um bocejo profundo.

– O que você está fazendo? – perguntou ele, a voz sonolenta.

– Milorde – falou Lily, constrangida. – Alex, achei que... talvez... fosse melhor eu ir agora.

– Já é de manhã?

– Não, mas...

– Volte para a cama.

Por alguma razão, Lily achou graça da arrogância sonolenta dele.

– Parece um senhor feudal falando com um camponês – comentou, atrevida. – Suponho que a Idade das Trevas teria sido um momento ideal para você...

– Agora.

Ele não estava para conversa.

Lily foi lentamente em direção à voz na escuridão, voltando para o casulo quente de tecido adamascado e linho, para braços e pernas peludos de homem. Ela estava deitada perto dele, sem tocá-lo. Então, tudo ficou quieto.

– Chegue mais perto – disse Alex.

Um sorriso relutante surgiu nos cantos dos lábios de Lily. Tímida, mas disposta, ela rolou na cama para encará-lo, passando o braço esguio ao redor do pescoço dele, o bico dos seios roçando no peito masculino. Alex não se moveu para abraçá-la, mas ela ouviu uma alteração na sua respiração.

– Mais.

Ela colou o corpo ao dele e arregalou os olhos ao sentir o membro quente pressionando seu abdômen, pulsando insistentemente. Alex deixou a mão correr pelo corpo dela, em um breve passeio, parecendo queimá-la em cada ponto por que passava. Hesitante, Lily levou os dedos ao rosto dele, áspero da barba por fazer, e tocou sua boca.

– Por que você estava indo embora? – perguntou Alex em um murmúrio, virando os lábios para encostá-los na palma da mão dela, no pulso, na cavidade delicada do cotovelo.

– Achei que tínhamos acabado.

– Achou errado.

– Ao que parece, às vezes isso acontece.

O comentário pareceu agradá-lo. Lily o sentiu sorrir contra o seu braço. Alex ergueu-a como se ela fosse um brinquedo, segurando-a por baixo dos braços e mantendo-a sobre ele até os seios dela estarem em sua boca. O coração de Lily disparou ao sentir a língua deslizando por seu mamilo em movimentos circulares. Alex se dedicou ao outro seio, então, a boca passando de um para o outro. Ela começou a se contorcer, até ele acalmá-la com uma risada suave.

– O que você quer? – perguntou Alex em um sussurro. – O quê?

Lily não conseguiria responder em voz alta, mas sua boca desceu sobre a dele com urgência. Alex sorriu nos seus lábios, e suas mãos desceram para acariciar o quadril esguio dela e a curva das nádegas. Ao mesmo tempo, ele mordeu-lhe os lábios, o queixo, provocando-a com mordidinhas e beijinhos. Aos poucos, Lily se juntou à brincadeira, a respiração acelerada enquanto buscava a boca errante de Alex. Quando conseguiu capturá-la, ele a recompensou com um beijo de língua. Lily projetou inconscientemente o quadril para a frente, buscando a pressão firme do corpo dele, agarrou seus ombros e gritou seu nome. Alex sorriu, virou-se de lado e pousou a mão na coxa dela, puxando-a para cima do seu ventre. Lily se moveu contra ele com voracidade.

– Você me quer? – perguntou Alex em um sussurro.

– Quero... quero.

– Então vá em frente.

Ele passou a mão pelas costas esguias de Lily, encorajando-a com um murmúrio rouco.

– Faça o que quer fazer.

Ela manteve as mãos pousadas recatadamente nos ombros dele.

– Eu não consigo – confessou ela em um sussurro.

Alex voltou a beijá-la de língua, levando o desejo dela a outro nível.

– Se você me quiser, vai ter que conseguir.

E então ele esperou, a pulsação acelerando quando sentiu a mão dela deixar seu ombro. Lily abaixou o corpo lentamente. Alex prendeu a respiração e seu corpo enrijeceu sob o toque dos dedos dela. Lily afastou a mão como se tivesse sido queimada, então voltou a envolver cautelosamente o membro dele, deixando-a correr hesitante ao longo da superfície firme. Alex deixou escapar um gemido de prazer e se moveu para ajudá-la, sentindo-a guiá-lo até onde o queria. Ele projetou o corpo para cima e deslizou para dentro dela com uma gentileza e uma determinação que a deixaram ofegante na mesma hora.

– É isso que você quer? – perguntou ele, voltando a se mover. – Assim?

– Hum... isso, assim...

Lily assentiu e gemeu, o rosto pressionado contra o pescoço dele. Em oposição ao desespero que ela sentia, a calma e o controle de Alex eram enlouquecedores.

– Não tão rápido – murmurou ele. – Temos horas... e horas...

Ao ver Lily arqueando o corpo contra o dele, exigente, Alex rolou o corpo dela, deitando-a de costas, com uma risada abafada, e mantendo-a firme no lugar.

– Relaxe – falou, os lábios junto ao pescoço dela.

– Não consigo...

– Seja paciente, diabinha, e pare de tentar me apressar.

Alex cobriu as mãos dela, entrelaçando os dedos dos dois, e ergueu os braços de Lily acima da cabeça até deixá-la sob seu corpo. Ela estava presa, impotente, à mercê das arremetidas cada vez mais rápidas.

– Foi nisso que pensei ontem à noite – sussurrou ele, mantendo o ritmo até ela gemer de prazer. – Em me vingar de você... pela frustração... mais absurda. Em fazer você querer... gritar por isso...

Lily mal conseguia compreender a voz rouca que sussurrava em seu ouvido, mas a ameaça velada fez um arrepio de medo percorrer todo o seu corpo. Tremendo, suando, ela sentia Alex deslizar deliciosamente para dentro do seu corpo, os quadris subindo e descendo em movimentos contidos. Não havia nada além de escuridão, movimento e um calor radiante que envolveu seus órgãos vitais até ela começar a se debater, sussurrando o nome dele em arquejos espasmódicos.

– Isso... – voltou a sussurrar a voz rouca de Alex. – Você vai se lembrar disso... Vai querer mais... e vou fazer isso de novo... e de novo...

Lily estremeceu e gritou junto aos lábios dele enquanto as sensações a engolfavam em uma torrente devastadora. As palavras de Alex pareceram se fundir em um longo ronronar, e ele se manteve fundo dentro dela. O corpo de Lily se contraiu convulsivamente ao redor dele, e Alex se entregou a um clímax que o arrastou em uma plenitude ardente. Sem fôlego, exausto, Alex foi dominado por uma satisfação que chegou até a medula.

Lily adormeceu nos braços dele com a rapidez de uma criança cansada, a cabeça apoiada pesadamente em seu ombro. Alex acariciou o pescoço e as costas dela, incapaz de parar de tocá-la... Com medo de confiar no sentimento de felicidade que transbordava e se derramava dentro dele. Mas parecia não haver escolha. Desde o primeiro momento, Lily conseguira encontrar as fendas em sua armadura.

Ele era um homem pragmático, com tendência a acreditar em predeterminações. Mas a aparição repentina de Lily em sua vida parecia um presente do destino. Até então, ele permitira que sua dor pela perda de Caroline ofuscasse tudo. Sua recusa em deixá-la ir era pura teimosia. Ele *quis* permanecer em um amargo distanciamento, mas usando Penelope como forma de se proteger da solidão total. Apenas Lily, com seu encanto tortuoso, astuto e casual, poderia ter impedido que aquilo acontecesse.

Lily murmurou no sono, seus dedos se contraindo levemente contra o peito dele. Alex acalmou-a com um murmúrio reconfortante e deu um beijo em sua testa.

– O que eu faço com você? – perguntou ele baixinho, desejando que houvesse alguma maneira de atrasar a chegada do amanhã.

~

O primeiro indício chegou a Lily no ateliê de Monique Lafleur, na Bond Street. Foi ali que ouviu os primeiros comentários a respeito da reação de toda Londres ao que estava rapidamente se tornando conhecido como "O escândalo". Monique era uma estilista que importava todos os estilos ousados de Paris e os adaptava habilmente ao gosto londrino, e era sempre a primeira a saber das últimas fofocas. Algo em seu sotaque cadenciado e nos olhos azuis alegres encorajava confidências das mulheres, de lavadeiras a duquesas e de todas as classes sociais no meio disso.

Monique era uma mulher atraente, de cabelos escuros, com quarenta e poucos anos, bondosa e generosa, incapaz de guardar rancor de alguém por mais de dez minutos. Sua presença carregava uma curiosidade tão alegre, sua conversa tinha um encanto tão compassivo, que ela acumulava uma clientela ampla e fiel. As mulheres confiavam nela tanto para guardar segredos quanto para vesti-las lindamente, e sabiam que a estilista era aquele tipo raro de mulher que nunca competia com outras. Jamais sucumbia à malícia ou à inveja.

– Por que eu deveria me importar se uma mulher tem um belo amante, ou se outra é belíssima? – comentara certa vez com Lily. – Tenho um marido gentil, meu próprio negócio, muitos amigos e fofocas o bastante para encher meus ouvidos! É uma vida agradável e que me mantém ocupada demais para cobiçar o que é dos outros.

Quando Lily entrou na loja com seu passo rápido de sempre, foi recebida por uma das assistentes de Monique, Cora. A moça estacou, com uma pilha de amostras de seda e musselina nos braços, e fitou a recém-chegada com uma expressão estranha.

– Srta. Lawson!… Espere, vou avisar a madame Lafleur da sua chegada. Ela vai querer saber imediatamente.

– Obrigada – falou Lily devagar.

Ela se perguntou qual seria o motivo daquela animação incomum de Cora. Não era possível que já tivessem ouvido falar de sua aposta com Alex. Nem um dia havia se passado, pelo amor de Deus!

Mas, assim que Monique irrompeu pelas cortinas que separavam a frente da loja da área de trabalho nos fundos, Lily teve certeza: ela sabia.

– Lily, *cherie*! – exclamou a estilista, abraçando-a com carinho. – Assim que soube do que havia acontecido, tive certeza de que você viria aqui o mais rápido possível. Há tanto trabalho a ser feito… Com seu novo status, você vai precisar de muitos vestidos novos, *n'est-ce pas*?

– Como você descobriu tão rápido? – perguntou Lily, atordoada.

– Lady Wilton acabou de sair daqui e me contou tudo. O marido dela estava no Craven's ontem à noite. Minha cara, estou tão feliz por você! Que jogada brilhante e inteligente! Que *coup* magnífico! Dizem que lorde Raiford parecia completamente inebriado por você. E agora todo homem em Londres vai querer se superar para ser o próximo. Você vem sendo desejada há anos, minha cara. Agora que se sabe que está disponível, pode dizer qualquer preço, e qualquer um deles pagará com prazer para ser seu protetor. Nenhuma mulher jamais teve o luxo de tamanha variedade de escolha! Pense nas joias, nas carruagens e casas, nas riquezas que pode vir a ter se souber jogar suas cartas direitinho… sem trocadilhos, *cherie*. Você pode se tornar uma das mulheres mais ricas de Londres!

Monique fez Lily se sentar em uma poltrona e pousou uma pilha de esboços no colo dela, além de uma cópia de *La Belle Assemblée*, uma revista com fotos do que estava na última moda.

– *Maintenant*, talvez você queira dar uma olhada nisso enquanto conversamos. Quero ouvir cada detalhe delicioso. Note que as caudas estão voltando à moda. Um tanto inconveniente, aquelas coisas se arrastando pelo chão atrás de nós, mas são tão pitorescas. Cora? Cora, largue essas amostras e traga um café para a Srta. Lawson agora mesmo, sim?

– Não há muito o que contar – disse Lily em uma voz estrangulada, afundando na poltrona, os olhos fixos no primeiro esboço.

Monique lhe lançou um olhar especulativo mas simpático.

– Não seja modesta, querida. Você obteve um grande triunfo, agora é motivo de inveja de muitas. Foi bastante sensato da sua parte aceitar a proteção do Sr. Craven por algum tempo… Ele é rico o bastante para que se consiga ignorar sua vulgaridade… Em todo caso, já era hora de fazer uma mudança, e lorde Raiford é uma escolha extraordinária. Tão bem-educado, bonito, influente, tão *autêntico*. Ele descende de uma família realmente antiga de proprietários rurais, não é como esses dândis com títulos obtidos com facilidade e fortunas questionáveis. Você já fez um acordo com ele, minha cara? Se quiser, posso recomendar um excelente advogado para representá-la, um homem que mediou o "entendimento" entre Viola Miller e lorde Fontmere…

Enquanto Monique continuava falando e mostrando as fotos do novo estilo de bainhas muito ornamentadas, Lily refletia silenciosamente sobre os acontecimentos da manhã. Ela havia se vestido e saído furtivamente ao amanhecer, enquanto Alex ainda dormia. Ele estava exausto, o corpo marrom-claro estendido entre os lençóis brancos, muito longo e vulnerável. Desde então, ela se vira oscilando entre a inquietação e uma estranha euforia. Era indecente experimentar uma sensação tão intensa de bem-estar. Com certeza ela era alvo das fofocas em todos os salões e cafés de Londres naquele momento.

Mas, por incrível que parecesse, Lily não se arrependia. Não conseguia deixar de pensar na noite da véspera com um deslumbramento irônico. Ela nunca teria esperado que Alex, com aqueles olhos frios e distantes, se mostrasse um amante tão terno, erótico e gentil... Mesmo depois de tudo que tinham experimentado, o encontro deles ainda parecia um sonho. Ela, que achara conhecer bem o conde de Raiford, agora estava totalmente confusa. A única coisa que sabia com certeza era que precisava evitá-lo até clarear as ideias. Graças a Deus, Alex provavelmente retornaria à sua vida familiar no campo, satisfeito por ter se vingado pela perda de Penelope.

Enquanto isso, Lily devia se concentrar na questão das cinco mil libras que precisava conseguir até a noite do dia seguinte. Mais tarde, haveria jogos de azar com apostas altas no Craven's. Se ela não conseguisse ganhar o dinheiro lá, penhoraria todas as joias e até alguns vestidos, se preciso fosse. Talvez conseguisse reunir o suficiente.

– Você não pode me contar um pouco sobre ele? – pediu Monique, tentando convencer Lily a falar mais. – E, sem querer me intrometer de forma indelicada, *cherie*, e quanto ao noivado entre Raiford e a sua irmã? Esse assunto permanece como antes?

Lily ignorou as perguntas e deu um sorriso irônico.

– Monique, já chega. Eu vim aqui para lhe pedir um favor.

– Qualquer coisa – falou a estilista, já concentrada no novo assunto. – Falo sério.

– Vai haver um baile de máscaras hoje à noite no Craven's e é muito importante que eu tenha algo especial para vestir. Sei que não há tempo, que você tem outras coisas em que trabalhar, mas talvez consiga me arrumar alguma coisa...

– *Oui, oui*, entendo perfeitamente – falou Monique, o tom enfático. – Trata-se mesmo de uma grande emergência, a sua primeira aparição pública desde *le scandale*. Todos os olhos estarão sobre você hoje à noite. Precisa realmente de algo extraordinário para vestir.

– Terei que comprar a crédito – avisou Lily sentindo-se desconfortável, sem conseguir olhar nos olhos da outra mulher.

– O quanto quiser, *cherie* – respondeu a outra imediatamente. – Com a riqueza de lorde Raiford à sua disposição, você poderia comprar com folga metade da cidade!

Lily deu de ombros e sorriu, tímida, contendo-se para não dizer que não tinha intenção de ser mantida por Raiford… ou por qualquer outra pessoa. E que, no momento, os poucos recursos que lhe restavam eram muito preciosos.

– Quero usar a fantasia mais ousada no evento de hoje à noite – disse ela. – Se preciso encarar essa situação de frente, farei isso com estilo.

Sua única escolha era se exibir sem um pingo de vergonha. Além do mais, ela queria uma fantasia que distraísse os homens tão completamente que nenhum com que jogasse naquela noite fosse capaz de se concentrar nas cartas.

– Ora, que jovem mais esperta. *Bien*, vamos fazer uma fantasia para você que vai abalar a cidade. – Monique examinou Lily com um olhar avaliativo. – Talvez… ficaria ótimo se nós… Ah, sim…

– O que foi?

Monique fitou-a com um sorriso satisfeito.

– Vamos vesti-la como a primeira sedutora, *cherie*.

– Dalila? – perguntou Lily. – Ou está se referindo a Salomé?

– *Non, ma petite*… Refiro-me à primeira mulher de todas. Eva!

– *Eva*?

– *Bien sûr*, você será o assunto da cidade por décadas!

– Bem – falou Lily, o tom débil –, acho que não deve demorar muito para aprontar *essa* fantasia, não é mesmo?

~

Alex foi para Swans' Court, em Bayswater Road, uma propriedade que pertencia à família Raiford desde que fora adquirida pelo bisavô dele, William. A mansão, projetada em estilo clássico, tinha alas simétricas, além de salões amplos e frios de mármore com colunas gregas e sancas brancas com desenhos elaborados nas paredes. Havia um grande pátio de estábulos e uma cocheira que acomodava quinze carruagens. Embora Alex raramente se hospedasse lá, havia contratado uma equipe experiente para manter o lugar e cuidar do conforto de visitantes ocasionais.

A porta foi aberta pela Sra. Hodges, a governanta já idosa. Seu rosto agradável, emoldurado por cachos brancos e ralos, mostrou surpresa ao vê-lo. Mas ela se apressou a fazê-lo entrar.

– Milorde, não fomos avisados de que o senhor viria, caso contrário eu teria preparado...

– Não se preocupe, Sra. Hodges – interrompeu Alex. – Não consegui avisar com antecedência, mas passarei esta semana aqui. Talvez um pouco mais, não tenho certeza.

– Sim, milorde. Vou informar a cozinheira... Ela vai querer abastecer a despensa. Vai tomar o café da manhã, milorde, ou devo dizer a ela para ir imediatamente ao mercado?

– Não vou querer café da manhã – falou Alex com um sorriso. – Darei uma olhada na casa, Sra. Hodges.

– Sim, milorde.

Alex duvidava que fosse ter fome por um bom tempo. Antes de deixar os aposentos de Craven, uma criada entrara no quarto com uma bandeja com ovos, pães, doces, presunto, linguiça e frutas. Um homem que se identificou como o valete pessoal de Craven escovou e passou as roupas de Alex e lhe deu o barbear mais preciso de sua vida. Os criados haviam enchido uma banheira com água quente e aguardavam com toalhas grossas, sabonete e uma água de colônia cara.

Nenhum deles respondeu às perguntas de Alex sobre onde Craven passara a noite. Alex se perguntou quais seriam os motivos do homem para aquele comportamento, e por que ele não reivindicara Lily para si quando obviamente tinha sentimentos por ela. Por que a empurraria para os braços de outro homem e ainda insistiria em fornecer seus próprios aposentos para o uso dos dois? Craven era um homem estranho... Astuto, rude, ambicioso e insondável. Alex estava profundamente curioso sobre o relacionamento entre ele e Lily. E pretendia fazê-la explicar em detalhes no que consistia a estranha amizade dos dois.

Ele enfiou as mãos nos bolsos e saiu andando pela mansão. Como a casa não estava preparada para a sua chegada, grande parte da mobília ainda estava coberta por capas de linho listrado para protegê-la da poeira. Os cômodos eram pintados em tons pastel frios, os pisos cobertos com carpete ou de madeira polida com cera de abelha. Cada quarto possuía uma lareira de mármore e um grande quarto de vestir contíguo, além de ser decorado com estampas florais, tanto no papel de parede quanto nas cortinas de algodão que protegiam as camas. O quarto de Alex era enorme e o teto havia sido pintado com um céu azul e algumas nuvens. O atributo central da mansão era um elegante salão de baile dourado e branco com altos pilares de mármore, candelabros ornamentados e opulentos retratos de família.

Alex vivera ali durante alguns meses do seu relacionamento com Caroline. Ele havia organizado bailes e saraus aos quais Caroline comparecera com a família. Tinham dançado naquele salão de baile, o cabelo cor de âmbar dela brilhando à luz dos candelabros. Depois que ela se fora, Alex evitara o lugar, querendo se proteger das lembranças que pareciam vagar pelos cômodos como o aroma distante de um perfume. Agora, enquanto caminhava pela casa, as lembranças sombrias não traziam mais dor, apenas um carinho suave.

Ele queria que Lily conhecesse aquela casa. Era fácil imaginá-la organizando um baile, movendo-se entre os convidados com seu sorriso cintilante e a conversa animada, sua beleza realçada por um vestido de seda branca. A lembrança de Lily o revigorou, encheu-o de uma curiosidade ansiosa. Alex se perguntou o que estaria acontecendo na mente imprevisível dela e como estaria o seu humor naquela manhã. Fora profundamente frustrante acordar sem ela. Ele imaginou que veria o corpo nu de Lily à luz do dia, que faria amor com ela novamente. Queria ouvir seu nome nos lábios dela, sentir os dedos dela em seu cabelo e...

– Milorde?

A Sra. Hodges se aproximou.

– Milorde, há alguém aqui para vê-lo.

A notícia fez a pulsação de Alex acelerar em expectativa. Ele passou rapidamente pela governanta e desceu a escadaria central com sua balaustrada rococó de ferro forjado e patamares iluminados por grandes janelas encimadas por claraboias. Então, atravessou a passo rápido o corredor interno até a sala de recepção na entrada da casa, com seus painéis delicadamente pintados. E estacou ao ver quem era o visitante.

– Maldição – murmurou.

Não era Lily, mas seu primo Roscoe, lorde Lyon, a quem não via havia meses.

Um rapaz bonito e com uma expressão singularmente enfastiada, Ross era um dos primos de primeiro grau de Alex por parte de mãe. Alto, louro, abençoado com riqueza e carisma, era muito apreciado por damas aristocráticas com maridos desatentos. Tivera uma infinidade de *affairs*, viajara pelo mundo e acumulara uma grande variedade de experiências, e tudo isso só servira para torná-lo excessivamente cínico. Dizia-se em toda a família que Ross estava entediado com a vida desde os cinco anos de idade.

– Você nunca me visita a menos que queira alguma coisa – disse Alex bruscamente. – O que é agora?

Ross deu um sorriso tranquilo.

– Sinto uma certa falta de entusiasmo da sua parte em me receber, primo. Estava esperando outra pessoa?

Ross gostava de responder a perguntas com perguntas – o que era uma das razões para a sua passagem pelo exército ter sido tão curta.

– Como você soube que eu estava aqui? – quis saber Alex.

– Dedução lógica. Você só poderia estar em dois lugares: aqui ou aninhado em um certo par de braços adoráveis, bem pertinho de um par de seios pequenos, mas encantadoramente sedutores. Decidi tentar aqui primeiro.

– Parece que você ouviu falar da noite passada.

Ross não pareceu afetado pela expressão severa e ameaçadora do primo.

– E ainda há alguma alma em Londres que não tenha ouvido falar disso? Permita-me expressar a minha mais profunda admiração. Nunca suspeitei que você tivesse esse tipo de talento.

– Obrigado – disse Alex, e então indicou a porta. – Agora saia.

– Ah, não, ainda não. Vim conversar, primo. Seja simpático. Afinal, você só me vê uma ou duas vezes por ano.

Alex cedeu e sorriu com relutância. Desde a infância, ele e Ross mantinham uma relação de desentendimentos amigáveis.

– Que inferno. Vamos, quero caminhar um pouco pelos terrenos da propriedade.

Eles foram até a sala e abriram as portas francesas que davam para fora.

– Não consegui acreditar quando ouvi sobre o meu primo moralista Alex e "Lily Sem Limites" – comentou Ross enquanto os dois caminhavam pelo gramado verde e bem cortado. – Apostar para conseguir os favores de uma mulher… Não, não o nosso enfadonho e convencional conde de Raiford. Só podia ser outra pessoa. Mas veja só…

Ele examinou Alex com atenção, os olhos azul-claros cintilando.

– Você está com uma expressão… Não o vejo com essa expressão desde que Caroline Whitmore estava viva.

Desconfortável com o assunto, Alex deu de ombros e atravessou o jardim pequeno, mas lindamente projetado, com trilhas ladeadas por canteiros de morangos e sebes floridas. Os dois pararam no centro do jardim, onde um grande relógio de sol castigado pelo tempo garantia o ponto focal necessário.

– Você passou os dois últimos anos quase recluso – continuou Ross.

– Estive em alguns lugares – afirmou Alex, mal-humorado.

– Sim, mas, mesmo quando se dava ao trabalho de comparecer a algum evento, parecia vazio de certa forma. Frio como o diabo, na verdade. Recusava condolências ou expressões de simpatia, mantinha até mesmo seus amigos mais próximos a distância. Já se perguntou por que seu noivado com Penelope foi recebido de forma tão morna? Estava claro para todos que você não dava a menor importância para a pobre moça e sentiam pena de vocês dois por isso.

– Não há razão para ter pena dela agora – murmurou Alex. – A "pobre moça" está casada e feliz com o visconde Stamford. Eles fugiram para Gretna Green.

Ross pareceu espantado, então assoviou de surpresa.

– O bom e velho Zachary. Ele realmente conseguiu fazer isso sozinho? Não, deve ter tido a ajuda de alguém.

– De fato – confirmou Alex, o tom irônico.

Um longo momento se passou enquanto Ross considerava as possibilidades. Ele se virou, então, com um olhar risonho para Alex.

– Não me diga que foi Lily? Deve ter sido esse então o motivo da sua aparição tão marcante no Craven's ontem à noite, não é mesmo? Para que ficassem quites. *Lex talionis...* Olho por olho, dente por dente.

– Essa informação não deve se tornar pública – advertiu Alex calmamente.

– Por Deus, você deixou a família orgulhosa! – exclamou Ross. – Achei que o velho Alex tinha ido embora para sempre. Mas algo aconteceu... Você voltou ao mundo dos vivos, não foi? Isso prova a minha suspeita de que os encantos de Lily Lawson são capazes de despertar os mortos.

Alex se virou e apoiou o peso do corpo no relógio de sol de pedra, dobrando ligeiramente uma das pernas. Uma brisa soprou em seu cabelo, erguendo a mecha em sua testa. Ele se lembrou de Lily aninhada em seus braços, os lábios pressionados em seu ombro. E, mais uma vez, foi invadido por uma felicidade e completude absurdas. Olhando para o chão, ele sentiu um canto da boca se erguer em um sorriso irreprimível.

– Ela é uma mulher notável – admitiu.

– Aham.

Os olhos azuis de Ross brilharam com um interesse vivo, bem diferente de seu habitual enfado lacônico.

– Pretendo ser o próximo a tê-la. Qual é o lance inicial?

O sorriso de Alex desapareceu em um piscar de olhos. Ele voltou a encarar o primo com uma carranca ameaçadora.

– Não há nenhum leilão acontecendo.

– Ah, é mesmo? Nos últimos dois anos, todos os homens com menos de oitenta anos quiseram Lily Sem Limites, mas todos sabiam que ela era domínio de Derek Craven. Depois da noite passada, está claro que Lily está no mercado.

Alex reagiu sem pensar.

– Ela é minha.

– Bem, mas você vai ter que desembolsar quantias para permanecer com ela. Agora que a notícia da noite passada se espalhou por Londres, Lily vai ser bombardeada com ofertas de joias, castelos, qualquer isca que a atraia. – Ross sorriu, presunçoso. – Pessoalmente, acho que a minha promessa de uma parelha de cavalos árabes resolverá o problema, embora eu talvez tenha que acrescentar uma ou duas tiaras de diamantes. E, Alex, eu gostaria que você intercedesse junto a ela a meu favor. Se quiser mantê-la por um tempo, sem problema. Mas serei o próximo protetor de Lily. Não há mulher no mundo como ela, com aquela beleza, aquele fogo. Qualquer homem que já a viu em uma caçada com aqueles lendários calções vermelhos a imaginou cavalgando em cima dele, e isso é…

– Framboesa – corrigiu Alex, afastando-se do relógio de sol e passando a andar ao redor dele, nervoso. – Os calções são cor de framboesa. E maldito seja eu se vou permitir que você ou qualquer outra pessoa fareje os calcanhares dela.

– Você não tem como impedir, primo.

Os olhos cinzentos de Alex semicerraram e sua expressão se tornou sombria e ameaçadora.

– Você acha mesmo que não?

– Meu Deus – comentou Ross, encantado –, você está realmente com raiva. Lívido, de fato. Ardendo de fúria. Perturbado, agitado, encrespado como um…

– Vá para o inferno!

Ross sorriu, bem-humorado.

– Ora, ora. Nunca o vi manifestar tanta emoção antes. O que em nome de Deus está acontecendo, Alex?

– O que está acontecendo – falou Alex com um grunhido – é que vou estrangular qualquer homem que ousar abordar Lily com uma oferta.

– Você terá que estrangular metade da população de Londres, então.

Só então Alex viu a alegria fria nos olhos do primo e se deu conta de que Ross o estava provocando intencionalmente.

– Maldito!

– Você está começando a me deixar preocupado – voltou a falar Ross, agora em um tom mais calmo e pensativo. – Não me diga que está desenvolvendo algum sentimento por ela. Lily não é o tipo de mulher que um homem mantém para sempre. Ela dificilmente poderia ser "domada". Seja razoável, Alex. Não transforme esse relacionamento em algo que ele jamais poderia se tornar.

Alex se forçou em manter uma expressão agradável e autocontrolada.

– Vá, antes que eu mate você.

– Lily é uma mulher madura e experiente, que vai lhe garantir momentos fantásticos. Mas escute meu conselho, Alex, porque vi como a perda de Caroline o deixou. Você foi até o inferno e voltou… Não acho que gostaria de fazer essa jornada novamente. Tenho a impressão de que você não entende o que Lily Lawson realmente é.

– E você por acaso entende? – perguntou Alex com calma. – Alguém entende?

– Por que não perguntamos a Derek Craven? – sugeriu Ross, observando atentamente o primo para ver se a flecha havia atingido o alvo.

De repente, Alex o surpreendeu com um sorriso lento e preguiçoso.

– Craven não faz parte disso, Ross. Pelo menos não mais. Tudo que você precisa saber é que, se tentar se insinuar para Lily, vou arrancar a sua cabeça. Agora vamos voltar à sede, sim? Sua visita está chegando ao fim.

Ross acelerou o passo para acompanhar o do primo.

– Me diga apenas quanto tempo pretende mantê-la.

Alex continuou a sorrir, sem se deter.

– Encontre a sua própria mulher, Ross. Vai ser uma perda de tempo esperar por Lily.

A St. James Street estava congestionada com uma longa fila de carruagens enquanto as pessoas desembarcavam para o baile de máscaras no Craven's. A lua cheia deixava a rua clara, fazendo cintilar as lantejoulas nas fantasias dos convidados, e suas máscaras enfeitadas com plumas projetavam sombras exóticas na calçada. A música, que variava de *polonaises* animadas a valsas elegantes, saía pelas janelas abertas e se espalhava ao longo da St. James.

Qualquer baile seria uma ocasião para excessos e exuberância, mas o acréscimo das fantasias dava ao evento um toque empolgante, perigoso até. As pessoas usavam as máscaras e as fantasias para fazer coisas com as quais nunca sonhariam em seus modos cotidianos... e o Craven's era naturalmente o lugar ideal para estimular comportamentos desinibidos. Com sua enorme quantidade de recantos escuros e pequenos quartos privados, e a mistura de prostitutas da casa, mulheres da sociedade, libertinos, canalhas e cavalheiros... nada naquele ambiente era seguro ou previsível.

Lily desceu da carruagem e caminhou cuidadosamente até a entrada, os pés descalços ardendo um pouco com a fricção do pavimento da calçada. Ela usava um manto escuro que ia do pescoço até os tornozelos, escondendo a fantasia – ou a falta dela. E vibrava de empolgação e determinação. Não seria difícil ganhar cinco mil libras naquela noite, não com a quantidade de bebida e folia ao redor. Não com a quantidade de pele que planejava expor... Ela depenaria os convidados até o último centavo.

Lily se esgueirou pela multidão de convidados que esperavam para entrar e cumprimentou o mordomo com um aceno de cabeça. Ele pareceu reconhecê-la, apesar da máscara de veludo verde e da longa peruca escura que chegava até os quadris, pois não protestou quando ela entrou.

Derek a aguardava. Assim que Lily apareceu no saguão de entrada, ouviu a voz dele logo atrás.

– Então você está bem.

Ela se virou rapidamente para encará-lo. Derek estava vestido como Baco, o deus da libertinagem. Usava uma toga branca e sandálias, e na cabeça uma coroa de uvas e folhas de parreira.

Ele examinou-a com um olhar atento e perspicaz, e Lily ficou aborrecida ao sentir um rubor aquecer seu rosto por baixo da máscara.

– É claro que estou – disse ela. – Por que não estaria? – Lily sorriu friamente. – Agora, com sua licença, estou em busca de um bom jogo. Tenho cinco mil libras para ganhar.

Derek tocou o ombro dela e fitou-a com seu jeito camarada e sedutor de sempre.

– Espere. Vamos dar uma volta antes.

Lily respondeu com uma risada incrédula.

– Ora, Derek, você realmente espera que eu retome a nossa amizade como se nada tivesse acontecido?

– Por que não?

– Porque ontem à noite eu apostei o meu corpo em um jogo de cartas por puro desespero – respondeu Lily, o tom paciente, como se explicasse uma situação para uma criança obtusa. – E você não apenas deixou isso acontecer, como incentivou a coisa toda e usou isso para divertir e entreter os membros do seu clube. Esse não é o comportamento de um amigo, Derek. É o comportamento de um cafetão.

Ele deixou escapar um som de escárnio.

– Não dou a menor importância se você quer se esfregar um pouco com alguém. Eu me deito com mulheres o tempo todo... Isso não muda nada entre nós dois.

– Ontem à noite foi diferente – retrucou Lily, ainda calma. – Pedi para você intervir por mim. Queria que impedisse aquilo. Mas você não se importa. Você me *empurrou para o covil*, Derek.

Alguma emoção sombria se agitou sob a superfície calma e composta dele. De repente, um brilho inquieto cintilou em seus olhos, uma contração traidora fez saltar um músculo do rosto.

– Eu me importo – declarou ele, o tom sereno. – Mas você nunca foi minha para que eu a impedisse de fazer nada, Lily. O que acontece em uma cama não tem nada a ver conosco.

– Ah, então o que quer que eu faça não é problema seu. É isso que você acha?

– Isso mesmo – murmurou ele. – É assim que tem que ser.

– Ah, Derek – sussurrou Lily, vendo-o como nunca o vira antes.

Ela estava começando a entender coisas que a haviam intrigado por dois anos. Derek sabia havia muito tempo da luta desesperada dela por dinheiro, mas nunca se oferecera para ajudá-la, embora aquilo estivesse facilmente ao seu alcance. Durante todo aquele tempo Lily atribuíra aquilo à ganância e à avareza. Mas era medo o que o impedia. Derek preferia uma amizade simulada a qualquer coisa real entre eles. A privação brutal da juventude havia congelado o coração dele de uma forma terrível.

– Você permite que todos nós, frequentadores desse lugar, façamos o que quisermos, certo? – perguntou Lily, em voz baixa. – Só o que você quer é ficar sentado, observando, como quem assiste a um interminável espetáculo de marionetes. O que é muito mais seguro do que se envolver. Muito mais seguro do que assumir riscos e responsabilidades, não é mesmo? Que falta de cavalheirismo da sua parte… Muito bem, pois saiba que não vou pedir a sua ajuda novamente. Não preciso mais disso. É estranho, mas depois de ontem à noite sinto como se tivesse perdido todos os meus… escrúpulos.

Lily então despiu a capa e olhou para o rosto dele, apreciando a reação.

Os convidados que tinham acabado de chegar ao saguão de entrada ficaram abruptamente em silêncio, todos os olhares voltados para ela. A princípio, a roupa de Lily dava a impressão de nudez. Monique havia criado um vestido de gaze bege diáfana, semelhante à cor da pele de Lily, que a envolvia frouxamente. Astutas, elas acrescentaram "folhas" de veludo grandes e verdes que, na verdade, cobriam bastante. Os trechos em veludo, somados às longas madeixas da peruca escura, escondiam alguma coisa. Mas havia lampejos tentadores de pele aparecendo através do tecido transparente, e o contorno do corpo esguio e bem tonificado de Lily era claramente visível. O mais surpreendente de tudo era a serpente pintada que envolvia seu corpo, começando em um tornozelo minúsculo e subindo até o ombro. Uma amiga de Monique, uma artista plástica, levara três horas para fazer a pintura.

Com um sorriso provocante, Lily ergueu uma maçã vermelha brilhante que estava em sua mão e segurou-a sob o nariz de Derek.

– Quer dar uma mordida? – perguntou ela, sedutora.

# CAPÍTULO 9

Após o espanto inicial, qualquer expressão se apagou do rosto de Derek. No entanto, a percepção de Lily parecia ter se tornado mais aguçada recentemente. Ela percebeu que, em algum canto bem controlado da mente dele, Derek queria impedi-la de usar o traje revelador na frente de tantas pessoas. Mas ele não faria qualquer movimento para detê-la.

Derek apenas a fitou com uma expressão fria e significativa, deu as costas e se afastou.

– Aproveite sua caçada – disse por cima do ombro.

– Vou aproveitar – respondeu Lily em um murmúrio, observando-o se afastar com a postura de um amante traído.

Vê-lo daquele jeito fez com que Lily se sentisse culpada, como se lhe tivesse feito algum mal, embora não soubesse qual. Mesmo assim, abriu um sorriso luminoso e determinado, entregou a capa a um criado que aguardava e entrou no salão de apostas principal. Uma risada satisfeita escapou de seus lábios quando viu como o lugar estava muito bem decorado, dando a impressão de um templo em ruínas. Longas faixas de tecido azul haviam sido penduradas nas paredes para se assemelharem ao céu, enquanto altas colunas de madeira e gesso tinham sido pintadas para simular pedra envelhecida. Havia estátuas e altares posicionados nos cantos e nas laterais do salão. A mesa de apostas tinha sido afastada para liberar uma área para as danças. Os músicos estavam sentados nos balcões acima, e os doces acordes de seus instrumentos se espalhavam pelo palácio do jogo. As mulheres da casa estavam envoltas em prata e ouro, fazendo o papel de dançarinas romanas, movendo-se entre os convidados com véus, liras berrantes e falsos instrumentos musicais.

Um suspiro audível percorreu a sala quando Lily apareceu, e ela simplesmente não conseguiu mais dar um passo sequer porque uma horda de homens fantasiados se reuniu ao seu redor – bobos da corte, monarcas, piratas e uma variedade fantástica de personagens fictícios. E, enquanto todos os homens presentes tentavam chamar a atenção de Lily, as mulheres observavam discretamente à distância. Ela piscou surpresa com a profusão de vozes urgentes.

– É ela!

– Ora, me deixe passar, preciso falar com ela...

– Lady Eva, posso lhe trazer uma taça de vinho e...?

– Reservei um lugar em uma das salas de jogo para a senhorita...

– A criatura mais encantadora...

Diante do tumulto crescente na sala central, Derek se dirigiu a Worthy. O faz-tudo estava vestido como um pequeno Netuno de óculos, com um longo tridente em uma das mãos.

– *Worthy* – murmurou Derek, o sotaque forte, o tom ardente –, quero você plantado ao lado da Srta. Lawson, sem sair de perto nem por um segundo. Vai ser um milagre esses homens não pularem em cima dela para tomá-la à força, considerando todos os desgraçados que estão aqui hoje...

– Sim, senhor – interrompeu Worthy calmamente, e logo abriu caminho através da multidão, fazendo um bom uso de seu tridente.

Os olhos verdes de Derek varreram a multidão com uma expressão dura.

– Raiford, seu desgraçado – murmurou para si mesmo em um tom baixo e amargo. – Onde diabos você está?

$\sim$

Alex chegou ao baile pouco antes da meia-noite, quando a dança e a empolgação já estavam a todo vapor. Mulheres com pouca roupa passeavam de sala em sala, aproveitando a oportunidade única de jogar no Craven's, deixando escapar gritinhos de consternação se perdiam milhares de libras ou exultando de alegria se ganhavam. Escondidas por máscaras e fantasias, as casadas sentiam-se à vontade para flertar com canalhas, enquanto cavalheiros ilustres se insinuavam para as *demimondes*. A atmosfera carregada tornava fácil, quase obrigatório, envolver-se em toques libidinosos, conversas despreocupadas e ter comportamentos imprudentes. Bebia-se vinho como se fosse água e a aglomeração se tornava cada vez mais turbulenta com a alegria da embriaguez.

Quando a chegada de Alex foi notada, houve alguns aplausos e uma rápida sequência de brindes em sua homenagem. Ele reagiu com um sorriso distraído. Seus olhos procuravam Lily pelo salão, mas nem sinal dela. Quando Alex parou para assistir a uma estranha variedade de casais dançando, um grupo de mulheres se aproximou dele. Todas exibiam sorrisos sedutores, os olhos cintilando convidativamente por trás de máscaras enfeitadas com penas.

– Milorde – ronronou uma delas.

A voz era claramente distinguível como a de lady Weybridge, a jovem e bela esposa de um barão idoso, que estava vestida como uma amazona. Seus seios opulentos mal eram contidos por um corpete bege.

– Sei que é você, Raiford... Esses ombros belíssimos o denunciam... Sem falar no cabelo louro.

Outra mulher do grupo pressionou o corpo contra o dele e soltou uma risada gutural.

– Por que sua fantasia parece tão *apropriada*? – perguntou.

Alex estava vestido como Lúcifer – paletó, calça, colete e botas tingidos de vermelho-escarlate brilhante. Uma máscara severa, de expressão demoníaca e com dois chifres curvos, escondia seu rosto, enquanto um manto escarlate cobria seus ombros.

– Imagino que deva ter passado anos escondendo impulsos diabólicos – murmurou lady Weybridge. – Sempre desconfiei que havia mais no senhor do que aparentava!

Alex franziu a testa, confuso, e afastou a mulher que estava agarrada a ele. Já havia sido assediado por mulheres antes, já fora alvo de olhares sedutores e flertes determinados, mas jamais se vira na mira de um ataque tão direto. A ideia de que o interesse delas era motivado pela aposta dele com Lily era surpreendente. Elas deveriam sentir *repulsa* pelo comportamento de Alex, não excitação!

– Lady Weybridge – murmurou Alex, afastando a mão da mulher, que havia se enfiado dentro do seu paletó e já envolvia a cintura dele. – Peço que me perdoe, mas estou procurando uma pessoa...

Ela se jogou ainda mais nele, com uma risadinha que exalava conhaque.

– O senhor é um homem muito *perigoso*, não é? – murmurou lady Weybridge em seu ouvido, e capturou o lóbulo da orelha de Alex entre os dentes.

Alex deixou escapar uma risada constrangida e recuou rapidamente a cabeça.

– Eu garanto que sou bastante inofensivo. Agora, se me permite...

– Que inofensivo, que nada... – retrucou ela sedutoramente, pressionando a parte inferior do corpo contra o dele. – Eu ouvi tudo sobre o que fez ontem à noite. Ninguém tinha ideia de que o senhor era um bruto tão perigoso, perverso e vingativo.

Os lábios vermelhos se aproximaram mais, sussurrando em um beicinho:

– Mas saiba que eu poderia satisfazê-lo cem vezes mais do que Lily Lawson. Venha ao meu encontro e provarei isso.

Alex deu um jeito de se libertar da pressão insistente do corpo da mulher.

– Obrigado – murmurou, recuando para evitar as mãos possessivas de lady Weybridge –, mas estou ocupado com... – Ele se atrapalhou e completou em um tom que deixava claro o seu desconforto. – Com outro assunto. Boa noite.

Alex deu as costas rapidamente e quase derrubou uma mulher magra vestindo uma fantasia de leiteira. Ele estendeu a mão para firmá-la, e a mulher estremeceu. A expressão nos olhos azuis que o observavam através da máscara de botão de rosas era intensa e assustada.

– Milorde – murmurou ela, em um tom temeroso. – O senhor não me conhece, mas... eu... eu acho que estou apaixonada pelo senhor.

Alex encarou a mulher, perplexo. E, antes que pudesse responder, uma sedutora fantasiada de Cleópatra, porém com um rosto redondo e uma voz aguda que a denunciavam como a condessa de Croydon, atirou-se nos braços dele.

– Aposte uma noite comigo! – clamou ela. – Estou à sua mercê, milorde. Lance suas paixões ao capricho do destino!

Alex deixou escapar um gemido de aflição e atravessou a sala, perseguido por uma horda de mulheres ansiosas. Ele se dirigiu à porta, onde Derek Craven aparecera. Para um homem que supostamente representava o deus da diversão, ele parecia um tanto taciturno, o rosto carrancudo sob a coroa de folhas de parreira. Os dois trocaram um olhar de censura, e Derek puxou Alex de lado, impedindo que as mulheres continuassem a segui-lo.

Derek deu um sorrisinho torto enquanto se dirigia às damas inquietas e animadas.

– Acalmem-se, meus amores. Peço desculpas, mas o príncipe das trevas e eu precisamos conversar. Vão, agora.

Alex ficou olhando com uma expressão incrédula enquanto as mulheres se afastavam.

– Obrigado – disse com sinceridade e balançou a cabeça. – Depois de ontem à noite, elas deveriam estar me acusando de ser um canalha.

A expressão de Derek era de ironia ao dizer:

– Em vez disso, você se tornou o touro premiado de Londres.

– Essa nunca foi a minha intenção – murmurou Alex. – Mulheres... Só Deus sabe o que se passa na mente delas.

Alex não se importava com a opinião de nenhuma mulher sobre ele. Só queria Lily.

– Lily está aqui?

Derek o olhou com um sarcasmo frio.

– Eu diria que sim, milorde. Ela está sentada, nua, a uma mesa cheia de desgraçados babando, tentando arrancar as malditas cinco mil libras deles.

Alex ficou muito pálido.

– O quê?

– Você me ouviu.

– E você não fez nada para impedi-la? – explodiu Alex em um tom furioso.

– Se você quer mantê-la em segurança – retrucou Derek entredentes –, precisa cuidar dela. Estou exausto dessa história doida. Tentar manter Lily longe de problemas... é o mesmo que tentar ordenhar uma pomba.

– Em que sala de jogos ela está? – perguntou Alex, tenso, arrancando a máscara e jogando-a no chão com impaciência.

– Segunda à esquerda.

Derek deu um sorriso amargo e cruzou os braços enquanto observava Alex se afastar.

~

– Descarto duas – disse Lily calmamente, e pegou as cartas necessárias do baralho.

Sua sorte parecia ter melhorado dez vezes desde a noite anterior. Na última hora, ela havia acumulado uma pequena quantia de dinheiro, que agora pretendia começar a aumentar. Os outros cinco homens na mesa estavam jogando sem prestar muita atenção no que faziam, os olhares maliciosos vagando pelo traje transparente dela, o rosto registrando cada pensamento.

– Descarto uma – falou lorde Cobham.

Lily tomou um gole de conhaque, examinou o rosto dele e deu um sorrisinho ao notar que o olhar do homem se desviava mais uma vez para as folhas de veludo verde que cobriam seus seios. O pequeno cômodo estava cheio de homens. Lily sabia que todos tinham os olhos fixos nela. E aquilo não lhe importava nem um pouco. Àquela altura, estava além da vergonha ou da modéstia – seu único pensamento era dinheiro. Se o fato de exibir o corpo a ajudasse a conseguir a quantia exigida por Giuseppe, que assim fosse. Ela faria qualquer coisa para salvar Nicole, sacrificaria até os últimos resquícios de orgulho próprio. Se permitiria sentir vergonha e enrubescer ferozmente só depois, quando o triste papel que fizera fosse apenas uma lembrança. Mas por ora…

– Descarto uma – falou Lily, e virou uma carta.

Quando estendeu a mão para pegar outra, hesitou ao sentir um arrepio na espinha. Lily virou a cabeça lentamente e viu Alex parado à porta da sala. Nenhum anjo da destruição bíblico teria parecido mais magnífico, o cabelo e a pele cintilando com o tom precioso e escuro do ouro velho contra as roupas vermelho-sangue que ele usava. Suas íris cinzentas arderam de fúria quando ele viu o corpo exposto dela.

– Srta. Lawson – disse Alex, em uma voz totalmente controlada –, podemos trocar uma palavrinha?

O modo como ele a encarava deixou Lily tensa e inquieta. Ela se sentiu presa à cadeira, ao mesmo tempo que desejou fugir para se proteger. Em vez disso, recorreu a toda a sua capacidade de atuação para parecer indiferente.

– Mais tarde, talvez – murmurou, e voltou novamente a atenção para as cartas em sua mão. – Sua vez, Cobham.

Imóvel, Cobham ficou apenas olhando para Alex, tão paralisado quanto todos os demais na sala.

– Agora – insistiu ele, o tom mais baixo do que antes, o olhar fixo em Lily. Sua voz estava tão cortante que seria capaz de quebrar um vidro.

Lily o encarou, enquanto os outros na sala acompanhavam a conversa com profundo interesse. Maldito fosse ele por falar com ela na frente dos outros como se ela fosse sua propriedade! Ora, Worthy estava na sala. Era trabalho dele garantir um jogo tranquilo nas salas e dar um jeito em qualquer sinal de perturbação. Worthy não deixaria Alex fazer nada com ela. Afinal, ela era um membro legítimo do clube. Lily se atreveu, então, a abrir um sorriso provocador para Alex.

– Neste momento eu estou jogando.

– Não, neste momento você está saindo daqui – disse ele, seco, e assumiu o comando em um movimento rápido.

Lily arquejou de surpresa quando as cartas foram arrancadas de sua mão e espalhadas sobre a mesa. Ela pegou a maçã e atirou na cabeça dele, mas Alex se esquivou com facilidade. De repente, ela se viu coberta pelo manto vermelho dele. Com uma rapidez espantosa, Alex envolveu-a até imobilizá--la, as pernas e os braços fortemente presos. Lily gritou e se debateu violentamente enquanto ele se inclinava para erguê-la nos braços e jogá-la por cima do ombro. A longa peruca se soltou da sua cabeça, caindo em uma pilha macia no chão.

– Peço que desculpem a Srta. Lawson – aconselhou Alex aos homens na mesa. – Ela acaba de decidir que é melhor diminuir seus prejuízos e encerrar a noite. *Au revoir.*

Diante dos olhares atônitos de todos, ele carregou Lily para fora da sala, enquanto ela se contorcia e gritava indignada.

– Coloque-me no chão agora, seu cretino arrogante! Você sabia que existe uma lei contra sequestro? Vou mandar prendê-lo, sua besta autoritária! Worthy, faça alguma coisa! Onde diabos você está? Derek Craven, seu covarde fedorento e detestável, venha me ajudar!... Malditos sejam todos vocês...

Worthy seguiu Alex cautelosamente, fazendo algumas objeções hesitantes.

– Lorde Raiford?... Ahn, lorde Raiford...

– Alguém me traga uma pistola! – bradou Lily, a voz já ficando rouca, enquanto era carregada pelo corredor.

Ainda sentado à mesa de jogo, o idoso lorde Cobham fechou a boca e deu de ombros.

– Talvez isso seja uma coisa boa – comentou ele. – Talvez eu jogue melhor agora. É uma moça maravilhosa, sim, mas sua presença não ajuda um homem a pensar direito.

– É verdade – disse o conde, passando a mão pelo cabelo branco. – Em contrapartida, ela faz um bem enorme à minha libido.

Os homens riram e assentiram, enquanto uma nova rodada era distribuída.

Acima dos acordes animados da música no salão de baile, uma voz feminina estridente se elevava cada vez mais alto, gritando todos os palavrões concebíveis. Alguns músicos hesitaram, outros olharam para o salão de baile, confusos. Depois de um sinal categórico de Derek, seguiram tocando bravamente, mas ainda assim esticaram o pescoço para ver a causa da comoção.

Derek apoiou o corpo em uma estátua de Mercúrio e ficou ouvindo as exclamações de espanto dos convidados. Casais abandonaram suas danças e os jogos de azar de que participavam e saíram do salão principal para investigar a origem do barulho. A julgar pelo som já distante da voz de Lily, Derek percebeu que Raiford a levava por um corredor lateral, em direção à entrada da frente. Pela primeira vez em sua vida, Lily havia sido salva, embora ela não parecesse estar gostando daquilo. Dividido entre o alívio e a agonia, Derek sussurrou alguns palavrões em voz baixa que superavam facilmente as profanidades de Lily.

Um camarada extravagante, vestido como Luís XIV, voltou para o salão central e anunciou, risonho:

– Raiford jogou a nossa lady Eva por cima do ombro... e a está levando embora, como um selvagem!

A cena provocou um tumulto. Uma boa parte dos convidados saiu para ver o que estava acontecendo, enquanto o resto se aglomerava em torno da mesa de Worthy, exigindo que ele anotasse as apostas. Com sua eficiência habitual, Worthy começou a escrever furiosamente em um grande caderno e a anunciar as probabilidades.

– Dois para um que ele vai mantê-la por pelo menos seis meses, vinte para um por um ano...

– Aposto mil que eles se casam – disse lorde Farmington com um entusiasmo embriagado. – Quais são as chances dessa?

Worthy considerou a pergunta com cuidado.

– Cinquenta para um, milorde.

Os convidados se aglomeraram ao redor de Worthy para fazer mais apostas.

Enquanto se contorcia impotente no ombro de Alex, Lily viu alguns simpatizantes seguindo os dois.

– Isso é um *sequestro*, seus bêbados idiotas! – gritou ela. – Se vocês não o impedirem, serão acusados como cúmplices quando eu o denunciar por sequestro e... *Ah*!

Lily levou um susto com a palmada firme no traseiro.

– Silêncio – disse Alex brevemente. – Você está fazendo uma cena.

– *Eu* estou fazendo uma cena? Eu... *Ai*, maldito!

E, depois de receber outra palmada dolorida, Lily enfim caiu em um silêncio estupefato.

A carruagem de Alex havia sido trazida e ele a carregou até o veículo. Um criado abriu a porta, com uma expressão perplexa. Alex jogou Lily sem cerimônia dentro do veículo e subiu atrás dela. Aplausos animados se elevaram da multidão de convidados mascarados nos degraus. O som foi como combustível para deixar o temperamento de Lily ainda mais inflamado.

– Que bonito da parte de vocês – gritou ela pela janela –, aplaudirem a cena de uma mulher sendo brutalizada bem diante dos seus olhos!

A carruagem se afastou e o solavanco do veículo derrubou Lily de lado no assento. Ela se debateu para tentar se livrar da capa, que estava bem embrulhada, e quase caiu no chão. Alex observava do assento oposto, e não fez nenhum movimento para ajudá-la.

– Para onde estamos indo? – balbuciou Lily, ainda se esforçando para se desvencilhar do tecido que a prendia.

– Para Swans' Court, em Bayswater. Pare de gritar.

– Uma propriedade de família, é isso? Nem se dê ao trabalho de me levar até lá, porque não vou colocar um pé na maldita…

– Silêncio.

– Não me interessa se é longe ou se não é! Vou começar a andar de volta assim que…

– Se você não ficar quieta – interrompeu ele, a ameaça feita em uma voz discreta –, vou lhe aplicar um corretivo que deveria ter sido dado pelos seus pais.

Lily parou de se contorcer para encará-lo, indignada.

– Nunca levei uma única palmada antes desta noite – disse ela em uma voz abafada e acusadora. – Meu pai nunca ousou…

– Ele nunca prestou a mínima atenção em você – respondeu Alex secamente. – E deveria ser devidamente castigado por isso. Há anos você precisa que alguém a discipline.

– Eu…

Lily estava furiosa, mas, quando encontrou o olhar determinado de Alex, fechou rapidamente a boca, percebendo que ele falava sério.

Ela se concentrou em tentar se livrar do manto, mas estava tão bem preso quanto a manta de um bebê. Furiosa, humilhada e um tanto assustada, Lily ficou encarando Alex em um silêncio trêmulo. Ela havia pensado que depois da noite da véspera não teria nada a temer dele. Agora, parecia que nada nem ninguém o impediria de fazer o que quisesse com ela. Alex havia destruído a última chance de Lily de conseguir o dinheiro para pagar Giuseppe.

Ela se culpava tanto quanto culpava a ele. Se ao menos não tivesse se intrometido nos assuntos do conde! Se tivesse tido o bom senso de recusar o pedido de ajuda de Zachary e cuidado da própria vida, Alex ainda estaria no campo com Penelope e o restante dos Lawsons, sem nem pensar na existência dela. Lily se lembrou da forma como o havia amarrado em sua cama e isso a encheu de pavor e desespero. Alex nunca a perdoaria por humilhá-lo. Ele se vingaria dela cem vezes. Ele se dedicaria a acabar com sua vida. Ela não o estava encarando diretamente, mas sabia que os olhos acinzentados estavam fixos nela, e que as roupas vermelhas e severas que Alex usava lhe davam uma aparência surpreendente, bela e assustadora. Lily tinha certeza de que nem o próprio diabo, se estivesse preso com ela em uma carruagem, a faria se sentir pior.

Em dado momento o veículo parou. Quando um dos criados abriu a porta, Alex pegou Lily nos braços, desceu com ela da carruagem e começou a subir os degraus de Swans' Court. O criado correu à frente deles e bateu à porta.

– Sra. Hodges – chamou o homem com urgência. – Sra. Hodg…

A porta foi aberta e a governanta observou a cena diante dela com uma surpresa crescente.

– Voltou cedo, milorde, eu…

Ela arregalou os olhos ao ver a mulher embrulhada nos braços de Alex.

– Santo Deus… Lorde Raiford, ela está ferida?

– Ainda não – respondeu Alex, o tom severo, e carregou Lily para dentro da mansão.

Lily se contorceu no colo dele.

– Você não pode me obrigar a ficar aqui! – gritou. – Vou embora assim que me colocar no chão!

– Não até que eu deixe algumas coisas bem claras.

Lily olhou rapidamente ao redor enquanto eles passavam por um corredor interno e subiam uma escadaria que fazia uma curva suave e tinha uma intrincada balaustrada de ferro forjado. A casa era fresca e iluminada, decorada em um estilo confortável, mas bem organizado. Era surpreendentemente moderna, com grandes janelas e detalhes refinados em gesso nas paredes. Ela percebeu que Alex a observava, como se avaliasse a reação dela à mansão.

– Se você pretendia arruinar a minha vida – disse Lily em voz baixa –, conseguiu ir além da sua ambição mais louca. Você não tem ideia do que fez comigo.

– Tirando você de um jogo? Negando-lhe a chance de continuar a exibir seu corpo diante da *alta sociedade*?

– Você acha que eu realmente estava gostando daquilo? – perguntou Lily, tão irritada que mandou qualquer cautela às favas. – Acha mesmo que eu tinha escolha? Se não fosse por...

Horrorizada, ela se conteve bem a tempo, incapaz de acreditar no que quase escapou de sua boca. Alex a deixara tão indignada que ela quase revelara seu segredo mais bem guardado.

Ele reagiu na mesma hora diante das palavras dela.

– Se não fosse pelo quê? Isso tem a ver com as cinco mil libras que Craven mencionou? Para que você precisa desse dinheiro?

Lily olhou para ele com uma expressão do mais absoluto terror, o rosto muito pálido.

– Derek contou sobre as cinco mil libras? – perguntou ela, a voz rouca.

Ela não conseguia acreditar. Bom Deus, não havia ninguém no mundo em quem pudesse confiar!

– Eu... vou matar aquele traidor...

– É uma dívida de jogo, não é? – perguntou Alex, implacável. – O que aconteceu com o dinheiro que herdou da sua tia? Você desperdiçou uma fortuna inteira nas mesas de jogo? E, aparentemente, agora está reduzida a uma existência precária, sustentando-se com seus ganhos na mesa de apostas. De todas as irresponsabilidades...

Alex se interrompeu e cerrou os dentes.

Lily virou o rosto, mordendo o lábio. Ela queria contar a ele que não tinha sido uma perdulária, que não tinha perdido o dinheiro em mesas de jogo. Que a fortuna que recebera da tia havia sido drenada pela chantagem de Giuseppe e pelas despesas com um investigador em tempo integral, tudo no esforço de recuperar a filha. Se não fosse pela traição daquele italiano, ela estaria levando uma vida confortável. Se tivesse escolha, nunca mais colocaria os pés perto de uma mesa de apostas! Mas Lily não tinha como deixar Alex saber de tudo aquilo.

Enquanto olhava para o rosto que Lily mantinha teimosamente desviado, Alex teve vontade de sacudi-la, de beijá-la e de puni-la, tudo de uma vez. Ele podia sentir o terrível conflito dentro dela. Lily estava com medo de alguma coisa... estava com algum tipo de problema.

Ele a levou até um quarto grande e fechou a porta. Ela permaneceu absolutamente imóvel enquanto ele a colocava de pé e começava a desembrulhar a capa que a prendia. Lily esperou com uma paciência incomum, mantendo-se sob controle. Quando ele finalmente tirou a capa, ela deu um suspiro de alívio e flexionou os braços.

Alex jogou a peça em uma cadeira e se voltou para ela. Com um ataque rápido, ela desferiu um tapa no rosto de Alex com tanta força que virou a cabeça dele para o lado. O golpe retumbante fez arder a palma da mão dela. Quando Lily se virou para sair, sentiu a mão de Alex segurando a parte de trás de sua fantasia.

– Ainda não – murmurou ele.

Lily se desvencilhou violentamente e arquejou com uma fúria perplexa ao sentir o tecido fino do vestido se rasgar. O tecido transparente afrouxou, e ela agarrou-o em pânico, apoiando-se contra a parede e cobrindo a frente do corpo com os braços. Alex se aproximou e apoiou as mãos na parede, inclinando-se sobre ela. Ele parecia ter três vezes o tamanho dela. Seus olhos ardentes percorreram o corpo esguio, demorando-se no desenho pagão da serpente pintada. A tinta borrara em vários lugares, deixando listras pretas, verdes e azuis na pele clara.

– Não encoste em mim – disse Lily, trêmula. – Ou... vou bater em você de novo.

– Eu não vou encostar em você – respondeu Alex, o tom sarcástico. – Vou esperar aqui enquanto você lava isso...

Alex olhou com desprezo para a cobra pintada.

– Há um quarto de vestir e um banheiro logo ali.

Lily tremia com uma mistura de medo e raiva.

– Tenho algumas revelações a lhe fazer, milorde. Não vou tomar banho. Não vou dormir na sua cama esta noite e não vou conversar com você. Sei tudo que vai dizer. E a resposta é não.

– É mesmo? – retrucou ele, semicerrando os olhos. – E o que eu vou dizer?

– Que você me acha atraente e me deseja e, portanto, quer que eu seja a sua amante até que se canse de mim. Depois disso, receberei um generoso presente de despedida e estarei livre para ter uma série de protetores, até perder a minha beleza.

Lily não conseguiu olhar para ele quando terminou.

– Você vai me propor um arranjo – concluiu ela.

– Eu estou lhe propondo um banho – disse ele calmamente.

A risada curta de Lily tinha um toque de histeria.

– Deixe-me ir embora. Estraguei as coisas para você e agora você arruinou tudo para mim. Estamos quites. Só me deixe...

As palavras foram abafadas quando Alex se inclinou e a beijou. Quando levantou a cabeça, ela tentou esbofeteá-lo de novo, mas Alex estava preparado dessa vez, e segurou o pulso antes que a mão de Lily alcançasse seu rosto.

Ambos permaneceram imóveis. Lily sentiu os pedaços da sua fantasia caírem, deixando-a nua, a não ser pelos traços de tinta. Ela enrubesceu fortemente e tentou se cobrir, mas Alex não a soltou. Ele manteve o braço de Lily erguido, enquanto com o olhar a percorria lentamente, parecendo queimar a pele dela. O ritmo de sua respiração acelerou até ele estar arquejando como ela. Alex deu um passo à frente e Lily se encolheu contra os frios painéis de madeira da parede, hipnotizada pelo fogo que ardia nos olhos dele. Ela sussurrou um apelo, uma negação. Ele não deu ouvidos.

Lily sentiu então as mãos errantes e gentis de Alex tocarem os ombros dela, a lateral dos seus seios, suas costelas. As palmas deslizaram sobre os seios e os envolveram, fazendo-a estremecer quando seus mamilos intumesceram com o toque. O rosto de Alex estava rígido de paixão, os cílios volumosos movimentando-se enquanto seus olhos percorriam o corpo esguio que ele acariciava.

Lily tentou não sentir nada, ignorar o prazer devastador que parecia queimar onde quer que as mãos dele tocassem, mas a verdade é que todos os seus sentidos ansiavam por outro gole do êxtase que ele lhe dera na noite anterior. Ao se lembrar da sensação do corpo firme sobre o dela, começou a tremer com um desejo que não conseguia reprimir. E que a fez enrubescer de vergonha.

– O que você fez comigo? – sussurrou Lily, a voz instável.

Alex deixou as mãos deslizarem pela pele dela, espalhando a tinta em faixas de calor e cor. Ele traçou lentamente a curva arredondada do seio delicado, as pontas manchadas dos dedos gravando uma linha verde-azulada na barriga lisa dela. Lily pousou as mãos no peito de Alex, os músculos ligeiramente tensos, como se fosse afastá-lo. Mas nada o impediria de tocá-la, de desenhar em seu corpo como um artista erótico concentrado em uma pintura sensual. A palma da mão de Alex cobriu a cabeça da serpente no ombro dela e espalhou-a pela lateral do corpo em uma trilha esmeralda vibrante.

Em uma última tentativa desesperada de escapar, Lily tentou se virar, mas a pressão sólida do corpo dele se aproximou ainda mais e sua boca quente e faminta encontrou a dela. As mãos de Alex apertaram com urgência suas nádegas nuas, erguendo-a em sua direção, e ele gemeu contra a boca macia de Lily. A força do desejo dele consumia a razão e qualquer determinação que ela pudesse ter... Lily perdera todo e qualquer autocontrole.

Ela ergueu os braços para os ombros largos de Alex, tremendo de excitação, impotente, os dedos agarrando com força o paletó dele. A sensação do próprio corpo nu pressionado contra o linho e a maciez aveludada das roupas de Alex era nova e surpreendente. Ele afastou a boca e pressionou os lábios no alto de seus ombros, beijando-a e mordendo ao mesmo tempo. Lily enfiou o rosto no cabelo louro, seu hálito aquecendo a orelha dele. Alex deslizou a língua sobre a pele dela até encontrar a veia que latejava no pescoço, demorando-se ali, fazendo cócegas.

Ele afastou a cabeça então, os olhos cinza muito concentrados. Lily sentiu os dedos dele entre seus corpos, tocando-a entre as coxas, puxando a própria calça, até ela sentir o calor firme e macio do membro dele pulsando. Lily deixou escapar um gemido ansioso e se colou mais, desejando tê-lo dentro dela. Alex mais uma vez a segurou pelas nádegas, erguendo-a com facilidade contra a parede.

Alex falou com a voz rouca, orientando-a sobre o que fazer, a voz um misto de intensidade e ternura:

– Não tenha medo... Passe as pernas ao redor do meu corpo... Isso, assim.

Lily sentiu uma pressão pesada, seu corpo se expandindo para acomodar as arremetidas dele. Ela respirou fundo e se agarrou a Alex, travando as pernas ao redor da cintura dele enquanto aqueles braços poderosos a sustentavam.

Alex enterrou o rosto no pescoço dela enquanto continuava a penetrá-la. Lily estava arquejando de prazer e ele sentiu as vibrações contra os próprios lábios. Arremeteu com mais firmeza na carne macia e ela arqueou o corpo, puxando-o pela nuca com força. Alex compreendeu a mensagem silenciosa e deixou o peso dela assentar mais fundo em seu membro, ao mesmo tempo que levava uma das mãos ao sexo dela. Com a ponta dos dedos, tateou suavemente os pelos macios.

– Vamos levar o tempo que for preciso – murmurou ele junto à pele corada, aumentando o ritmo das arremetidas. – Não vou parar até você gozar pra mim.

Lily deixou escapar um grito agudo, seu corpo se contraindo, estremecendo ao redor dele. Alex se permitiu chegar ao clímax na mesma hora, prendendo a respiração enquanto seu corpo era sacudido por poderosos espasmos de alívio. Ele soltou um suspiro entrecortado e pressionou a testa contra a dela. Ficaram ali encaixados, as respirações fluindo juntas, os músculos contraídos relaxando. Alex abaixou Lily com cuidado, depois segurou sua nuca com firmeza para um beijo. A boca dele era quente e doce, e saboreava o gosto residual de prazer.

Alex soltou-a e fechou novamente a calça. Lily permaneceu encostada na parede. Lentamente, ela passou os braços ao redor do corpo, protegendo-se parcialmente do olhar dele. A expressão em seu rosto era de puro atordoamento, como alguém que acabara de passar por uma terrível calamidade. Alex se voltou novamente para ela e franziu a testa.

– Lily...

Em uma tentativa de confortá-la, ele levou a mão ao rosto dela, mas Lily se esquivou dos dedos manchados de tinta. Com um sorriso irônico, Alex fitou a mão manchada.

– Será que vai sair? – perguntou ele em um tom falsamente sério – Ou devo começar a pensar em como me explicar?

– Não sei...

Lily olhou para o arco-íris de tons que cobria o próprio corpo. Parecia incapaz de organizar os pensamentos confusos. Seu coração ainda batia forte, como se ela tivesse injetado nas veias uma droga estimulante que estava destruindo seus nervos. Sentia-se insana e instável, prestes a começar a chorar.

– Vou para casa – disse. – Se você tiver uma camisa que eu possa usar, uma capa...

– Não – disse Alex calmamente.

– Eu não estou perguntando. Estou *avisando* que vou voltar para casa agora.

– Não enquanto estiver assim. E não estou me referindo à pintura, mas à expressão em seu rosto. Você parece prestes a tomar alguma atitude drástica.

– Eu sempre tomo alguma atitude drástica – retrucou Lily, o tom frio. – A minha vida tem sido uma série interminável de dificuldades, milorde, desde que eu era criança. Sobrevivi a todas elas sem a sua interferência e continuarei fazendo isso.

Alex voltou a pousar as mãos no corpo dela, ignorando seu protesto relutante. Ele brincou com o umbigo de Lily, com os ossinhos do quadril, tocando-a com o carinho de quem segura uma peça de escultura de valor inestimável. A compostura de Lily – o pouco que restava dela – desapareceu sob aquele toque. Constrangida, ela começou a afastar as mãos dele, mas sua atenção foi distraída quando Alex falou em um tom tranquilo:

– O dinheiro é o único problema?

– Eu não quero o seu dinheiro – disse Lily, e prendeu a respiração enquanto os dedos dele roçavam nos pelos entre as suas coxas, manchados de tinta dourada.

– Cinco mil bastaria ou você precisa de mais?

– Por que você não me diz exatamente que obrigações estariam atreladas a isso? – perguntou ela. – Ou por acaso é um presente sem compromisso?

Alex sustentou o olhar dela, a expressão inflexível.

– Há compromissos.

Lily deu uma risada melancólica.

– Ah, pelo menos você é honesto.

– Mais do que você.

– Eu não minto.

– Não, você apenas omite.

Ela baixou o olhar, ciente do caos que as carícias suaves dele estavam causando em seu íntimo.

– Aparentemente essa é a única coisa que escondi de você – murmurou Lily, e suas orelhas arderam ao som da risada baixa de Alex.

Ele passou os dedos ao redor do pulso frágil dela e puxou-a, afastando-a da parede e levando-a até o outro lado do quarto. Lily gaguejou indignada enquanto tropeçava atrás dele.

– Eu não concordei com nada!

– Sei que não. Vamos continuar nossa conversa no banho.

– Se acha que eu vou permitir que você me veja tomar banho…

Alex parou de repente, se virou e passou o braço ao redor dela, beijando-a com intensidade. Lily estremeceu de surpresa, mas ele a manteve bem junto ao corpo, uma das mãos ainda segurando o pulso dela com tanta firmeza que Lily podia sentir o sangue pulsando em suas veias contra a pressão dos dedos dele. Alex levantou a cabeça e ela permaneceu colada a ele, confusa. Com um sorriso rápido, ele continuou a puxá-la até chegarem ao banheiro. Alex soltou-a, então, foi até a banheira e ajustou as torneiras douradas até os canos estremecerem atrás da parede. Água quente brotou em um fluxo contínuo.

Parada ali, com os braços ao redor do próprio corpo, Lily olhou em volta, maravilhada. Era um banheiro definitivamente luxuoso, equipado com uma lareira de mármore e forrado com azulejos brancos pintados e esmaltados com cores brilhantes. Como já os vira em Florença, ela os reconheceu como azulejos italianos raros com mais de dois séculos. A banheira embutida era a maior que ela já tinha visto, capaz de acomodar duas pessoas.

Alex deu um sorriso sarcástico ao ver sua postura recatada. E afastou o braço dela dos seios.

– Depois de desfilar pelo Craven's usando nada mais do que alguns lenços costurados...

– Não era tão revelador quanto parecia. A peruca escondia muita coisa.

– Não o bastante.

Alex forçou-a a entrar na banheira. Lily sentou-se e foi vendo o nível da água subir cada vez mais, com a dignidade de um gato ofendido, enquanto Alex começava a tirar as roupas arruinadas.

– Esse tipo de coisa não vai mais acontecer – declarou ele bruscamente, lançando-lhe um olhar cauteloso.

A princípio, Lily achou que ele se referia à atitude mal-humorada dela, mas então se deu conta de que Alex estava falando da sua exibição no Craven's. O comentário a irritou. Ela deveria ter esperado que ele começasse a dar ordens. Jamais havia aceitado as imposições de ninguém, nem mesmo dos pais.

– Vou desfilar totalmente nua pela Fleet Street se eu quiser.

Alex olhou para ela com uma expressão de divertimento, mas não respondeu. Lily pegou um dos sabonetes empilhados em uma tigela de vidro no chão, passou com todo o cuidado nos braços e no peito e jogou água na pele. O vapor e o calor acumulados no banheiro começaram a relaxá-la e, inconscientemente, ela soltou um suspiro longo. Então, pelo canto do olho, viu Alex se aproximar da lateral da banheira. Ao se dar conta de que ele estava nu, Lily fez menção de sair da água morna.

– Não – disse ela, apreensiva. – Não quero que você compartilhe meu banho. J-já fui apalpada o suficiente por você por uma noite.

– Sente-se, Lily.

Alex pousou a mão grande no ombro dela e a empurrou de volta para a banheira.

– Há minutos você estava bastante satisfeita em ser apalpada por mim.

Lily enrijeceu a coluna quando o sentiu entrar na água atrás dela. Ele se sentou, dobrando uma das longas pernas e esticando a outra ao lado dela. Depois de deixar escapar um leve suspiro de satisfação, Alex passou o braço ao redor dela, tirando o sabonete de sua mão. Lily olhou para os pés dele e sentiu o roçar do joelho dobrado contra a lateral do seu seio. As mãos ensaboadas de Alex começaram a passear pelo corpo dela. Em silêncio, ela observou enquanto ele lavava a tinta dos seus seios, a cor se dissolvendo em uma espuma acinzentada.

Alex jogou água nos ombros de Lily, enxaguando-a até que sua pele voltasse ao tom claro e com aspecto reluzente. Ele a puxou mais para perto, entre as coxas, instigando-a até o peso de Lily estar acomodado contra o pelo encharcado do peito dele. Então, esfregou o sabonete entre os dedos e deslizou-os pelo corpo dela em uma trilha de espuma, até convergirem no espaço entre as coxas em um emaranhado escorregadio.

O silêncio pairava no banheiro. Havia apenas o barulho suave da água e o som da respiração dos dois ecoando suavemente nos ladrilhos. Lily não conseguiu evitar se render ao calor reconfortante do banho. Sentindo o alívio da tensão na coluna, semicerrou os olhos e descansou a cabeça no ombro de Alex, sentindo as mãos dele vagando suavemente por seu corpo. Ele virou o rosto e deixou os lábios deslizarem pela curva do pescoço de Lily, pelo contorno delicado do seu maxilar. Ela se apoiou mais pesadamente nele e inspirou profundamente o ar. Espontaneamente, deixou a mão descer pela coxa de Alex, os dedos envolvendo o membro rígido. Debaixo d'água, os pelos ásperos do corpo dele se tornavam macios e aveludados.

Alex ficou imóvel ao sentir o toque. O único movimento era o subir e descer do seu peito colado a ela. Lily fechou os olhos com força, esperando pelo momento em que ele a afastaria e diria que o interlúdio havia acabado. Mas Alex pegou o sabonete mais uma vez e ensaboou as mãos até conseguir uma espuma escorregadia. Lily sentiu o toque dos dedos dele contornando seus seios, suave como as asas de uma borboleta, fazendo enrijecer os mamilos delicados. Ela ergueu mais o corpo em resposta à carícia provocante e deixou escapar um murmúrio de prazer.

Alex juntou água nas mãos e derramou o calor líquido sobre os seios dela, deixando os mamilos tensos e rosados. Houve outro ritual com o sabonete, que ele voltou a esfregar entre as palmas das mãos e depois colocou de lado. As palmas lubrificadas deslizaram em círculos pelo abdômen de Lily, parando quando a ponta de um dedo mergulhou com curiosidade na cavidade perfeita do umbigo. Lily sentia-se flutuando em uma piscina de fogo, o corpo tenso de desejo. Determinado, Alex usou as próprias pernas para abrir mais as dela e levou a mão mais abaixo, acariciando a linha tensa do abdômen... e mais baixo... até seus dedos começarem a percorrer os pelos encharcados do sexo, cobrindo-os com espuma branca. Lily se sobressaltou e segurou o pulso dele, tentando afastá-lo.

– Eu acho que você deveria parar – disse ela sem fôlego, e umedeceu os lábios. – Acho...

– Que tal você tentar *não* achar? – sussurrou Alex em seu ouvido, e deslizou o dedo médio bem fundo dentro dela.

O prazer do toque se espalhou pelo corpo de Lily, transformando-se rapidamente em uma urgência pesada e ardente. O dedo de Alex foi ainda mais fundo, e o corpo dela se contraiu para aproveitar mais a pressão sedutora. Sentindo a água oscilar ritmicamente na banheira, Lily percebeu o que estava acontecendo e disse o nome dele com a voz fraca. Alex murmurou baixinho, dizendo a ela para esquecer tudo, para se concentrar apenas no *momento*... e a manteve ali, embalada pela água e pelo corpo dele, sem abandonar a deliciosa carícia, extraindo prazer da carne dela como se pudesse bebê-lo da ponta dos dedos. Alex levou-a pacientemente até o limite e a fez ultrapassá-lo em um clímax intenso que pareceu infinito. O grito abafado de Lily ecoou nos ladrilhos enquanto ela arqueava o corpo molhado nos braços dele. Quando a onda de prazer cedeu, Alex virou-a até que ela estivesse em cima dele, e sua boca tomou a dela em um beijo entorpecente.

– Você é uma mulher linda, Wilhemina Lawson – disse ele com a voz rouca, segurando a cabeça dela entre as mãos molhadas e fitando as profundezas dos olhos de Lily. – E vai passar a noite comigo.

Se tivesse a vantagem de roupas, armas ou mesmo de uma mínima centelha de energia, Lily poderia ter encontrado uma forma de partir. Mas acabou permitindo que ele a secasse com uma toalha grossa e macia e a levasse para um quarto com um teto reluzente que parecia o próprio céu com nuvens. Alex apagou as lamparinas e a puxou para junto do próprio corpo na cama. Ambos sabiam que ela aceitaria as cinco mil libras dele e que discutiriam os termos do arranjo no dia seguinte. O acordo tácito fez com que Lily se sentisse suja, presa... A troca de dinheiro pelo uso do corpo dela não poderia ser considerada outra coisa senão o que era. Mas aquilo também lhe trouxe um pouco de paz. Ela pagaria a Giuseppe e recontrataria o detetive para encontrar sua filha. Talvez o pesadelo dos últimos dois anos acabasse em breve.

O braço de Alex a envolveu para puxá-la mais junto ao seu corpo. Não demorou muito para que ela sentisse a respiração dele em seu cabelo na lenta cadência do sono. Mas, mesmo cansada como estava, Lily teve dificuldade para dormir. Estava perturbada com a consciência muito clara de que, apesar dos seus esforços para evitar aquilo, sua vida havia seguido por um caminho que ela nunca desejara percorrer... e não havia como voltar atrás.

Ela se sentia profundamente intrigada com o homem que dormia ao seu lado, o homem que ela acusara de brutalidade, mas que, apesar das muitas oportunidades que tivera de machucá-la, a tratara com gentileza. Na verdade, Alex se dedicara com devoção a lhe dar prazer. Ela já o havia considerado um homem de coração frio, mas a verdade era que ele possuía uma profundidade de sentimentos bastante incomum. Outros talvez achassem que a natureza de Alex era contida e moderada, mas Lily sabia que tinha o poder de trazer à tona um viés explosivo do temperamento dele.

E, diante disso, ela se via obrigada a admitir para si mesma que aquilo a deixava feliz, que algo nela encontrava profunda satisfação no fato de afetá-lo tão profundamente. Alex ficara furioso por tantos homens a terem visto usando a fantasia de Eva. A recordação a fez abrir um leve sorriso, que logo desapareceu com a lembrança de que não era típico dela sentir prazer com a possessividade de um homem. Perturbada, Lily tentou se afastar, mas Alex a aconchegou mais junto a si com um grunhido sonolento e passou um braço por cima do corpo dela. Consciente da ironia da situação, Lily se apoiou mais nele e fechou os olhos, relaxando no abrigo cálido do corpo do homem ao seu lado.

～

Alex acordou com o incômodo dos espasmos e chutes das pernas de Lily. Ele se sentou na escuridão, resmungando e esfregando os olhos.

– O que houve?

Ele soltou um bocejo profundo, sonolento, mas logo virou a cabeça ao ouvir um gemido baixo e agudo ao seu lado.

– Lily? Mas que diabo...?

Ela se agitava contra o travesseiro. Seu corpo se contorcia, os punhos pequenos agarrando com força os lençóis. Palavras incoerentes saíam de seus lábios entre arquejos.

Alex afastou com gentileza o cabelo da testa dela.

– Shhh. Você está sonhando, Lily. É só um pesadelo.

– Não...

– Acorde, meu bem.

Ele teria continuado a falar com ela, mas então ouviu o nome que Lily havia sussurrado durante o episódio de sonambulismo em Raiford Park. Alex achou ter ouvido Nick, mas a voz dela estava mais distinta agora. E ele se deu conta de que Lily estava repetindo um nome feminino.

– *Nicole*... Não... *não*...

Ela chorava com soluços secos, estendendo as mãos cegamente, o corpo tenso contra o músculo firme do peito dele. Lily tremia de medo, ou talvez de tristeza.

Alex ficou olhando para ela com um misto de compaixão e de profunda curiosidade. Nicole. Ele nunca ouvira aquele nome ser mencionado por nenhum dos Lawsons. Certamente fazia parte do misterioso passado de Lily. Ainda acariciando seu cabelo, ele pousou os lábios na testa dela.

– Lily, acorde. Calma. Você está bem.

Ela se afastou rapidamente dele, a respiração presa como se alguém a tivesse jogado no chão. Alex voltou a puxá-la para si, envolvendo-a nos braços. De repente, Lily começou a chorar em desconsolo. Era algo com o que ele certamente não contava, aquele choro triste de uma dor profunda demais para ser expressada em palavras. Alex ficou paralisado de espanto.

– *Lily*.

Ele tentou acalmá-la, passando as mãos por seu corpo trêmulo. Os soluços dela eram estranhamente assustadores. Alex nunca ouvira um som tão desolado, tão assombrado. Daria qualquer coisa, prometeria o sol e a lua, qualquer coisa para fazê-la parar.

– Lily – repetiu, desesperado. – Pelo amor de Deus, não chore assim.

Ela demorou muito para se acalmar e aninhar o rosto molhado contra o peito dele. Alex quis conversar sobre o que acontecera, arrancar alguma explicação, mas Lily deixou escapar um suspiro exausto e adormeceu com uma rapidez anormal, como se as lágrimas tivessem drenado suas forças até a última gota. Aturdido, ele fitou a mulher aninhada em seus braços.

– Quem é Nicole? – sussurrou, embora soubesse que ela não podia ouvi-lo. – O que ela fez com você?

A cabeça pequena de Lily descansava pesadamente na dobra do braço dele. Alex acariciou o cabelo escuro, sentindo a própria tensão começar a ceder. Mas outra emoção mais perturbadora surgiu: um instinto protetor fortíssimo. Ele queria cuidar dela, daquela mulher cheia de vida que havia deixado claro que não queria nem precisava da ajuda de ninguém. Alex sabia que não podia confiar seu coração a Lily, mas em algum lugar ao longo do caminho ele já o havia entregado. Lily tinha virado a vida dele de cabeça para baixo. Mudara tudo.

Ele amava aquela mulher.

Uma verdade simples e surpreendente, inegável. Alex pressionou os lábios com ardor contra o cabelo dela, o corpo tomado por uma alegria ansiosa e incontida. Queria Lily unida a ele por palavras e promessas, por tudo que ele tivesse que servisse para mantê-la ao seu lado. Com o tempo, ela poderia vir a gostar dele – era um risco que valia a pena correr. Seria sensato descobrir mais sobre ela, mergulhar em seu passado até que Lily fosse menos enigmática. Mas Alex não estava disposto a ser sensato, estava apaixonado e a queria como ela era. Havia sido cauteloso e responsável durante toda a vida. Pela primeira vez, deixaria a razão de lado e faria o que seu coração mandasse.

～

Lily se espreguiçou e estremeceu, parecendo confortável. Ela piscou algumas vezes, até abrir os olhos, e viu um delicado teto azul e branco iluminado pela luz da manhã. Ao virar a cabeça, encontrou os olhos translúcidos de Alex fixos nela. Os ombros se erguiam acima dela, impedindo que Lily puxasse o lençol sobre os seios expostos. Ele disse bom-dia com um sorriso preguiçoso e perguntou como ela havia dormido.

– Muito bem – disse Lily, o tom cauteloso.

Ela se lembrava de ter tido sonhos estranhos e conturbados, e se perguntou se o havia incomodado durante o sono. Também se perguntou por que não havia perguntas e olhares desconfiados.

– Eu estava com medo de que você escapasse antes de eu acordar – falou Alex.

Lily desviou o olhar, sentindo-se culpada ao se lembrar da sua partida furtiva na manhã da véspera.

– Não tenho nada para vestir – murmurou.

– É claro – disse ele, e abaixou deliberadamente o lençol. – Manter você sem roupas tem vantagens definitivas.

Lily estranhou o humor brincalhão e tentou segurar o lençol.

– Eu agradeceria se você mandasse alguém à minha casa para pegar um vestido e algumas outras coisas… A minha camareira, Annie, vai saber o que separar… e…

Seus modos dignos ruíram quando ele afastou de vez o lençol branco e abriu as coxas dela.

– Alex – disse Lily em um leve tom de protesto.

As mãos dele passearam lentamente pelo corpo dela.

– Gosto de ouvir você dizer o meu nome.

– Você não pode estar querendo… – disse ela sem fôlego. – De novo, não.

– Por que não?

– Porque tanto assim deve ser prejudicial à saúde, ou algo assim…

– Muito – disse ele, pousando as mãos sobre os seios delicados. – Confunde o cérebro.

– Será que realmente…? – Lily começou a se preocupar, mas logo viu que ele estava brincando. – Alex!

Ele colou a boca quente e sorridente nos seios dela e mais uma vez Lily sentiu o membro rígido pressionado contra a sua coxa. Seus sentidos se acenderam em resposta, e ela não protestou quando Alex abriu seus braços e suas pernas e se posicionou em cima dela. Ele beijou seus lábios e penetrou-a, arremetendo profundamente, movendo-se com facilidade. Hesitante, Lily pousou as mãos nas costas dele, sentindo os músculos se flexionarem sob a pele firme. Ela ergueu mais as pernas, prendendo os quadris dele entre os joelhos, e Alex chegou abruptamente ao clímax, seu hálito quente atingindo a lateral do pescoço dela em uma única exalação. O corpo dele ficou tenso, estremeceu e logo ele relaxou com um suspiro.

Lily foi a primeira a quebrar o silêncio lânguido do pós-clímax. Ela se sentou na cama, puxando uma ponta do lençol até o pescoço.

– Precisamos conversar sobre algumas coisas. Imediatamente – disse, fazendo um esforço para soar enérgica. Ela pigarreou. – Acho que posso muito bem ser direta.

– Para variar – murmurou Alex, os olhos iluminados por um sorriso zombeteiro.

Ele não conseguia se lembrar de uma única conversa em que ela *não* tivesse sido direta com ele.

– É sobre dinheiro e obrigações.

– Ah, sim.

Ele se sentou para encará-la, ignorando a tentativa de Lily de cobrir o colo dele com o lençol.

– O meu dinheiro e as suas obrigações.

Ela assentiu, sentindo-se inquieta. Alex estava se comportando de um modo estranho, a atitude estranhamente alegre, os cantos da boca inclinados em um sorriso que a deixava perturbada.

– Ontem à noite você mencionou as cinco mil libras – disse ela.

– Isso mesmo.

Lily mordeu o lábio, frustrada.

– Você ainda pretende me dar o dinheiro?

– Eu já disse que sim.

– Em troca de quê?

De repente, Alex não conseguiu encontrar uma forma de dizer a ela o que queria. Teria sido mais fácil se o momento fosse romântico. Mas Lily o encarava com impaciência, os lábios cerrados, a expressão tensa. Ficou claro que ela não retribuía toda a paixão e a adoração que corria nas veias dele. Assim, ele optou por imitar o tom profissional dela.

– Para começar, quero que você compartilhe a minha cama.

Ela assentiu.

– Por isso eu já esperava – comentou em um tom ríspido. – Que sorte a minha valer tal soma.

A brincadeira sarcástica pareceu diverti-lo.

– Você valerá ainda mais quando dominar algumas habilidades elementares.

Lily abaixou a cabeça, mas não antes que ele visse o brilho de surpresa e consternação em seus olhos. Não havia lhe ocorrido que poderia haver algo além do que eles já tinham feito juntos. Alex abriu o sorriso lento e levou a mão ao ombro dela, acariciando a nudez macia e tentadora.

– O que deve ser logo – falou ele.

– Eu gostaria de ser instalada em uma casa – disse Lily, ainda parecendo desconfortável. – Grande o bastante para que eu receba convidados e em uma localização adequada…

– Você gostaria desta?

Alex obviamente estava zombando dela, oferecendo o uso de uma propriedade familiar para abrigar uma amante como se fosse uma coisa perfeitamente respeitável a fazer. Lily o encarou, irritada.

– Ora, por que não Raiford Park? – perguntou, brava.

– Se você preferir...

Ela enrubesceu e fitou-o com uma expressão que era ao mesmo tempo de súplica e irritação.

– Será que você não entende que isso é difícil para mim? Pode estar achando tudo muito divertido, mas eu gostaria de continuar! Leve a sério, por favor.

– Estou falando sério.

Alex puxou-a contra o peito e a beijou, a boca quente e saborosa. Lily não conseguiu evitar retribuir o beijo, abrindo os lábios diante da insistência gentil. Ele ergueu a cabeça e encarou fixamente os olhos perplexos dela, ainda abraçando-a com força.

– Farei um depósito no meu banco em seu nome... Uma quantia que acho que a atenderá – disse ele. – Mandarei fazer uma carruagem para você no estilo que escolher. Abrirei contas em seu nome em todas as lojas que desejar. Indo contra o meu bom senso, permitirei até que você jogue no Craven's, porque sei que gosta de lá. Mas você não vai usar nenhum vestido que eu considere inadequado, e, se aceitar as atenções de qualquer homem além de mim, vai se ver comigo. Você dormirá na minha cama todas as noites e me acompanhará sempre que eu for ao campo. No que diz respeito às caçadas, e outras atividades a que você gosta de se dedicar, permitirei que continue a fazer tudo, desde que eu também esteja presente. Chega de cavalgar sozinha. E também vou impedir qualquer comportamento seu que me pareça imprudente.

Ele sentiu o corpo de Lily se enrijecer ao seu lado. Sabia que eram condições difíceis de engolir para uma mulher que nunca tivera ninguém controlando de forma alguma a sua liberdade. Mas ela não fez objeções.

– Não vou agir de forma irracional – continuou Alex, o tom mais tranquilo. – E tenho certeza de que você prontamente me alertará caso eu venha a agir.

Lily então falou, a voz sufocada:

– Você precisa saber de uma coisa... Eu... vou tomar providências para evitar filhos. Não quero ter filhos. Não terei.

Alex hesitou, reparando na intensidade contida da voz dela.

– Está bem.

– Não diga isso caso pretenda secretamente o contrário.

– Eu não teria dito "está bem" se não quisesse dizer exatamente isso – retrucou ele, sério.

Alex sentia a importância daquele alerta, percebia que havia algo revelador naquela insistência. Com tempo e paciência, ele haveria de chegar à origem do medo de Lily. Mas, se os sentimentos dela em relação àquilo nunca mudassem, ele simplesmente aceitaria. Se nunca viesse a ter um herdeiro, deixaria a cargo de Henry continuar a linhagem familiar.

– E, quando você se cansar de mim – continuou Lily em um tom baixo e mortificado –, vai permitir que eu mantenha tudo que me deu.

Pelo que ela já tinha ouvido, aquele era um entendimento comum entre uma cortesã e seu protetor. E, se realmente iria fazer aquilo, ela poderia muito bem cuidar dos próprios interesses. Lily ficou perplexa com o súbito silêncio de Alex.

– Há algo que ainda não expliquei – disse ele finalmente.

Lily sentiu um calafrio de apreensão.

– Não consigo imaginar o quê. É sobre o dinheiro? A casa? Se for sobre a minha amizade com Derek, não precisa se preocupar, você já sabe que…

– Lily, cale-se. Escute. – Ele respirou fundo. – O que estou tentando dizer é que não quero que você seja minha amante.

– Você não quer…?

Lily o encarou sem entender e começou a arder de fúria. Alex estava brincando com ela todo aquele tempo? Teria sido algum plano perverso para humilhá-la?

– Então sobre que diabo estamos falando? – perguntou.

Ele dobrou e alisou uma ponta do lençol, dedicando uma concentração incomum à tarefa. De repente, levantou o olhar e encarou-a com firmeza.

– Eu quero que você seja minha esposa.

# CAPÍTULO 10

– Sua esposa – repetiu Lily tolamente, sentindo todo o corpo esquentar, mas logo depois ficar gelado de humilhação.

Então havia sido tudo uma piada, um jogo deliberadamente prolongado e cruel que Alex devia ter planejado durante a longa noite em que esteve preso à cama dela. Mas talvez ele ainda a quisesse como amante, e aquela era sua maneira de garantir que ela soubesse em que pé estavam as coisas. Ele estaria no controle, ela seria sua propriedade para brincar e atormentar. Lily sentiu que Alex a observava e se perguntou se ele a desprezava tanto quanto ela se desprezava. Sua mágoa foi quase profunda demais para que sentisse raiva. Quase. Com a voz engasgada, sem conseguir se forçar a olhar para ele, Lily falou:

– Você e esse seu senso de humor perverso, repulsivo, me deixam nauseada...

Ele a silenciou imediatamente, pressionando a mão contra a sua boca.

– Não, não... Maldição, Lily! Não é uma piada! Espere. Eu realmente quero que você se case comigo.

Lily mordeu a mão dele e o encarou furiosa quando ele prontamente a retirou de sua boca.

– Você não tem nenhuma razão para me pedir em casamento. Já concordei em ser sua amante.

Alex abaixou o olhar, incrédulo, para a marca dos dentes dela na sua mão.

– Eu respeito você demais para isso, sua megera temperamental!

– Não quero o seu respeito. Só o que quero são cinco mil libras.

– Qualquer outra mulher ficaria lisonjeada com o meu pedido de casamento. Grata até. Estou lhe oferecendo algo muito melhor do que um arranjo escandaloso.

– Em sua opinião presunçosa e hipócrita, imagino que sim! Mas não me sinto lisonjeada e muito menos grata. Serei sua amante ou nada.

– Você será minha esposa – insistiu ele, inflexível.

– Você quer que eu seja sua posse! – acusou Lily, tentando se afastar dele.

– Sim.

Alex a jogou na cama e apoiou seu peso sobre ela. Quando voltou a falar, seu hálito quente tocou a boca e o queixo dela.

– Eu quero mesmo. Quero que outras pessoas olhem para você e saibam que é minha. Quero que meu nome e meu dinheiro sejam seus. Quero que você viva comigo. Quero estar dentro de você… ser parte dos seus pensamentos… do seu corpo… de você inteira. Quero que confie em mim. Quero lhe dar qualquer coisa de que precise para ser feliz… por mais indescritível, impossível e malditamente misteriosa que essa coisa seja. Isso a assusta? Bem, a mim assusta, e muito. Acha que eu não deixaria de me sentir assim se pudesse? Não é como se você fosse a mulher mais fácil do mundo…

Ele se conteve de repente.

– Você não sabe nada sobre mim – reagiu ela. – E o que sabe deveria assustá-lo a ponto de fazê-lo fugir… Deus, agora eu tenho *certeza* de que seu cérebro está confuso!

– Não vou pagar pelos fracassos de Harry Hindon, ou do outro, seja lá quem for. Eu não falhei com você, Lily. Eu não traí você. Certa vez perguntei por que odeia os homens. Pois saiba que você é livre para desprezar todos eles, até o último da Terra. Exceto a mim.

– Acha que a minha recusa é por eu estar desapontada com o amor? – Lily o encarou como se ele fosse o maior tolo da face da Terra. – Consigo viver sob as suas malditas condições, regras e caprichos por um tempo, talvez até alguns anos, mas você realmente acha que eu me sujeitaria a isso pelo resto da minha vida, e abriria mão das propriedades e dos direitos legais que tenho? E para quê? Pelo privilégio de atendê-lo todas as noites? É bastante agradável, mas dificilmente vale a pena sacrificar tudo que valorizo.

– *Agradável* – repetiu Alex, muito sério.

Lily o encarou com uma expressão desafiadora.

– Você é pesado. Não estou conseguindo respirar.

Ele não se mexeu.

– Diga, Lily, o quão feliz você é hoje? Aproveita mesmo a sua liberdade quando é forçada a passar todas as noites jogando para sobreviver? Vai me dizer que não se sente sozinha em algumas noites, que não anseia por companhia e conforto…?

– Tenho tudo de que preciso.

Ela tentou continuar a encará-lo nos olhos, mas a intensidade do olhar de Alex fez com que virasse a cabeça.

– Eu não – disse ele com a voz rouca.

Lily virou o rosto de novo.

– Então encontre outra pessoa – disse ela com uma determinação desesperada. – Há inúmeras mulheres que gostariam de se casar com você... Mulheres que precisam das coisas que você tem a oferecer, que vão amá-lo...

– Não há ninguém como você.

– É mesmo? E quando eu me tornei uma fonte infinita de prazer?

Lily voltou a encará-lo, bem a tempo de ver um lento sorriso se espalhar pelo rosto dele.

– Qual é a graça?

Para aliviá-la um pouco do seu peso, Alex apoiou o queixo na mão e fitou-a, pensativo.

– Nós nos sentimos atraídos um pelo outro desde o início. Fomos feitos um para o outro, Lily. Acho que acabaríamos ficando juntos mesmo se tivéssemos nascido em continentes diferentes. Você sente essa atração com a mesma intensidade que eu.

– Você só pode estar lendo Byron para estar falando esses disparates românticos...

– Você me escolheu.

– Eu não fiz nada disso!

– De todas as centenas de homens que conheceu no Craven's, ou em caçadas, ou em eventos de fim de semana, entre jovens e velhos, dândis, intelectuais, barões, banqueiros e caçadores de fortunas, sou o único homem com quem você já se envolveu. Você provocou uma discussão comigo, foi até a minha casa e interferiu em todos os aspectos da minha vida, conspirou para me impedir de me casar, me atraiu para Londres e me amarrou na sua cama, jogou comigo e apostou seu corpo contra o meu dinheiro, mesmo sabendo que havia todas as chances de perder... Meu bom Jesus, precisa que eu elabore mais? Você já se intrometeu na vida de algum outro pobre coitado da mesma forma que fez na minha? Acho que não.

– Foi tudo por causa de Penny – justificou ela em voz baixa.

Ele deu um sorriso sarcástico.

– A sua irmã foi uma desculpa. Você fez tudo isso porque me queria.

– Seu idiota presunçoso! – exclamou ela, muito vermelha.

– É mesmo tudo presunção da minha parte? Então me diga que você me quer fora da sua vida.

– Eu quero você fora da minha vida – disse Lily prontamente.

– Me diga que as duas últimas noites não significaram nada para você.

– Elas não significaram!

– Me diga que nunca mais quer me ver.

– Eu...

Lily olhou para o rosto bonito e intenso acima dela e não conseguiu se forçar a dizer as palavras.

Alex acariciou o cabelo dela com gentileza.

– Vamos lá – murmurou ele, os olhos fixos no rosto dela. – Basta dizer e vou deixar você em paz.

Lily tentou novamente.

– Eu *nunca*...

O peito dela doeu com o esforço.

Ela não podia permitir que Alex complicasse ainda mais a sua vida. Mas a ideia de afastá-lo a enchia de um medo inexplicável. Se ao menos ele dissesse outra coisa, algo que a convencesse de uma forma ou de outra... Mas ele não a ajudou e se manteve em um silêncio torturante. Lily tentou organizar seus sentimentos confusos. Se ao menos Alex não fosse tão obstinado, se ao menos fosse complacente e manipulável... Porque, sendo como era, ele facilmente poderia arruinar a pouca chance que ela ainda tinha de recuperar a filha.

O coração de Lily estava disparado, tornando difícil falar qualquer coisa.

– Você iria...? – Lily umedeceu os lábios secos e se forçou a continuar. – Você realmente iria embora se eu pedisse? Fácil assim?

Os cílios volumosos de Alex se abaixaram enquanto ele a observava passar a ponta da língua pela curva encantadora do lábio inferior.

– Não – respondeu ele, a voz rouca. – Eu só queria ver se você me diria para ir.

– Ah, Deus.

Lily deixou escapar uma risada assustada e espantada.

– Acho que não consigo – admitiu ela.

– Ah, é? E por que não?

Lily começou a tremer. Ela sempre tinha sido capaz de enfrentar as próprias derrotas e adversidades com uma coragem desafiadora, e ninguém, nem mesmo Giuseppe, conseguira derrubar suas defesas. Apenas Alex fora capaz de fazer aquilo com ela.

– Eu não sei – disse Lily em um lamento, e enterrou o rosto no corpo dele. – Não sei.

– Meu bem.

Alex espalhou beijos rápidos e firmes pela orelha, pelo pescoço e pelo ombro dela. Envolveu Lily em um abraço esmagador.

– Eu preferiria ser sua amante – tentou ainda Lily, o tom desolado.

– É tudo ou nada. Comigo e com você é assim.

Alex afastou o cabelo dela da testa e brindou-a com um sorrisinho de lado.

– Além disso, casar com você é a única maneira de ter Burton como meu mordomo. – Alex a beijou e enfiou os dedos no cabelo dela. – Diga sim, meu bem – sussurrou.

~

Lily conseguiu se convencer de que estava fazendo aquilo pelo dinheiro. Tinha medo de admitir que havia outra razão ainda mais convincente para ter aceitado o pedido de casamento. Como esposa de Alex, ela seria extraordinariamente rica, teria dinheiro suficiente para recuperar Nicole e, caso Giuseppe ainda assim se recusasse a entrar em um acordo, ela contrataria alguns dos renomados oficiais particulares da cidade, detetives altamente treinados. O homem que a atendera antes, o Sr. Knox, não tinha sido de muita ajuda, mas nessa nova condição ela poderia se dar ao luxo de contratar uma dúzia deles. Ela os faria varrer a cidade até encontrarem sua filha. Depois disso, não importaria o que acontecesse.

Depois de descobrir que a esposa era mãe de uma filha bastarda – e que pretendia manter a criança junto a si –, Alex logo concordaria com a anulação do casamento, ou possivelmente com o divórcio. Ela se mudaria para algum lugar tranquilo e pacífico com a filha. Alex não ficaria em uma situação ruim, a não ser por alguma raiva justificável por ter sido enganado. Mas ele logo encontraria outra pessoa, uma bela jovem que lhe daria uma dúzia de herdeiros.

Enquanto isso, Lily pretendia aproveitar o tempo que passaria com ele. Haveria mais noites naquele quarto com teto de céu e nuvens. Haveria tempo para conversar, para implicar com ele, para provocá-lo. Ela nunca havia tido aquele tipo de relacionamento com um homem. O mais perto que chegara disso tinha sido em sua estranha e desapaixonada amizade com Derek Craven. Mas, ao contrário de Derek, Alex era possessivo em relação a ela, protetor ao extremo, disposto a se envolver em seus problemas. Lily achava que, secretamente, talvez pudesse se permitir desfrutar da sensação de pertencer a alguém. Por um breve momento em sua vida, ela saberia o que era chamar um homem de "marido".

Alex fizera a declaração absurda de que eles se casariam naquela mesma tarde. Lily sabia que a pressa era por medo de que ela mudasse de ideia. Um medo absolutamente justificável, já que ela vinha mudando de ideia a cada dez minutos. Alex mandou chamar Annie, a camareira de Lily, e providenciou para que a moça fosse levada para Swans' Court, com as roupas e os produtos de higiene necessários.

Lily se queixava enquanto colocava um vestido de algodão de um amarelo suave com mangas bufantes. O decote alto e recatado era enfeitado com renda bordada.

– Pareço uma donzela do campo neste vestido – murmurou, olhando para si mesma no espelho enquanto Annie prendia os laços de seda na parte de trás. – De quinze anos de idade. Por que você não trouxe algo mais sofisticado?

– Não é o vestido que a faz parecer jovem, senhorita – comentou Annie, sorrindo por cima do ombro. – É a expressão em seu rosto.

Lily se sentou diante do espelho retangular de moldura dourada na penteadeira e observou seu reflexo com curiosidade. E percebeu, contrariada, que Annie estava certa. O rosado natural de seus lábios estava de um tom mais intenso do que o normal, ligeiramente inchado pelos beijos devastadores de Alex na noite anterior. Seu rosto parecia diferente, suave, luminoso e vulnerável. Nem mesmo uma pincelada de pó conseguiria atenuar o tom rosado da pele, que sempre havia sido tão elegantemente pálida. Ela não se parecia em nada com a mulher ousada que arruinara tantos patinhos nas mesas do Craven's. O olhar cínico e zombeteiro, do qual lançara mão com um efeito tão satisfatório, havia perdido toda a força. Seus olhos tinham uma expressão tão ingênua e confiante quanto os de Penelope. Ainda fitando o próprio reflexo, Lily se lembrou dos dias despreocupados do início da juventude, quando estava perdidamente apaixonada por Harry Hindon. Desde então, não sentira mais aquele tipo de agitação no peito. As mudanças que viu no espelho a deixaram inquieta.

– Você trouxe algum dos meus *bandeaus*? – perguntou Lily, passando as mãos pelos cachos que dançavam ao redor da cabeça. – Meu cabelo está caindo nos olhos.

Annie então surgiu com uma variedade deles, e Lily escolheu uma fita de ouro adornada com topázio. Ela a amarrou na testa e fez uma careta ao ver que a faixa contrastava estranhamente com o estilo romântico do vestido.

– Inferno!

Lily arrancou o enfeite da cabeça e empurrou o cabelo para trás com impaciência.

– Por favor, traga uma tesoura e corte um pouco desse emaranhado de cabelo.

– Mas, senhorita... – protestou Annie. – Seu cabelo está tão bonito, com um caimento tão suave ao redor do rosto.

– Então deixe como está.

Lily abaixou a cabeça entre as mãos e gemeu.

– Eu não me importo. Não posso seguir adiante com isso, Annie.

– Seguir adiante com o quê? – perguntou a criada, confusa.

– Com essa farsa de um... Ah, você não precisa saber. Só me ajude a sair daqui e diga a lorde Raiford...

Ela fez uma pausa, indecisa.

Então, uma nova voz entrou na conversa.

– Diga o que a lorde Raiford?

Alex entrou no quarto, já de volta depois de uma breve ida ao centro de Londres. Pela expressão satisfeita dele, Lily soube que ele havia conseguido encontrar um clérigo disposto a casá-los com tão pouco tempo de aviso prévio. Só Deus sabia o que Alex tinha dito ao homem.

Annie ficou olhando para Alex em estupefação, já que nunca vira nenhum homem que tivesse autorização para invadir a privacidade da Srta. Lawson sem pedir permissão. Ela se afastou para o canto do quarto, onde ficou arrumando um xale de seda leve, observando com um encanto contido enquanto Alex se colocava atrás de Lily.

Ele passou as mãos pelos ombros dela e se curvou até o seu ouvido.

– Sua covardezinha – sussurrou. – Você não vai fugir de mim.

– Não era o que eu tinha em mente – mentiu Lily, muito digna.

– Você está linda com esse vestido. Mal posso esperar para tirá-lo de você.

– É só nisso que pensa? – perguntou Lily em voz baixa, ciente dos ouvidos atentos de Annie.

Alex sorriu e beijou a lateral do pescoço dela.

– Já está quase pronta?

– Não – disse ela, balançando enfaticamente a cabeça.

– Temos que partir logo.

Lily se afastou dele, levantando-se da cadeira e começando a caminhar pelo quarto. Ela andava de um lado para o outro, passando por ele repetidamente.

– Milorde – falou, agitada –, estive pensando sobre a insensatez de tomar decisões apressadas, e nos últimos minutos cheguei à conclusão de que fui imprudente em concordar com...

Alex estendeu o braço longo e puxou-a para si, como um gato interrompendo a corrida frenética de um rato, e então beijou Lily, que arquejou, a mente zonza de surpresa. Atrás dela, Alex acenou com a mão em um gesto para que Annie saísse do quarto. Com um sorriso e uma mesura, a criada saiu discretamente. Alex beijou Lily longa e profundamente, até sentir o corpo dela recair contra ele, os joelhos bambos. Então, ele levantou a cabeça e olhou dentro dos olhos escuros e turvos.

– Casar comigo é a coisa menos imprudente que você já fez.

Ela puxou as lapelas do paletó dele em gestos nervosos, então as alisou.

– Eu... eu só gostaria de ter algum tipo de garantia.

– Isso serve?

Ele a beijou com uma paixão primitiva, separando seus lábios e deixando seus nervos em chamas com uma lenta procura por sua língua. Arfando, ela segurou Alex pela nuca, sentindo todo o corpo mais leve e quente. Quando ele se afastou, Lily manteve os braços onde estavam, para manter o equilíbrio.

– Alex – disse, insegura.

– Hum?

Os lábios dele brincavam com o canto sensível da boca de Lily.

– Eu não vou ser uma esposa típica. Não conseguiria nem se quisesse.

– Eu sei disso.

Ela o olhou desconfiada, os cílios abaixados.

– Mas como posso ter certeza de que você não vai querer que eu mude?

Ele deu um sorriso irônico.

– Você acha que eu gostaria que você se transformasse no quê?

– Você vai querer que eu me torne respeitável e pare de cavalgar, que comece a colecionar receitas de mocotó e aprenda a fazer graxa para sapatos, ou que fique sentada na sala com um bastidor de bordado no colo...

– Pare com isso – pediu Alex com uma risada, segurando o rosto de Lily entre as mãos. – Não me admira que você tenha evitado o casamento por tanto tempo. Queime todos os bastidores de bordar, se quiser. Deixe a Sra. Hodges se preocupar com o preparo do mocotó... seja lá o que for isso... Não, não precisa explicar, por favor.

Alex deixou as pontas dos dedos deslizarem para cima e para baixo no pescoço esbelto, brincando com os cachos finos na nuca.

– Não quero mudar você, meu bem. Só domá-la um pouquinho.

Como era intenção de Alex, o comentário a irritou.

– Fique à vontade para tentar – disse ela em um tom atrevido, e ele riu.

Alex lhe deu tempo apenas para encontrar as luvas, e guiou-a escada abaixo para o faetonte que os aguardava do lado de fora. Depois de ajudar Lily a se acomodar no veículo, Alex acenou com a cabeça para que o cavalariço soltasse os cavalos e seguiram para o sul, na direção do rio. Lily estava quase gostando do passeio. Empoleirada no assento alto do faetonte, achou graça em ver como Alex se esforçava para controlar a linda parelha de cavalos. Os animais eram jovens e cheios de uma energia explosiva, exigindo toda a sua atenção. Ela se certificou de lhe dar espaço bastante no assento para permitir que seu braço fizesse os movimentos necessários. Por fim, os cavalos serenaram o passo a ponto de permitir uma conversa.

– Por que você não cortou o rabo deles? – perguntou Lily, apontando para as longas caudas pretas dos cavalos.

Remover cirurgicamente a cauda dos animais, incluindo várias vértebras, era um costume popular, tanto por moda quanto por praticidade.

– Eles podem ficar presos nas rédeas – explicou ela.

Alex balançou a cabeça, respondendo em um murmúrio que ela não conseguiu compreender.

– O quê? – perguntou ela. – O que você disse?

– Eu disse que isso é doloroso para os cavalos.

– Sim, mas a dor não dura muito, e realmente é mais seguro quando eles estão atrelados a um veículo.

– A cauda é a única proteção dos cavalos contra as moscas – argumentou Alex, sem olhar para ela.

– Você adora crianças e animais, não é? – murmurou Lily, sentindo uma onda de afeto por ele. – Não é um comportamento à altura de sua reputação de homem insensível, milorde. Vamos, agora me deixe guiar um pouco.

Ela estendeu as mãos para as rédeas.

Alex olhou para ela sem entender, como se a ideia de uma mulher guiando os cavalos lhe fosse completamente estranha. Lily riu e o repreendeu gentilmente.

– Sou muito boa nisso, milorde.

– Você vai estragar as suas luvas.

– E qual é a importância de um mero par de luvas?

– Nunca deixei uma mulher tomar as rédeas antes.

– Está com medo? – perguntou Lily, em um tom falsamente meigo. – Parece que a confiança neste casamento é unilateral.

Relutante, Alex entregou as rédeas. A forma firme e experiente com que Lily as segurou pareceu tranquilizá-lo, e ele se recostou um pouco no assento.

– Relaxe – disse Lily com uma risada. – Você parece pronto para tomá-las de volta a qualquer momento. Saiba que nunca virei um faetonte, milorde.

Ele olhou para as rédeas com uma expressão ansiosa.

– Há uma primeira vez para tudo.

– É o que dizem – disse Lily em um tom recatado, e sacudiu as rédeas para que os cavalos acelerassem o passo.

Depois de andarem por quase dois quilômetros, Alex elogiou-a pela forma como conduzia o veículo. Ele ficou orgulhoso ao ver as mãos pequenas de Lily segurando as rédeas com tanta confiança. Não que se sentisse totalmente confortável no papel de passageiro; não era de sua natureza abrir mão do controle facilmente. Mas o orgulho que Lily exibia com a própria habilidade era tão divertido quanto atraente.

Aquela era uma mulher que jamais se permitiria ser intimidada por ele ou por qualquer outra pessoa. Seria uma esposa ideal para Alex, uma mulher capaz de igualar a sua paixão, força e teimosia. O faetonte avançou em direção a Brompton e Chelsea, e Alex recuperou as rédeas na última parte do caminho. Ele os levou por uma rua lateral até uma igrejinha de pedra com portas de madeira em arco. Um rapaz jovem, vestido com sobriedade, esperava do lado de fora.

– Cuide dos cavalos – murmurou Alex, jogando uma moeda para ele. – Não vamos demorar.

O menino pegou a moeda e sorriu alegremente.

– Sim, milorde.

Alex desceu do veículo e estendeu a mão para Lily. Ela ficou paralisada no assento, fitando-o com os olhos arregalados. A visão da igreja foi como um balde de água fria em seu rosto, fazendo-a perceber exatamente o que estava para acontecer. Alex falou em um tom tranquilo:

– Me dê a mão, Lily.

– O que eu estou fazendo? – perguntou ela em voz baixa.

– Vou ajudar você a descer.

Lily levou a mão ao peito, sentindo o coração disparado enquanto olhava para ele. Alex parecia tranquilo e nada ameaçador, mas havia um brilho de aço no fundo dos seus olhos e sua voz guardava uma nota de advertência. Agora que ela havia permitido que ele a levasse até ali, não haveria escapatória. Lily pousou a mão na dele, com a sensação de que nada daquilo era real.

– Depois que H-Harry me abandonou – gaguejou –, prometi a mim mesma que... Eu jurei... que nunca me casaria com ninguém.

Alex olhou para a postura desolada de Lily e se deu conta de como a deserção do noivo a magoara – o bastante para que a lembrança da humilhação persistisse mesmo depois de dez anos. Ele passou o braço ao redor dela e beijou o topo da sua cabeça.

– Ele não merecia você – sussurrou junto ao cabelo de Lily. – Era um tolo, um fraco, covarde.

– Foi inteligente o bastante para se s-salvar. E alguns talvez digam que você é ainda mais tolo por estar fazendo isso...

– Eu tenho meus defeitos – disse Alex.

Ele massageou os ombros dela e se posicionou de modo a protegê-la dos olhares curiosos de quem passava. Ele deu um sorriso melancólico.

– Muitos defeitos, na verdade, e você já conseguiu conhecer a maior parte deles. Mas eu jamais a abandonaria, Wilhemina Lawson. Jamais. Está entendendo?

– Certo – disse ela com uma risada abafada e sem esperança –, mas não acredito em você. Você acha que sabe o pior sobre mim, mas não sabe.

Ela não ousou dizer mais nada. E prendeu a respiração, esperando para ver se aquilo seria o suficiente para fazê-lo mudar de ideia.

– Sei tudo que preciso saber – disse ele calmamente. – O resto descobrirei depois.

Com o braço ao redor dos ombros dela, Alex a levou para dentro da igreja. O interior da pequena construção era comovente em sua simplicidade e inundado pela luz que era filtrada pelos vitrais pitorescos. O brilho das velas fazia os bancos de carvalho polido cintilarem. Um clérigo idoso esperava por eles lá dentro. Seu rosto gentil era castigado pelo tempo e, embora não fosse mais alto do que Lily, tinha uma presença forte e vibrante.

– Lorde Raiford – disse o homem com um sorriso sereno.

Seus olhos azul-claros passaram então ao rosto apreensivo de Lily.

– E essa deve ser a Srta. Lawson – disse ele, surpreendendo Lily ao segurá-la pelos ombros e examiná-la com atenção. – Conheço Raiford há um bom tempo, minha cara. Quase desde o dia que ele nasceu.

Lily mostrou uma imitação pálida do seu habitual sorriso atrevido.

– É mesmo? E qual é a sua opinião sobre ele, vigário?

– O conde é um bom homem – respondeu o clérigo em um tom pensativo, os olhos brilhando quando se voltou para Alex –, embora às vezes possa ser um tanto orgulhoso.

– E arrogante – acrescentou Lily, o sorriso mais largo agora.

O vigário também sorriu.

– Sim, talvez isso também. Mas também é um homem responsável e compassivo e, se seguir a tradição familiar, provará ser um marido extraordinariamente dedicado. Está no sangue Raiford, sabe? Fico feliz que o conde tenha escolhido uma mulher de grande valor como companheira. Ele precisou carregar muitos fardos ao longo dos anos.

O vigário olhou para o rosto de Alex, que não o encarava, e voltou a fitar Lily, que retribuiu o olhar com uma expressão atenta.

– Já fez uma viagem marítima, Srta. Lawson? Se sim, talvez tenha ouvido a palavra "casar" sendo usada no ambiente náutico. Refere-se à prática dos marinheiros de unir duas cordas para lhes dar maior força como uma só. Eu rezo para que isso seja verdade na união de vocês.

Lily assentiu, emocionada com a atmosfera tranquila da igreja, com o rosto gentil do vigário, com o rubor que viu subir pelo colarinho de Alex. Ele não a encarou, manteve os olhos baixos, mas Lily percebeu que se sentia tão afetado pelo momento quanto ela.

– Espero que sim – sussurrou Lily.

O clérigo chamou os dois com um gesto e caminhou em direção ao altar na frente da igreja. Lily hesitou, o coração disparado de emoção. Ela descalçou as luvas lentamente e entregou-as a Alex. Ele guardou as luvas brancas de pelica no bolso, pegou a mão dela e entrelaçou os dedos dos dois. Lily olhou para ele com um sorriso trêmulo, mas Alex não sorria – a expressão em seu rosto era grave, um lampejo ardente no olhar.

Eles se colocaram diante do clérigo de mãos dadas. Lily mal ouvia a voz comedida do homem, que entrava e saía de sua consciência. Ela estava dentro de um sonho... um sonho confuso e desconcertante. De todas as reviravoltas que sua vida já dera, aquela era a mais inesperada. Ela estava se casando com um homem que mal conhecia, mas que de alguma forma parecia conhecer desde sempre. A sensação da mão dela na dele, cada vez mais quente e úmida, era estranhamente familiar. O som da respiração uniforme de Alex, o timbre tranquilo da sua voz enquanto ele dizia os votos matrimoniais, tudo aquilo mexia com algo profundo dentro dela, acalmando o medo inquieto que morava em seu peito havia tanto tempo.

Lily repetiu os votos com cuidado, tentando deixar mais firme a voz vacilante. Alex levantou sua mão e deslizou uma pesada aliança de ouro gravado em seu dedo. A aliança, um pouco frouxa demais para o tamanho do dedo dela, era adornada com um grande rubi que brilhava como se uma chama estivesse presa em suas profundezas cintilantes.

O vigário os declarou marido e mulher e encerrou o casamento com as bênçãos de Deus. Eles assinaram o registro da igreja e também uma certidão de casamento e uma licença especial. Com um último golpe da caneta, Lily deixou escapar um suspiro trêmulo, ciente de que estava feito. Eles ouviram um barulho no fundo da igreja quando um casal de idosos entrou, dois paroquianos. O vigário pediu licença para ir falar com eles, deixando Alex e Lily sozinhos diante do pesado livro de registro. Os dois olharam para seus nomes juntos e para a data inscrita abaixo. Lily olhou para a aliança e girou-a no dedo. O rubi e os brilhantes que o cercavam eram quase grandes demais para a mão pequena dela.

– Era da minha mãe – esclareceu Alex bruscamente.

– É lindo – respondeu Lily, erguendo o rosto e olhando para ele. – Você já...? Caroline...?

– Não – apressou-se a responder ele. – Ela nunca viu esse anel.

Alex tocou a mão onde estava o anel.

– Eu jamais pediria a você para usar algo maculado pelas lembranças de outra mulher.

– Obrigada.

Lily não conseguiu conter um sorriso tímido e satisfeito.

A mão dele apertou a dela até quase doer.

– Eu gostava de Caroline. Se ela tivesse sobrevivido, teria me casado com ela, e... acredito que estaríamos satisfeitos.

– É claro que sim – murmurou Lily, intrigada com o breve discurso.

– Mas com você é diferente... – Alex se interrompeu e pigarreou, constrangido.

Lily prendeu a respiração enquanto esperava que ele continuasse, sentindo-se como se estivesse à beira de uma altura vertiginosa.

– O que você quer dizer com diferente? – perguntou, fitando o rosto marcado pelas sombras e pela luz das velas. – Diferente em que sentido?

Mas, antes que ele respondesse, o clérigo os interrompeu ao voltar de sua breve conversa com o casal de idosos.

– Lorde e lady Raiford. Tenho um assunto para resolver. Preciso aconselhar alguns paroquianos...

– Sim, claro – disse Alex com o tom gentil. – Obrigado.

O choque de ser chamada de lady Raiford fez com que Lily esquecesse a pergunta que havia feito. Ela se despediu respeitosamente do vigário enquanto caminhava até a porta com Alex.

– Sou uma condessa agora.

Lily soltou uma risada incrédula assim que saíram da igreja. Ela olhou para Alex e viu sua expressão divertida.

– Você acha que a minha mãe vai ficar satisfeita?

– Ela vai desmaiar – respondeu Alex, ajudando-a a subir no faetonte –, e depois vai pedir uma xícara de chá forte.

Ele sorriu quando a viu estender as mãos para as rédeas.

– Não toque nisso, lady Raiford. *Eu* nos levarei para casa.

∼

A pedido de Lily, Alex levou-a ao banco Forbes, Bertram and Company e sacou cinco mil libras da venerável instituição. Lily ficou surpresa por Alex não fazer nenhuma pergunta sobre o uso do dinheiro. Ela sabia que ele achava que era uma dívida de jogo. Talvez achasse que Lily devia dinheiro a Derek.

– Isso é o suficiente?

Foi só o que Alex perguntou, puxando-a para um canto privado, enquanto o banqueiro se dirigia aos cofres e caixas de segurança na sala ao lado.

Lily assentiu com um rubor culpado.

– Sim, obrigada. Vou precisar cuidar de algumas coisas hoje à tarde – disse ela e, hesitando quase imperceptivelmente, acrescentou: – E preferiria fazer isso sozinha.

Alex fitou-a por um longo tempo, o rosto impassível.

– Você vai ver Craven?

Lily ficou tentada a mentir, mas optou pela verdade e assentiu.

– Quero que Derek seja o primeiro a saber sobre o casamento. Ele merece ao menos isso da minha parte. E, sim, eu sei que ele é um imoral sem escrúpulos, mas à sua maneira peculiar foi gentil comigo e, por alguma razão, acho que ficaria magoado se eu não explicasse isso a ele.

– Não explique muito – aconselhou Alex. – Isso seria igualmente doloroso.

Ao ver a expressão confusa da esposa, ele deu um sorriso sem humor.

– Você realmente não sabe o que ele sente por você?

– Não, não – apressou-se a dizer Lily –, você não entende como são as coisas entre mim e Derek...

– Ah, eu entendo, sim – disse Alex, olhando para ela especulativamente. – Tudo bem. Você precisa sair sozinha esta tarde, então.

Já começara a estranheza de ter que prestar contas de suas atividades a alguém. Lily esperava que ele não tornasse necessário que ela mentisse.

– E talvez no início da noite.

– Eu quero que você leve um cavalariço e um par de cavaleiros com a carruagem.

– Sem problema – respondeu ela com um sorriso agradável.

Lily não se importaria de ir até o Craven's em uma carruagem fechada e com todo um exército de batedores. Mas teria que estar desacompanhada para seu encontro com Giuseppe em Covent Garden. Ela simplesmente pegaria emprestada uma das montarias de Derek e seguiria furtivamente sozinha.

Alex pareceu dividido entre o contentamento e a suspeita diante da concordância fácil com a sua exigência.

– Enquanto você estiver fora – disse ele –, vou visitar lorde e lady Lyon.

– Sua tia e seu tio? – deduziu Lily, pois ouvira a mãe mencionar aqueles nomes antes.

– Sim, sim. Minha tia é muito respeitada e experiente em assuntos que exigem extrema diplomacia.

– Você acha que ela será capaz de nos ajudar a evitar a aparência de um escândalo? Depois do nosso jogo de cartas no Craven's e da cena da noite passada, da fuga repentina de Penny e do nosso casamento às pressas? – perguntou Lily, parecendo achar graça. – Não pensa que o estrago já está feito, milorde?

– Ela vai considerar a situação como um desafio.

– Como um *desastre*, mais provavelmente – disse Lily.

As gargalhadas dela – que estava achando hilária a ideia de uma matrona da sociedade tentando suavizar suas travessuras descaradas – fizeram com que uma multidão de olhares ofendidos se voltasse para eles. Funcionários e clientes de expressão severa notaram o comportamento indigno do casal ao lado da coluna de mármore cinza.

– Silêncio – disse Alex, embora com um sorriso estampado no rosto. – Comporte-se. Toda vez que estamos juntos em público, provocamos uma cena.

– Fiz isso sozinha por anos – comentou Lily em um tom leve. – Mas você está preocupado com sua reputação, eu entendo. Saiba que sua vida vai se resumir a me *implorar* para não fazer cenas…

Lily levou um susto quando Alex se curvou e beijou-a diante das muitas pessoas que estavam no banco. O salão escuro ressoou com exclamações sussurradas de desaprovação e arquejos de espanto. Lily empurrou os músculos firmes do peito do marido e tentou se desvencilhar dele, sentindo o rosto quente de vergonha e consternação. Alex aprofundou o beijo até ela esquecer onde eles estavam e sentir um arrepio de prazer percorrer a sua espinha. Nesse momento, ele levantou a cabeça e encarou-a com um sorriso, os olhos cintilando de desafio e prazer. Lily o encarou de volta, aturdida, e riu subitamente, de surpresa e admiração.

– *Touché* – disse ela, levando as mãos ao rosto enrubescido.

~

Lily encontrou Derek em uma das salas privadas do palácio do jogo. Ele havia juntado duas mesas e pousado ali uma pilha alta de livros contábeis, documentos bancários, notas promissórias e dinheiro – pilhas de moedas e grossos maços de notas amarrados com barbante branco. No passado, Lily já o vira contar dinheiro com uma velocidade atordoante, os dedos finos passando pelas notas até reduzi-las a um borrão.

Mas Derek parecia estranhamente desajeitado naquele dia, organizando seus lucros com cuidado exagerado. Ao se aproximar das mesas, Lily sentiu o cheiro agridoce de gim. Ela viu um copo sobre a mesa, cercado por respingos que estragariam a madeira nobre, depois voltou os olhos para ele, surpresa. Não era do feitio de Derek beber muito, especialmente gim, a bebida dos pobres. Ele odiava, porque o fazia se lembrar do passado.

– Derek – chamou Lily em um tom tranquilo.

Ele levantou a cabeça, e seus olhos verdes percorreram o vestido amarelo dela e o rubor intenso do rosto. Derek parecia um jovem sultão cansado. A amargura em seu rosto estava especialmente pronunciada naquele dia. Lily achou até que ele talvez tivesse perdido um pouco de peso – as maçãs do rosto pareciam afiadas como a lâmina de uma faca. E Derek estava estranhamente desarrumado, com a gravata frouxa e o cabelo preto caindo sobre a testa.

– Vejo que Worthy não tem cuidado bem de você – comentou Lily. – Só um minuto, vou dar um pulo na cozinha e pedir para mandarem alguma coisa...

– Não estou com fome – interrompeu ele, esforçando-se para controlar o sotaque com um cuidado zombeteiro. – Não se preocupe. Eu lhe disse que estou ocupado.

– Mas vim lhe contar uma coisa.

– Não tenho tempo para conversar.

– Mas, Derek...

– Não...

– Eu me casei com ele – disse Lily sem rodeios.

Ela não tinha a intenção de deixar a informação escapar tão subitamente. Deu uma risadinha envergonhada e constrangida.

– Eu me casei com lorde Raiford hoje de manhã.

O rosto de Derek ficou muito pálido. Ele permaneceu em silêncio, demorando-se enquanto dava um gole na bebida. Seus dedos seguravam o copo de vidro com força excessiva, e a expressão de seu rosto era indecifrável quando ele falou em uma voz sem emoção:

– Você contou a ele sobre Nicole?

O sorriso de Lily desapareceu.

– Não.

– E o que espera que ele faça quando descobrir que você tem uma filha bastarda?

Ela abaixou a cabeça.

– Espero que ele peça a anulação do casamento ou o divórcio. Eu não o culparia por me odiar quando descobrir que o enganei – disse Lily. – Derek, não fique com raiva. Eu sei que parece uma coisa tola da minha parte, mas realmente faz sentido se...

– Eu não estou com raiva.

– Com a riqueza de Alex, vou poder negociar com Giuseppe...

Lily arquejou quando Derek se moveu repentinamente, pegou um punhado de moedas e jogou aos pés dela. Paralisada em meio à poça cintilante de moedas, ela o encarou com os olhos arregalados.

– Não foi esse o motivo para você se casar – falou Derek, a voz gentil e fria. – Não foi por dinheiro. Fale a verdade, meu bem... Sempre falamos a verdade um para o outro, você e eu.

– A verdade é que eu quero a minha filha de volta – retrucou Lily, na defensiva. – Essa é a única razão pela qual me casei com ele.

Ele ergueu a mão trêmula e apontou para a porta.

– Se vai mesmo mentir para mim, saia do meu clube.

Lily baixou o olhar e engoliu em seco.

– Tudo bem – murmurou. – Eu admito. Tenho sentimentos por Alex. É isso que você quer que eu diga?

Derek assentiu, parecendo se acalmar.

– É.

– Ele é bom para mim – continuou Lily com dificuldade, torcendo as mãos. – Eu não acreditava que pudesse existir alguém como ele, um homem sem um traço de malícia ou desonra. Ele diz que não quer mudar meu jeito de ser. Quando estou com ele, há momentos em que entendo o que é ser feliz. Eu nunca conheci esse sentimento antes. É errado querer isso, mesmo que por pouco tempo?

– Não – falou Derek, o tom suave agora.

– Você e eu ainda podemos ser amigos?

Ele assentiu. Lily suspirou e sorriu aliviada. O rosto de Derek estava estranhamente inexpressivo.

– Eu gostaria de dizer uma coisa. Você...

Ele começou a falar com o sotaque carregado de novo, mas parou e fez um esforço determinado para falar da maneira que a agradava.

– Você precisa... precisa... de um homem como Raiford, e vai ser uma idiota se o perder. A vida que você vinha levando iria afundá-la. Estava transformando-a em uma pessoa dura. Raiford vai fazer com que você siga sendo uma mulher respeitável e cuidará de você. Não conte a ele sobre a sua filha bastarda. Talvez não haja necessidade.

– Ele vai acabar sabendo, quando eu encontrar Nicole.

– Talvez você nunca a encontre.

Os olhos de Lily cintilaram de raiva.

– Eu vou encontrá-la, Derek. Não seja mesquinho e horrível só porque fiz uma coisa que o desagradou.

– Já se passaram dois anos.

O alerta tranquilo na voz dele a enervou mais do que a zombaria. Ele prosseguiu:

– Nem eu, nem aquele detetive que você contratou conseguimos encontrá-la, e mandei meu pessoal procurar em cada bordel e loja de gim da cidade. Todas as pessoas em Fleet Market e Covent Garden foram questionadas e... – Derek fez uma pausa quando viu a cor sumir do rosto de Lily, mas logo continuou, determinado: – Fiz com que procurassem em prisões, pátios de pousadas, reformatórios, nas docas... Ou ela está morta ou foi vendida há muito tempo para algum lugar longe de Londres, meu bem. Ou... – Ele cerrou o maxilar. – É tarde demais para salvá-la do que ela se tornou. Eu sei o que eles fazem com as crianças, as coisas que as obrigam a fazer... Eu *sei*, porque... algumas dessas coisas foram feitas comigo. Você preferiria vê-la morta.

O resquício de algum tormento do passado pareceu cintilar no verde frio dos olhos de Derek.

– Por que você está fazendo isso? – perguntou Lily, a voz rouca. – Por que está me dizendo essas coisas?

– Você merece uma chance justa com Raiford. E para isso precisa deixar o passado para trás, porque senão vai fazer com que o futuro desmorone ao seu redor.

– Você está errado – disse ela em uma voz baixa e trêmula. – Nicole ainda está viva. Ela está em algum lugar da cidade. Você não acha que eu saberia se ela estivesse morta? Eu sentiria, algo dentro de mim me diria... Você está errado!

– Meu bem...

– Não vou mais discutir isso. Não diga nem mais uma palavra, Derek, ou nossa amizade terminará para sempre. Vou trazer a minha filha de volta e um dia verei com prazer você engolir suas palavras. Agora, eu gostaria que me emprestasse um cavalo, apenas por uma ou duas horas.

– Está indo dar as cinco mil libras àquele desgraçado italiano – deduziu Derek, o tom sombrio. – Eu deveria seguir você e matá-lo.

– *Não*. Você sabe que, se alguma coisa acontecer com ele, a minha única chance de encontrar Nicole vai desaparecer para sempre.

Ele assentiu com a expressão fechada.

– Worthy vai providenciar o cavalo. E, depois disso, espero por Deus que Raiford encontre uma maneira de mantê-la em casa à noite.

～

Lily chegou ao ponto de encontro ao anoitecer. Uma chuva fina começara a cair, lavando temporariamente o cheiro de lixo, comida podre e estrume que sempre impregnava Covent Garden. Ela ficou surpresa ao ver que Giuseppe já estava lá. Aproximando-se lentamente, notou que ele não tinha a atitude arrogante de sempre. Sua postura era tensa. As roupas escuras e bem cortadas que ele usava pareciam surradas. Lily se perguntou por que, com todo o dinheiro que ela lhe dera, Giuseppe não havia investido em roupas novas. Ao vê-la, a expressão em seu rosto se tornou ansiosa.

– *Hai il denaro?*

– *Sì, l'ho* – respondeu Lily, confirmando que estava com o dinheiro.

Mas, em vez de colocar a bolsa com as notas nas mãos estendidas dele, ela a segurou contra o corpo, passando os braços ao seu redor.

Os lábios carnudos de Giuseppe se curvaram para baixo enquanto ele olhava em volta, para a escuridão úmida. A chuva se dissipara rapidamente em uma névoa fria.

– *Come piove* – reclamou ele, mal-humorado. – Sempre chovendo, o céu sempre cinza. Como eu odeio a Inglaterra!

– Por que não vai embora? – perguntou Lily, encarando-o sem piscar.

Giuseppe deu de ombros.

– A escolha não é minha. Fico porque eles me querem aqui – disse ele, dando de ombros mais uma vez. – *È così.*

– É assim que é… – traduziu Lily, baixinho. – Quem são "eles", Giuseppe? "Eles" têm algo a ver com Nicole e com essa extorsão?

Giuseppe pareceu irritado, como se tivesse falado mais do que deveria.

– Me dê o dinheiro.

– Eu não vou mais fazer isso – falou Lily, o tom rígido, o rosto pálido emoldurado pelo capuz da capa escura, os olhos cintilando de tensão. – Não posso, Giuseppe. Fiz tudo que você pediu. Vim para Londres quando você me disse para vir. E já lhe dei tudo que tenho, sem receber nenhuma prova de que Nicole está viva. A única coisa que você me deu foi o vestidinho que ela usava quando você a sequestrou.

– Você duvida de que eu ainda esteja com Nicoletta? – perguntou Giuseppe em uma voz suave.

– Sim, duvido – disse Lily, engolindo em seco. – Acho que ela pode estar morta.

– Você tem a minha palavra de que ela não está.

– Ora – disse Lily, com uma risada de desdém. – Peço que me perdoe se não acho a sua palavra muito confiável.

– Você está cometendo um erro ao me dizer isso, *cara* – falou Giuseppe com uma expressão insuportavelmente presunçosa. – Por algum motivo, pensei comigo mesmo esta noite que deveria trazer a prova de que Nicoletta está segura. Não quero que você duvide de mim. Acho que talvez eu lhe mostre algo que a faça acreditar na minha palavra.

Giuseppe olhou para trás por cima do ombro, em direção ao labirinto de vielas. Intrigada, Lily seguiu seu olhar. Ele gritou alguma coisa em italiano, usando um dialeto tão obscuro que nem ela, com toda a sua fluência no idioma, conseguiu entender. Gradualmente, uma forma escura e encoberta apareceu a vários metros de distância, parecendo se materializar do nada. Lily olhou para a estranha aparição, boquiaberta.

– *È lei* – disse Giuseppe, sereno. – O que tem a dizer agora, *cara*?

O corpo de Lily estremeceu ao perceber que a figura distante era um homem, e que ele segurava uma outra figura tão pequena que parecia uma boneca. As mãos dele estavam passadas sob os braços da criança. Ele a ergueu um pouco mais alto, e o cabelo preto da garotinha brilhou como ônix polido contra o céu de um cinza-lavanda.

– Não – murmurou Lily, o coração batendo em um ritmo frenético.

A criança olhou para Giuseppe e gritou em uma vozinha miúda e questionadora.

– *Papà? Siete voi, Papà?*

Era a filha dela. Era Nicole. Lily largou a bolsa com o dinheiro e cambaleou para a frente. Giuseppe a segurou com força junto ao próprio corpo, levando a mão à sua boca para abafar o grito agonizante que ela deixou escapar. Lily lutou desesperadamente para se desvencilhar, debatendo-se contra o braço dele, os olhos marejados. Gemendo, ela piscou para afastar as lágrimas que lhe embaçavam a visão. A voz de Giuseppe soou como um silvo baixo em seu ouvido.

– *Sì*, aquela é Nicoletta, nossa bebê. *È molto carina*, não? Uma criança tão bonita.

Depois de um aceno de Giuseppe, o homem desapareceu com a criança, misturando-se novamente à escuridão. Giuseppe esperou meio minuto antes de soltar Lily, até terem desaparecido todas as chances de ela seguir a filha pelas ruas e pelos becos complicados. Quando finalmente a soltou, Lily, ainda chorando, foi se acalmando aos poucos.

– Meu Deus – falou, soluçando.

Ela passou os braços ao redor da própria cintura, os ombros curvados como os de uma velha.

– Eu disse que estava com ela – disse Giuseppe.

Ele pegou a bolsa de dinheiro e ergueu a aba para conferir o conteúdo, suspirando de satisfação.

– E-ela falou em italiano.

Lily engoliu em seco, olhando para o lugar onde a filha estivera tão pouco tempo antes.

– Ela também sabe inglês.

– Há outros italianos onde você a está mantendo? – perguntou Lily, abalada. – É por isso que ela ainda conhece o idioma?

Ele fitou-a com os olhos negros cintilando.

– Você vai me deixar com raiva se tentar procurar por ela novamente.

– Giuseppe, podemos fazer um acordo, você e eu. Deve haver uma quantia que o satisfaça o suficiente para…

A voz de Lily vacilou perigosamente e ela precisou se esforçar para mantê-la sob controle.

– Para que me devolva Nicole. Você sabe que isso não pode durar para sempre. E parece se importar com ela. No fundo, deve saber que ela estaria melhor comigo. Aquele homem que a segurava… Ele é seu comparsa? Há outros como ele? Você não teria vindo da Itália para cá sozinho, sem estar associado a algum grupo. Eu acho…

Lily estendeu a mão na direção dele, suplicante.

– Acho que você está envolvido com alguma gangue, ou uma conspiração, como queira. Porque essa é a única conclusão que faz sentido. Todo o dinheiro que eu já dei... eles pegaram grande parte, não é? Se algo do que eu já ouvi sobre essas gangues for verdade, então você está em uma situação perigosa, Giuseppe, e não pode querer expor Nicole a nenhum perigo...

– Você viu por si mesma que eu a mantive segura! – exclamou Giuseppe bruscamente.

– Sim. Mas por quanto tempo? *Você* está realmente seguro, Giuseppe? Talvez devesse considerar a possibilidade de fazer um acordo comigo, tanto para o seu próprio bem quanto para o dela.

O ódio que sentia por ele apertava a garganta de Lily, quase a sufocando, mas ela conseguiu evitar que transparecesse. Ao notar o interesse nos olhos de Giuseppe, ela continuou baixinho:

– Podemos chegar a um acordo sobre uma quantia que satisfaça as suas necessidades. Nós três estaríamos melhor: você, eu e, mais importante, nossa filha. Por favor, Giuseppe. – A palavra tinha um gosto amargo em sua língua, mas ela a repetiu em um sussurro: – Por favor.

Ele não respondeu por um longo tempo, deixando apenas o olhar ávido vagar pelo corpo dela.

– É a primeira vez que você me pede alguma coisa como uma mulher – comentou ele. – Tão suave, tão doce... Talvez tenha aprendido isso na cama de lorde Raiford?

Lily ficou paralisada.

– Você sabe sobre isso? – perguntou em voz baixa, aflita.

– Sei que se tornou a prostituta de Raiford – murmurou ele, a voz suave. – Talvez você tenha mudado desde o nosso tempo juntos. Talvez agora tenha algo para dar a um homem.

A alma de Lily se revoltou com o tom da voz dele.

– Como você descobriu?

– Sei tudo que você faz, *cara*. Cada lugar aonde vai.

Ele tocou o rosto dela, deslizando os dedos quentes pelo queixo. Lily aceitou passivamente a carícia, mesmo se encolhendo de repulsa por dentro. O roçar daqueles dedos na sua pele lhe dava asco. Ela reprimiu uma reação de nojo.

– Você está disposto a pensar no que eu propus? – perguntou Lily, hesitante.

– Talvez.

– Então vamos falar sobre a quantia de que você precisa.

Giuseppe riu da franqueza dela e balançou a cabeça.

– Mais tarde.

– Quando? Quando nos encontraremos de novo?

– *Fra poco*. Eu mandarei um bilhete avisando.

– Não.

Lily estendeu a mão para detê-lo enquanto ele se afastava dela.

– Preciso saber imediatamente. Vamos chegar a um acordo agora…

– Tenha paciência – disse Giuseppe devagar, evitando a mão dela e olhando com um sorriso zombeteiro. – *A più tardi*, Lily.

Com nada mais do que um breve aceno, ele se foi às pressas.

– Foi mesmo um prazer – disse ela, enxugando amargamente as lágrimas que brotavam.

Lily queria se jogar no chão, gritando e se debatendo com a dor furiosa que sentia. Em vez disso, permaneceu imóvel como uma estátua, os punhos cerrados. Mas, sob seu desespero sombrio, uma centelha de euforia vibrava. Ela vira a filha e não havia dúvida de que era Nicole. Lily se lembrou do rostinho lindo, da fragilidade de boneca da filha.

– Deus, mantenha Nicole segura, que ela fique bem – sussurrou.

Ela caminhou de volta até onde deixara o pequeno castrado árabe que Derek havia lhe emprestado e acariciou a pelagem castanha e lustrosa do animal. Pensamentos frenéticos disparavam enquanto ela montava às cegas, arrumando as saias e a capa. Em um impulso, Lily conduziu o cavalo ao longo do caminho que Giuseppe seguira, entrando mais fundo naquela terra de ninguém, onde a polícia nunca ousava patrulhar, de noite ou de dia. As ruas escuras estavam cheias de casas de jogos de azar, de prostituição e de todos os crimes, desde furto de carteiras até assassinato. Com sua infinidade de esconderijos, becos sem saída e cantos sombrios, era o local perfeito para abrigar a criminalidade. Aquele era o mundo em que a filha dela estava vivendo.

Ao ver o belo cavalo e a figura ricamente coberta, os vagabundos começaram a se aproximar de Lily, estendendo as mãos para ela. Quando um deles agarrou sua bota de montaria, ela recuou com medo e esporeou o cavalo para colocá-lo a trote. Que tola ela era, aventurando-se por um lugar como aquele desarmada, desprotegida, flertando com o perigo sem motivo. Mas ela não estava pensando com clareza. Lily conduziu o castrado castanho por uma rua lateral, retornando à relativa segurança de Covent Garden.

Os sons de um tumulto violento chegaram aos seus ouvidos, ficando mais fortes à medida que ela se aproximava do final da rua. Pequenos grupos de homens, alguns deles em farrapos e outros bem-vestidos, vagavam entre os precários prédios de madeira. Pareciam participar de algum tipo de exposição. Lily franziu a testa ao ouvir os latidos abafados e os rosnados de cachorros. Rinhas de animais, pensou com aversão. Os homens ficavam fascinados e empolgados com o esporte sanguinário, colocando animais em um cercado com cães ferozes e observando-os se destruírem uns aos outros. Ela se perguntou que tipo de besta estava sendo abatida para o entretenimento daquela noite. A última moda era jogar texugos para os cães. De pele dura, com suas mordidas cruéis e uma resistência determinada à morte, os texugos proporcionavam um espetáculo interessante para os monstros da audiência. Lily cortou caminho entre dois prédios para evitar o espetáculo, sabendo que os homens que assistiam a esse tipo de coisa eram facilmente incitados à violência. Ela não gostaria de ser descoberta por nenhum deles.

Os urros primitivos deles explodiram através das paredes de madeira de um pátio de estábulo convertido. Em meio a um monte de carroças, charretes e baias vazias, um garotinho estava agachado no chão, a cabeça apoiada nos joelhos dobrados. Seus ombros tremiam, como se ele estivesse chorando. Indo contra todo o bom senso, Lily fez o cavalo parar.

– Menino – chamou, com um tom inquisitivo na voz.

O menino olhou para ela, revelando um rosto sujo e coberto de lágrimas. Ele era magro e pálido, o rosto fino. Era possível que tivesse a mesma idade de Henry, onze ou doze anos, mas seu crescimento fora prejudicado pela desnutrição ou por alguma doença. Ao vê-la no cavalo de pelo brilhante, suas lágrimas cessaram e ele a fitou boquiaberto.

– Por que você está chorando? – perguntou Lily baixinho.

– Eu não estou chorando – respondeu ele, espalhando a sujeira pelo rosto molhado com a manga esfarrapada da blusa.

– Alguém machucou você?

– Não.

– Está esperando por alguém que está ali dentro?

Ela apontou para a parede de madeira, que reverberava com o barulho lá dentro.

– Sim. Eles logo vão vir para levá-lo.

O menino apontou para a parte de trás de uma carroça pintada. O veículo frágil tinha o nome de um circo itinerante. Um cavalo pequeno e malhado de cinza estava amarrado na frente da carroça, um animal esquelético e rijo que não parecia nem um pouco saudável.

252

– Ele? – perguntou Lily, confusa, desmontando do próprio cavalo.

O menino se levantou, mantendo uma distância respeitosa dela, e a conduziu até a lateral da carroça. Lily arquejou quando viu as barras na lateral da carroça e o focinho fosco e peludo de um urso.

– Mas que inferno! – exclamou ela, sem conseguir evitar.

O urso descansou a cabeça grande nas patas e franziu a cara para ela, o que lhe deu uma expressão triste e questionadora.

– Ele não vai machucar a senhora – disse o menino, na defensiva. Ele estendeu a mão e acariciou a cabeça da criatura. – Ele é um bom camarada.

– É velho, na verdade – comentou Lily, olhando fascinada para o urso.

O pelo do animal era áspero e estava imundo, generosamente salpicado de cinza. Havia várias áreas sem pelos em seu pescoço e ao longo do corpo, lampejos de brancura entre o pelo escuro. O menino continuou a acariciar a cabeça do animal.

– A senhora pode tocar nele.

Lily estendeu a mão com cautela entre as barras, pronta para retirá-la a qualquer segundo. O urso respirava placidamente, os olhos semicerrados. Ela acariciou com delicadeza a cabeça larga dele e olhou para a enorme criatura com pena.

– Eu nunca toquei em um urso antes – murmurou. – Ao menos não em um que estivesse vivo.

O menino fungou ao lado dela.

– Ele não vai continuar vivo por muito tempo.

– Você é do circo? – perguntou Lily, lendo a lateral da carroça.

– Sou. Meu pai é o domador dos animais. Mas, como Pokey não se lembra mais dos truques, meu pai me disse para trazê-lo aqui e vendê-lo por dez libras.

– Para que eles possam colocá-lo na arena com os cães? – perguntou Lily, cada vez mais indignada.

Aqueles homens acorrentariam o urso ao chão e deixariam que os cachorros o despedaçassem.

– É – confirmou o menino, arrasado. – Eles começaram com ratos e texugos, para atiçar os cachorros, depois vai ser a vez do Pokey.

Lily ficou indignada.

– Meu Deus, mas não há qualquer diversão nisso. Esse urso é velho demais para se defender!

Ela olhou para o animal e percebeu que as manchas calvas eram áreas raspadas, indicando os pontos vulneráveis para onde os cães seriam atraídos para atacar e rasgar com os dentes. O urso havia sido preparado para o abate.

– Não posso voltar para casa sem as dez libras – confessou o menino, voltando a chorar. – O meu pai vai me bater.

Lily desviou o olhar do rostinho infeliz. Não havia nada que ela pudesse fazer, a não ser esperar que os cachorros acabassem logo com o urso, para que seu sofrimento não durasse muito.

– Que noite – murmurou.

O mundo estava cheio de brutalidade. Era inútil tentar lutar contra aquilo. Mas a visão do animal derrotado e indefeso a encheu de amargura.

– Sinto muito, querido – disse ela em voz baixa.

Lily voltou para onde havia deixado o cavalo. Não havia nada que pudesse fazer.

– O *gundiguts* chegou – murmurou o menino.

Lily olhou por cima do lombo do cavalo para um homem enorme e desmazelado que se aproximava deles. Ele tinha o pescoço de um touro e braços do tamanho de troncos de árvores. Seu rosto estava coberto por uma barba preta e cheia e seus lábios grossos se abriram para revelar dentes quebrados segurando um charuto.

– Onde está você, pequeno *patife*? – chamou o homem em uma voz estrondosa, semicerrando os olhos com curiosidade ao ver o belo cavalo árabe. – O que é isso?

Ele contornou o animal, encarando Lily. Seu olhar percorreu o manto elegante, as dobras suaves das saias amarelas, os cachos negros lustrosos que caíam sobre a testa dela.

– Ora, mas que belezinha – disse ele, cerrando os lábios. – Está vendendo esse corpo, milady?

Lily deu uma resposta grosseira que o fez rir alto. O olhar do homem recaiu sobre o menino, então.

– Trouxe a carne, não é? Vamos dar uma olhada.

A visão do urso dócil encolhido dentro da carroça fez com que os lábios grossos dele se curvassem com desdém.

– Que belo pedaço de comida de cachorro… Parece até que ele *já passou* por uma arena! E seu pai está pedindo dez libras por *isso*?

O rosto do menino tremeu com o choro contido.

– Sim, senhor.

Lily não conseguiu mais tolerar os modos agressivos do homem. Já havia crueldade suficiente e sofrimento desnecessário demais no mundo. Maldita fosse ela se iria permitir que um urso velho e cansado fosse torturado.

– Pago dez libras por ele. É óbvio que o pobre animal não lhe seria útil, Sr. Gundiguts.

Então, com uma expressão profissional que combinava com seu tom brusco, ela procurou discretamente no corpete uma bolsinha de dinheiro.

– O nome dele é Rooters – esclareceu o menino, baixinho. – Nevil Rooters.

Lily estremeceu ao se dar conta de que *gundiguts* era um insulto grosseiro.

A risada zombeteira do homem sobressaiu-se ao som da multidão rugindo dentro da arena improvisada.

– Temos mais de duzentos homens lá – disse ele –, que já pagaram para ver sangue. Fique com a sua esmola, milady. Vou levar o urso.

Lily olhou rapidamente ao redor e seu olhar se deteve por um instante em uma corrente pesada que estava largada em cima de algumas caixas empilhadas.

– Se está dizendo…

Nesse momento, ela deixou a bolsa de dinheiro escorregar por entre os dedos. A bolsa caiu no chão com um tilintar precioso.

– Ah, céus, meu ouro e minhas joias! – exclamou.

Rooters olhou para a bolsa com uma ganância evidente.

– Ouro, é?

Ele passou a língua pelos lábios e se curvou até o chão, estendendo a mão carnuda em direção à bolsa. Nesse momento, houve o breve ruído de metal e o som abafado de um golpe forte. Rooters arquejou e despencou no chão, sua forma gigantesca reduzida a uma pilha imóvel. Lily largou a enorme corrente e esfregou as mãos com satisfação. O menino a encarou boquiaberto.

Lily pegou rapidamente a bolsa e entregou a ele.

– Leve isso para casa, para o seu pai. O que tem aí dentro vai mais do que compensá-lo pelo cavalo e pela carroça.

– Mas e o Pokey…?

– Eu cuido dele – prometeu ela. – Pokey não será maltratado.

Os olhos do menino cintilaram e ele a brindou com um sorriso vacilante. Então, estendeu a mão ousadamente e tocou uma dobra do manto de lã fina que ela usava.

– Obrigado. Obrigado.

E fugiu para a escuridão.

Lily o observou partir e se apressou em amarrar seu árabe na parte de trás da carroça do urso. Ciente da atividade fora das barras de ferro, o urso soltou um meio rugido, deixando o cavalo nervoso.

– Silêncio, Pokey – murmurou Lily. – Não estrague seu próprio resgate.

Ela subiu com cuidado no assento de madeira do veículo frágil e pegou as rédeas. Contudo, se assustou quando sentiu alguma coisa tocar seu tornozelo. Ao olhar para baixo, viu o rosto enfurecido e alterado de Rooters. Ele agarrou a perna dela com as mãos carnudas e arrastou-a para fora da carroça. Lily caiu no chão duro com um grito chocado, o traseiro doendo pelo impacto.

– Roubando o meu urso, não é?

Ele pairava de pé acima dela, o rosto vermelho de raiva, cuspindo saliva.

– Você sai da sua mansão elegante para vir aqui, montada em seu belo cavalo, atrás de problemas… Pois saiba que acabou de conseguir, milady!

O homem se jogou em cima de Lily e começou a apalpar o corpete do vestido dela com violência, puxando as suas saias.

Lily gritou e tentou se livrar dele, mas Rooters a prendeu sob seu corpo volumoso, tirando-lhe o fôlego. Ela sentiu as costelas comprimidas com a pressão do peso dele e achou que poderiam quebrar. Começou a ouvir um zumbido curioso nos ouvidos.

– Não – disse Lily em um arquejo, esforçando-se para respirar.

– Sua ladra, sua vadia presunçosa do West End – disse o homem cruelmente. – Você acertou uma pancada forte na minha cabeça!

Uma nova voz estranhamente calma interrompeu a cena.

– É um mau hábito dela. Estou tentando emendá-la.

– Quem é você? O cafetão dela? – perguntou Rooters, olhando para o recém-chegado com uma expressão ameaçadora. – Vou entregá-la quando eu terminar.

Lily virou a cabeça. Incrédula, viu a forma borrada dele. Mas não era possível. Tinha que ser uma ilusão.

– Alex – chamou em um gemido.

E, através do rugido surdo em seus ouvidos, ouviu a voz baixa e letal do marido.

– Tire essas mãos imundas da minha esposa.

# CAPÍTULO 11

Rooters encarou Alex como se tentasse avaliar o nível de ameaça que ele representava. O urso se movia dentro da jaula, queixando-se e rugindo, agitado pela tensão palpável no ar. Mas os sons inquietantes do animal não eram nada comparados ao rosnado estranho e assustador que Alex deixou escapar quando investiu contra o homem que estava em cima de Lily. De repente, o peso insuportável se foi, e ela arquejou de alívio, então respirou fundo e levou a mão às costelas doloridas enquanto tentava entender o que estava acontecendo.

Atracados, os homens lutavam a alguns metros de distância, movendo-se tão rapidamente que só o que Lily conseguia ver de Alex era o brilho do cabelo louro. Ele deixou escapar mais um som gutural e assassino enquanto socava o rosto de Rooters e cravava os dedos no pescoço largo do sujeito, largo como o de um touro, apertando a sua traqueia. A papada de Rooters estava inchada e muito vermelha. O homem estendeu a mão para agarrar o colarinho de Alex e acertou-o com chutes, jogando Alex por cima da cabeça. Ao ouvir o barulho do corpo dele acertando o chão com um baque surdo, Lily gritou e começou a se arrastar em sua direção, mas Alex já estava de pé antes que ela pudesse alcançá-lo. Ele se esquivou de um soco, agarrou Rooters e arremessou-o contra a pilha de caixotes. A madeira rachou e se partiu sob o peso do homem.

Lily, que encarava a cena boquiaberta, fitou Alex com os olhos escuros muito arregalados.

– Meu Deus – sussurrou.

Ela mal reconhecia o marido... Talvez pudesse até ter esperado alguns golpes civilizados de boxe, alguns insultos eloquentes, que sacasse uma pistola. Mas, em vez disso, Alex se transformara em um desconhecido sanguinário, determinado a acabar com o oponente usando nada mais que os punhos. Lily jamais teria sonhado que ele pudesse ser capaz de tamanha violência.

Rooters se levantou cambaleando e atacou novamente. Alex se esquivou, girou o corpo e acertou um soco sob as costelas do homem. Um último golpe sólido nas costas fez Rooters desabar no chão com um berro de dor. Ele cuspiu um bocado de saliva ensanguentada, tentou se levantar, mas voltou a cair com um gemido de rendição. Alex abriu os punhos lentamente, virou a cabeça e olhou para Lily.

Ela recuou um passo, levemente assustada com o brilho selvagem nos olhos dele. Então, as linhas severas do rosto de Alex pareceram se suavizar, e ela correu para ele sem pensar duas vezes. Lily jogou os braços ao redor do pescoço do marido, tremendo e rindo freneticamente.

– Alex, Alex...

Ele a abraçou e tentou acalmá-la.

– Respire fundo. Mais uma vez.

– Você chegou bem na hora – disse ela, sem ar.

– Eu disse que protegeria você – murmurou Alex. – Por mais difícil que você torne essa tarefa.

Ele apertou-a contra o corpo grande e protetor, murmurando junto ao cabelo dela, alternando entre xingamentos e palavras carinhosas. Ele passou a mão por baixo da capa enlameada de Lily, chegando à linha tensa da coluna e massageando-a. Nunca tinha visto Lily tão abalada. Mais risadas frenéticas escapavam dela.

– Calma – disse ele, com medo de que ela se desfizesse em seus braços. – Calma.

– Como você soube? Como me achou?

– Lady Lyon não estava em casa. Fui até o Craven's, então, e descobri que, embora a carruagem e o cocheiro ainda estivessem lá, você já havia partido. Worthy admitiu que você saiu desacompanhada em direção a Covent Garden.

Alex indicou a entrada do beco com um aceno de cabeça. Lá, o cocheiro, Greaves, esperava com dois cavalos.

– Greaves e eu vasculhamos tudo até encontrá-la.

Alex ergueu a cabeça dela e encarou-a com uma expressão penetrante nos olhos cinzentos.

– Você quebrou a promessa que me fez, Lily.

– Isso não é verdade. Eu levei batedores e um cavalariço para o Craven's. Foi só isso que você me pediu.

– Não vamos fazer joguinhos semânticos, está bem? – retrucou Alex, o tom severo. – Você entendeu muito bem o que eu quis dizer.

– Mas, Alex...

– Quieta.

Alex olhou por cima da cabeça dela para uma dupla de homens corpulentos que acabavam de sair da arena. Os dois olharam de Alex para a forma imóvel de Rooters no chão.

– Que diabo...?! – exclamou um deles, enquanto o outro coçava a cabeça, confuso. – Pegue o urso... Os cachorros já estão quase acabando com o texugo.

– Não! – gritou Lily, virando-se para encarar os recém-chegados.

Alex manteve o braço ao redor do corpo dela.

– Não, seus açougueiros desgraçados! Por que não jogam *a si próprios* na arena? Tenho certeza de que os cachorros não teriam chance!

Ela se virou para Alex e agarrou a camisa dele.

– Alex, e-eu... eu comprei o urso. Ele é meu! Quando vi o que eles iriam fazer... fiquei com tanta pena do pobrezinho... que não consegui evitar. Não podemos deixar que o levem embora. Ele vai ser destroçado e...

– Lily.

Alex segurou o rosto dela com gentileza entre as mãos.

– Acalme-se. Escute: isso acontece o tempo todo.

– Ainda assim! É cruel. É bárbaro!

– Concordo, mas, se conseguirmos resgatar esse animal, eles simplesmente encontrarão outro para substituí-lo.

Os olhos dela ficaram marejados.

– O nome dele é Pokey – falou, a voz embargada.

Lily sabia que seu comportamento era irracional. Jamais havia sido tão emotiva, jamais se agarrara a um homem em busca de conforto, de ajuda. Mas, depois do choque de ver a filha e dos eventos desconcertantes dos últimos dias, ela parecia ter perdido temporariamente a sanidade.

– Não vou permitir que esses homens fiquem com ele – insistiu, desesperada. – Eu quero esse urso como presente de casamento, Alex.

– Um presente de casamento?

Ele olhou perplexo para a carroça de madeira em mau estado. O velho urso comido por larvas e com os olhos remelentos farejava as barras tortas da jaula. O bicho não tinha muito tempo de vida, fosse isca de cães ou não.

– Por favor – sussurrou Lily junto às pregas da camisa dele.

Alex praguejou baixinho e afastou a esposa para o lado.

– Vá para onde está Greaves e monte em um dos cavalos – murmurou. – Vou resolver isso.

– Mas...

– Faça o que eu digo, Lily – disse ele com uma determinação tranquila.

Lily desviou os olhos dos dele, duros e intransigentes, e obedeceu. Ela caminhou lentamente até a esquina e viu Alex se aproximar dos dois homens.

– O animal é nosso – disse calmamente para eles.

Um deles deu um passo à frente, endireitando os ombros.

– Precisamos dele como isca.

– Bem, terão que encontrar outro urso. A minha esposa quer esse – disse Alex, dando um sorrisinho, os olhos muito frios e perigosos. – Vocês têm algum problema com isso?

Os homens fitaram, apreensivos, o corpo caído de Rooters e repararam na postura ameaçadora de Alex. Ficou claro que nenhum deles desejava sofrer o mesmo destino do comparsa.

– Que diabo devemos dar aos cachorros, então? – perguntou um deles em tom de lamento.

– Bem, tenho uma série de sugestões – respondeu Alex, olhando fixamente para os dois. – Mas vocês não gostariam de nenhuma delas.

Diante do olhar ameaçador do homem à sua frente, a dupla recuou, inquieta.

– Acho que a gente pode se virar com mais ratos e texugos – murmurou um deles para o outro, que franziu a testa, nada satisfeito.

– Mas nós prometemos a eles um *urso*... – falou.

Sem dar atenção ao dilema dos dois, Alex chamou Greaves com um gesto. O cocheiro se aproximou rapidamente.

– Sim, milorde?

– Quero que você guie a carroça para casa – disse Alex com naturalidade. – Lady Raiford e eu voltaremos nos cavalos.

Greaves não pareceu nem um pouco satisfeito com a perspectiva de levar o passageiro urso para Swans' Court. Mas, para seu crédito, ele não verbalizou qualquer protesto.

– Sim, milorde – disse o cocheiro em voz baixa.

Ele se aproximou cautelosamente da carroça espalhafatosa, demorou-se estendendo um lenço sobre o assento de madeira e se sentou com muito cuidado para evitar sujar a sua bela libré. O urso observava seus movimentos com uma expressão ligeiramente interessada. Alex disfarçou um sorriso e caminhou até a esquina onde Lily esperava.

Ela estava com a testa franzida de preocupação.

– Alex, você acha que podemos construir um curral ou uma jaula para ele em Raiford Park? Ou talvez possamos libertá-lo em alguma floresta...

– Ele é domesticado demais para ser solto, milady, mas tenho um amigo que abriga animais exóticos em sua propriedade.

Alex lançou um olhar desconfiado na direção do urso, que dificilmente se enquadraria na categoria de "exótico". E deixou escapar um suspiro tenso.

– Com um pouco de sorte, posso convencê-lo a dar um lar para Pinky.

– Pokey.

Alex lançou um olhar expressivo na direção dela e montou no cavalo.

– Você tem outra escapada planejada para amanhã à noite? – perguntou. – Ou é possível que possamos ter apenas uma noite tranquila em casa?

Lily abaixou a cabeça docilmente e não respondeu, embora se sentisse tentada a lembrar que havia avisado a ele que não seria uma esposa comum. Ela olhou de relance para a forma escura e desalinhada do marido e tentou controlar o nervosismo vertiginoso que a dominava. Queria muito agradecer a Alex por tudo que ele havia feito, mas se viu estranhamente sem palavras.

– Vamos – disse Alex secamente.

Lily fez uma pausa, mordendo o lábio.

– Acho que você já deve estar lamentando ter se casado comigo – disse ela, e seu tom era ansioso.

– Lamento que você tenha me desobedecido e se colocado em perigo.

Em qualquer outro momento, o conceito de obediência conjugal seria um tema que Lily teria debatido acaloradamente. Mas, com a lembrança de ter sido resgatada por Alex ainda tão fresca na mente, ela acabou respondendo com uma brandura incomum.

– Não tive como evitar. Precisava resolver algumas questões pessoais.

– Você não devia dinheiro a Craven – declarou Alex categoricamente. – Portanto, deu as cinco mil libras para outra pessoa.

Ao ver o breve aceno de cabeça dela, ele cerrou os lábios.

– No que você está envolvida, Lily?

– Eu gostaria que não perguntasse – sussurrou ela, a voz triste. – Não quero mentir para você.

– Por que não confia em mim? – perguntou Alex, a voz baixa e áspera.

Lily enrolou as rédeas de couro em volta da mão e manteve o rosto virado para o outro lado.

~

Alex fez uma pausa com a mão na garrafa de conhaque, olhando através da penumbra da biblioteca. Lily estava no andar cima, preparando-se para dormir. Era óbvio que ela estava com medo de alguma coisa, e que nem todo o tempo ou toda a paciência do mundo a fariam revelar o que era. Alex não sabia como fazê-la confiar nele. Cada vez que olhava nos olhos da esposa, ele tinha a sensação de que o tempo ficava mais curto, de que algum perigo a arrastava mais para o fundo.

Ele sabia que o problema não era dinheiro. Afinal, havia deixado claro que ela poderia ter quanto quisesse dos vastos recursos dele, e ainda assim não ajudara. Tolamente, Alex havia esperado que, depois de saldar a dívida, o pânico que via com tanta frequência no olhar de Lily desapareceria em um passe de mágica. Mas a expressão assombrada permanecia. O que acontecera naquela noite não deveria ser descartado como um capricho. Fora, na verdade, uma rebelião desesperada contra algum fardo que a puxava para baixo como uma pedra. Alex conhecia todos os sinais de alguém tentando escapar de um sofrimento profundo… Passara dois anos fazendo o mesmo.

Ele largou a garrafa sem se servir da bebida e esfregou os olhos. De repente, ficou imóvel, ciente de que Lily estava no cômodo. Seus sentidos vibraram na mesma hora. O som suave do seu nome nos lábios dela fez o corpo de Alex se enrijecer com um apetite voraz.

Quando se virou para encará-la, Alex viu que a esposa usava uma roupa de dormir feita de finas camadas de cambraia branca, e o cabelo descia em uma massa rebelde de cachos negros. Ela parecia hesitante e pequena, absurdamente sedutora. Seus olhos escuros se desviaram para as garrafas de bebida atrás dele.

– Você está bebendo?

– Não.

Alex passou a mão pelo cabelo, a voz carregada de uma impaciência cansada.

– O que você quer?

Lily pareceu engasgar com uma risada.

– Essa é a nossa noite de núpcias.

A declaração o distraiu, afastando todos os pensamentos e deixando apenas a necessidade de tê-la novamente. Ele conhecia as formas dela sob a cambraia delicada, a sensação daquele corpo sob o dele, o aperto suave da carne de Lily ao redor da dele. O desejo fez os nervos de Alex vibrarem, mas ele se forçou a ficar parado e manter a expressão de indiferença. Queria ouvi-la dizer as palavras, queria que ela admitisse por que o havia procurado.

– Pois é – retrucou Alex em um tom neutro.

Lily pareceu um pouco inquieta e levou a mão ao pescoço, brincando com um cacho de cabelo em um gesto inocente e enlouquecedor ao mesmo tempo.

– Está cansado, milorde?

– Não.

Ela persistiu corajosamente, embora sua voz soasse cada vez mais constrangida.

– Pretende se deitar em breve?

Ele se afastou da mesa e se aproximou dela.

– Você quer que eu faça isso?

Lily baixou o olhar.

– Eu não me importaria se você…

– Quer que eu vá para a cama com você? – perguntou ele.

Alex a abraçou, deslizando as mãos sob seus braços, e Lily se sentiu enrubescer.

– Quero – sussurrou ela, um segundo antes de a boca de Alex capturar a dela.

Lily arquejou baixinho e relaxou contra o corpo do marido, passando os braços ao redor da sua cintura. A promessa de rendição dócil do corpo dela o inflamou – Alex teve vontade de segurar a esposa cada vez mais perto, quase a ponto de esmagá-la. Em vez disso, carregou-a escada acima e despiu-a com carinho, permitindo que ela o ajudasse a se despir também. Como não estava familiarizada com as roupas masculinas, Lily teve dificuldade em localizar os botões planos e invisíveis no interior da calça. Alex mostrou gentilmente a ela como desabotoá-los, e prendeu a respiração quando sentiu as costas da mão de Lily roçarem intimamente nele.

263

Ele pressionou as costas dela contra a cama e cobriu seu corpo com beijos lentos e quentes, encostando o rosto na pele aveludada, deleitando-se com a suavidade pálida dos seios, da cintura e do abdômen. Lily estava mais entregue do que nas outras noites em que estiveram juntos, e deixou as mãos vagarem mais livremente por ele, as pernas se entrelaçando nas de Alex. Ela enfiou os dedos frios no cabelo dele, brincando languidamente com as mechas douradas e acariciando sua nuca.

Alex soltou um gemido pela sensação do corpo ágil e esguio se arqueando sob o dele. Ele respirava com dificuldade quando voltou a colar a boca à dela. Então, deixou a mão descer e cobrir a parte mais íntima da esposa, prendendo o calor úmido contra a palma da mão, alisando por um instante os pelos que a cobriam. Trêmula de desejo, Lily abriu as pernas e projetou o corpo para cima, querendo aprofundar a deliciosa pressão que ele exercia. Os dedos dele a acariciaram lentamente, então a penetraram com gentileza.

Ela deixou escapar um gemido desamparado e colou mais o corpo ao dele, contorcendo-se no ritmo do movimento sedutor de Alex. Ele beijou o pescoço e os ombros da esposa, recolheu a mão e abriu mais as coxas dela.

– Abra os olhos – sussurrou Alex, o tom ardente, fitando o rosto dela e mantendo seus joelhos abertos. – Olhe para mim.

Lily obedeceu e sustentou o olhar intenso do marido. Alex então a penetrou, lentamente. Ela arregalou os olhos ao sentir a força pesada e estimulante do membro dentro dela. Ele segurou-a pelo quadril e arremeteu mais fundo, movendo-se em um ritmo insistente. Lily acariciou a superfície lisa das costas do marido e, à medida que o prazer crescia, cravou as unhas em seus músculos firmes. Ela esfregou o rosto contra a barba por fazer de Alex e o ouviu sussurrar frases entrecortadas que parecia não conseguir conter – como ela era linda, quanto ele a queria... que ele a amava. Confusa, incrédula, Lily sentiu o prazer fluido explodir dentro dela, ao seu redor, e foi como se estivesse se afogando em sentimentos para os quais jamais conseguiria encontrar palavras. Alex respirou fundo e prendeu o ar no momento do clímax, o corpo tenso estremecendo contra o dela.

O silêncio mais opressor que Lily já conhecera caiu sobre eles. Ela manteve os olhos fechados, embora a mente rodopiasse com perguntas. *Eu amo você...* Não era possível que Alex realmente tivesse dito aquilo, pensou. E, se tivesse mesmo acontecido, ele com certeza não havia falado sério. A tia Sally certa vez a advertira para nunca prestar atenção ao que um homem dizia nos momentos de paixão. Na época, Lily não havia entendido plenamente o significado do conselho.

Depois de um instante, ela sentiu Alex mover um pouco o corpo, como se tivesse a intenção de rolar para longe. Lily, fingindo pegar no sono, manteve os braços ao redor do pescoço do marido, os membros fortemente entrelaçados aos dele. Quando Alex tentou se desvencilhar, ela fingiu um murmúrio sonolento e abraçou-o com mais força. Para seu alívio, ele se deitou de novo, o peito subindo e descendo rapidamente sob a cabeça dela. Lily se perguntou qual seria o motivo da respiração agitada. Ele certamente sabia o que havia dito. E devia estar arrependido.

Mas, santo Deus... como ela queria que fosse verdade.

Assustada com os próprios pensamentos, Lily se esforçou para manter o corpo relaxado contra o dele. Alex merecia alguém muito melhor do que ela; uma mulher pura, inocente, imaculada. Se ele gostava mesmo dela, era só porque ainda não sabia o que ela realmente era. Assim que descobrisse sobre Nicole, uma criança bastarda, ele certamente iria deixá-la. E, se Lily se permitisse se apaixonar por ele, o coração dela se partiria em mil pedaços.

~

– Vocês não precisam que eu comente como essa confusão é terrivelmente vulgar, certo? – declarou lady Lyon em tom severo.

Ela encarava os recém-casados como uma preceptora que tivesse acabado de surpreender a sua pupila em um canto aos beijos com um camponês mal-educado. Lady Lyon era uma mulher elegante e direta, de cabelos grisalhos brilhantes e olhos azuis e com uma estrutura óssea forte e impecável, que fizera dela uma renomada beldade na juventude.

Alex deu de ombros, contrito.

– Mas, tia, a verdade é que...

– Não tente me dizer a verdade, menino impetuoso! Ouvi os rumores, e isso é o suficiente.

– Sim, tia – respondeu Alex humildemente, pela décima vez, e lançou um olhar de relance para a esposa.

Eles estavam no salão dourado e verde da mansão de lorde Lyon na Brook

Street. Lily estava encolhida em uma cadeira próxima, os olhos fixos nas mãos cruzadas. Alex precisou se esforçar para conter um sorriso, pois nunca a vira tão contrita. Ele a avisara a respeito do que esperar e, fazendo jus às previsões, a tia idosa havia passado os últimos quinze minutos dando um sermão nos dois, em seu tom sempre imperioso.

– Jogos de azar, nudez, promiscuidade e só o bom Deus sabe o que mais – continuou lady Lyon, o tom brusco –, tudo isso exibido em público, o que praticamente impossibilita limpar seus nomes. E eu o considero tão responsável quanto a sua esposa, Raiford. Seu papel nisso não é menos repreensível. Na verdade, acho que é ainda *mais*. Como se atreve a deixar de lado a sua excelente reputação e manchar a honra da família dessa maneira?

Ela balançou a cabeça e encarou-os com severidade.

– O único passo sábio que deu foi trazer o assunto a mim. Embora eu não possa deixar de pensar que é tarde demais para arrancar vocês dois das garras da ruína social. Será o maior desafio da minha vida garantir que ainda possam circular pela alta sociedade.

– Temos a mais absoluta confiança na senhora, tia – garantiu Alex em um murmúrio penitente. – Se existe alguém capaz de conseguir essa façanha, esse alguém é a senhora.

– Até parece… – retrucou lady Lyon, mal-humorada.

Lily levou a mão aos lábios para esconder um sorrisinho. Estava adorando ver o marido sendo repreendido como um colegial rebelde. Apesar da repreensão entusiástica da velha dama, já ficara claro que ela adorava Alex.

Lady Lyon fitou Lily com desconfiança.

– Não consigo entender por que o meu sobrinho se casou com você – anunciou ela. – O correto seria ter se casado com aquela sua irmã bem-comportada e tomado você como amante.

– Concordo plenamente – disse Lily, falando pela primeira vez. – Eu estava totalmente disposta a ser amante do seu sobrinho. Teria sido um arranjo muito mais sensato.

Lily lançou um olhar doce na direção de Alex, ignorando sua expressão sarcástica.

– Acredito que Alex tenha me obrigado a me casar com ele por alguma ideia errônea de que era possível me corrigir – explicou ela, revirando os olhos dramaticamente. – Só Deus sabe de *onde* ele tirou essa ideia.

Lady Lyon a encarava com mais interesse agora.

– Hum. Agora começo a entender o que o atraiu. Você é uma moça espirituosa. E não duvido que tenha um raciocínio rápido. Mas, mesmo assim…

– Obrigada – disse Lily com modéstia, interrompendo antes que tivesse início outra rodada de repreensões. – Lady Lyon, agradeço a sua disposição de exercer sua influência em nosso nome. Mas garantir a nossa aceitação em círculos respeitáveis… – Ela balançou a cabeça, decidida. – Acho que isso seria impossível.

– Até parece… – disse a mulher mais velha, o tom frio. – Fique você sabendo, mocinha impertinente, que não só é possível, como será feito. Desde que você consiga evitar se exibir novamente de forma escandalosa!

– Ela não fará isso – apressou-se a garantir Alex. – E nem eu, tia.

– Muito bem.

Lady Lyon fez um gesto para que uma criada trouxesse sua escrivaninha de colo.

– Vou começar a minha campanha – disse ela, em um tom provavelmente semelhante ao do general Wellington em Waterloo. – E vocês, é claro, seguirão as minhas instruções ao pé da letra.

Alex foi até a tia e beijou sua testa enrugada.

– Eu sabia que poderia contar com a senhora.

– Pretensioso – resmungou ela, e gesticulou para que Lily se aproximasse. – Pode me beijar, menina.

Lily pressionou obedientemente os lábios no rosto da senhora.

– Agora que dei uma boa olhada em você – continuou lady Lyon –, estou certa de que nem *todos* os rumores a seu respeito devem ser verdadeiros. Uma vida decadente sempre se reflete no rosto de uma pessoa, e você parece muito menos degenerada do que eu esperava – avaliou ela, semicerrando os olhos azuis. – Com as roupas certas, suponho que poderíamos fazê-la passar por uma mulher de uma reputação razoavelmente boa.

Lily fez uma breve reverência.

– Obrigada – disse com uma docilidade que beirava o burlesco.

– Mas os olhos são um problema – comentou lady Lyon em tom de desaprovação. – Escuros, pagãos, cheios de promessas de travessuras. Talvez você consiga encontrar algum modo de conter a expressão deles…

Alex interrompeu com um protesto enquanto passava o braço ao redor da cintura de Lily.

– Não fale mais sobre os olhos de Lily, tia. Eles são a melhor característica dela – disse ele, fitando a esposa com afeto. – Tenho um carinho especial por esses olhos.

A leveza silenciosa desapareceu da expressão de Lily quando seu olhar foi capturado pelo dele. Ela sentiu um calor estranho brotar no peito, deixando-a quente e instável, o coração disparado no peito. De repente, o apoio firme do braço do marido parecia ser tudo que a mantinha de pé. Consciente do olhar interessado de lady Lyon, Lily tentou se desviar do olhar dele, mas foi incapaz de fazer qualquer coisa, a não ser esperar, impotente, que Alex a soltasse. Por fim, ele apertou ligeiramente a cintura dela e assim o fez.

Lady Lyon voltou a falar, então, a voz menos ríspida do que antes.

– Deixe-nos a sós por um momento, Raiford.

Ele franziu a testa.

– Tia, infelizmente não temos mais tempo para conversar.

– Não se preocupe – garantiu lady Lyon em um tom irônico. – Esse dragão velho não vai triturar a sua linda e jovem esposa. Só quero dar alguns conselhos à moça. Venha cá, menina.

Ela deu um tapinha no espaço do sofá ao seu lado.

Sem olhar para o marido, Lily se sentou no sofá. Alex lançou um olhar de advertência à tia e saiu da sala. Lady Lyon pareceu achar divertida a expressão carrancuda do sobrinho.

– Está claro que ele não tolera críticas a você – comentou ela com uma risada rouca.

– A menos que sejam feitas por ele mesmo.

Lily ficou surpresa com a forma com que a *grande dame* pareceu relaxar.

– Alex é o meu sobrinho favorito – disse ela, rindo. – O homem mais exemplar que a família já produziu. Muito mais louvável do que o meu próprio filho, Ross, que é encantador, mimado... e imprestável. Você não tem noção da sua sorte em conseguir alguém como Raiford. Embora sua proeza seja um mistério para mim.

– Para mim também – confessou Lily com sinceridade.

– Enfim, é fato que você provocou uma grande mudança nele. – Lady Lyon fez uma pausa, pensativa. – Acho que nunca o vi tão alegre desde que ele era menino, antes de os pais falecerem.

Lily se sentiu absurdamente satisfeita e baixou o olhar para esconder os efeitos das palavras da mulher.

– Mas certamente quando ele e Caroline Whitmore estavam noivos...

– Deixe-me contar uma coisa sobre aquela americana – interrompeu a tia de Alex com impaciência. – Caroline era uma criatura linda e despreocupada, propensa a ideias românticas, extravagâncias. Certamente teria sido uma esposa adequada para Raiford. Mas a Srta. Whitmore não compreendia a profundidade do meu sobrinho, nem se importava com isso.

A expressão nos olhos azuis da velha dama se tornou suave e pensativa, quase triste. Ela voltou a falar:

– Ela jamais teria apreciado o tipo de amor que ele é capaz de dar. Os homens Raiford são únicos nesse aspecto. São homens que permitem que as suas mulheres tenham um poder terrível sobre eles. O amor deles tende à obsessão. Meu irmão Charles quis morrer quando a esposa faleceu. A ideia de viver sem ela era intolerável para ele. Você sabia disso?

– Não, senhora – disse Lily, assustada.

– Raiford não é diferente. Perder a mulher que ama, seja por morte ou traição, teria o mesmo efeito sobre ele.

Lily arregalou os olhos.

– Lady Lyon, acho que a senhora está exagerando nesse caso. Os sentimentos de Alex por mim não chegam a esse extremo. Quer dizer, ele não...

– Bem, se ainda não percebeu que meu sobrinho a ama, você não é tão perspicaz quanto achei que fosse.

Lily encarou a outra mulher com um espanto silencioso, presa nas garras da consternação e de alguma emoção mais profunda e desconcertante.

– Os jovens são muito mais cabeças-duras agora do que no meu tempo – disse lady Lyon com sarcasmo. – Agora feche a boca, mocinha, ou vai acabar engolindo uma mosca.

O tom insolente de lady Lyon fez Lily se lembrar da tia, embora Sally certamente tivesse sido muito mais excêntrica do que aquela matrona elegante.

– A senhora disse que teria um conselho para mim?

– Ah, sim.

O olhar sugestivo de lady Lyon manteve Lily paralisada no lugar.

– Ouvi tudo sobre você e os seus modos ousados. Na verdade, você me lembra a mim mesma quando jovem. Eu era uma moça atraente e cheia de vida, com um belo corpo. Deixei um rastro de corações partidos antes de me casar... o suficiente para deixar a minha mãe extremamente orgulhosa. Eu não tinha pressa alguma em aceitar um homem qualquer como meu dono e senhor. Não quando eu tinha toda Londres aos meus pés. Flores, poesias, beijos roubados... – Ela sorriu com a lembrança. – Foi um período delicioso. Naturalmente, não me agradava nada a perspectiva sombria de sacrificar tudo aquilo em prol de um casamento. Mas vou lhe contar algo que descobri quando me casei com lorde Lyon: o amor de um bom homem vale alguns sacrifícios.

Lily não conversava tão francamente com uma mulher desde a morte de Sally. Ela se atreveu a desabafar um pouco e se inclinou para a frente enquanto falava com seriedade.

– Lady Lyon, eu não tinha desejo de me casar com ninguém. Fui independente por tempo demais. Raiford e eu viveremos às turras. Nós dois somos obstinados demais. É uma *mésalliance* clássica.

Lady Lyon pareceu compreender o medo da mulher mais jovem à sua frente.

– Pense no seguinte... Raiford quer tanto você que está disposto a se expor à possível censura e à zombaria. Para um homem que valoriza tanto o orgulho próprio, isso é uma grande concessão. Há destinos bem piores do que se casar com um homem disposto a fazer papel de tolo por você.

Lily franziu a testa, preocupada.

– Ele não vai fazer papel de tolo – afirmou, enfática. – Eu *jamais* faria nada para envergonhá-lo.

Naquele momento, a lembrança da cena em Covent Garden por causa de um velho urso de circo voltou à sua mente, e ela enrubesceu. Não havia esperado nem um dia após o casamento para se comportar de maneira escandalosa.

– Maldição... – sussurrou, antes que conseguisse se conter.

Surpreendentemente, a tia idosa do marido sorriu.

– Não será fácil para você, naturalmente. A batalha pela frente é digna de nota. Mas creio que falo por muitas pessoas ao dizer que será bastante interessante assistir.

~

Lady Lyon providenciou para que Alex e Lily comparecessem a uma série de eventos particulares, nos quais seu casamento foi anunciado de maneira discreta e elegante. Não havia como evitar a aparência de escândalo, não quando os detalhes da forma como se dera "a corte" entre os dois estavam sendo espalhados por toda Londres. Mas de fato lady Lyon conseguira suavizar um pouco o vexame. Por insistência dela, Lily usava vestidos recatados naquelas ocasiões e prestava atenção para ficar mais próxima principalmente de viúvas e mulheres casadas respeitáveis.

Para surpresa de Lily, os homens com quem ela jogara e trocara insultos amigáveis, os mesmos que bebiam e brincavam com ela no Craven's, passaram a tratá-la com uma deferência inesperada naqueles eventos. De vez em quando, um dos cavalheiros mais idosos dava uma piscadela furtiva, como se estivessem juntos em uma divertida conspiração. As esposas daqueles mesmos homens, por sua vez, mostravam-se apenas pouco simpáticas. Mas fato é que ninguém se atreveu a excluí-la abertamente, já que lady Lyon e suas respeitadas comparsas estavam sempre ao lado dela. Também ajudava o fato de Lily ostentar um título imponente e de ter o respaldo de uma fortuna ainda mais impressionante.

A cada evento que atravessava com sucesso, Lily se tornava mais "estabelecida". Ela não pôde deixar de notar a mudança na forma como os outros a olhavam, as cortesias e as atenções que lhe dispensavam. Na verdade, alguns dos aristocratas que haviam sido apenas friamente educados com ela durante anos tinham se tornado agradáveis, afetuosos até, como se ela sempre tivesse sido muito benquista. Em particular, ela criticava todas aquelas ações para se tornar respeitável como uma grande indignidade, o que divertia muito Alex.

– Estou sendo exposta à inspeção dessas pessoas – reclamou Lily enquanto os dois se debruçavam sobre uma lista de convites em uma das salas de estar do andar de cima. – Como um pônei de competição com fitas trançadas no rabo. "Vejam, todos, ela não é tão pagã e vulgar quanto temíamos"... Espero sinceramente que tudo isso valha a pena, milorde!

– É mesmo um sofrimento tão grande? – perguntou Alex com simpatia, os olhos cinza sorridentes.

– Não – admitiu Lily. – Quero que isso dê certo. Me apavora imaginar o que a sua tia faria comigo se não desse.

– Ela gosta de você – garantiu ele.

– É mesmo? Deve ser por isso, então, que está sempre fazendo comentários sobre o meu comportamento, os meus olhos e as minhas roupas. Ora, outro dia ela reclamou que eu estava exibindo os meus seios... Meu Deus, mal tenho qualquer coisa digna de nota para exibir!

Alex franziu a testa.

– Você tem seios lindos.

Lily olhou com uma expressão irônica para os próprios seios pequenos e empinados.

– Quando eu era mais nova, a minha mãe sempre me fazia jogar água fria nos seios para fazê-los crescer, mas nunca aconteceu. Os seios de Penelope são muito melhores do que os meus.

– Nunca reparei nos dela – garantiu Alex, empurrando a pilha de convites para o chão e estendendo a mão para ela.

Lily se desvencilhou dele com uma risada rápida.

– Alex! Lorde Faxton vai chegar a qualquer momento para discutir o projeto de lei que deseja propor.

– Então ele vai ter que esperar.

Ele segurou-a pela cintura e acomodou-a embaixo do seu corpo no sofá. Lily riu e se contorceu em protesto.

– E se Burton o trouxer até aqui em cima e ele nos pegar nesta situação?

– Burton é bem treinado demais para isso.

– Sinceramente, milorde, o orgulho que tem dele me deixa impressionada – disse ela, empurrando Alex pelos ombros e se contorcendo sob o corpo dele. – Nunca vi um homem tão apegado ao mordomo.

– Burton é o melhor mordomo da Inglaterra.

Alex imobilizou Lily, deleitando-se com os esforços determinados da esposa para se libertar. Para uma mulher tão pequena, Lily tinha uma força impressionante.

Ela ria descontroladamente enquanto tentava afastá-lo. Alex permitiu que ela quase conseguisse, então a segurou pelos pulsos com uma das mãos e ergueu-os acima da cabeça, enquanto sua outra mão deslizava ousadamente pelo corpo esbelto.

– Alex, me deixe levantar – pediu Lily, ofegante.

Ele puxou as mangas do vestido dela para baixo e abaixou o corpete.

– Não até eu convencê-la de como você é linda.

– Estou convencida. Eu sou linda. Arrebatadora. Agora pare com isso de uma vez.

Lily arquejou ao ouvir o som do tecido delicado do vestido se rasgando e dos pontos da costura se abrindo.

Alex continuou, os olhos fixos nos dela, puxando o vestido até expor os seios. Seus dedos roçaram na pele nua, provocando arrepios de prazer. Ele traçou gentilmente o contorno dos mamilos com a ponta do dedo, o olhar ardente acompanhando as curvas dos seios dela. O ar brincalhão de Lily desapareceu e sua respiração se acelerou.

– Milorde, podemos esperar até mais tarde. É importante que…

Lily se deixou levar pelas sensações, quase perdendo a linha de raciocínio.

– É importante recebermos Faxton quando ele chegar.

– Nada é mais importante do que você.

– Seja razoável e…

– Estou sendo razoável. – Ele capturou o mamilo dela entre os lábios e começou a chupar o bico rígido.

Lily estremeceu enquanto ele a abraçava e beijava seus seios com uma lentidão sensual. Entregue ao prazer, ela virou a cabeça para um lado, então para o outro, flexionando os pulsos ainda retidos no aperto firme dele. Alex levantou as saias dela e enfiou a mão quente por baixo das meias finas de seda enquanto acariciava suas pernas.

– Nunca desejei tanto uma mulher quanto a desejo – murmurou ele, enquanto deixava a boca brincar na nuca de Lily e depois lambia o interior da sua orelha. – Seria capaz de devorar você… Amo seus seios, sua boca, tudo em você. Acredita em mim?

Ao ver que ela se recusava a responder, Alex roçou os lábios nos dela, provocando a esposa.

– Você acredita em mim?

Em meio ao frêmito de paixão que a dominava, Lily ouviu uma batida na porta fechada da sala de estar. Entorpecida pelo prazer, sua mente se recusou a aceitar o som, mas Alex fez uma pausa, ergueu a cabeça e controlou a respiração.

– Sim? – perguntou, a voz incrivelmente firme.

Eles ouviram a voz tranquila de Burton através da porta fechada.

– Milorde, acabaram de chegar várias visitas, todas de uma vez.

Alex franziu a testa.

– Quantos? E quem são?

– O Sr. e a Sra. Lawson, lorde e lady Stamford, o Sr. Henry e um cavalheiro que ele identificou como tutor dele.

– Ora, a minha família toda? – disse Lily em uma voz aguda.

Alex soltou um suspiro cansado.

– Henry não deveria chegar até amanhã… não é mesmo?

Ela balançou a cabeça, sem saber o que dizer.

Alex levantou a voz para que Burton pudesse ouvi-lo claramente.

– Acomode todos na sala de estar do andar de baixo, Burton, e avise que desceremos para vê-los imediatamente.

– Sim, milorde.

Lily agarrou os ombros do marido, o corpo ardendo com o desejo frustrado.

– Ah, não… – disse ela em um gemido.

– Mais tarde – falou Alex, enquanto acariciava o rosto ruborizado dela com a ponta do dedo.

Mais frustrada do que era capaz de suportar, Lily pegou a mão dele e pousou-a em seu peito. Ele soltou uma risada, puxou-a mais junto a si e enfiou o rosto no cabelo dela.

– Eles vão querer ficar para o jantar – argumentou ele.

Lily deixou escapar um gemido de protesto.

– Mande todo mundo embora – disse, apesar de saber que não era possível. – Quero ficar sozinha com você.

Alex deu um sorrisinho de lado e esfregou as costas dela.

– Teremos milhares de noites só para nós. Eu prometo.

Lily assentiu em silêncio, embora estivesse em desespero por dentro. O marido não poderia fazer tal promessa já que não sabia o que ela havia escondido dele, o segredo que os separaria para sempre.

Alex examinou lentamente o decote rasgado do corpete e abaixou a cabeça para beijar o vale sutil entre os seios.

– É melhor você trocar de vestido – murmurou ele, o hálito quente contra a pele úmida, fazendo-a estremecer. – Embora eu ache que está absolutamente maravilhosa assim, não tenho certeza se a sua mãe aprovaria.

~

Lily entrou no salão usando seu vestido favorito, uma peça justa feita de seda vermelho-escura e enfeitada com renda bordada. As mangas transparentes deixavam entrever os braços esguios, enquanto a saia ampla oscilava suavemente ao caminhar. Era o vestido de uma sedutora, dificilmente um estilo que lady Lyon teria aprovado. Mas, como o traje a favorecia muito, Lily decidira mantê-lo como uma roupa para usar em casa. Alex, que não conseguia tirar os olhos dela, definitivamente aprovava.

– Lily! – chamou Totty, ansiosa. – Minha filha favorita e tão querida, minha menina encantadora, eu precisava vê-la imediatamente. Você deixou a sua mãe tão feliz, tão satisfeita e orgulhosa que choro de alegria toda vez que penso em você...

– Olá, mamãe – cumprimentou Lily, o tom irônico, abraçando Totty e fazendo uma careta para Penelope e Zachary.

Lily ficou profundamente satisfeita de ver os dois juntos. Penelope estava aninhada a Zachary e parecia transbordar de amor.

Zachary parecia igualmente feliz, embora olhasse para Lily com uma pergunta evidente nos olhos.

– Mal acreditamos na notícia – comentou ele, o tom significativo, enquanto se adiantava para abraçar Lily. – Tivemos que vir para ver se você estava bem.

– É claro que estou – respondeu Lily, enrubescendo, constrangida, ao encontrar o olhar do velho amigo. – Aconteceu tudo muito rápido. Lorde Raiford tem um estilo irresistível de cortejar, para dizer o mínimo.

– Estou vendo que sim – respondeu Zachary lentamente, examinando o rosto rosado da amiga. – Nunca a vi mais bonita.

– Sr. Lawson – cumprimentou Alex, avançando para apertar a mão do sogro. – Pode ter certeza de que cuidarei da sua filha e garantirei que todas as suas necessidades sejam atendidas. Lamento não ter tido tempo de pedir a sua permissão... Espero que ignore a nossa pressa inconveniente e dê a sua bênção ao casamento.

George Lawson olhou para ele com um sorriso irônico nos lábios. Ambos sabiam que Alex não dava a menor importância se ele aprovava ou não. Talvez George tenha se sentido compelido pela dureza nos olhos de Alex a respeitar as formalidades com elegância. Fosse qual fosse o motivo, ele respondeu com uma afabilidade incomum.

– Tem a minha bênção, lorde Raiford, e meu desejo sincero de que o senhor e a minha filha tenham uma vida feliz juntos.

– Obrigado.

Alex estendeu a mão para Lily e puxou-a para perto, forçando pai e filha a se confrontarem. Ela fitou o pai com cautela.

– Obrigada, papai – disse em tom brando.

E ficou surpresa quando o pai estendeu a mão e pegou as dela, em um dos poucos gestos espontâneos de afeto que já havia tido em relação à filha.

– Desejo tudo de bom a você, filha, por mais que possa pensar o contrário.

Lily sorriu e também apertou a mão dele, os olhos reveladoramente úmidos.

– Eu acredito no senhor, papai.

– Minha vez – interrompeu uma voz de menino.

Lily riu de felicidade quando Henry se jogou em cima dela.

– Agora você é minha irmã! – exclamou, esmagando-a em um abraço caloroso. – Não consegui esperar nem mais um dia para vê-los. Eu sabia que Alex se casaria com você. Tive um pressentimento a respeito! E agora vou morar com você, e você vai me levar para o Craven's de novo, e vamos cavalgar e atirar juntos, e você vai me ensinar a trapacear nas cartas e...

– Shhhhh.

Lily colocou a mão sobre a boca do menino e olhou para Alex, os olhos cintilando com um brilho malicioso.

– Nem mais uma palavra, Henry, ou seu irmão vai começar agora mesmo a providenciar nosso divórcio.

Sem se importar com os olhares chocados da família de Lily, Alex passou os dedos pelo cabelo dela, beijou seu rosto e afastou a cabeça para sorrir.

– Jamais – declarou ele com firmeza, e, por um momento que a deixou sem palavras, Lily se permitiu acreditar.

– Lorde Raiford – interrompeu Burton com sua tranquilidade característica, entregando um cartão branco a Alex. – Lorde Faxton chegou.

– Pode mandá-lo entrar – disse Lily com uma risada. – Talvez ele queira ficar para o jantar.

~

O grupo se reuniu em um longo e agradável jantar, no qual as conversas variaram dos méritos do projeto de lei proposto por lorde Faxton aos feitos do tutor de Henry, o Sr. Radburne – um homem sério mas amável, com grande apreço por história e pelo idioma. Lily foi a anfitriã perfeita, instigando gentilmente a conversa quando ela se arrastava e envolvendo todo o grupo com seu charme, de modo que cada convidado se sentisse confortável e incluído. Alex a observava do outro lado da mesa com orgulho cada vez maior. Ao menos por aquela noite, a tensão interna que parecia atormentá-la havia desaparecido, deixando apenas uma mulher tão adorável e encantadora que ofuscava seus olhos como a luz do sol. Ela vacilou apenas uma vez, quando seus olhos encontraram os dele com a mesma expressão ardente.

Enquanto os cavalheiros tomavam um vinho do Porto, Penelope chamou Lily de lado para uma conversa particular.

– Lily, ficamos tão chocados quando soubemos que você se casou com lorde Raiford… Logo ele! A mamãe quase desmaiou. Santo Deus, todos nós pensávamos que você o odiava!

– Eu também pensava – respondeu Lily, desconfortável.

– Ora, e o que aconteceu?

Lily encolheu os ombros e sorriu sem graça.

– É difícil explicar.

– Lorde Raiford está parecendo um homem completamente diferente, tão gentil e sorridente… e ele olha para você como se a adorasse! Por que se casou tão de repente? Não estou entendendo nada!

– Ninguém está – assegurou Lily. – Nem eu, Penny. Mas, por favor, não vamos falar sobre o meu casamento. Quero saber sobre o seu. Você está feliz com Zach?

Penelope deixou escapar um suspiro extasiado.

– Mais do que eu poderia imaginar! Acordo todos os dias com medo de que tudo acabe, como se fosse um sonho milagroso. Parece absurdo, eu sei…

– Nem um pouco – comentou Lily baixinho. – Parece maravilhoso.

De repente, ela se virou para a irmã mais nova com um sorriso travesso.

– Quero saber mais sobre a fuga. Zach foi ousadíssimo, um Don Juan, ou fez o papel do noivo tímido? Vamos, não guarde os detalhes emocionantes só para você.

– Lily – protestou Penelope, corando, e, após uma breve hesitação, ela se inclinou para a frente e falou em voz baixa. – Zach, com a ajuda dos criados, entrou às escondidas depois que mamãe e papai se recolheram para dormir. Ele foi até o meu quarto, me abraçou e disse que eu seria sua esposa e que não permitiria que eu sacrificasse a minha felicidade pelo bem da minha família.

– Bom para ele – aplaudiu Lily.

– Então eu coloquei algumas coisas em uma valise e fui com ele até a carruagem que esperava do lado de fora… Eu morri de medo de sermos pegos, Lily! A qualquer momento mamãe e papai poderiam notar a minha ausência, ou lorde Raiford poderia retornar de repente e…

– Não – disse Lily, o tom irônico. – Eu me assegurei de que lorde Raiford estivesse impedido de voltar.

Penelope arregalou os olhos, curiosa.

– O que em nome do céu você fez com ele?

– Não pergunte, querida. Só me diga uma coisa: Zach bancou o cavalheiro e esperou até a noite em que vocês chegaram a Gretna Green, ou seduziu-a já na estalagem?

– Ora, que pergunta, Lily – disse Penelope em tom de reprovação. – Você sabe muito bem que Zachary jamais sonharia em tirar vantagem de uma mulher. Ele dormiu em uma poltrona perto da lareira, é claro.

Lily fez uma careta.

– Incorrigíveis – comentou com uma risada. – Vocês dois são incorrigivelmente honrados.

– Ora, lorde Raiford também – argumentou a irmã. – Na minha opinião, ele é ainda mais sério e convencional do que Zachary. Se vocês dois estivessem na nossa situação, tenho certeza de que lorde Raiford teria se comportado com toda a decência e todo o decoro.

– Talvez – murmurou Lily, então sorriu. – Mas, pense você o que quiser, Penny. Raiford não teria dormido em uma poltrona.

~

Todos os convidados foram embora já tarde da noite e Henry e seu tutor finalmente se recolheram aos seus respectivos aposentos. Depois de correr de um lado para o outro, orientando os criados, Lily teve certeza de que tudo estava em ordem e então subiu para o quarto com Alex, extremamente satisfeita com o desenrolar da noite. Ele dispensou a camareira e ajudou Lily a se despir, enquanto ela se regozijava com a felicidade da irmã.

– Penny está radiante – comentou, enquanto Alex desabotoava a parte de trás do vestido. – Nunca a vi tão feliz.

– Ela parece bem – admitiu Alex a contragosto.

– *Bem*? Ela está cintilando.

Lily tirou o vestido, sentou-se na beirada da cama só de roupa de baixo e estendeu uma das pernas para que o marido tirasse a sua meia.

– Vê-la hoje me fez perceber como você a deixava infeliz, com sua expressão severa e os modos bruscos – disse Lily com um sorriso provocante e estendendo a mão para desabotoar a camisa dele. – A melhor coisa que já fiz foi afastá-la de você.

– Quase me matando no processo – retrucou Alex, o tom irônico, segurando uma das meias de seda bordadas e olhando a peça com interesse.

– Ah, não seja dramático, foi só uma batidinha na cabeça.

Lily alisou o cabelo louro do marido com uma expressão contrita.

– Odiei ter que machucar você... mas não consegui pensar em nenhuma outra maneira de impedi-lo. Você é um homem incrivelmente obstinado.

Alex franziu o cenho enquanto tirava a camisa, revelando o peito largo e musculoso.

– Com certeza havia maneiras menos dolorosas de me manter longe de Raiford Park naquela noite.

– Suponho que eu poderia ter seduzido você... – disse ela com um sorrisinho. – Mas na época a ideia não me atraía muito.

Alex fitou-a com um olhar especulativo enquanto despia o resto das roupas.

– Ainda não me vinguei devidamente do que fez comigo naquela noite – comentou.

Havia um brilho nos olhos dele que deixou Lily desconfiada.

– Se vingar? – repetiu ela, despindo a camisa de baixo com recato e se enfiando embaixo do lençol. – Está querendo dizer que gostaria de acertar a minha cabeça com uma garrafa?

– Não exatamente...

Alex se juntou a ela na cama e empurrou-a contra os travesseiros com uma brutalidade fingida, sem nenhuma intenção de machucá-la. Lily riu e se debateu, enquanto ele usava a força para segurá-la e roubar alguns beijos rápidos. Ela gostou da simulação de luta, até que de repente sentiu o braço sendo esticado e bem preso à cabeceira da cama com uma das próprias meias. Nesse momento, uma risada assustada explodiu por sua garganta.

– Alex...

Antes que ela conseguisse se recompor, o marido prendeu seu outro braço da mesma forma. De repente, qualquer risada morreu, e Lily tentou libertar os pulsos, espantada.

– O que você está fazendo? – apressou-se a perguntar. – Pare com isso. Me solte agora mesmo...

– Ainda não.

Ele se ergueu sobre ela, sempre a fitando.

Um arrepio de medo e desejo a percorreu.

– Alex, não.

– Não vou machucar você – disse ele, e um leve sorriso curvou seus lábios. – Feche os olhos.

Lily hesitou, olhando fixamente para aquele rosto com uma expressão tão séria e malícia no olhar. O corpo poderoso de Alex estava posicionado bem acima do dela, enquanto as pontas de seus dedos descansavam levemente sobre a veia que pulsava na base do pescoço da esposa. Lily fechou os olhos devagar e se rendeu com um gemido.

As mãos e a boca de Alex começaram a se mover por seu corpo, provocando um prazer ardente que ela não tinha como retribuir. Ele a provocou com carícias gentis até Lily ficar rígida sob ele, esperando cegamente que aquela tortura terminasse. Ela ergueu o corpo na direção do marido quando ele uniu seu corpo ao dela em uma arremetida lenta e arrebatadora. O peso e a força de Alex a penetravam fundo, enquanto ele lhe dava beijos deliciosos e sensuais. Trêmula, Lily usou as pernas e o corpo para envolvê-lo e mantê-lo junto a si. De repente todas as sensações difusas convergiram em uma explosão de êxtase e ardor. Ela ergueu mais o quadril com um grito baixo e caiu para trás, ofegante, enquanto Alex derramava seu próprio prazer dentro do seu corpo.

Ainda na esteira das sensações intensas que a dominaram, Lily se esforçou para recuperar o fôlego, enquanto Alex afrouxava as amarras em seus pulsos. Ela enrubesceu profundamente e passou os braços ao redor do pescoço dele.

– Por que você fez isso?

As mãos de Alex se moveram lentamente pelo corpo dela.

– Achei que talvez você quisesse saber como é – respondeu ele baixinho.

Lily se lembrava vagamente de ter dito a mesma coisa para ele uma vez, e deixou escapar um gemido mortificado.

– Alex, e-eu não quero mais fazer joguinhos com você.

Ela sentiu os lábios dele na curva quente entre o pescoço e o maxilar.

– E o que você quer? – perguntou ele com a voz rouca.

Lily segurou a cabeça do marido entre as mãos pequenas.

– Quero ser sua esposa – sussurrou ela, incitando-o a voltar a beijá-la.

~

Com o passar dos dias, Lily se viu desejando o toque do marido, seus sorrisos, sua proximidade. Ela, que havia temido que a vida com ele pudesse ser limitada e monótona, estava experimentando uma empolgação como nunca antes. Alex a desafiava e a confundia, tornando impossível saber o que esperar dele. Às vezes, ele a tratava de maneira enérgica e masculina, a mesma com que lidava com os amigos enquanto bebia e discutia política durante várias rodadas de carteado. Também não hesitava em levá-la para cavalgar ou atirar com ele, e chegou até a levá-la para assistir a uma luta de boxe, rindo enquanto Lily se alternava entre se encolher com a ação violenta no ringue e pular para aplaudir seu lutador favorito. Alex se orgulhava da inteligência da esposa e não fazia nenhum esforço para esconder sua surpresa com a habilidade dela em administrar as contas domésticas. Lily lhe disse, com ironia, que sua renda incerta nos últimos dois anos a tornara uma especialista em economizar.

Era agradável ouvir Alex elogiando seus feitos, e ela ficava satisfeita com o respeito que ele tinha por suas opiniões. Lily gostava até da forma com que ele a provocava às vezes, incitando um comportamento pouco femini-no e depois zombando dela por isso. Mas havia outras ocasiões em que ele a desconcertava, tratando-a como uma flor rara que poderia se machucar facilmente. Algumas noites, quando Lily estava no banho, ele lavava seu cabelo e a enxugava com toalhas macias, depois passava óleo perfumado em seu corpo até que a pele cintilasse.

Lily nunca havia sido tão absolutamente mimada na vida. Depois de anos cuidando de si mesma, era sempre surpreendente ter alguém ao seu lado em todos os momentos. Bastava desejar algo em voz alta para ver seu desejo prontamente atendido, fossem mais cavalos no estábulo, ingressos para o teatro ou apenas o conforto de ser abraçada por ele. Quando tinha pesade-los, Alex a acordava com beijos e a acalmava para dormir em seus braços. Quando Lily procurava agradar o marido na cama, ele era amorosamente paciente enquanto a guiava em lições eróticas que excitavam e satisfaziam a ambos. Alex fazia amor com ela de formas infinitamente variadas – às vezes com muita selvageria, outras, seduzindo-a com gentileza por horas e horas. Fosse qual fosse o humor de Alex, Lily sempre ficava completamente satisfeita. Dia após dia ele ia baixando as defesas dela, deixando-a maleável, exposta e assustadoramente vulnerável. A verdade é que Lily sentia-se mais feliz do que jamais imaginou que poderia ser.

Alex era capaz de ir da arrogância à gentileza em um piscar de olhos, convencendo-a a confidenciar coisas particulares que Lily jamais imaginara que alguém gostaria de saber a seu respeito. Ele era capaz de ver através dela com uma clareza aterradora, compreendendo a timidez que morava sob a fachada extrovertida. Lily se viu tentada inúmeras vezes a contar sobre Nicole, mas o medo a deteve. O tempo com o marido estava se tornando precioso demais. Ela não poderia perdê-lo ainda.

Lily esperou em vão por uma palavra de Giuseppe. Também havia pedido a Burton de forma confidencial que entregasse diretamente a ela qualquer mensagem dele. Embora tivesse considerado a ideia de recontratar o Sr. Knox para procurar Nicole, Lily temia que, sem querer, ele comprometesse suas chances de recuperar a filha. Restava a ela esperar, mas, às vezes, a tensão fazia com que se irritasse subitamente com as pessoas ao seu redor, até mesmo com Alex. Em certa ocasião, ele reagiu com uma rispidez que quase a levou às lágrimas, e os dois acabaram tendo uma discussão horrível. Lily mal conseguiu olhá-lo nos olhos na manhã seguinte, envergonhada por seu acesso. E também temeu que ele exigisse uma explicação para o seu comportamento irracional. Em vez disso, Alex se comportou como se nada tivesse acontecido, tratando-a com gentileza e carinho. Lily percebeu que ele fazia concessões a ela que não faria a mais ninguém. Era o tipo de marido que ela jamais imaginou que existisse: generoso, rápido em perdoar, mais preocupado com as necessidades dela do que com as dele.

Mas, como ela descobriu, Alex também tinha defeitos. Era superprotetor e ciumento, e encarava com uma expressão furiosa qualquer homem que visse olhando muito de perto para a esposa ou segurando a mão dela por muito tempo. Lily achava divertido que ele achasse que todo homem em Londres a cobiçava. Alex foi bem específico em alertá-la para se manter afastada do próprio primo dele, Roscoe Lyon, que fazia propostas encantadoramente escandalosas a Lily toda vez que se encontravam. Em um baile suntuoso a que compareceram, Ross a fez rir ao distribuir uma série de beijos nas costas da mão dela quando a cumprimentou, como se fosse uma raposa faminta diante de uma galinha deliciosa.

– Lady Raiford – falou ele, deixando escapar um suspiro eloquente –, sua beleza é tão luminosa que não precisamos do luar. Isso me deixa absolutamente mortificado.

– *Eu* vou deixá-lo mortificado – interrompeu Alex, o tom ameaçador, recuperando rapidamente a mão da esposa.

Ross envolveu Lily em um sorriso sedutor.

– Ele não confia em mim.

– Nem eu – murmurou ela.

O primo de Alex fingiu um olhar magoado.

– Tudo que desejo é uma valsa com a senhora – protestou ele, acrescentando com um sorriso sedutor: – Nunca dancei com um anjo antes.

– Ela me prometeu essa dança – anunciou Alex com severidade, e começou a puxar a esposa para longe.

– E a próxima? – perguntou Ross.

Alex respondeu por cima do ombro.

– Ela me prometeu *todas* as danças.

Ainda rindo, Lily tentara alertá-lo enquanto ele a conduzia até onde os casais valsavam.

– Alex, preciso contar uma coisa. A minha mãe sempre tentou me ensinar a deslizar com graça, mas nunca conseguiu. Ela diz que eu danço feito um cavalo chucro: dando pinotes.

– Não pode ser tão ruim assim.

– Eu garanto que pode!

Alex realmente pensou que fosse exagero, mas achou graça ao descobrir que era verdade. E precisou de toda a sua habilidade para conter o vigor de sua atlética esposa na pista de dança, sem mencionar as várias manobras firmes de que precisou lançar mão para impedi-la de tentar conduzir a valsa.

– Você me acompanha – disse ele, diminuindo o passo e guiando-a pelos passos da valsa.

Apesar da orientação forte da mão do marido, Lily continuou a se mover na direção errada.

– Talvez seja mais fácil se *você* me acompanhar – sugeriu ela, o tom travesso.

Alex abaixou a cabeça e sussurrou no ouvido da esposa, pedindo a ela para se lembrar da última vez que haviam feito amor. O conselho nada ortodoxo a fez rir, mas, quando ela olhou em seus olhos e se concentrou no fato de estar tão próxima dele, de repente se tornou fácil permitir que ele tivesse controle total dos movimentos. E Lily acabou relaxando o bastante para permitir algo que se aproximava de uma valsa graciosa.

– Ora, nós somos muito bons nisso! – exclamou ela.

Alex sorriu ao ver sua expressão satisfeita e solicitou-a para várias outras valsas, fazendo com que várias pessoas ao redor erguessem as sobrancelhas.

Não era comum um marido se mostrar tão abertamente devotado à esposa, mas Alex não parecia se importar. Lily se divertia ao ver damas sofisticadas da sociedade zombando por trás dos leques, com inveja da atenção que Alex dava a ela. Seus próprios maridos falavam com elas com indiferença – quando falavam – e passavam todas as noites na cama das amantes. Para surpresa de Lily, até Penelope comentou sobre a possessividade de Alex, declarando que Zachary não procurava pela companhia dela como Alex fazia com Lily.

– Sobre o que vocês conversam o tempo todo? – perguntou Penelope com curiosidade durante o intervalo da peça mais recente no teatro Drury Lane. – O que você diz que o interessa tanto?

As duas irmãs estavam juntas em um canto do saguão de teto abobadado no primeiro andar, abanando-se com seus leques. Antes que Lily pudesse responder, se juntaram a elas lady Elizabeth Burghley e a Sra. Gwyneth Dawson, ambas jovens matronas respeitáveis com quem Lily havia começado a fazer amizade. Lily gostava especialmente de Elizabeth, que tinha um senso de humor espirituoso.

– Preciso ouvir essa resposta – declarou Elizabeth com uma risada. – Estamos todas nos perguntando como manter nossos maridos plantados firmemente ao nosso lado como Lily faz. O que você diz que ele acha tão cativante, minha cara?

Lily deu de ombros e voltou os olhos para Alex. Ele estava parado com um grupo de homens do outro lado da sala, todos envolvidos em uma conversa ociosa. Como se sentisse o olhar da esposa, ele encontrou seus olhos e deu um sorriso discreto.

Lily voltou a atenção novamente para as mulheres.

– Nós conversamos sobre tudo – respondeu finalmente com um sorriso. – Bilhar, cera de abelha e Bentham. Sempre digo o que penso, mesmo quando Alex não gosta.

– Mas não devemos falar com os homens sobre políticos como o Sr. Bentham – comentou Gwyneth, confusa. – É para isso que eles têm os amigos.

– Bem, mais um *faux pas* de minha parte, não é? – disse Lily com uma risada, fingindo riscar o assunto de uma lista invisível. – Certo, chega de discussões impróprias sobre políticos.

– Lily, não mude nada – apressou-se a dizer Elizabeth, com os olhos cintilando. – Está claro que lorde Raiford gosta das coisas como estão. Talvez eu devesse perguntar a opinião do meu marido sobre a cera de abelha e sobre o Sr. Bentham!

Sorrindo, Lily deixou os olhos vagarem mais uma vez pelas pessoas reunidas no saguão. E se assustou ao ver um lampejo de cabelos pretos como nanquim, um rosto conhecido. Ela estremeceu de preocupação, piscou algumas vezes e procurou novamente pela pessoa que achou ter visto, mas não conseguiu encontrar. Então, sentiu uma mão gentil em seu braço.

– Lily? – chamou Penelope. – Algum problema?

# CAPÍTULO 12

L ily continuou a olhar distraidamente para as pessoas ao redor. Então se recuperou, abriu um sorriso e balançou a cabeça. Não poderia ser Giuseppe. Ao longo dos últimos anos, ele decaíra demais para estar à altura de um evento como aquele. De linhagem aristocrática ou não, Giuseppe não teria permissão para socializar com os presentes, só com as classes mais baixas do lado de fora.

– Não, Penny, não é nada. Só achei ter visto um rosto familiar.

Lily conseguiu afastar a sensação sombria pelo tempo necessário para aproveitar o restante da apresentação, mas ainda assim se sentiu profundamente aliviada quando a noite acabou. Alex entendeu a expressão da esposa, recusou vários convites para se reunir com amigos depois da peça e levou Lily de volta para Swans' Court.

Ao chegar em casa, Lily olhou fixamente para Burton enquanto ele os recepcionava e pegava as luvas e o chapéu de Alex. Era o mesmo olhar que ela lançava ao mordomo sempre que queria saber se alguma mensagem específica havia chegado para ela naquele dia. Em resposta à sua pergunta silenciosa, Burton balançou ligeiramente a cabeça. O movimento negativo fez o coração de Lily afundar no peito. Ela não sabia quanto tempo mais conseguiria aguentar, mais quantas noites silenciosas teria de esperar por notícias da filha.

Embora Lily fizesse um esforço para conversar despreocupadamente sobre a peça, Alex percebeu seu humor soturno. Ela pediu conhaque, mas ele orientou a camareira a servir um copo de leite quente. Lily franziu a testa para ele, mas não discutiu. Depois de tomar o leite, ela se despiu e se deitou, aninhada nos braços de Alex. Ele a beijou e ela pressionou o corpo contra o dele, receptiva, mas pela primeira vez não conseguiu corresponder à altura quando Alex fez amor com ela. Ele perguntou gentilmente qual era o problema, mas Lily balançou a cabeça.

– Estou cansada – sussurrou ela, desculpando-se. – Por favor, só me abrace.

Com um suspiro, Alex cedeu e Lily acomodou a cabeça em seu ombro, desejando desesperadamente que o sono viesse.

A imagem da filha pairava ao seu redor, dançando diante dela na escuridão e na névoa. Lily gritou o nome da menina e estendeu a mão para alcançá-la, mas Nicole estava sempre a alguns passos de distância, fora do seu alcance. Uma risada sinistra ecoou ao seu redor, e ela recuou ao ouvir um sussurro maligno e zombeteiro. *Você nunca mais vai tê-la... nunca... nunca...*

– *Nicole!* – gritou Lily, desesperada.

E então ela correu mais rápido, com os braços estendidos. De repente tropeçou e tentou se desvencilhar das trepadeiras que subiam por suas pernas, puxando-a para baixo, impedindo-a de se mover. Soluçando de raiva, ela gritou pela filha e logo ouviu o choro assustado de uma criança. *Mamãe...*

– Lily.

Uma voz calma e tranquila atravessou a névoa e a escuridão.

Ela oscilou, zonza, agitando os braços. Era Alex ali ao seu lado, segurando-a com firmeza. Lily relaxou e se apoiou nele, a respiração alterada. Tinha sido um pesadelo. Ela pressionou o ouvido contra o peito sólido do marido e escutou as batidas fortes do seu coração. Depois de piscar algumas vezes e finalmente despertar de vez, Lily se deu conta de que os dois não estavam na cama: estavam parados ao lado da balaustrada de ferro forjado no topo de um longo lance de escadas. Lily franziu a testa, assustada. Tivera outro episódio de sonambulismo.

Alex ergueu a cabeça dela. Sua expressão era distante, a voz quase sem expressão.

– Eu acordei e você não estava na cama – falou objetivamente. – Encontrei-a aqui no topo da escada. Você quase caiu. Com o que estava sonhando?

Não era justo da parte dele fazer perguntas quando sabia que ela ainda estava desorientada. Lily tentou afastar o torpor que ainda a dominava.

– Eu estava tentando alcançar alguma coisa.

– O quê?

– Não sei – respondeu ela, abatida.

– Lily, não posso ajudar se não confiar em mim – disse Alex, o tom tranquilo mas determinado. – Não posso proteger você nem aqui, nem nos sonhos.

– Eu já contei tudo, Alex... Eu... eu não sei.

Seguiu-se um longo silêncio.

– Eu já mencionei como odeio ser enganado? – disse Alex, o tom frio.

Lily desviou o olhar, fixando-o no carpete, na parede, na porta, em qualquer lugar, menos no rosto dele.

– Desculpe.

Ela queria que o marido a abraçasse e a acariciasse como sempre fazia depois de um daqueles pesadelos. Queria que ele fizesse amor com ela, permitindo ao menos por um momento a bênção do esquecimento de tudo que não fosse o calor do corpo dele dentro do dela.

– Alex, me leve de volta para a cama.

Com gentileza e frieza ao mesmo tempo, ele afastou-a de si e virou-a na direção do quarto.

– Pode ir. Vou ficar acordado por mais algum tempo.

Lily ficou surpresa com a recusa do marido.

– Fazendo o quê? – perguntou ela em voz baixa.

– Lendo. Bebendo. Ainda não sei – respondeu ele, e desceu a escada sem olhar para a esposa.

Lily foi para o quarto e se arrastou para debaixo das cobertas amarrotadas, sentindo-se culpada, irritada e preocupada. Enfiou a cabeça em um travesseiro enquanto fazia uma nova descoberta sobre si mesma.

– Você pode odiar ser enganado, milorde – murmurou –, mas não tanto quanto eu odeio vir deitar sozinha.

~

A ligeira frieza entre os dois persistiu no dia seguinte. Lily deu seu passeio matinal pelo Hyde Park sem ele, acompanhada por um cavalariço. Mais tarde, ocupou-se com a correspondência, uma tarefa que detestava. Havia pilhas de cartões de visitas – alguns anunciando os horários em que ela seria bem-vinda para uma visita e outros, escritos a lápis, perguntando quando *ela* planejava receber visitas. Também havia uma pilha de convites para bailes, jantares e concertos.

Estavam sendo convidados a se juntar aos Clevelands em Shropshire para caçar tetrazes no outono, para se hospedar na cabana de caça dos Pakingtons nas charnecas e para visitar amigos em Bath. Lily não sabia como responder a tudo aquilo. Como poderia aceitar convites para um futuro do qual não faria parte? Era tentador se permitir fingir que estaria para sempre com Alex, mas se viu obrigada a lembrar a si mesma de que tudo acabaria mais cedo ou mais tarde.

Lily deixou os convites de lado e folheou um maço de papéis na mesa de Alex. Ele havia escrito algumas cartas naquela manhã, antes de sair no meio do dia para participar de alguma reunião sobre reforma parlamentar. Ela sorriu enquanto seus olhos percorriam a caligrafia decidida – a letra firme e arrojada, com uma leve inclinação para a direita. Lily leu distraidamente uma carta que o marido havia endereçado a um dos administradores das propriedades dele, declarando seu desejo de que os arrendatários pudessem fazer arrendamentos plurianuais em vez dos aluguéis anuais mais caros. Alex também havia instruído o administrador a instalar novos fossos e cercas no terreno às custas dele, o proprietário. Lily deixou a carta de lado, pensativa, e alisou um dos cantos com a ponta do dedo. A maioria dos proprietários de terra abastados que ela conhecia era gananciosa e egoísta. Ela sabia que o senso de honra e justiça de Alex era raro. Outra carta chamou sua atenção, e ela passou rapidamente os olhos por ela...

*... em relação ao seu novo inquilino, assumirei a responsabilidade por todas as despesas mensais de Pokey durante a vida dele. Se for necessário algum item específico para a sua dieta, basta me informar e farei o que for necessário para garantir fornecimento constante. Com todo o respeito pelos excelentes cuidados que sei que dedica ao urso, gostaria de visitá-lo ocasionalmente e verificar a condição em que se encontra...*

Lily sorriu, pensativa, lembrando-se da cena de alguns dias antes, quando eles tinham ido a Raiford Park para despachar Pokey para o novo lar. Henry passara a manhã toda sentado diante da jaula, no jardim, parecendo tão abatido quanto os criados estavam aliviados.

– Precisamos mesmo mandá-lo embora? – perguntara Henry quando Lily saiu para se juntar a ele. – Pokey não causa nenhum problema...

– Ele vai ficar muito mais feliz em seu novo lar – respondera Lily. – Nada mais de correntes. Lorde Kingsley disse que construiu um espaço fresco e com sombra para ele, e tem até um pequeno riacho que passa pertinho.

– É, acho que ele vai gostar mais disso do que de uma jaula – admitira Henry.

O menino acariciava e coçava a cabeça do urso. Pokey deixou escapar um suspiro tranquilo e fechou os olhos. De repente, eles foram interrompidos pela voz baixa de Alex.

– Henry. Saia já de perto dessa jaula... bem devagar. E, se eu o pegar de novo com esse urso, vou te dar uma surra que vai fazer as de Westfield parecerem agradáveis.

Henry conteve um sorriso e obedeceu na mesma hora. Lily também reprimiu um sorriso. Até onde ela podia dizer, Henry havia sido ameaçado com espancamentos terríveis por anos, mas o irmão mais velho jamais encostara um dedo nele.

– Ele não é nada perigoso – dissera Henry. – É um urso bonzinho, Alex.

– Esse "urso bonzinho" poderia arrancar seu braço com um único movimento do maxilar.

– Ele é manso e velho demais para ser uma ameaça, Alex.

– Ele é um animal – respondera Alex categoricamente. – E um animal que foi submetido a maus-tratos por parte dos humanos. Não importa que ele seja velho. Como você acabará aprendendo, a idade nem sempre suaviza o temperamento. Lembre-se da sua tia Mildred, por exemplo.

– Mas Lily faz carinho no urso – protestara Henry. – Eu a vi fazendo hoje de manhã mesmo.

– Ora, seu dedo-duro – dissera Lily, lançando um olhar de reprovação para o jovem cunhado. – Vou me lembrar disso, Henry!

Ela encarou Alex com um sorriso contrito, mas era tarde demais.

– Você tem encostado a mão nesse bicho? – perguntara ele, avançando para cima dela. – Mesmo depois de eu deixar claro que não deveria chegar perto dele?

Pokey ergueu a cabeça com um resmungo baixo enquanto os observava.

– Mas, Alex – defendera-se Lily –, eu estava com pena dele.

– Em instantes você vai sentir mais pena de si mesma.

Lily sorriu diante da expressão séria do marido e desviou de repente para a esquerda. Alex não teve dificuldade para alcançá-la e erguê-la no ar, enquanto ela ria e dava gritinhos. Depois da brincadeira, ele aconchegou Lily junto ao corpo. Seus olhos cinzentos cintilavam, bem-humorados, ao fitar a esposa rebelde.

– Vou lhe ensinar as consequências de *me* desobedecer – dissera ele, beijando-a na frente de Henry.

Ao relembrar a cena, Lily finalmente entendeu o sentimento que a dominara naquele dia e que se enraizara com uma obstinação surpreendente desde a primeira vez que o vira.

– Que Deus me ajude – sussurrou Lily no quarto. – Eu amo você, Alex.

Lily se vestiu com esmero para o baile daquela noite, em comemoração ao sexagésimo quinto aniversário de lady Lyon. Haveria seiscentos convidados, muitos deles vindo de suas propriedades de veraneio no campo para a ocasião. Ciente de possíveis olhares especulativos voltados para si, Lily decidiu usar uma nova criação de Monique – um vestido discreto, mas lindo em sua delicadeza. O traje, com todos os bordados intrincados, exigiu dias de trabalho incessante de duas das talentosas assistentes da modista. Era feito de um tecido muito fino, no tom mais claro de cor-de-rosa, profusamente bordado em ouro. As saias em camadas do vestido, cortadas de modo a formar uma leve cauda, pareciam flutuar atrás de Lily enquanto ela caminhava.

Alex esperava por ela na biblioteca, debruçado sobre os papéis em sua mesa, mas ergueu a cabeça ao ouvi-la entrar. Lily sorriu ao ver a expressão dele e deu uma voltinha para exibir o traje completo. Seu cabelo estava enfeitado com alfinetes de ouro adornados com pencas de diamantes, cintilando entre os cachos escuros. Nos pés, usava sapatinhos dourados com fitas amarradas nos tornozelos. Alex não resistiu e estendeu a mão para tocá-la. Lily parecia requintada e perfeita, um bibelô de porcelana.

Lily se aproximou e se inclinou sedutoramente sobre ele.

– Estou à altura do evento? – sussurrou.

– Totalmente – confirmou ele com a voz rouca.

Alex deu um beijo casto na testa dela, o máximo que seu autocontrole permitia.

O baile, na residência londrina dos Lyons, foi ainda mais sofisticado do que Lily imaginara. A casa enorme, que havia sido construída sobre fundações medievais e ampliada ao longo de vários séculos, estava decorada com arranjos de flores frescas e delicadas, além de cristais, seda e ouro. As melodias tocadas por uma grande orquestra ecoavam já do lado de fora do salão de baile. No momento em que chegaram, lady Lyon colocou Lily sob sua proteção. A esposa de Alex foi apresentada a muitas pessoas – ministros de gabinete, cantoras de ópera, embaixadores e suas esposas e membros ilustres da nobreza. Ela ficou aflita ao se dar conta de que só conseguiria se lembrar de alguns poucos nomes depois.

Lily sorria e conversava, tomando goles do ponche, enquanto via Alex ser arrastado por Ross e por vários outros homens – estavam exigindo que ele arbitrasse alguma aposta.

– Homens – comentou Lily com lady Lyon, o tom irônico. – Não tenho dúvidas de que a aposta é sobre a rapidez com que uma determinada gota de chuva rolará pela vidraça ou sobre quantos copos de conhaque um certo lorde é capaz de beber antes de tombar!

– Sim – respondeu lady Lyon, com um brilho provocador em seus olhos. – É surpreendente o que algumas pessoas fazem por uma aposta.

Lily conteve uma risadinha constrangida, já que sabia que a mulher mais velha estava se referindo à vergonhosa noite no Craven's.

– Aquela aposta – disse ela em uma tentativa malsucedida de manter a dignidade – foi inteiramente sugestão do seu sobrinho, senhora. Espero viver o suficiente para deixar todo o episódio para trás.

– Quando você tiver minha idade, vai contar tudo sobre esse episódio aos seus netos, só para chocá-los – vaticinou lady Lyon. – E eles vão admirá-la por seu passado condenável. O tempo me deu uma grande compreensão do velho ditado: "Se os jovens soubessem... Se os velhos ao menos pudessem..."

– Netos... – murmurou Lily, a voz suave carregada de uma súbita melancolia.

– Ainda há muito tempo para isso – garantiu lady Lyon, sem entender o motivo da tristeza da mulher ao seu lado. – Anos, na verdade. Eu tinha trinta e cinco anos quando dei à luz Ross, quarenta no nascimento da minha última filha, a minha Victoria. Você ainda tem muito terreno fértil pela frente, menina. E desconfio que Raiford o semeará com muita habilidade.

– Tia Mildred! – exclamou Lily com uma risadinha. – A senhora está me deixando chocada!

Naquele momento, um criado se aproximou discretamente de Lily.

– Milady, perdão, mas há um cavalheiro no saguão de entrada que não se identificou e afirma estar aqui a seu pedido. A senhora estaria disposta a fazer a gentileza de me acompanhar e confirmar as credenciais dele?

– Eu não convidei nenhum... – começou a dizer Lily, surpresa, mas se calou quando uma terrível suspeita surgiu em sua mente. – Não... – sussurrou então, o que fez com que o criado a fitasse, confuso.

– Milady, devemos convidá-lo a se retirar?

– Não.

Lily engoliu em seco e forçou um sorriso, ciente do olhar penetrante de lady Lyon fixo nela.

– Acho que vou investigar esse pequeno mistério – disse ela, encarando diretamente a tia do marido e dando de ombros para forjar despreocupação. – A curiosidade sempre foi a minha ruína.

– E matou o gato – respondeu lady Lyon, fitando a jovem à sua frente ela própria com curiosidade.

Lily seguiu o criado ao longo da bela casa. O saguão de entrada, com seu teto enfeitado com sancas intrincadas, ostentava também um bonito trabalho em gesso ao redor do lustre. Um fluxo de convidados continuava a entrar pela porta da frente, e cada um era recebido individualmente pela criadagem eficiente dos Lyons. Entre as pessoas que se adiantavam, foi muito fácil distinguir uma figura imóvel e de pele marrom-clara. Lily estacou, horrorizada. O homem sorriu para ela e fez uma reverência zombeteira, acompanhada por um elaborado floreio da mão.

– A senhora confirma as credenciais desse convidado? – perguntou o criado ao seu lado.

– Sim – respondeu Lily com a voz rouca. – Ele é um velho conhecido, u-um nobre italiano. Conde Giuseppe Gavazzi.

O criado olhou para Giuseppe, desconfiado. Embora o italiano estivesse vestido de forma condizente com um nobre – calça de seda, paletó ricamente bordado, gravata branca engomada –, havia algo em Giuseppe que denunciava a vulgaridade de seu caráter. Comparado a ele, pensou Lily consigo mesma, Derek Craven tinha o porte e a polidez de um príncipe.

Giuseppe já circulara livremente entre a nobreza, sem dúvida já fora um deles. E era óbvio por sua expressão presunçosa que ainda se considerava parte da aristocracia. Mas seu sorriso encantador se transformara em uma expressão forçada, e a beleza impressionante agora era dura e comum. Os olhos negros, antes tão suaves, passaram a mostrar uma ganância repulsiva. Mesmo usando roupas finas, ele se destacava dos outros convidados como um corvo entre cisnes.

– Muito bem, então – murmurou o criado, e se afastou em silêncio.

Lily ficou parada na lateral do saguão, enquanto Giuseppe caminhava lentamente em sua direção. Ele sorriu e gesticulou para si mesmo com orgulho.

– Isso a faz se lembrar dos dias na Itália, não?

– Como você ousa? – sussurrou ela, a voz trêmula. – Vá embora daqui.

– Mas é a ambientes como esse que pertenço, *cara*. E agora vim assumir o meu lugar. Eu tenho dinheiro, sangue azul, tudo que é necessário para frequentar a nobreza. Como quando a conheci, em Florença.

Os olhos negros se semicerraram em uma expressão insolente.

– Você me deixou muito triste, *bella*, por não ter me contado que se casou com lorde Raiford. Temos muito o que conversar.

– Aqui não – disse Lily entredentes. – Agora não.

– Você vai me levar lá para dentro – insistiu Giuseppe, o tom frio, e indicou o salão de baile. – Vai me apresentar a todos e vai se tornar a minha... ah...

Ele fez uma pausa enquanto procurava pela expressão correta.

– Madrinha na sociedade inglesa? – completou ela, sem acreditar. – Meu Deus.

Lily levou a mão à boca, esforçando-se para manter a compostura, porque estava ciente de que as pessoas ao redor lhe lançavam olhares de curiosidade.

– Onde está a minha filha, seu desgraçado insano? – perguntou ela em um sussurro irado.

Giuseppe balançou a cabeça, zombeteiro.

– Preciso que faça muitas coisas por mim antes, Lily. Depois eu trarei Nicoletta.

Ela abafou uma risada frustrada e histérica.

– Você diz isso há vinte e quatro meses – disse ela, sem conseguir impedir que seu tom de voz se elevasse. – Para mim já basta, já *basta*...

Ele sussurrou irritado para que Lily ficasse quieta e tocou seu braço, fazendo-a perceber que alguém se aproximava deles.

– Esse é lorde Raiford? – perguntou Giuseppe, reparando no cabelo louro do homem.

Lily olhou por cima do ombro e sentiu o estômago dar uma cambalhota. Era Ross, o belo rosto alerta e curioso.

– Não, o primo dele.

Ela se virou para encarar Ross, disfarçando a aflição que sentia com um sorriso social suave. Mas não foi rápida o bastante.

– Lady Raiford – disse Ross, olhando dela para Giuseppe. – A minha mãe me enviou até aqui para saber mais sobre o seu misterioso convidado.

– Ah, sim. É um amigo meu da Itália – respondeu Lily com tranquilidade, embora por dentro se sentisse humilhada por ter que o apresentar. – Lorde Lyon, permita-me apresentar o conde Giuseppe Gavazzi, recém-chegado a Londres.

– Que sorte a nossa – disse Ross com uma afabilidade tão exagerada que foi como um insulto.

Giuseppe se empertigou, vaidoso, e sorriu.

– Espero que ambos possamos lucrar com essa apresentação, lorde Lyon.

– Certamente – respondeu Ross em um tom tão régio quanto o da mãe, e então se virou para Lily e educadamente perguntou: – Está se divertindo, lady Raiford?

– Muitíssimo.

Ele a fitou com um leve sorriso.

– Já considerou uma carreira no palco, lady Raiford? Acredito que talvez tenha ignorado sua verdadeira vocação.

E, sem esperar por uma resposta, Ross se afastou.

Lily praguejou baixinho.

– Ele está indo falar com o meu marido. Vá embora, Giuseppe, e acabe com essa farsa! Esses trapos decadentes não vão fazer ninguém acreditar que você é um aristocrata.

Aquilo o enfureceu – Lily pôde ver a maldade ardendo em seus olhos de ébano.

– Acho que vou ficar, *cara*.

Lily ouviu várias pessoas cumprimentando-a à medida que mais convidados chegavam. Ela retribuiu os cumprimentos com um sorriso e um breve aceno, e sussurrou para Giuseppe:

– Deve haver algum cômodo reservado por perto. Vamos para algum lugar e conversaremos. Vamos, rápido, antes que meu marido nos encontre.

~

Ross parou ao lado de Alex, girando lentamente um copo de conhaque nas mãos – o primo conversava com os outros homens que tinham se retirado do baile para o salão de cavalheiros. Estavam todos concentrados em organizar objetos sobre uma mesa para ilustrar seus pontos de vista enquanto discutiam táticas militares.

– Se os regimentos se posicionaram aqui... – dizia um deles ao deslizar uma caixa de rapé, um par de óculos e uma estatueta para o canto da mesa.

Alex sorriu e prendeu a ponta de um charuto entre os dentes antes de interromper.

– Não, é mais fácil se eles se separarem e se moverem para cá... e para cá...

Ele reposicionou a caixa de rapé e a estatueta de forma que encurralassem o inimigo, representado por um pequeno vaso pintado.

– Pronto. Agora o vaso não tem mais a menor chance.

Outro homem falou, então:

– Mas você esqueceu a tesoura e o abajur. Eles estão em uma posição privilegiada para atacar por trás.

– Não, não – começou a responder Alex, mas Ross o interrompeu, puxando-o para longe da mesa.

– Sua estratégia é interessante – comentou Ross, o tom irônico, enquanto os outros continuavam a batalha. – Mas há uma falha, primo. Você deve sempre deixar uma brecha para a retirada.

Alex olhou para a mesa, a expressão pensativa.

– Você acha que eu deveria ter deixado a caixa de rapé onde estava?

– Não estou falando da maldita caixa de rapé, primo, ou de qualquer batalha simulada – disse Ross, baixando bem a voz. – Estou me referindo à sua esposa espertinha.

O rosto de Alex se transformou na hora, os olhos cinza agora gelados. Ele tirou o charuto da boca e apagou-o descuidadamente em uma bandeja de prata próxima.

– Continue – estimulou, gentilmente. – Mas escolha as suas palavras com cuidado, Ross.

– Eu lhe avisei que "Lily Sem Limites" não é o tipo de mulher que fica com um homem só para sempre. Foi um erro se casar com ela, Alex. Ela vai fazer você de tolo. Na verdade, já está fazendo, neste exato momento.

Alex encarou o primo, furioso. Ia dar uma surra em Ross por falar de Lily de forma tão grosseira, mas antes tinha que descobrir o que estava acontecendo. Ela talvez estivesse com algum problema.

– Onde ela está?

– É difícil dizer – respondeu Ross, dando de ombros ligeiramente. – A esta altura, imagino que já tenha encontrado algum canto privado para compartilhar um abraço apaixonado com um vagabundo italiano disfarçado de conde. Gavazzi era o nome, creio eu. Soa familiar a você? Acho que não.

A confiança de Ross ficou abalada quando o primo lhe lançou um olhar tão ameaçador que poderia vir do próprio diabo. Alex se afastou rápida e silenciosamente. Ross se recostou na parede em uma pose despreocupada e cruzou as pernas, mais uma vez tendo certeza de que o que quisesse na vida seria dele, bastava ter paciência para esperar.

– Como eu previ – murmurou para si mesmo, o tom pragmático –, serei o próximo a tê-la.

~

– Você nunca vai colocar um fim nisso, não é? – atacou Lily na privacidade de uma saleta no andar de cima. – Vai ser assim para sempre. Eu nunca vou ter minha filha de volta!

– Não, não, *bellissima* – murmurou Giuseppe, tentando acalmá-la. – Vai acabar logo, logo. Vou lhe trazer Nicoletta. Mas primeiro você precisa me apresentar a essas pessoas, me ajudar a fazer amigos aqui. É para *isso* que venho trabalhando todos esses anos, para conseguir o dinheiro necessário para me tornar um homem importante em Londres.

– Entendo – disse Lily, atordoada. – Você não era bom o bastante para a sociedade italiana… Meu Deus, você é um criminoso procurado lá… e agora quer um lugar *aqui*?

Lily o encarou, sua expressão um misto de desprezo e fúria.

– Sei como a sua mente funciona. Você está achando que será capaz de se casar com alguma viúva rica ou com alguma jovem herdeira tola e bancar um senhor de terras pelo resto da vida. Esse é o seu plano? Quer que eu me torne a fiadora nessa empreitada e garanta a sua entrada na aristocracia britânica? Acha que essas pessoas vão aceitá-lo por causa de uma recomendação minha?

Ela soltou uma gargalhada amarga e zombeteira, então se esforçou para se controlar.

– Meu Deus, Giuseppe, *eu* mal sou uma pessoa respeitável. Não tenho influência nenhuma!

– Você é a condessa de Raiford – retrucou Giuseppe, a voz dura.

– As pessoas só toleram a minha presença por respeito a ele!

– Já disse a você o que eu quero – insistiu ele, inflexível. – Agora você vai fazer isso por mim e depois disso devolverei Nicoletta.

Lily balançou a cabeça freneticamente.

– Giuseppe, isso é um absurdo – bradou ela, desesperada. – Por favor, me devolva a minha filha. Mesmo que eu quisesse, não tenho como ajudá-lo. Você não foi feito para a aristocracia. Você usa as pessoas, despreza a todos…

Acha mesmo que não dá para ver isso no seu rosto? Não percebe que vão acabar descobrindo exatamente o que você é?

Lily levou um susto e foi totalmente tomada por uma onda de repulsa quando Giuseppe se aproximou em um segundo e passou os braços magros e rijos ao seu redor, o tom de almíscar de sua colônia invadindo as narinas dela. Ele tocou o queixo dela com a mão quente e úmida e abaixou-a até o pescoço.

– Você sempre me pergunta quando vou trazer sua bebê de volta, quando vou acabar com isso – falou Giuseppe, o tom suave. – Pois agora estou enfim dizendo que isso vai acabar, mas só depois que você me ajudar a fazer parte deste mundo.

– Não – falou Lily, deixando escapar um soluço de nojo quando sentiu a mão dele deslizar para o seu peito arfante.

– Você se lembra do que tivemos juntos? – perguntou Giuseppe em um sussurro, confiando em seu poder de sedução, o corpo se tornando excitado junto ao dela. – Lembra-se de como eu a ensinei a fazer amor? De como nos movimentávamos juntos na cama, do prazer que lhe dei enquanto fazíamos a nossa linda bebê...?

– Por favor – pediu Lily, a voz estrangulada, e se afastou dele. – Me solte. Meu marido virá me procurar em breve. Ele é bastante ciumento e não vai...

De repente, um frio terrível e angustiante tomou conta dela, que parou de falar e começou a tremer. Com horror crescente, Lily virou a cabeça e viu Alex na porta. Ele a fitava com uma expressão de incredulidade, o rosto muito pálido. Giuseppe seguiu o olhar fixo de Lily e soltou uma leve exclamação de surpresa.

– Lorde Raiford – cumprimentou, o tom suave, e soltou as mãos de Lily. – Acho que talvez tenha compreendido mal o que viu. Permita-me deixá-los para que sua esposa lhe dê as explicações necessárias, *si*?

Ele deu uma piscadinha discreta e saiu da saleta com um sorriso presunçoso, certo de que Lily suavizaria tudo com algumas mentiras sagazes, típicas das esposas. Afinal, tinha muito a perder. O olhar de Alex não se desviou de Lily. Ambos permaneceram em silêncio, em uma cena congelada no meio da saleta elegante. O riso e a música do baile chegavam até eles, mas era como se estivessem a um universo de distância. Ela sabia que deveria falar, se mover, fazer algo que tirasse aquela expressão terrível do rosto do marido, mas não conseguiu fazer nada além de ficar paralisada, tremendo.

Por fim, Alex falou. Sua voz saiu baixa e tão rude que era quase irreconhecível.

– Por que você estava permitindo que ele a abraçasse daquele jeito?

Com a mente tomada pelo pânico, Lily tentou pensar em alguma mentira, em algo que o convencesse de que ele estava enganado, em alguma história convincente. Em outra época, ela talvez até tivesse sido capaz, mas estava mudada. Só o que conseguiu fazer foi ficar parada ali, feito uma tola. E soube exatamente como uma raposa se sentia quando era encurralada – rígida e encolhida, esperando impotente pelo fim.

Ao ver que a esposa não respondia, Alex voltou a falar, o rosto contorcido.

– Você está tendo um caso com ele.

Lily continuou a encará-lo em silêncio, a expressão aterrorizada. E aquele silêncio foi resposta suficiente. Alex deixou escapar um som rouco de dor e se afastou dela. Um instante depois, Lily o ouviu sussurrar, perturbado:

– Vagabunda.

Os olhos dela ficaram marejados enquanto o via caminhar até a porta. Ela o havia perdido. Lady Lyon tinha razão… Somente a morte ou a traição poderiam destruí-lo. E Lily descobriu que seus segredos já não importavam mais naquele momento. Com muito esforço, sussurrou o nome dele, em súplica.

– Alex.

Ele parou com a mão na porta fechada, permanecendo de costas para ela. Seus ombros subiam e desciam muito rápido, como se ele estivesse tentando dominar emoções violentas demais.

– Por favor, fique – pediu Lily, a voz trêmula. – Por favor, me deixe contar a verdade.

Incapaz de suportar a visão do corpo imóvel do marido, ela deu as costas e passou os braços ao redor do próprio corpo. E respirou fundo com dificuldade antes de começar a falar.

– O nome dele é Giuseppe Gavazzi. Eu o conheci na Itália. Fomos amantes. Não recentemente… Cinco anos atrás. Foi sobre ele que comentei com você.

Lily mordeu o lábio até sentir uma dor aguda.

– Tendo visto o quão desprezível ele é, imagino que esteja enojado ao saber que ele e eu…

Ela se interrompeu com um soluço seco.

– *Eu* me sinto enojada. A experiência foi tão terrível que ele não quis mais saber de mim, nem eu dele. Eu pensei que tivesse me livrado de Giuseppe para sempre. Mas... isso acabou não sendo bem verdade. A minha vida mudou para sempre depois daquela noite, porque descobri... descobri...

Lily balançou a cabeça, irritada com a própria covardia, com as palavras que balbuciava, mas se forçou a continuar.

– Eu estava grávida.

Alex não deixou escapar qualquer som, e ela estava com medo e vergonha demais para olhar para ele.

– Eu tive um bebê. Uma filha.

– Nicole – disse ele, a voz rouca e estranha.

– Como você sabe? – perguntou Lily, perplexa.

– Você falou o nome dela enquanto dormia.

– Ah, é claro.

Ela deu um sorriso de escárnio por si mesma, as lágrimas escorrendo pelo rosto.

– Eu pareço ser bastante ativa durante o sono.

– Continue.

Lily enxugou o rosto com a manga do vestido e firmou a voz.

– Morei dois anos na Itália com Nicole e tia Sally. E mantive minha bebê em segredo de todos, menos de Giuseppe. Achei que ele tinha o direito de saber, que poderia se interessar por ela. Mas Giuseppe não deu a menor importância para a filha, é claro. Não foi nos visitar em momento algum. Minha tia morreu pouco tempo depois e tudo que me restou foi Nicole. Então, um dia, eu voltei do mercado e...

A voz dela vacilou.

– E ela não estava mais em casa. Giuseppe a levara. Soube que Nicole estava com ele porque depois ele me levou o vestido que ela estava usando no dia em que sumiu. Ele escondeu minha filha e se recusava a devolvê-la. E então começou a me pedir dinheiro. Que nunca era o bastante... porque ele continuava a não me deixar vê-la e a exigir mais. As autoridades não conseguiram encontrá-la. Giuseppe estava envolvido em outras atividades criminosas e fugiu da Itália para evitar ter que responder à Justiça. Ele me disse que estava trazendo a minha filha para Londres, e eu o segui até aqui. Contratei um detetive especial para procurar por Nicole. Mas ele só conseguiu descobrir que Giuseppe havia passado a fazer parte de uma organização criminosa com braços em muitos países.

– Derek Craven sabe disso – afirmou Alex, o tom neutro.

– Ele tentou me ajudar, sabia? Mas é impossível. Giuseppe tem todas as cartas.

Lily tentou se recompor.

– Eu tentei de tudo, fiz tudo que ele pediu, mas Giuseppe simplesmente não para… Todas as noites eu me pergunto se Nicole está doente, se está chorando, se está precisando de mim sem que eu esteja perto para atendê--la. Se ela me esqueceu.

Lily sentia a garganta apertada de agonia e só conseguiu se forçar a completar em um sussurro:

– Giuseppe me mostrou Nicole outro dia… Tenho certeza de que era ela… mas ele não me deixou chegar perto, muito menos falar com ela… Acho que a minha filha não me reconheceu.

As palavras secaram em sua garganta. Lily tinha a sensação de que desabaria ao menor toque. Precisava ficar sozinha… Nunca se vira tão exposta na vida. Mas, quando finalmente conseguiu romper a paralisia e se afastar, sentiu as mãos de Alex segurarem seus braços. De repente, ela começou a tremer com a força dos soluços incoerentes que subiam por seu peito. O marido virou-a rapidamente para si e segurou-a contra o peito largo enquanto Lily desmoronava, absolutamente arrasada, incapaz de conter a torrente de emoções reprimidas por anos.

Lágrimas quentes escapavam de seus olhos e encharcavam a camisa dele. Lily se agarrou ao marido, afundando mais em seus braços, o único porto seguro do mundo. Ela se contorceu freneticamente para chegar ainda mais perto, mas começou a compreender que não precisava se esforçar, porque Alex não iria soltá-la. Ele apoiou uma das mãos na parte de trás da cabeça dela, mantendo-a junto ao seu ombro.

– Está tudo bem, meu amor – sussurrou Alex, acariciando os cachos escuros da esposa. – Está tudo bem. Você não está mais sozinha.

Lily tentou abafar os sons atormentados que pareciam estar sendo arrancados da sua garganta, mas os soluços convulsivos não paravam.

– Calma – murmurou Alex junto ao cabelo dela, acariciando seu corpo trêmulo enquanto ela se entregava àquela dor devastadora. – Agora estou entendendo – continuou ele, a voz rouca, os próprios olhos ardendo de emoção. – Estou entendendo tudo.

Alex teria dado a própria vida de bom grado para poupá-la de todo aquele sofrimento. Ele beijou o cabelo dela, seu rosto molhado, as mãos pequenas que agarravam seus ombros. Desejando ferozmente poder transferir a dor da esposa para o próprio corpo, ele a segurou com força em seu abraço protetor. E Lily finalmente pareceu relaxar, o choro mais contido.

– Vamos descobrir o que aconteceu com ela – garantiu Alex, a voz rouca. – Vamos recuperá-la, custe o que custar. Eu juro.

– Você deveria me odiar – falou Lily, a voz entrecortada. – Você deveria me deixar...

– Shhhh.

Ele a abraçou com mais força, quase a ponto de machucá-la.

– Você me tem mesmo em tão baixa conta? *Maldita* seja – disse Alex, e então colou os lábios com força nos cabelos dela. – Você achou mesmo que eu não iria querer ajudá-la? Que eu a abandonaria se soubesse? Bem, vejo que não sabe mesmo nada sobre mim.

– Sim – sussurrou Lily.

– *Maldita* seja – repetiu ele, a voz embargada de raiva e amor.

Alex forçou-a a erguer o rosto, e o desamparo que viu nos olhos da esposa foi como uma mão fria apertando seu coração.

~

Alex pediu que um criado lhes mostrasse uma forma de sair discretamente da casa, sem serem vistos pelos convidados. E pediu ao mesmo criado que avisasse a lady Lyon que Lily estava com dor de cabeça e precisara sair mais cedo do baile. Ele deixou a esposa sozinha para que descansasse por um instante e deu uma volta rápida e decidida pela mansão Lyon, mas Giuseppe tivera o bom senso de partir.

Lily estava tão esgotada que se viu obrigada a se apoiar em Alex enquanto eles saíam. Ele pegou a esposa no colo e carregou-a até a carruagem fechada, recusando-se a dar explicações aos criados surpresos. Já lá dentro, Alex estendeu a mão para ela, mas Lily o afastou gentilmente, garantindo em uma voz estranha que estava bem. Eles voltaram para casa a passo rápido dos cavalos, enquanto Alex se debatia com pensamentos e emoções avassaladores.

Estava devastado por saber o que Lily havia enfrentado. Ela escolhera suportar tudo sozinha, escolhera se retrair e construir suas defesas sobre aquela base de segredos, escolhera de bom grado cada momento de solidão...

Mas saber de tudo isso não impedia a dor que ele sentia pela esposa. Ele não tinha como devolver os anos já passados, tampouco garantir que conseguiria trazer Nicole de volta, embora fosse mover céus e terras para isso.

Alex sentiu uma raiva ardente se espalhar por seu corpo, como se vazasse da medula dos seus ossos. Estava furioso com Lily, com Derek, com os malditos detetives inúteis, com o desgraçado italiano que havia causado tanto sofrimento, e estava furioso consigo mesmo. Outra parte dele era puro pavor. Lily sustentara aquela esperança por tanto tempo... Se a fonte daquela esperança lhe fosse retirada, se ela não conseguisse Nicole de volta, Alex sabia que ela jamais seria a mesma. O riso vibrante e a paixão que ele tanto amava talvez desaparecessem para sempre.

Alex já vira pessoas perderem o que mais amavam e vira a forma como aquilo as transformara. Seu próprio pai havia se tornado uma concha vazia, desejando a morte porque a vida havia perdido todo o poder de encantá-lo. Alex queria implorar a Lily para ser forte, mas podia ver que ela não tinha mais energia. Seu rosto estava contraído e cansado, os olhos opacos.

Eles chegaram a Swans' Court e Alex a acompanhou até a porta da frente. Burton os cumprimentou, a expressão imediatamente preocupada, fitando Lily com um olhar de interrogação. Então, olhou para Alex.

– Voltaram cedo, milorde – comentou.

Alex não tinha tempo para explicar nada. Ele apenas incitou a esposa a avançar.

– Dê a milady um copo de conhaque – disse ele a Burton em tom seco. – Force a bebida goela abaixo, se necessário. Não a deixe ir a lugar nenhum. Peça à Sra. Hodges para preparar um banho e mantenha alguém ao lado da minha esposa o tempo todo, até eu voltar. O tempo *todo*, entendeu?

– Não se preocupe, milorde.

Alex trocou um olhar com o outro homem e relaxou um pouco, tranquilizado pela calma do mordomo. Ele ficou comovido ao se dar conta de que Burton, à sua maneira discreta, havia feito o possível para cuidar de Lily durante o pesadelo dos últimos dois anos.

– Meu Deus, já basta – disse Lily em uma amostra capenga do tom atrevido de sempre, passando pelos dois e entrando em casa. – Sirva uma dose dupla de conhaque, Burton – comandou, e então fez uma pausa para olhar o marido. – Aonde diabo você está indo?

A centelha de energia que ela mostrava fez Alex se sentir um pouco melhor.

– Na volta eu conto. Não vou demorar.

– Não há nada que você possa fazer – falou Lily, a voz cansada. – Nada que Derek já não tenha tentado.

Apesar de toda a sua solidariedade e devoção, Alex se pegou fitando a esposa com um olhar frio e cáustico.

– Aparentemente não lhe ocorreu – disse ele em um tom afável – que tenho contatos em lugares onde Craven não tem. Vá tomar seu conhaque, querida.

Irritada com a condescendência dele, Lily abriu a boca para responder, mas Alex já havia lhe dado as costas e descido os degraus da entrada da casa. Quando chegou ao último, deu meia-volta para falar com ela.

– Como se chama o homem que você contratou?

– Knox. Alton Knox – disse Lily com um sorriso amargo. – Um detetive de alto nível. O melhor que o dinheiro poderia pagar.

~

Sir Joshua Nathan ganhara destaque como chefe dos magistrados da cidade alguns anos antes, quando Alex havia usado a sua influência para patrocinar e aprovar um projeto de lei que criava vários novos cargos públicos. A batalha política tinha sido cruel e sangrenta, e enfrentara a oposição de vários juízes corruptos que tinham o hábito de alterar as sentenças de acordo com os presentes em dinheiro, favores de mulheres e até mesmo bebidas alcoólicas que lhes eram ofertados. Alex levara meses debatendo, discursando e pedindo favores pessoais para aprovar o projeto de lei. E fizera aquilo não apenas por acreditar que o projeto de lei valia a pena, mas porque Nathan, um homem íntegro e corajoso, era um amigo muito próximo dos tempos de escola.

O nome de Nathan sempre era comparado ao de Donald Learman, o jovem magistrado impetuoso que atuava no gabinete de Westminster. Os dois compartilhavam as mesmas crenças heterodoxas no método de policiamento, considerando-o uma "ciência" que precisava ser reformada e aprimorada. Juntos, haviam trabalhado para treinar seus oficiais de forma tão meticulosa quanto se fazia com esquadrões militares.

A princípio, haviam sido ridicularizados por uma sociedade acostumada apenas à escassa proteção de vigias idosos. Apesar da falta de popularidade, os resultados dos esforços logo se tornaram aparentes, e outros distritos começaram a seguir o exemplo. Os membros das patrulhas a pé de Nathan e Learman eram frequentemente contratados por bancos e cidadãos ricos para serviços particulares.

Nathan, um homem esguio e bem-vestido, com uma presença despretensiosa, cumprimentou Alex com um sorriso tranquilo e simpático.

– Ora se não é você, Alex. Um rosto bem-vindo do passado.

Alex apertou a mão do amigo.

– Sinto muito por aparecer tão tarde.

– Estou bastante acostumado a horas tardias. É a natureza do meu trabalho. Como minha esposa sempre comenta, sua única esperança de me ver é no meio do dia.

Nathan levou Alex até a biblioteca, e os dois se sentaram em poltronas de couro escuro.

– Agora – disse calmamente –, chega de amabilidades. Quanto mais cedo você me contar qual é o problema, mais cedo poderemos consertar as coisas.

Alex descreveu a situação da forma mais sucinta possível. Nathan ouviu com atenção, interrompendo ocasionalmente com uma ou outra pergunta. Ele não reconheceu o nome de Gavazzi, mas a menção a Alton Knox pareceu ser extremamente significativa. Quando Alex concluiu seu monólogo, o magistrado se recostou na poltrona, pensando, as mãos unidas formando um triângulo com os polegares e indicadores.

– O rapto de crianças é um negócio próspero em Londres – falou Nathan, o tom cínico. – Meninos e meninas bonitinhos são uma mercadoria lucrativa, recolhida com eficiência em lojas e parques e, às vezes, direto do quarto, em casa. Muitas vezes são vendidos a compradores de mercados estrangeiros. É um negócio conveniente... facilmente desmontável ao primeiro sinal de problema e ressuscitado com a mesma facilidade quando a cena está limpa.

– Você acha que Gavazzi pode estar envolvido em um esquema desses?

– Sim, tenho certeza de que ele faz parte de uma gangue dessas. Pela sua descrição, esse homem não parece ser do tipo que conseguiria fazer tudo sozinho.

O silêncio que se seguiu pareceu girar sem parar, até que Alex não aguentou mais.

– Maldição, o que está pensando?

Nathan sorriu ironicamente diante da impaciência do amigo, então seu rosto delgado ficou muito sério.

– Estou considerando algumas possibilidades bem ruins, confesso – falou por fim. – O homem que a sua esposa contratou, o Sr. Knox, é o orgulho do escritório de Learman em Westminster. Lady Raiford não estava errada em acreditar que ele era confiável.

– E ele é? – perguntou Alex, de forma objetiva.

– Não tenho certeza – disse Nathan, com um longo suspiro. – Entenda, Alex... No exercício de suas funções, meus oficiais se familiarizaram bastante com o submundo e seu funcionamento. Às vezes, eles se veem tentados a usar esse conhecimento de forma nociva... negociando vidas inocentes em troca de dinheiro e, portanto, traindo todos os princípios que se comprometeram a defender. Receio que a sua esposa e a filha dela possam ter sido vítimas dessa barganha diabólica.

Nathan franziu a testa, enojado.

– Knox ganhou uma grande quantia de "dinheiro sujo" este ano, na forma de recompensas por recuperar crianças roubadas. Seu sucesso incomum me leva a suspeitar que ele pode ser comparsa dos responsáveis pelos sequestros... alimentando-os com informações, avisando-os quando mudar de local, ajudando-os a evitar a prisão. Knox pode realmente ser parceiro desse Gavazzi.

O maxilar de Alex se enrijeceu.

– E que diabos você vai fazer em relação a isso?

– Com a sua permissão, eu gostaria de montar uma armadilha, usando lady Raiford como fachada.

– Desde que ela não seja exposta a perigo nenhum.

– De forma alguma. Não vai haver nenhum perigo – garantiu Nathan.

– E quanto à filha dela? – perguntou Alex, optando mais uma vez por uma abordagem direta. – Isso ajudará a encontrá-la?

Nathan hesitou.

– Se tivermos sorte, sim.

Alex esfregou a testa e fechou os olhos.

– Maldição... Não são as melhores perspectivas para levar para a minha esposa, em casa.

– Mas é tudo que posso oferecer. – Foi a resposta tranquila de Nathan.

# CAPÍTULO 13

— O Sr. Knox estava *ajudando* Giuseppe? – perguntou Lily, ultrajada. – Enquanto estava trabalhando para mim?

Alex assentiu e pegou as mãos dela.

– Nathan suspeita que Giuseppe faça parte de uma gangue e que Knox esteja em conluio com ele. Recentemente, Knox ganhou muito "dinheiro sujo" além do seu salário regular.

– Dinheiro sujo? Como assim? – perguntou Lily, confusa.

– Recompensas ofertadas por cidadãos comuns por encontrar e devolver crianças roubadas. Knox recebeu muito dinheiro por resolver vários desses casos este ano.

Os olhos de Lily se arregalaram de surpresa e raiva.

– Então a gangue sequestra crianças, o Sr. Knox as devolve… e eles dividem o dinheiro da recompensa entre si? Mas por que ele devolveu o filho de todos, menos a minha? Por que não Nicole?

– Giuseppe pode tê-lo convencido de que eles ganhariam mais mantendo Nicole e drenando todos os seus recursos.

– Bem, parece que ele estava certo – comentou Lily, entorpecida e imóvel. – Entreguei uma fortuna na mão dele. Dei tudo que pediu.

Ela abaixou a cabeça entre as mãos.

– Ah, meu Deus – murmurou. – Que idiota ingênua e cega eu fui. Tornei tudo tão fácil para eles…

Alex pousou a mão sobre a cabeça da esposa, ainda curvada, e deixou os dedos longos correrem pelos cachos macios em um movimento tranquilo e constante. Até ali, Lily se esquivara das tentativas dele de abraçá-la, mas naquele momento permitiu a massagem calmante no couro cabeludo. Alex sentiu os músculos tensos do pescoço dela relaxarem.

– Pare de se culpar – disse Alex com gentileza. – Você estava sozinha e assustada e eles se aproveitaram disso. É impossível ver as coisas de forma objetiva quando se está temendo pela segurança de um filho.

A mente de Lily parecia girar com perguntas. O que o marido pensava dela agora que sabia tudo sobre o seu passado?... Ele sentia pena ou a censurava?... Alex estaria apenas sendo gentil enquanto esperava que ela estivesse forte o bastante para enfrentar a sua rejeição? Lily disse a si mesma que não poderia fazer qualquer movimento em direção a ele até que tivesse aquelas respostas. Preferia morrer a se forçar a ele... mas o pensamento racional estava se tornando impossível com os dedos do marido correndo suavemente por seu cabelo. Uma onda de anseio a dominou, e ela não conseguiu evitar levantar a cabeça em um apelo silencioso. Não se importava se seria por pena... só queria que Alex a abraçasse.

– Meu bem – sussurrou ele.

Alex pegou Lily no colo e balançou seu corpo com ternura enquanto ela enterrava o rosto em seu pescoço. Ele parecia ler seus pensamentos com facilidade, como se ela fosse um livro precioso que ele já folheara mil vezes. Ao contar seus segredos, Lily lhe dera esse poder sobre ela.

– Eu amo você – falou ele junto à têmpora dela, alisando o cabelo para trás com a ponta dos dedos.

– Não é poss...

– Shhhh. Preste atenção, Wilhemina. Seus erros, seu passado, seus medos... nada disso vai mudar o que eu sinto por você.

Ela engoliu em seco, tentando absorver a declaração.

– E-eu não gosto desse nome – balbuciou.

– Eu sei – disse ele com gentileza. – Porque faz você se lembrar de quando era menina. Wilhemina é assustada e ansiosa, carente de amor. E Lily é forte e corajosa, e mandaria o mundo para o inferno se quisesse.

– Qual delas você prefere? – perguntou ela em um sussurro.

Alex ergueu o queixo da esposa e seus olhos encontraram os dela. Ele deu um sorrisinho.

– Eu prefiro você toda. Todas as suas partes.

Lily estremeceu diante da segurança na voz dele, mas, quando Alex procurou sua boca, ela se encolheu. Não estava pronta para beijos ou abraços sensuais... Suas feridas internas estavam abertas... Precisava de tempo para se curar.

– Agora não – sussurrou ela, em súplica, com medo de que ele se aborrecesse com a recusa.

Em vez disso, Alex abraçou-a novamente, e ela apoiou a cabeça no ombro dele com um suspiro cansado.

~

Eram dez horas da manhã. No East End de Londres, as lojas estavam abertas desde as oito, as ruas repletas do barulho e da agitação de vendedores, carroças, pescadores e leiteiras enquanto todos faziam seu trabalho. Já no West End, os moradores acordavam muito mais lentamente. Como chegara cedo à esquina do Hyde Park, Lily observava o mundo pela janela da carruagem. Leiteiras, limpadores de chaminés com seus sacos de fuligem, entregadores de jornais e padeiros batiam à porta das casas elegantes, sendo recebidos por criadas. As crianças caminhavam pelas ruas com suas babás para aproveitar o ar da manhã; os pais, por sua vez, só se levantariam da cama e tomariam o café da manhã no início da tarde. Ao longe, ouviam-se a batida de tambores e a música dos guardas marchando do quartel em direção ao Hyde Park.

O olhar de Lily se aguçou quando ela viu uma figura solitária se aproximar de um poste próximo à esquina da rua. Era Alton Knox, vestido com o tradicional uniforme dos detetives de sua estirpe – calça e botas pretas e uma casaca cinza cravejada de botões de metal cintilantes. Um chapéu de copa baixa cobria a sua cabeça. Depois de respirar fundo, Lily se inclinou para fora da janela da carruagem e acenou com o lenço.

– Sr. Knox – chamou ela em voz baixa. – Por aqui. Por favor, entre na carruagem.

Knox fez o que ela pediu e cumprimentou com simpatia o criado que acompanhava a carruagem, antes de entrar na privacidade do veículo fechado. Ele tirou o chapéu, então alisou os cabelos grisalhos e cumprimentou-a brevemente. Era um homem sólido, de estatura mediana, com um rosto de idade indefinida, que poderia pertencer a outro muito mais jovem do que seus quarenta anos. Lily, que estava sentada no assento oposto, retribuiu o cumprimento com um aceno de cabeça.

– Sr. Knox, agradeço a sua disponibilidade de me encontrar aqui em vez de na minha residência. Por motivos óbvios, não posso permitir que meu marido, o conde, descubra que tratei de negócios com o senhor. Ele insistiria em pedir explicações...

Ela deixou a voz se apagar e fitou-o com uma expressão indefesa.

– É claro, Srta. Lawson. – Knox fez uma pausa e se corrigiu com um leve sorriso: – Lady Raiford, obviamente.

– Meu casamento foi uma reviravolta inesperada – admitiu Lily, constrangida. – E alterou a minha vida de várias maneiras... a não ser por uma. Ainda estou determinada a encontrar Nicole.

Ela ergueu uma bolsa de dinheiro e sacudiu-a ligeiramente.

– Felizmente agora tenho meios para continuar financiando a busca e gostaria de contar com a sua ajuda nesse assunto, como antes.

Os olhos de Knox se fixaram na bolsa de dinheiro e ele dirigiu a Lily o que pretendia ser um sorriso tranquilizador.

– Considere-me reintegrado ao posto, lady Raiford – disse Knox, estendendo a mão e pegando a bolsa pequena mas pesada. – Agora me diga em que pé estão as coisas com Gavazzi.

– Continuo em contato com Gavazzi, Sr. Knox. Na verdade, ele teve a audácia de me confrontar ontem à noite, fazendo exigências totalmente novas.

– Na noite passada? – questionou ele, surpreso. – Exigências novas?

– Sim – disse Lily, deixando escapar um suspiro perturbado. – Antes, como o senhor sabe, Giuseppe só queria dinheiro. *Isso* eu era capaz de garantir e estava disposta a fazê-lo, desde que não perdesse a esperança de recuperar a minha filha. Mas ontem à noite...

Ela se interrompeu e balançou a cabeça, deixando escapar um som de aversão.

– Que tipo de exigências, milady? – perguntou Knox. – Perdoe a minha franqueza, mas ele exigiu seus favores pessoais?

– Não. Embora ele tenha feito avanços que considerei intoleráveis, foi ainda pior do que isso. O conde Gavazzi ameaça tudo que eu tenho, a minha casa, o meu casamento, a minha posição social, por causa de uma ambição absurda de se tornar um membro do *beau monde*!

Lily disfarçou sua satisfação ao ver que o rosto de Knox estava pálido de espanto.

– Mal consigo acreditar nisso – murmurou ele.

– Pois acredite – disse Lily, que levou um lenço de renda ao canto do olho, fingindo enxugar uma lágrima. – Ele me abordou na festa de aniversário de lady Lyon ontem à noite, vestido como um pavão desgrenhado, na frente de centenas de pessoas! E exigiu que eu o apresentasse aos membros da aristocracia e me tornasse sua madrinha, para que ele fosse aceito nos círculos da alta sociedade. Ah, Sr. Knox, deveria ter visto que espetáculo terrível.

– Ora, mas que tolo! – explodiu Knox, furioso, sem se dar conta de como poderia parecer estranha aquela fúria repentina.

– Ele foi visto por várias pessoas, incluindo lorde Lyon e o meu próprio marido. Quando consegui persuadi-lo a irmos para uma saleta privada, o conde Gavazzi revelou suas ambições bizarras. Ele disse que devolveria a minha filha em breve, mas primeiro ele quer que eu use da minha influência para lhe garantir uma posição social importante. O que é uma ideia totalmente insustentável. O conde é conhecido na Itália como um canalha, um criminoso! Como ele poderia sequer *imaginar* que seria bem recebido aqui?

– Ele não passa de escória estrangeira – falou Knox com severidade. – E agora parece que não é apenas inútil, mas também instável.

– Exatamente, Sr. Knox. E homens instáveis tendem a trair a si mesmos, e a seus esquemas, com erros tolos. Não é verdade?

– A senhora tem toda a razão – disse ele com uma calma repentina e forçada. – E é muito provável que ele se torne vítima da própria ganância.

A frieza no olhar do policial deixou Lily gelada por dentro. O rosto sério de Knox assumiu uma expressão reptiliana, totalmente sinistra e predatória. Não havia dúvida, pensou Lily, de que estava determinado a acabar com o comportamento perigosamente irrefreável de Giuseppe. Se Knox de fato estava envolvido com Giuseppe e alguma gangue de tráfico infantil, sua fortuna estava ligada à deles, e línguas soltas dando nos dentes por aí representavam uma perspectiva insustentável.

Ela se inclinou para a frente, mostrando-se aflita, e tocou o braço dele.

– Rezo para que o senhor encontre a minha Nicole – falou baixinho. – Saiba, Sr. Knox, que posso lhe prometer uma recompensa significativa se for bem-sucedido nessa missão.

Houve uma ênfase sutil na palavra "significativa" e o homem se deleitou visivelmente com aquilo.

– Dessa vez não vou falhar com a senhora – garantiu Knox com firmeza. – Retomarei as minhas investigações essa manhã mesmo, lady Raiford.

– Por favor, seja discreto ao me dar notícias do seu progresso. O meu marido... A necessidade de sigilo...

– Claro – assegurou Knox.

Ele recolocou o chapéu na cabeça, desejou um bom dia a Lily e saiu da carruagem, fazendo o veículo balançar ligeiramente com o seu peso. Knox se afastou com o passo rápido de um homem que tinha um destino em mente.

A expressão cativante desapareceu do rosto de Lily assim que ele deu as costas, e ela o observou pela janela da carruagem com olhos escuros e frios.

– Vá para o inferno, seu desgraçado – sussurrou para si mesma. – E, no caminho, leve Giuseppe junto.

~

Depois de contar a Alex e a Sir Nathan os detalhes do encontro com Knox, e de dar todas as interpretações possíveis às palavras do homem, não havia mais nada a fazer a não ser esperar. Henry tinha ido ao Museu Britânico com o tutor para estudar vasos e antiguidades gregas. Embora nenhum dos criados entendesse o que estava acontecendo, estavam todos mais quietos, cientes da tensão que permeava os cômodos da mansão. Lily estava louca para dar um passeio, espairecer um pouco, mas tinha medo de que algo acontecesse enquanto estivesse fora de casa.

Já se sentindo um pouco desesperada com a inatividade, ela tentou bordar, mas acabou espetando várias vezes a ponta dos dedos até deixar o lenço em que trabalhava manchado de sangue. Não conseguia entender como Alex permanecia tão irritantemente calmo, cuidando da papelada na biblioteca como se fosse um dia qualquer.

Lily bebeu inúmeras xícaras de chá, andou de um lado para o outro, leu e embaralhou infinitamente as cartas de um baralho, em um ritmo que se tornara instintivo para ela. A única razão para ter conseguido engolir algumas garfadas no jantar foi a pressão de Alex, além de seus comentários sarcásticos de que ela não seria útil para ninguém se passasse fome.

Achando a privacidade do próprio quarto insuportável, ela se sentou no canto de um dos sofás da sala, enquanto Alex lia em voz alta um livro de poesia. Lily achou que ele havia escolhido as passagens mais tediosas de propósito. A voz profunda do marido, o tique-taque do relógio e o vinho que ela havia tomado no jantar se combinaram para deixar suas pálpebras pesadas. Lily deixou o corpo afundar nas almofadas de brocado do sofá e logo se viu à deriva na silenciosa névoa cinzenta do sono.

Depois do que poderiam ter sido minutos ou horas, ela se deu conta da voz de Alex perto de seu ouvido, e da mão gentil mas urgente do marido em seu ombro, sacudindo-a para acordá-la.

– Lily. Meu bem, acorde.

– Hum? – Ela esfregou os olhos e murmurou grogue. – Alex, o que você está...?

– Notícias de Nathan – disse ele, pegando os sapatinhos caídos no chão e calçando-os nos pés dela. – Os homens que Nathan colocou atrás de Knox o seguiram até o esconderijo em St. Giles. E Nathan e uma dúzia de oficiais o encurralaram. Temos que ir imediatamente.

– St. Giles – repetiu Lily, agora totalmente acordada.

Aquele era indiscutivelmente o lugar mais perigoso de Londres, uma região miserável, um verdadeiro ninho de bandidos e cujo apelido era "Terra Santa". Nem mesmo os policiais ousavam se aventurar além das fronteiras das ruas Great Russell e St. Giles High. St. Giles era conhecido como o maior reduto do crime, onde ladrões e assassinos que saqueavam os ricos do West End podiam escapar em meio à rede escura de pátios, becos estreitos e vielas tortuosas.

– A mensagem dizia alguma coisa sobre Nicole? Sobre qualquer criança...? – voltou a falar Lily.

– Não.

Alex prendeu uma capa escura ao redor dela e a levou até a carruagem que já os esperava, antes que ela tivesse tempo de fazer mais perguntas. Lily deu uma olhada rápida na meia dúzia de batedores armados, percebendo que Alex não pretendia correr qualquer risco em relação à segurança deles.

Seguiram disparados pelas ruas, a carruagem sacolejando violentamente. Dois batedores se adiantaram o bastante para liberar o caminho de pedestres ou veículos lentos. Lily cerrou os punhos e tentou se acalmar, mas sentia a pulsação disparada de pânico. As ruas e os pátios foram se tornando cada vez mais decrépitos e imundos, os prédios tão apertados uns contra os outros que não permitiam passar o ar ou a luz entre eles. As pessoas que se esgueiravam pelas áreas deterioradas pareciam murchas e brancas como fantasmas. Até as crianças. O cheiro fétido de milhares de fossas ao ar livre se infiltrou na carruagem, fazendo Lily torcer o nariz de nojo. Ela viu de relance a inconfundível torre em espiral da St. Giles-in-the-Fields, uma igreja que já fora a capela de um sanatório medieval.

A carruagem parou em frente a um esconderijo de bandidos, uma pensão velha e em ruínas. Alex saiu da carruagem e conversou com um dos batedores e com o cocheiro, alertando-os para que protegessem a esposa dele com cuidado. Se necessário, deveriam se afastar com a carruagem ao primeiro sinal de perigo.

– Não!

Imediatamente, Lily tentou sair do veículo, mas Alex bloqueou a porta com o braço, impedindo-a.

– Eu vou entrar com você! – O sangue corria disparado em suas veias, atiçando a fúria. – Não ouse me deixar de fora disso!

– Lily – falou Alex com calma, mas fitando-a com firmeza. – Vou permitir que você entre em breve, mas primeiro preciso me certificar de que é seguro. Você é mais preciosa para mim do que a minha própria vida. Não vou arriscar a sua segurança por motivo nenhum.

– O lugar está cheio de oficiais – argumentou ela, o tom inflamado. – No momento, esse provavelmente é o lugar mais seguro de Londres! Além disso, é a *minha* filha que estamos procurando!

– Eu sei disso – retrucou Alex, e praguejou baixinho. – Maldição, Lily, não sei o que vamos encontrar lá dentro. Não quero que você veja algo que possa magoá-la.

Lily encarou o marido com firmeza e falou em um tom muito suave:

– Vamos encarar isso juntos. Não tente me proteger, Alex. Só me deixe ficar ao seu lado.

Alex fitou-a por um longo momento. Então, subitamente, passou o braço ao redor da cintura dela e a tirou da carruagem. Lily deu a mão a ele e os dois caminharam juntos em direção à entrada do esconderijo, onde uma porta danificada havia sido removida das dobradiças e deixada de lado. Dois oficiais esperavam por eles e cumprimentaram Alex respeitosamente. Os homens olharam de relance para Lily e um deles murmurou que tinha havido algumas mortes durante a invasão do prédio. Talvez ela não quisesse entrar.

– Ela vai ficar bem – disse Alex brevemente, e entrou antes de Lily no esconderijo, ainda segurando a mão da esposa.

O ar dentro do prédio era sufocante e fétido. Eles subiram alguns degraus quebrados e seguiram por um corredor estreito e cheio de lixo. Insetos subiam e desciam pelas paredes. O cheiro forte e repulsivo de arenque queimado saía de um dos cômodos pelos quais passaram, onde alguém provavelmente tostara peixe na lareira enegrecida. Havia pouca mobília, exceto algumas mesas vazias e estrados espalhados pelo chão. O espaço dos vidros quebrados das janelas tinha sido preenchido com palha. À medida que se aprofundavam no esconderijo, em direção ao som das vozes, Alex sentiu a mão de Lily apertar a dele com mais força, até os dedos dela se transformarem em um torno.

Chegaram à entrada de uma sala grande, cheia de oficiais empenhados em dominar suspeitos indignados e em relatar informações a Sir Nathan. Crianças chorando eram retiradas de vários cantos do prédio e levadas até ele. Nathan estava parado no centro da sala, examinando a cena com serenidade e dando ordens em voz baixa que eram obedecidas prontamente. Alex fez uma pausa quando viu três corpos empilhados diante deles no corredor, maltrapilhos do cortiço que provavelmente haviam sido mortos na briga. Ele ouviu o arquejo baixo que Lily deixou escapar e olhou com mais atenção para um deles. Alex virou o corpo sem vida com a ponta da bota e logo os olhos vidrados de Giuseppe os encararam.

Lily recuou ao ver aquilo e sussurrou o nome dele.

Alex examinou o corpo encharcado de sangue sem nenhuma emoção.

– Ferimento a faca – observou com desinteresse, e puxou Lily com ele para dentro da sala cheia.

Ao vê-los, Nathan fez sinal para que ficassem onde estavam e foi até eles.

– Milorde – falou, e indicou com um gesto os corpos atrás deles. – O plano funcionou até bem demais. Knox veio para cá assim que a noite caiu. E foi graças aos esforços de Clibhorne, um dos nossos, especialista em esconderijos de gangues, que conseguimos acompanhá-lo através desse lugar... pelo telhado, passando pelo pátio e pelo porão. Quando nossas forças chegaram, Knox já havia matado Gavazzi, por medo de que ele traísse todo o esquema. Knox nos confessou que depois pretendia devolver a criança a lady Raiford e receber o dinheiro da recompensa que ela havia prometido.

Nathan indicou com um gesto um Knox de expressão soturna, amarrado e sentado em fila no chão, de costas para a parede. Ele estava ao lado de outros quatro homens, todos membros da gangue que também haviam sido capturados. Knox olhou para Lily com ódio, mas ela estava ansiosa demais para reparar nele. Seu olhar percorreu freneticamente a meia dúzia de crianças que estava na sala.

– E quem são essas crianças? – perguntou Alex a Nathan.

– Todas pertencem a famílias abastadas, de acordo com Knox. Vamos tentar devolvê-las aos pais... e *sem* aceitar qualquer dinheiro como recompensa, tendo em vista que esses crimes foram perpetrados com a ajuda de um oficial, um dos nossos.

Nathan olhou para Knox com um desdém frio.

– Que só trouxe vergonha para todos nós.

Lily examinou as crianças reunidas. Eram louras em sua maioria, de pele clara, e estavam fungando e chorando, se agarrando aos oficiais que tentavam em vão confortá-las. O pequeno grupo formava uma imagem de cortar o coração.

– Ela não está aqui – falou Lily, confusa, o rosto pálido de pânico.

Ela se adiantou lentamente, tentando ver através da aglomeração de homens.

– Essas são todas as crianças? – perguntou a Sir Nathan.

– Sim – respondeu Nathan calmamente.

– Olhe de novo, lady Raiford. Tem certeza de que nenhuma dessas crianças é a sua filha?

Lily balançou a cabeça com determinação.

– Nicole tem cabelo escuro – disse ela, desesperada – e também é mais nova que essas crianças. Tem só quatro anos. Deve haver mais crianças, ela tem que estar aqui em algum lugar. Talvez em um dos outros quartos. Tenho certeza de que ela está com medo. Nicole deve estar se escondendo, ela é muito pequena. Alex, por favor, me ajude a procurá-la em outros cômodos...

– Lily.

Alex pousou a mão com firmeza na nuca da esposa, silenciando aquele balbucio frenético.

Ela seguiu a direção do olhar dele, trêmula. A forma volumosa de um detetive especial passou diante deles, bloqueando a visão. Então Lily enfim avistou a figura pequenina em um canto, meio escondida na sombra. Ela ficou paralisada, o coração batendo tão forte que parecia arrancar todo o ar de seus pulmões. A criança era uma pequena réplica dolorosamente perfeita da mãe. Seus olhos eram escuros e tristes no rostinho. E ela estava agarrada a alguns trapos amarrados que faziam as vezes de uma boneca. De pé na sombra, a menina observava com uma expressão solene os adultos que se agitavam diante dela. Ninguém a havia notado por causa da sua imobilidade – era como um ratinho espiando de um canto escondido.

– Nicole – disse Lily com a voz embargada. – Ah, meu Deus.

Alex soltou-a enquanto ela avançava. Mas a menina se encolheu, fitando a mãe com cautela. A garganta de Lily doía, e ela enxugou desajeitadamente as lágrimas que escorriam por seu rosto.

– Encontrei você, meu bebê. Minha Nicole.

Ela se agachou diante da criança.

– *Sono qui* – disse Lily em uma voz trêmula de emoção reprimida. – Eu esperei t-tanto tempo para abraçar você. Você se lembra de mim? É a mamãe. *Io sono tua mama, capisci?*

A criança olhou para Lily com atenção e respondeu à frase em italiano.

– *Mama?* – repetiu Nicole em voz baixa.

– Sim, sim…

Lily já soluçava incontrolavelmente quando correu para a frente e agarrou a filha, segurando seu peso precioso junto ao corpo.

– Ah, Nicole… Como é bom abraçar você, meu amor. Tão bom…

Ela murmurava contra o cabelo preto emaranhado, acariciando a cabeça pequena, deixando a mão correr pelas costas delicadas da menina. Nicole se deixou ficar passivamente nos braços da mãe, e Lily se ouviu falando com uma voz exausta que não parecia a dela.

– Acabou, meu amor. Finalmente acabou.

Lily ergueu a cabeça e olhou nos olhos castanhos tão parecidos com os dela. A mãozinha de Nicole subiu até o rosto da mãe, então passou para a testa dela, com curiosidade, e para os cachos escuros, brilhantes e sedosos.

Lily tentou conter os soluços enquanto pressionava beijos chorosos contra o rosto sujo da filha. De repente, aquele pesadelo real estava desfeito. As garras geladas que apertavam seu coração derreteram, suavemente, como num passe de mágica. Lily nunca experimentara tamanha paz. Ela já nem se lembrava de como era se sentir livre de amargura e de dor. Tudo que sempre desejou na vida estava ali – o calor do corpo da filha, o amor puro e perfeito que só poderia existir entre mãe e filhos. Naquele momento, não existia nada além delas duas.

Alex observou as duas até sentir a garganta desconfortavelmente apertada. Nunca vira Lily com uma expressão tão carinhosa, tão maternal. Era um lado dela que ele não conhecera, nem imaginara existir. Seu amor por Lily foi repentinamente alterado por uma profunda compaixão da qual não havia sido capaz até ali. Ele nunca havia imaginado que seria assim, que a felicidade de outra pessoa poderia significar muito mais para ele do que a sua própria. Constrangido, Alex deu as costas às duas para esconder as próprias emoções.

De perto, Nathan observava a cena com satisfação.

– Alex – disse ele, o tom profissional –, essa parece uma boa oportunidade para mencionar o novo projeto de lei criminal de lorde Fitzwilliam, que propõe a abertura de três novos escritórios municipais dos quais eu preciso desesperadamente...

– Qualquer coisa que você quiser – respondeu Alex com a voz rouca.

– O projeto está enfrentando grande oposição na Câmara...

– Você terá os escritórios – prometeu Alex.

Ele desviou o rosto e passou a manga do paletó pelos olhos úmidos antes de continuar, a voz ainda embargada:

– Mesmo que eu tenha que convencer um a um no Parlamento, juro que você os terá.

# CAPÍTULO 14

Alex parou de olhar o jornal, surpreso, ao ouvir Burton anunciar a chegada do Sr. Craven. Eles haviam passado uma manhã agradável até ali, Alex lendo o *Times* e, de vez em quando, se juntando a Lily e Nicole no chão da sala enquanto as duas empilhavam tijolos de madeira em torres precárias.

– Ah, peça para entrar – disse Lily a Burton, e se voltou para Alex com um sorriso contrito. – Eu me esqueci de mencionar que Derek pretendia aparecer aqui esta manhã. Ele quis que tivéssemos alguns dias de privacidade antes de vir ver Nicole.

Alex franziu um pouco a testa e se levantou do sofá, enquanto Nicole corria ao redor da sala atrás de Tom, o gato arisco. Sempre que o pobre animal se acomodava em um trecho de sol no chão, Nicole era atraída pelo movimento convidativo da cauda dele. Lily juntou alguns brinquedos que estavam espalhados pelo chão da sala e se deu conta, com um sorriso melancólico, de que Alex havia comprado brinquedos demais, uma quantidade que teria deixado qualquer criança zonza.

A visão do nó de trapos miserável que servia como boneca para Nicole tinha sido demais para ele, que não descansou até comprar todos os tipos de bonecas disponíveis na loja Burlington Arcade... Bonecas com cabelos de verdade e dentes de porcelana, bonecas de cera, todas com baús e enxovais próprios. O quarto de crianças no andar de cima estava cheio com teatrinhos de brinquedo, um cavalo de balanço, uma grande casa de bonecas, bolas, caixas de música e, para consternação de Lily, um tamborzinho cujo repique podia ser ouvido por toda a mansão.

Não demorou muito para que descobrissem o hábito desconcertante de Nicole de brincar de esconde-esconde, desaparecendo do nada e logo sorrindo para os rostos ansiosos dos dois quando a encontravam embaixo de um sofá ou de uma mesinha de canto. Lily nunca havia conhecido uma criança capaz de se mover tão furtivamente. Alex se sentava diante de sua escrivaninha na biblioteca, trabalhava por uma hora, e só então descobria que, em algum momento, Nicole havia se esgueirado silenciosamente para debaixo da sua cadeira.

Aos poucos, os temores de Lily de que a filha pudesse ter sofrido algum tipo de abuso sob os cuidados de Giuseppe diminuíram. Embora Nicole fosse uma criança cautelosa, não era medrosa e, na verdade, tinha uma natureza solar. A cada dia que passava, tornava-se mais comunicativa e logo suas risadas encantadoras e perguntas incessantes, feitas em um italiano e em um inglês confusos, passaram a ecoar pela casa. A menina desenvolveu um apego particular por Henry, e com frequência exigia ser abraçada por ele, puxando as mechas louras e fartas do cabelo do menino e gargalhando com suas carrancas de reprovação.

Derek entrou na sala e seus olhos verdes logo pousaram em Lily. Ela correu para ele com uma risada satisfeita, desconcertando-o com um abraço.

– Pelo amor de Deus – disse ele, fingindo reprovação. – Não com seu marido olhando, meu bem.

– Que sotaque elegante – observou ela com um sorriso.

Derek se adiantou e apertou a mão de Alex.

– Bom dia, milorde – disse ele, com um sorriso irônico. – Que dia para mim... Não costumo ser recebido em salões tão sofisticados.

– Você é bem-vindo aqui a qualquer momento – disse Alex, o tom afável. – Afinal, foi muito hospitaleiro ao me permitir o uso de seus aposentos.

Derek sorriu ao ouvir aquilo, enquanto Lily enrubesceu fortemente.

– Alex – protestou ela debilmente, e puxou Derek pelo braço. – Sr. Craven, gostaria de apresentá-lo a uma pessoa.

O olhar de Derek pousou o olhar na menina de pé ao lado do sofá. Nicole olhava para ele com curiosidade.

– Srta. Nicole – murmurou Derek, agachando-se lentamente e sorrindo para ela. – Venha cumprimentar o seu tio Derek.

Nicole começou a caminhar na direção dele, hesitante, mas acabou mudando de ideia e correu para Alex, abraçando a perna dele. E sorriu timidamente para Derek.

– Ela é muito tímida – comentou Lily com uma risada simpática. – E decididamente tem um apego por homens louros.

– Ora, mas que falta de sorte esse meu cabelo escuro – falou Derek em tom de lamento, e então se levantou e olhou para Lily com uma expressão estranha. – Ela é linda. Como a mãe.

Alex se esforçou para conter uma pontada de ciúme. Ele estendeu a mão e alisou o cabelo de Nicole, tirando do lugar o enorme laço cor-de-rosa que estava amarrado no topo da cabeça da menina. Sabia que não havia razão para ter ciúme de Craven. Embora o homem amasse Lily, suas ações deixaram claro que ele jamais seria uma ameaça ao casamento deles. Ainda assim, nunca seria fácil para Alex ficar em silêncio enquanto outro homem olhava para a esposa dele daquele jeito.

Ele cerrou os dentes, frustrado. Seria mais fácil suportar aquela cena se ele e Lily já tivessem retomado seu relacionamento conjugal. A última vez que haviam dormido juntos tinha sido antes de ele encontrá-la sozinha com Giuseppe Gavazzi. Desde aquela noite, Lily estava completamente absorta na filha.

Uma cama pequenina tinha sido instalada no quarto ao lado do deles, e Lily acordava várias vezes todas as noites para checar se Nicole estava bem. Ele via o vulto da esposa na escuridão, pairando sobre a criança que dormia pacificamente, protegendo-a como se temesse que a filha fosse arrancada da cama. A criança raramente ficava fora das vistas de Lily. Alex não fazia qualquer objeção; sabia que, com o passar do tempo, os temores de Lily acabariam diminuindo.

E, depois de toda a turbulência emocional por que a esposa havia passado, Alex dificilmente iria forçá-la a aceitar suas atenções… embora pudesse acabar recorrendo àquilo em breve. Nunca desejara tanto alguém. Tê-la tão perto, vê-la tranquila e absolutamente feliz, a pele e o cabelo tão lindos, os lábios quentes, sorridentes… Quando sentiu o corpo começar a reagir, Alex se repreendeu severamente para parar de pensar em Lily.

A verdade era que ele não sabia que diabos Lily queria. Ela parecia muito satisfeita com a forma com que as coisas estavam. E embora estivesse desesperado para saber se ela precisava dele, se o amava, permaneceu teimosamente em silêncio, decidido a permitir que a esposa desse o primeiro passo… e, se aquilo levasse cem anos de silêncio, sofrimento e celibato, que assim fosse. Ele a amaldiçoava todas as noites enquanto se retirava para a sua cama solitária. Quando adormecia, sonhava com Lily a noite toda. Alex deixou escapar um suspiro sombrio e voltou a sua atenção para o visitante.

– … Vou me despedir – estava dizendo Derek.

– Não, por favor, fique para jantar conosco – protestou Lily.

Derek ignorou os apelos da amiga e sorriu para Alex.

– Tenha um bom dia, milorde. Desejo sorte com essas duas. Vai precisar.

– Obrigado – respondeu Alex com ironia.

– Vou levá-lo até a porta – disse Lily, e acompanhou Derek até o saguão de entrada.

Quando estavam sozinhos diante da porta, Derek segurou as mãos dela e lhe deu um beijo fraterno na testa.

– Quando você vai voltar ao Craven's? – perguntou. – Aquele lugar não é o mesmo sem você.

Lily baixou o olhar.

– Alex e eu iremos até lá uma noite dessas.

Houve um silêncio constrangedor entre os dois, enquanto cada um pensava em um milhão de palavras que seria melhor não dizer.

– Então, agora você a tem de volta – comentou Derek.

Lily assentiu e fitou o rosto dele.

– Derek – falou baixinho. – Eu não teria sobrevivido aos últimos dois anos sem você.

Ela sabia que eles estavam se despedindo da amizade como havia sido até ali. Nunca mais haveria as conversas diante da lareira, os segredos e as confidências compartilhados, o estranho relacionamento que ancorava os dois de maneiras diferentes. Lily se inclinou em um impulso e deu um beijo no rosto dele.

Derek se encolheu quando ela afastou a boca, como se o toque dos lábios macios o tivesse ferido.

– Adeus, meu bem – murmurou, e partiu, caminhando rapidamente até a carruagem que o esperava.

~

O gato observava Nicole com os olhos semicerrados enquanto ela se aproximava dele com um sorriso cativante. A menina estendeu a mão lentamente e agarrou o rabo que ele balançava. Tom sibilou, irritado, virou-se e acertou-a com a pata, deixando um arranhão na mão dela.

Nicole ficou olhando boquiaberta para o gato, com uma expressão que misturava surpresa e mágoa. Imediatamente, começou a chorar desconsolada.

Ao ouvir o choro, Alex se abaixou e pegou a menininha no colo quando ela correu em sua direção. Ele deu uma palmadinha carinhosa nas costas dela enquanto a sacudia para confortá-la.

– O que aconteceu, meu bem? O que houve?

Ainda chorando, Nicole mostrou a mão.

– Tom arranhou você? – perguntou Alex com uma preocupação moderada.

– Sim – respondeu ela, aos soluços. – Gato malvado, gato malvado.

– Onde? Mostre para mim.

Alex examinou a marca fina e rosada nas costas da mão dela. Então, deixou escapar um som carinhoso e beijou o pequeno arranhão para que sarasse.

– Tom não gosta que puxem o rabo dele, meu bem. Quando ele voltar, vou lhe mostrar como fazer carinho nele, e o gatinho nunca mais vai arranhar você, está bem? Venha, me dê um abraço, minha menina corajosa.

Enquanto o ouvia falar naquele tom baixo e tranquilizador, Nicole prontamente esqueceu o arranhão, sorriu para Alex e passou o bracinho em volta do pescoço dele.

Lily ficou observando em silêncio, da porta, e sentiu um amor tão intenso crescendo no peito que chegou a doer. Sem saber que estava sendo observado, Alex continuou conversando com Nicole enquanto a colocava no chão e procurava debaixo do sofá pela boneca perdida da menina. A imagem fez Lily sorrir. Até aquele momento, ela não sabia se o marido realmente queria ser um pai para a filha dela. Era algo pelo qual ela não tinha o direito de esperar, embora devesse ter percebido que Alex tinha amor mais do que suficiente para dar a ambas. Ele não era o tipo de homem que culparia uma criança inocente pelo começo desafortunado da sua vida. E o marido tinha tanto a ensinar a Nicole, pensou Lily... sobre amor, confiança e aceitação. Ela queria passar o resto da vida com ele e dar a Alex toda a alegria que um homem fosse capaz de suportar.

Lily viu de relance uma criada passando e chamou-a discretamente.

– Sally, por favor, cuide de Nicole por um tempo. Está na hora da soneca dela. Pegue uma ou duas bonecas e leve para o quarto...

– Sim, senhora – disse a criada com um sorriso. – Ela é uma boa menininha, senhora.

– Aposto que não vai continuar a ser depois de alguns anos de mimos de lorde Raiford – respondeu Lily, o tom irônico.

Sally riu baixinho, entrou na sala e começou a separar alguns brinquedos.

– Meu! – bradou Nicole.

Ela se contorceu para ser colocada no chão e partiu indignada para resgatar as suas bonecas.

– Milorde – chamou Lily, o tom discreto, embora por dentro estivesse agitada e cheia de expectativa. Alex se voltou para ela, curioso. – Será que poderíamos ter uma conversinha a sós?

Sem esperar por resposta, Lily se dirigiu para a escada e subiu com movimentos graciosos, a mão tocando levemente a balaustrada de ferro trabalhado a intervalos regulares. Alex franziu a testa, o que destacou suas sobrancelhas castanho-claras, e seguiu-a lentamente. Quando chegaram ao quarto azul e branco, ela fechou a porta atrás deles e trancou-a. De repente, o silêncio se tornou carregado de eletricidade. Alex ficou observando-a, mas não se mexeu, consciente de que seu corpo se enrijecia, da pele quente e sensível sob as roupas. Ele se esforçou para controlar a respiração.

Lily se aproximou e Alex sentiu o toque dos seus dedos no colete, os movimentos hábeis e leves enquanto ela desabotoava os botões entalhados. Lily despiu a peça e passou a se dedicar à gravata do marido, desamarrando a seda quente e puxando-a do pescoço. Alex fechou os olhos.

– Eu negligenciei você terrivelmente, não é, meu amor? – sussurrou ela, passando para a camisa.

Alex estava rígido e tenso de desejo. Ele sabia que a esposa podia ver o rubor se espalhando por sua pele. O toque do hálito morno dela passando através do tecido da camisa dele e chegando ao seu peito quase o fez gemer.

– Não tem problema – conseguiu dizer Alex.

– Tem, sim, muito.

Ela tirou a camisa dele de dentro da calça e passou os braços ao redor da cintura esguia do marido, esfregando o rosto contra os pelos ásperos em seu peito.

– Dificilmente é a forma correta de mostrar ao meu marido o quanto eu o amo.

De repente, Alex ergueu as mãos e fechou-as ao redor do pulso de Lily em um aperto inconscientemente forte.

– O quê? – perguntou ele, entorpecido.

Os olhos escuros de Lily cintilavam de emoção.

– Eu amo você, Alex.

Ela fez uma pausa quando sentiu um tremor percorrer as mãos poderosas do marido.

– Eu amo você – repetiu, a voz vibrante e cálida. – Tive medo de dizer isso até agora. Achei que você me mandaria embora assim que soubesse de Nicole. Ou pior, que o seu senso de honra o faria ficar conosco, enquanto secretamente desejava se livrar de nós e do escândalo que causaríamos.

– Me livrar de você... – repetiu ele, a voz emocionada. – Não, Lily.

Ele soltou as mãos dela e segurou seu rosto.

– Perder você me mataria. Quero ser um pai para Nicole. Quero ser seu marido. Tenho morrido lentamente nos últimos dias, imaginando como convencê-la de que precisa de mim...

Lily deixou escapar uma risada rouca, os olhos cintilando com lágrimas de felicidade.

– Você não precisa me convencer disso.

Ele colou a boca ao pescoço dela.

– Sinto saudade de você... Lily... Meu amor...

A risada ofegante dela se transformou em um gemido. O corpo de Alex era quente contra o dela, instigando-a, e Lily sentiu os músculos tensos sob as palmas da sua mão enquanto o acariciava. Ele a despiu às pressas e terminou de tirar as próprias roupas. Ela se recostou na cama enquanto o observava, querendo se cobrir, mas sabendo que o marido sentia prazer em vê-la nua. Alex se juntou à esposa na cama e puxou seu corpo nu e macio contra o dele, segurando suas nádegas e pressionando-a mais a ele.

– Diga de novo – murmurou.

– Eu amo você – sussurrou Lily. – Eu amo você, Alex.

Ele deslizou a mão profundamente entre as coxas dela, enquanto sua boca a possuía em um beijo demorado. A língua de Lily encontrou a dele, e os dois mergulharam juntos em um calor ardente.

– Mais uma vez – pediu ele.

Mas, dessa vez, Lily só foi capaz de soltar um suspiro entrecortado e se contorcer no ritmo das arremetidas dos dedos que a invadiam. Quando ela arqueou o corpo contra ele, os mamilos roçaram nos pelos macios do peito do marido. Alex abaixou a cabeça e umedeceu os mamilos dela com a língua, acariciando-os em movimentos circulares até os bicos rosados estarem dolorosamente rígidos.

Lily virou o rosto e pressionou os lábios no ombro dele, absorvendo o aroma e o sabor da pele. Ela deixou a boca descer mais, tateando com a língua até encontrar a ponta lisa e sedosa do mamilo dele, fazendo-o gemer de prazer. Seus dedos curiosos alisaram os pelos grossos e convidativos e desceram pelos músculos bem delineados do abdômen de Alex, seguindo a trilha de pelos que levava a uma concentração mais densa. Ela deixou a palma da mão deslizar por ali, segurou com gentileza o membro rígido e acariciou a pele sedosa uma, duas vezes, antes que o marido se afastasse, deixando-a aberta na cama, e penetrasse seu corpo macio com um gemido gutural.

Inebriada com as sensações que a dominavam, Lily passou os braços e as pernas ao redor dele, incitando-o a arremeter mais fundo. Alex avançou aos poucos, perdido em um encantamento intenso. Ele recuou e Lily o agarrou com avidez, usando as pernas para guiá-lo para dentro dela mais uma vez. Alex repetiu o movimento, deleitando-se com a forma como ela se esforçava para puxá-lo de volta. O movimento suave e controlado deixou Lily fora de si e, impotente, ela se sentiu deslizar para um estado de loucura trêmula, como se existisse apenas para senti-lo penetrando-a e arremetendo, as costas do marido rígidas como um tronco de carvalho sob suas mãos, o quadril arremetendo com força implacável até o tormento terminar em uma explosão crescente e devastadora de prazer.

Um pouco mais tarde, Lily deixou as pontas dos dedos correrem lentamente pelo rosto de Alex, traçando cada linha amada, a textura da pele barbeada, os cílios exuberantes. Saciado até os ossos, ele pegou a mão dela e pressionou os lábios com fervor na palma delicada.

– Passei tanto tempo sentindo medo de tantas coisas – refletiu Lily distraidamente. – E agora... agora não há mais nada a temer.

Alex se apoiou em um cotovelo e olhou para ela com um sorriso preguiçoso.

– E como é a sensação?

– Estranha – disse ela, e seus olhos castanhos cálidos encontraram os dele com uma expressão cheia de amor. – É estranho ser tão feliz.

– Você vai se acostumar – garantiu Alex gentilmente. – Logo vai dar como certo.

– Como você sabe? – perguntou Lily em um sussurro, sorrindo.

– Porque vou me certificar de que seja exatamente assim.

Ele abaixou a cabeça na direção da dela, que passou os braços com todo o carinho ao redor do pescoço do marido.

# EPÍLOGO

O ar fresco do outono entrava pela janela entreaberta, fazendo com que Lily se aconchegasse ainda mais no calor dos braços do marido. Estavam em Wiltshire para um fim de semana de caça organizado por lorde e lady Farmington. Ao ver o céu escuro do lado de fora, Lily suspirou com pesar ao se dar conta de que em breve seria hora de o grupo de caça acordar para comparecer ao encontro matinal.

– Cansada? – perguntou Alex.

– Não dormimos muito esta noite – murmurou ela.

O marido sorriu junto ao cabelo dela.

– Ninguém dormiu.

Como haviam ficado relaxando juntos na cama, escutaram todos os tipos de sons noturnos: passos lentos pelo corredor, portas sendo abertas e fechadas silenciosamente, perguntas e consentimentos sussurrados, os convidados do fim de semana procurando por parceiros para a noite. Lily fez Alex rir ao lembrar que eles eram um dos poucos casais que realmente desejavam compartilhar a mesma cama em vez da de outra pessoa. Para demonstrar quanto apreciava a companhia da esposa, ele a manteve acordada a maior parte da noite fazendo amor.

O valete de Alex bateu discretamente à porta, alertando-os de que era hora de se vestir. Depois de se espreguiçar e resmungar um pouco, Alex saiu da cama e pegou as roupas que haviam sido separadas para ele. Lily, que em geral se preparava para uma caçada com grande expectativa, movia-se de forma estranhamente lenta. Ela se levantou e observou Alex da cama com um sorrisinho. Seu cabelo, uma nuvem espessa de cachos que agora chegava aos ombros, espalhava-se pelos travesseiros macios.

Alex fez uma pausa e lançou um olhar questionador à esposa.

– Meu bem – disse ela lentamente –, acho que não vou caçar hoje.

– O quê?

Ele fechou a calça e se aproximou dela, sentando-se na beirada da cama. Seu rosto estava sério, o cenho franzido.

– Por que não?

Lily pareceu escolher as palavras com cuidado.

– Acho que não devo.

– Lily.

Alex segurou-a pelos ombros e puxou-a gentilmente para si. O lençol desceu até a cintura dela, expondo o corpo esguio.

– Você sabe bem que eu preferiria que não caçasse... não suporto a ideia de que possa sofrer um único arranhão ou hematoma que seja. Mas não quero privar você de nada que a faça feliz e sei o quanto você gosta de caçar. Contanto que seja cuidadosa e não salte os obstáculos mais desafiadores, por mim tudo bem.

– Obrigada, meu bem – respondeu Lily com um sorriso carinhoso. – Mas ainda assim não acho que seja aconselhável.

Os olhos de Alex agora mostravam preocupação.

– Qual é o problema? – perguntou ele baixinho, os dedos apertando com mais força os ombros dela.

Lily retribuiu seu olhar penetrante e traçou a curva do lábio inferior do marido com a ponta do dedo delicado.

– É que as mulheres na minha condição devem evitar atividades extenuantes.

– Mulheres na sua...

Ele se interrompeu, espantado, a expressão perplexa, e Lily sorriu no silêncio que se seguiu.

– Sim – sussurrou Lily em resposta à pergunta que via em seus olhos.

De repente, Alex esmagou-a contra o corpo, enterrando o rosto em seu cabelo.

– Lily – disse ele em um sussurro carregado de alegria, enquanto ela ria baixinho. – Como você está se sentindo?

Alex a afastou para examiná-la melhor. Sua mão grande percorreu delicadamente o corpo da esposa.

– Você está bem, meu amor? Está...?

– Está tudo perfeito – garantiu Lily, e ergueu o olhar enquanto o marido distribuía beijos por seu rosto.

– *Você* é perfeita – disse ele, balançando a cabeça, estupefato. – Tem certeza?

– Eu já passei por isso antes – lembrou ela com um sorriso. – Sim, tenho certeza. E quer apostar quanto que é um menino?

Alex inclinou a cabeça para murmurar alguma coisa no ouvido dela.

Lily deixou escapar uma gargalhada.

– Só isso? – brincou, o tom provocante. – Achei que você fosse um apostador mais corajoso.

Sorrindo, ela puxou o marido mais para perto, pressionando suas costas largas.

– Chegue mais perto, milorde – sussurrou ela –, e veremos se podemos aumentar a aposta.

# LEIA UM TRECHO DO PRÓXIMO LIVRO DA SÉRIE

## *Sonhando com você*

## CAPÍTULO 1

A figura solitária de uma mulher perambulava nas sombras. Ela se encostou na parede de uma hospedaria em ruínas, os ombros curvados para a frente, como se estivesse doente. Os olhos verdes e duros de Derek Craven a examinaram de cima a baixo quando ele saiu do antro de jogo decadente no beco. Aquele tipo de cena não era incomum em Londres, principalmente nas áreas mais esquecidas da cidade, onde o sofrimento era visível em toda a sua variedade. Ali, a uma distância curta mas significativa do esplendor de St. James, os prédios eram um aglomerado sujo e em ruínas. A área estava cheia de mendigos, prostitutas, vigaristas, ladrões. Pessoas como ele.

Nenhuma mulher decente seria vista ali, principalmente depois do crepúsculo. Mas, se ela era uma prostituta, não estava vestida de acordo. Seu manto cinza se abriu na frente, revelando um vestido de gola alta feito de tecido escuro. A mecha de cabelo que escapava do capuz era de um castanho indistinto. Era possível que ela estivesse esperando um marido errante, ou talvez fosse uma balconista que tivesse errado o caminho.

As pessoas olhavam furtivamente para a mulher, mas passavam por ela sem diminuir o ritmo. Se ela permanecesse por muito mais tempo ali, sem dúvida seria estuprada ou roubada, ou até mesmo espancada e largada para morrer. A coisa mais cavalheiresca a fazer seria ir até ela, perguntar se estava bem e expressar preocupação com a sua segurança.

Mas Derek não era um cavalheiro. Ele deu as costas e seguiu andando pela calçada. Havia crescido nas ruas – nascera na sarjeta, fora criado por um grupo de prostitutas miseráveis na infância e educado na juventude por criminosos de todo tipo. E estava bastante familiarizado com os golpes usados para atacar os incautos – sabia muito bem que bastava um instante e alguma eficiência para roubar um homem e quebrar seu pescoço. Com frequência, as mulheres eram usadas naquelas tramas – como iscas ou vigias, ou até mesmo como assaltantes. Uma mão feminina e macia poderia causar muitos danos quando erguia um porrete de ferro ou quando segurava uma meia recheada com chumbo.

Depois de algum tempo, Derek percebeu passos atrás dele. Algo naquele som causou um arrepio de alerta ao longo da sua espinha. Eram passos pesados de duas pessoas, sem dúvida homens. Ele mudou de propósito o ritmo em que caminhava e, na mesma hora, os dois fizeram o mesmo. Estava sendo seguido. Talvez tivessem sido enviados por seu rival Ivo Jenner para lhe fazer algum mal. Derek praguejou silenciosamente e começou a dobrar uma esquina.

Como ele esperava, os homens entraram em ação. Derek se virou rapidamente e se abaixou, defendendo-se de um punho cerrado. Baseado no instinto e em anos de experiência, ele apoiou o peso do corpo em uma das pernas e atacou com a outra, acertando um golpe com a bota no estômago do agressor. O homem soltou um arquejo abafado de surpresa e cambaleou para trás. Derek se virou e partiu para cima do segundo homem, mas já era tarde demais… Ele sentiu o baque de um objeto de metal nas costas e um impacto ofuscante na cabeça. Atordoado, caiu pesadamente no chão. Os dois homens se aproximaram do seu corpo crispado.

– Seja rápido – disse um deles, a voz abafada.

Derek se debateu e sentiu a cabeça sendo empurrada de volta. Ele tentou atacar com o punho cerrado, mas seu braço foi preso ao chão. Havia um corte em seu rosto, um rugido surdo em seus ouvidos, uma umidade quente escorrendo de sua testa e da sua boca… seu próprio sangue. Derek soltou um gemido de protesto, contorcendo-se para se livrar da dor lancinante. Estava acontecendo rápido demais. Ele não tinha como detê-los. Derek sempre tivera medo da morte, pois de alguma forma sabia que chegaria daquele jeito: não em paz, mas com dor, violência e escuridão.

～

Sara parou para ler as informações que havia reunido até ali. Espiou através das lentes dos óculos, intrigada com as novas palavras típicas daquele ambiente que tinha ouvido naquela noite. A linguagem das ruas mudava rapidamente, de ano para ano, em um processo em constante evolução que a fascinava. Encostada na parede para ter privacidade, Sara se curvou para ver melhor as anotações que havia feito e rabiscou algumas correções com o lápis. Os jogadores se referiam às cartas de baralho como "lisas" e alertavam uns aos outros para tomar cuidado com os "trituradores", que talvez fosse uma forma de descrever policiais. Uma coisa que ela ainda não tinha conseguido descobrir era a diferença entre "larápio" e "ratoneiro", ambas palavras usadas para se referir a ladrões de rua. Bem, teria que descobrir... Era imperativo que usasse os termos corretos. Seus dois primeiros romances, *Mathilda* e *O indigente*, haviam sido elogiados por sua atenção aos detalhes. Ela não gostaria que o terceiro livro, ainda sem título, fosse criticado por imprecisões.

Sara se perguntou se os homens que entravam e saíam da espelunca de jogo seriam capazes de responder às suas perguntas. Eram homens de má reputação em sua maioria, sempre de barba por fazer e hábitos de higiene precários. Talvez fosse imprudente perguntar qualquer coisa – eles poderiam não gostar de ter a sua diversão noturna interrompida. Em contrapartida, precisava conversar com eles, por causa do livro. E Sara sempre fizera questão de não julgar as pessoas pelas aparências.

De repente, ela se deu conta de uma agitação perto da esquina. Tentou ver o que estava acontecendo, mas a rua estava envolta pela escuridão. Depois de dobrar o maço de papel que havia costurado para formar um caderninho, ela o enfiou na bolsa e se aventurou mais adiante, curiosa. Uma torrente de palavras grosseiras a fez enrubescer. Ninguém usava aquele tipo de linguagem em Greenwood Corners, a não ser o velho Sr. Dawson, quando bebia muito ponche apimentado no festival de Natal que acontecia anualmente na cidade.

Sara viu três figuras envolvidas em uma briga. Parecia que dois homens seguravam um terceiro no chão e o espancavam – era possível ouvir o som de punhos acertando a carne. Ela franziu o cenho, hesitante, e segurou a bolsa com força enquanto observava a cena. Seu coração começou a bater disparado como o de um coelho. Seria imprudente se envolver. Estava ali como observadora, não como participante. Mas a pobre vítima gemia de uma forma tão lamentável... e de repente seu olhar horrorizado captou o brilho de uma faca.

O homem agredido ia ser assassinado.

Sara procurou rapidamente na bolsa a pistola que sempre carregava em suas excursões de pesquisa – nunca usara a arma em ninguém antes, mas havia praticado tiro ao alvo em um campo a sudeste de Greenwood Corners. Sacou a pistola pequena, engatilhou-a e hesitou.

– Ei, vocês! – gritou, tentando fazer a voz soar forte e autoritária. – Parem imediatamente com isso!

Um dos homens olhou para ela. O outro ignorou seu grito e ergueu a faca mais uma vez. Eles não a consideravam uma ameaça. Sara mordeu o lábio, levantou a pistola com a mão trêmula e apontou à esquerda deles. Não seria capaz de matar ninguém – duvidava que sua consciência fosse tolerar uma coisa daquelas –, mas talvez o barulho alto os assustasse. Assim, ela firmou a mão e puxou o gatilho.

Conforme os ecos do tiro diminuíam, Sara abriu os olhos para ver os resultados de seus esforços. Para sua surpresa, percebeu que havia atingido sem querer um dos homens... santo Deus, no pescoço! Ele estava de joelhos, as mãos apertando o ferimento de onde jorrava sangue. De repente, o homem tombou com um ruído gorgolejante. O outro parecia paralisado. Sara não conseguia ver seu rosto, que estava na sombra.

– Vá embora agora – ouviu-se dizer Sara, a voz trêmula de medo e consternação. – Ou... ou vou achar que também preciso atirar em você!

O homem pareceu se dissolver na escuridão, como um fantasma. Sara se aproximou lentamente dos dois corpos no chão. Ao sentir a boca se abrir de horror, ela cobriu-a com os dedos instáveis. Havia definitivamente matado um homem... Sara se esgueirou ao redor do corpo caído e se aproximou da vítima do ataque.

O rosto do homem estava coberto de sangue, que também escorria do seu cabelo preto e encharcava a frente da roupa de noite. Uma sensação nauseante a dominou, enquanto ela se perguntava se a ajuda havia chegado tarde demais para ele. Sara voltou a guardar a pistola na bolsa. Ela sentia o corpo gelado e estava muito trêmula. Nada parecido havia lhe acontecido ao longo dos seus vinte e cinco anos muito protegidos. Sara olhou de um corpo para o outro. Se ao menos houvesse uma patrulha a pé por perto, ou um dos agentes da lei da cidade, que eram renomados e altamente treinados! Ela se pegou esperando que algo acontecesse. Muito em breve alguém se depararia com a cena. Um profundo sentimento de culpa atravessou o choque que dominava Sara. Bom Deus, como poderia viver consigo mesma sabendo o que tinha feito?

Ela fitou a vítima do roubo com um misto de curiosidade e pena. Era difícil ver seu rosto através de todo o sangue, mas parecia ser um homem jovem. Suas roupas eram bem-feitas, o tipo de roupa que se encontrava na Bond Street. De repente, ela percebeu um movimento do peito dele. E se aproximou, surpresa.

– S-senhor? – chamou, inclinando-se sobre ele.

O homem se lançou em cima de Sara, que deu um guincho aterrorizado. Uma mão grande agarrou o corpete do vestido dela com tanta força que ela não tinha como se afastar. A outra mão dele buscou o rosto de Sara. A palma da mão pousou em um dos lados do rosto, e os dedos trêmulos mancharam de sangue as lentes dos óculos. Depois de uma tentativa frenética de escapar, Sara desabou ao lado dele, as pernas trêmulas.

– Consegui deter seus agressores, senhor. – Corajosamente, ela tentou soltar o vestido dos dedos. Mas o aperto era rígido como ferro. – Acredito ter salvado a sua vida. Solte-me… por favor…

Ele demorou muito para responder. Lentamente, o homem afastou a mão do rosto de Sara e deixou-a descer pelo braço dela até encontrar seu pulso.

– Me ajude a levantar – disse ele, o tom áspero, surpreendendo-a com seu sotaque carregado do East End. Sara não esperava que um homem vestindo roupas tão elegantes falasse com aquele sotaque.

– Seria melhor se eu pedisse ajuda…

– Aqui não – conseguiu dizer ele em um arquejo. – Sua tonta, cabeça-oca. Vamos ser… roubados e estripados em um instante, maldição.

Ofendida com a dureza do tom do homem, Sara se sentiu tentada a apontar que um pouco de gratidão cairia bem. Mas ele provavelmente estava sentindo uma dor considerável.

– Senhor – disse ela timidamente –, seu rosto… Se me permitir pegar o lenço na minha bolsa…

– *Você* disparou o tiro de pistola?

– Temo que sim.

Sara enfiou a mão na bolsa, afastou a arma para o lado e encontrou o lenço. Mas, antes que pudesse pegá-lo, o homem apertou seu pulso com mais força.

– Deixe-me ajudá-lo – disse ela calmamente.

Os dedos dele se afrouxaram e Sara pegou o lenço, um quadrado de linho limpo e prático. Ela limpou o rosto dele gentilmente, então, e pressionou o linho dobrado contra o corte horrível que ia da testa até o meio da face oposta. Era um ferimento desfigurante. Pelo bem dele, Sara esperava que o homem não perdesse um olho. Um silvo de dor escapou dos lábios dele, salpicando-a de sangue. Sara estremeceu, tocou a mão do homem e guiou-a até o lugar do ferimento.

– O senhor pode segurar isso no lugar? Ótimo. Agora, se esperar aqui, vou tentar encontrar alguém para nos ajudar…

– Não. – Ele continuou a segurar o vestido dela, os nós dos dedos encostando na curva suave dos seios. – Estou bem. Leve-me ao Craven's. Na St. James Street.

– Mas não sou forte o bastante para ajudá-lo, e não conheço bem a cidade...

– É bem perto daqui.

– E o homem em que atirei? Não podemos deixar o corpo dele aqui.

O homem ferido soltou uma risadinha sarcástica.

– Para o inferno com ele. Leve-me para a St. James.

Sara se perguntou o que ele faria se ela se recusasse. O homem parecia ter um temperamento volátil. Apesar dos ferimentos, ele ainda seria capaz de machucá-la. A mão que a mantinha presa pelo vestido era grande e muito forte.

Sara tirou os óculos lentamente e guardou-os na bolsa. Então, passou o braço por baixo do paletó dele e ao redor da cintura esguia, e enrubesceu de constrangimento – nunca havia abraçado um homem, a não ser pelo próprio pai e por Perry Kingswood, seu quase noivo. O corpo de nenhum deles se parecia com o do homem ao seu lado. Perry estava em boa forma, mas não se comparava de maneira alguma àquele estranho grande e magro. Sara ficou em pé com dificuldade e cambaleou quando o homem se apoiou nela para também se erguer. Não esperava que ele fosse tão alto. O homem apoiou um braço ao redor dos ombros estreitos dela enquanto mantinha o lenço junto ao rosto com a outra mão. E deixou escapar um gemido baixo.

– O senhor está bem? Quer dizer, consegue andar?

As perguntas tiveram como resposta uma risada abafada.

– Quem diabo é você?

Sara deu um passo hesitante na direção da St. James Street, e o homem cambaleou ao lado dela.

– Srta. Sara Fielding – respondeu ela. Então acrescentou em um tom cauteloso: – De Greenwood Corners.

O homem tossiu e cuspiu um bocado de saliva manchada de sangue.

– Por que você me ajudou?

Sara notou que o sotaque dele havia se atenuado. O homem agora soava quase como um cavalheiro, mas o traço do East End ainda estava ali.

– Não tive escolha – respondeu ela, sustentando o peso dele. O homem apertou as costelas com o braço livre e continuou a se apoiar nela com o outro. – Quando eu vi o que aqueles homens estavam fazendo...

– A senhorita tinha escolha – disse ele, o tom duro. – Poderia ter ido embora.

– E dar as costas a alguém em apuros? Isso seria impensável.

– Fazem isso o tempo todo.

– Não de onde eu venho, lhe garanto.

# CONHEÇA OS LIVROS DE LISA KLEYPAS

De repente uma noite de paixão
Mais uma vez, o amor
Onde nascem os sonhos
Um estranho nos meus braços

## Os Hathaways
Desejo à meia-noite
Sedução ao amanhecer
Tentação ao pôr do sol
Manhã de núpcias
Paixão ao entardecer
Casamento Hathaway (e-book)

## As Quatro Estações do Amor
Segredos de uma noite de verão
Era uma vez no outono
Pecados no inverno
Escândalos na primavera
Uma noite inesquecível

## Os Ravenels
Um sedutor sem coração
Uma noiva para Winterborne
Um acordo pecaminoso
Um estranho irresistível
Uma herdeira apaixonada
Pelo amor de Cassandra
Uma tentação perigosa

## Os Mistérios de Bow Street
Cortesã por uma noite
Amante por uma tarde
Prometida por um dia

## Clube de apostas Craven's
Até que conheci você

editoraarqueiro.com.br